동심이
발견한
세상

동심이
발견한
세상

김이구 평론집

창비

영양가 많고 물리지 않는 얘기를 듣는 재미

김이구 유고 평론집 출간에 부쳐

김이구 형이 세상을 뜬 지 어느덧 6주년이 되어서 유고 평론집이 나오게 되니 만감이 교차합니다. 형과는 근 30년간 문우로 가까이에서 지내 온 터라 당시의 급작스러운 부음에 얼마나 황망했는지 모릅니다. 상실감이야 어디 저뿐이겠습니까? 형의 빈자리가 가장 크게 느껴지는 곳은 아동문학 쪽이고 그중에서도 동시 비평의 자리일 거라고 여겨지는 바, 이를 메워 주는 유고 평론집의 출간을 많은 이들이 반길 것이라고 봅니다.

김이구 형이 생전에 펴낸 두 권의 아동문학 평론집은 이미 정평이 나 있는지라 새삼 말을 보탤 필요를 느끼지 않습니다만, 예전에 썼던 저의 추모 평론을 다시금 돌아보자면 형은 '동시 비평의 최전선'에서 생을 마감했다고 감히 말할 수 있습니다. 첫 번째 평론집 『어린이문학을 보는 시각』(창비 2005)은 한 시대의 아동문학을 구획하는 선언성으로 빛이 났고, 두 번째 평론집 『해묵은 동시를 던져 버리자』(창비 2014)는 조용한

변방에 머물러 있던 동시단을 과감하게 도발하는 비평적 모험의 정점이었습니다. 아시다시피 이후로 우리 아동문학 특히 동시 쪽은 아연 활기를 띠면서 오늘에 이르고 있습니다.

김이구 형은 여러 방면에서 발자취를 남겼습니다만, 아동문학 비평 부문에서는 너무도 뚜렷한 본보기를 보였습니다. 형의 비평은 반성과 변화를 이끌어 내는 전위성과 대화성을 아울러 갖춤으로써 진가를 발휘했습니다. 하나 마나 한 상투적 상찬이나 아전인수 격의 소모적 논쟁과는 확연한 대비를 이루기에 평단에서 거울로 삼기에 안성맞춤이지요. 형은 오랜 기간 출판 편집자로서 솜씨를 발휘했는데, 이 또한 뛰어난 눈썰미에서 비롯된 것임을 짐작하기 어렵지 않습니다. 형은 발견의 귀재였으니, 신인과 걸작을 발견하고 시의적절한 논제를 발견했습니다. 형과 인연을 맺은 수많은 작가와 시인들이 오늘날 문단의 중추를 이루고 있다고 해도 지나친 말은 아닐 것입니다.

이번 유고 평론집은 김이구 형의 체취가 아주 진하게 배어 나오는 글들의 모음입니다. 동시에 관한 짤막한 에세이 성격의 글들이 다수를 차지하므로 평론에 익숙지 않은 독자들도 편하게 읽을 수 있습니다. 시가 있는 산문이라고 할까요? 동시를 곁들인 에세이라고 해도 좋고, 동시로 보는 세상, 동심이 발견한 세상이라고 해도 좋을 듯합니다.

읽다 보면 김이구 형을 잘 아는 분들은 친절하고 수굿한 형의 모습을 금세 떠올릴 법한데, 그렇다고 맹숭맹숭하리라고 여겼다간 큰코다치기 십상입니다. 형의 비평은 모두가 아무렇지도 않게 넘기는 것을 발로 툭 걸어 넘어뜨려 놓고 다른 면을 조목조목 파헤치는 데 묘미가 있습니다. 읽는 이는 거의 무방비 상태에서 갑자기 쑥 들어온 비수에 깜짝 놀라지 않을 수 없지요. 결국은 무릎을 치면서 감탄하게 되는 게 형의 짤막한 평론을 읽는 즐거움입니다.

　김이구 형의 인터넷 닉네임은 '보슬비'였습니다. 머리카락이 보슬비처럼 가늘어서 머리에 착 달라붙은 '바가지 머리' 모습이었던 게 떠오릅니다. 만년에는 머리를 부풀리고자 파마머리를 하고 나타났었지요. 형은 어려서부터 소심하고 숫기가 없다고 여겨 왔다는데, 술좌석에 빠지지 않고 잘 어울리면서도 늘 있는 듯 없는 듯했습니다. 하지만 목소리 톤이 낮아서 그렇지 형의 곁에 있으면 영양가 많고 오래도록 물리지 않는 얘기를 듣는 재미가 여간 쏠쏠한 게 아니었습니다. 술상 건너편에서 눈이 마주치면 빙긋이 웃는 모습이 매력적이었고요. 여러모로 김이구 형이 잘 보이는 유고 평론집이 선물처럼 우리 앞에 당도한 것을 눈물겹도록 기쁘게 생각합니다.

2023년 10월

원종찬

차례

1부

2부

3부

일러두기

1. 이 책은 저자가 발표한 어린이청소년문학에 관한 글 중에서 그의 기간된 책에 실리지 않은 것을 엮은 유고 평론집이다.

2. 글의 성격이나 형식에 따라 크게 3부로 구성했다. 1부는 동시 에세이로, 주로『한국일보』(2015. 10. 3.~2017. 10. 20.)에 '김이구의 동시동심'이라는 꼭지로 연재된 것이다. 2부는 동시집 및 청소년소설 해설과 서평을 중심으로 엮었다. 여기에는 일반 시인 박영근 시선집 해설(「'솔아 푸른 솔아'와 박영근 시인」)도 함께 실었다. 3부에는 어린이문학의 장르 용어 및 동시의 난해성 문제를 다룬 글, 잡지와의 인터뷰 등을 실었다.

3. 저자가 잡지나 단행본에 발표한 후 내용을 일부 수정 보완해 둔 원고를 저본으로 삼았다.

4. 1부의『한국일보』에 연재된 각 글의 제목은 연재 당시에는 없었으나 이 평론집에 수록하면서 편집자가 붙인 것이고, 그 외의 글 제목은 발표 당시의 것이다.

5. 설명이 필요한 경우에는 편집자 주(註)를 달았다.

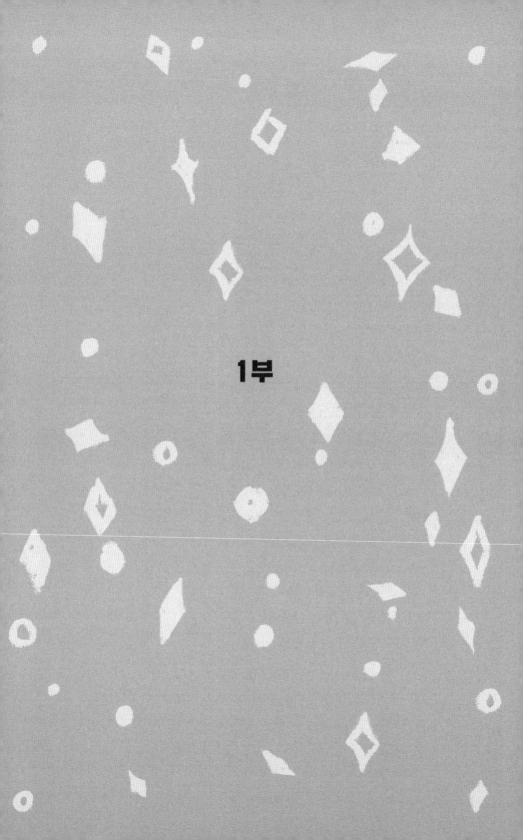

1부

껴안는다는 것

정유경 「까만 밤」

까만 밤

정유경

빨강, 노랑, 파랑이
폭 껴안아
검정이 되었대.

깜깜한
밤
오늘 이 밤엔

무엇, 무엇, 무엇이
꼬옥

껴안고 있을까?

──『까만 밤』(창비 2013)

'칠흑 같은 밤'이라 하면 어떤 밤일까? 요즘은 칠흑(漆黑)이 뭔지 몰라 아주 깜깜한 밤이 연상되지 않을 것이다. 심지어 '칠흙'으로 쓰는 사람도 있으니까. 빛의 삼원색은 합하면 합할수록 흰빛에 가까워지지만, 색의 삼원색은 그와 반대로 합하면 합할수록 어두워진다. 빨강, 노랑, 파랑 색이 "폭 껴안아/검정이 되"는 것이다. 껴안지 않고 따로 놀아서는 검정이 되지 못한다.

밤이 사라진 시대이다. 도시고 시골이고 자동차의 헤드라이트와 가게의 조명과 전광판, 텔레비전의 번득임이 밤을 지배한다. 달빛을 몰아내고 별빛을 몰아낸다. 스마트폰의 빛이 너와 나의 얼굴을 비춘다. 사람들은 일부러 깜깜한 밤을 찾아 나서고, 깜깜한 밤을 유영하는 반딧불이를 만나러 멀리 떠나야 한다. 깜깜한 밤은 그리움의 다른 이름이다. 달빛도 별빛도 불빛도 없는 칠흑 같은 밤의 고요 속에서 아이는, 동심은 "무엇, 무엇, 무엇이/꼬옥/껴안고 있을까?" 의문을 품는다. 의문이라기보다 꼬옥 껴안고 있는 존재에 둘러싸여 있음을 느끼고 있다. 세상만물, 삼라만상이 침잠하는 평화의 시간이다. 그 시간에 대한 염원이다.

껴안는다는 것, 쉬운 일이다. 껴안으면 되니까. 빨강, 노랑, 파랑은 목적어가 아니고 주어이다. 내가 껴안고 네가 껴안고 그가 껴안고, 서로 포옥 껴안아 깜깜해지면 된다. 내전으로 매일 수천 명의 난민이 국경을 넘고 성지순례 참사로 천 명 이상의 사상자가 발생하는 바람 잘 날 없는 지구. 껴안으면 깜깜해지노니, 낮의 시간이 아니라 깜깜한 밤의 시간이 와야겠다.

대단한 꿈

김개미 「나의 꿈」

나의 꿈

김개미

나의 꿈은 사육사
포악한 사자를
여러 마리 기르는 것
전봇대만 한 기린과
눈 맞추고 얘기하는 것
사과 같은 원숭이 똥꼬를
수박같이 키워 주는 것
토끼 여섯 마리쯤 뚝딱 먹어 치우는
비단구렁이를 목에 감고 노는 것
나의 꿈은 사육사

얼룩말 똥 정도는 맨손으로 집는 것

—『어이없는 놈』(문학동네 2013)

서울대공원의 '사쿠라'는 지금도 잘 있는지? 나는 동물원 담장 안으로 들어가서 코끼리를 만난 적이 있다. 아이들과, '코끼리 사쿠라'의 사연을 책으로 쓴 김황 작가와 함께. 코끼리가 거니는 풀밭에 둘러앉아서 사육사의 이야기를 듣고, 코끼리가 자는 방에도 들어가 보았다. 사쿠라는 태국에서 태어나 일본에 입양되었다가 서울대공원 동물원으로 왔는데, 김황 작가가 이러한 사연을 자세하게 추적했다. 재일동포인 그는 초등학교 때부터 사육사가 되는 것이 꿈이었다. 하지만 당시 일본에서 외국인은 공무원인 사육사가 될 수 없어 동물 논픽션을 쓰는 작가가 되었다.

나는 어렸을 때 장래 희망을 적는 난에 무엇을 적었던가. 그 시절엔 대개 대통령, 과학자, 장군 같은 것을 적어 냈다. 요즘 아이들은 가수, 영화배우, 요리사를 적을까? 아니면 의사, 변호사, 공무원? 「나의 꿈」의 아이는 사육사가 되고 싶어 한다. 사육사가 되어서 '월급을 꼬박꼬박 받는 것'을 꿈꾸는 게 아니다. 포악한 사자를 여러 마리 기르고 전봇대만한 기린과 눈 맞추고 이야기하겠단다. 비단구렁이를 목에 칭칭 감고 뛰놀겠단다. 대단하지 않은가.

지금 '나의 꿈'은 무얼까. 우리 아이들이 수능을 잘 보고 일류 대학에 가는 것, 정규직에 취직하는 것, 매출이 쑥쑥 오르는 것, 역사 교과서 국정화와 유신독재 미화를 저지하는 것…… 그것이 꿈일까? 그것은 꿈이 아니고 현실이다. 전에 내가 동물원에서 만난 코끼리 사육사는 사람들이 안 볼 때면 코끼리를 번쩍 들어 목말을 태우고 놀지도 모른다. 코끼리 똥을 뭉쳐서 공기놀이를 할지도 모른다. 몰래카메라를 설치해 확인해 보고 싶다.

마음이 무거운 날엔

임복순 「몸무게는 설탕 두 숟갈」

몸무게는 설탕 두 숟갈

임복순

설탕 두 숟갈처럼
몸무게가 25그램밖에 나가지 않는
작은 북방사막딱새는

남아프리카에서 북극까지
3만 킬로미터,
지구 한 바퀴를 난다고 한다.

살다가 가끔
내 몸무게보다 마음의 무게가

몇백 배 더 무겁고 힘들고 괴로울 때

나는,
설탕 두 숟갈의 몸무게로
지구 한 바퀴를 날고 있을
아주 작은 새 한 마리
떠올리겠다.

—『동시마중』 2015년 5·6월호*

날씨가 부쩍 쌀쌀해졌다. 날씨 탓만은 아니고 으스스 추운 날이 있다. 몸이 무겁디무겁게 느껴지는 날이 있다. 육중한 수레를 끌듯이 몸을 끌고 움직여야 하는 날이 있다. 그런데 어떤 날은 몸보다 마음이 훨씬 더 무겁다. 점점 꼬여만 가는 일로, 결국 어긋나 버린 사랑으로, 기어코 불러들인 어리석음으로 마음이 무너져 땅 밑까지 가라앉는다.

북방사막딱새의 몸무게는 설탕 두 숟갈, 달걀 반 개 정도이다. 그 작은 몸으로 알래스카, 그린란드, 또는 북극 툰드라에서 남쪽 아프리카까지 왕복한다고 한다. 무엇이 북방사막딱새를 날게 할까? 강도 건너고 대륙도 건너고 바다도 건너 날아가는 새. 뜨거운 햇볕 속, 거센 비바람 눈보라 속을 헤치고도 갈 것이다. 작은 날개로 수백만 수천만 번 날갯짓을 할 것이다.

그 새의 고통은 잘 헤아려지지 않는다. 지구 한 바퀴에 필적할 거리를 나는 북방사막딱새의 여행은 힘들고 괴롭겠지만 단지 고통과 인내뿐인

---

* 이 작품은 『동시마중』에 발표된 뒤에 동시집 『몸무게는 설탕 두 숟갈』(창비 2016)에 수록되었다. — 편집자

여행은 아니리라. 몸무게보다 마음의 무게가 몇 백 배 더 무겁게 느껴지는 날, 이 시인과 함께 지구 한 바퀴를 나는 "아주 작은 새"를 떠올려 보자. 육중한 몸도 마음도 잊고, 작디작은 한 마리 새가 되어 높이 날며 지구를 내려다보자. 괴로움 너머가 어렴풋이 보일 것이다. 마음이 무거운 날도 이젠 두렵지 않겠구나!

잔칫날처럼 풍성한 시간

최종득 「꼬막 터는 날 1」

꼬막 터는 날 1

최종득

동네 꼬막 터는 날은
갈매기도 잔칫날.

그물 털 때마다
콩알 같은 꼬막 종패가
뗏목 위에 쏟아진다.

딸려 온 새끼 물고기
바다에 돌려주면
갈매기 달려들어

한입에 채 간다.

사람들은 꼬막보고
다 돈이다 하고
갈매기는 물고기보고
다 밥이다 하고.

동네 꼬막 터는 날은
사람도 갈매기도
기분 좋은 잔칫날.

———『쫀드기 쌤 찐드기 쌤』(문학동네 2009)

　온 동네가 날을 잡아 꼬막을 터나 보다. 그물을 털면 콩알만 한 종패(씨조개)가 좌르르 뗏목 위에 떨어지고, 갈매기가 휙 날아들어 그물에 딸려 온 자잘한 물고기를 채서 달아난다. 동네 어른들은 "이게 다 돈이여, 돈!" 하면서 종패가 잘 자라 큼직한 꼬막을 잔뜩 수확할 날을 기대한다. 갈매기도 동네 사람도 모두 기분 좋은 '잔칫날'이다.
　농촌에서 자란 나는 이 시를 읽고 어렸을 적 벼 타작마당이 생각났다. 한쪽에서는 볏단을 지게에 산만큼 쌓아 올려 져 나르고, 마당에서는 발동기로 돌아가는 탈곡기가 와릉와릉 벼를 털어 낸다. 분주한 어른들 틈에서 나는 볏단을 날라 주거나 낟알을 털어 낸 볏짚을 옮겨 쌓아 올린다. 먼지가 풀풀 날리고, 땀이 난 얼굴이며 팔뚝에 벼 까끄라기가 스쳐 따갑다. 힘든 노동의 시간이지만 한 해의 농사를 수확하는, 잔칫날처럼 달뜨고 풍성한 시간이다.

오늘날 고도산업사회에서 노동은 돈을 벌기 위한 노고일 뿐 즐거움이 없다. 꼬막 농사도 양식으로 돈이 먼저 떠오르는 노동이지만, 그래도 동네 꼬막 터는 날은 잔칫날이다. 꼬막의 말랑말랑한 속살과 짭짤한 육즙을 맛있게 먹을 줄만 알았는데, 이제 꼬막 터는 날 날아드는 갈매기도 떠올릴 수 있을 것 같다.

된서리 맞기 전에

이수경 「서리 내린 아침」

서리 내린 아침

이수경

허옇게 서리 내린 아침 들길에
어제저녁 누구네 배추 뽑았나?

뚝뚝 흘리고 간 배추 겉잎에
서리가 허옇게 내려앉았다.

이제 보니
늦은 김장 하였나 보다.

서둘러 뽑아 간 배추밭 위를

된서리 허옇게 모두 덮었다.

그 밭 주인 오며 가며
가슴 쓸겠다.

어제 하길 잘했다고
끄덕이겠다.

오늘은 불목에서
편히 쉬겠다.

—『갑자기 철든 날』(사계절 2014)

서리 내린 날 아침 들길에 나가 보니 누군가 "뚝뚝 흘리고 간 배추 겉잎"에도 허옇게 서리가 내려앉았다. 된서리가 덮인 배추밭은 배추를 모두 뽑아 가서 참 다행이다. 밭 주인은 엊저녁에 서둘러 늦은 김장을 하고, 지금쯤은 불목(불길이 잘 드는 온돌방 아랫목의 가장 따뜻한 자리)에 편안히 앉아 쉬고 있을 듯하다. 미처 김장을 다 마치지 못했더라도 마음만은 느긋하리라. 서리 내린 날 아침 시골 풍경이 눈에 선히 그려지며, 제때에 맞춰 일을 마무리한 사람의 평안한 미소가 부러워지는 시이다.

전국 곳곳에 첫눈이 꽤 내렸다. 김장 나눔 소식도 들린다. 거리에 나가면 이탈리아, 멕시코, 인도, 태국 등 전 세계 음식을 찾아 먹을 수 있고 퓨전 음식도 흔하지만, 김치의 깊은 맛을 대체할 만한 음식은 아직 없는 듯하다. 한 해 먹을 김장을 담그고 나면 잔근심은 다 잊을 만큼 마음이 든든해진다.

서리는 눈보다도 더 매서운 시련을 상징한다. "혼자서 떠 헤매는/고추잠자리,/어디서 서리 찬 밤/잠을 잤느냐?"(권태응 「고추잠자리」), "하늘도 그만 지쳐 끝난 고원/서릿발 칼날 진 그 우에 서다"(이육사 「절정」). 성큼 다가온 겨울, 국민에게 호통 치고 오기 부리는 독선 정치는 그만 멈추고 된서리 맞기 전에 불목이나 따끈하게 데워 줬으면 좋겠다.

놀이로서의 동시

신민규「숨은글씨찾기」

숨은글씨찾기

신민규

여기숨어있는것이무얼까요

어린이여러분잘찾아보세요

빨리빨리눈이핑핑돌기전에

한번본거또보고얼른찾아요

다찾으면오징어구워줄게요

오징어먹다남기면마빡한대

숨은 글씨: 기린, 이빨, 아기, 이리, 똥, 고구마

——『동시마중』2011년 1·2월호*

"여기 숨어 있는 것이 무얼까요?" 숨은그림찾기를 해 보면 재미있는 장면을 그려 놓고 그 속에 숨겨져 있는 그림을 찾으라 한다. 모자, 바나나, 잉크병, 부채 같은 것이 지붕 밑이나 나뭇가지 사이에나 사람의 옷자락 같은 데에 꼭꼭 숨어 있다. 찾을 땐 영 안 보이지만 찾아 놓고 보면 저게 왜 안 보였던가 싶게 숨은 그림이 뚜렷이 보이니 참 신기하다. 그림 속에 그림을 교묘하게 숨겨 놓는 화가의 재주가 감탄스럽다.

동시 「숨은글씨찾기」도 숨은그림찾기의 원리로 우리의 호기심을 자극한다. 띄어쓰기를 안 해서 시각적으로 의미가 바로 들어오지 않고 궁금증을 자아내는데, 일단 첫 행을 읽으면 박자를 맞춰 가며 끝까지 읽게 된다. 무슨 심오한 내용이 있는 것은 아니다. 숨은 낱말을 찾아보라는 안내문을 재미있게 쓴 것인데, 바로 그 안내문 속에 낱말을 숨겨 놓았다. 그런데 숨은 낱말 찾기라 하지 않고 숨은 글씨 찾기라고 했다. 기린, 이빨, 아기, 똥 등 아이들이 재미있어할 만한 사물들이지만, 그 사물들이 아니라 그냥 '글씨', 글자도 아닌 글씨를 찾으라고 짐짓 능청을 떤다. 구운 오징어로 유혹하면서 말이다.

서대문 연희문학창작촌에서 있었던 '봄 마중, 동시 마중' 행사 때는 이 시를 쓴 신민규 시인이 직접 나와, 시를 걸어 놓고 아이들에게 숨은 글씨를 찾게 했다. 그리고 숨은 글씨를 찾아낸 아이들에게는 실제로 오징어 선물을 주었다. 아이들이 환호한 것은 물론이다. 제시된 여섯 개 낱말 말고 다른 낱말도 더 찾아냈다. 아쉽게도 오징어를 먹다 남긴 아이에게 '마빡 한 대'를 선사하진 못했다.

이상(李箱)은 1930년대에 『조선중앙일보』에 띄어쓰기를 안 하는 등

* 이 작품은 『동시마중』에 발표된 뒤에 동시집 『Z교시』(문학동네 2017)에 수록되었다. ─편집자

파격적인 형태파괴시 「오감도」 연작을 발표하다 독자들의 항의로 연재를 중단한 적이 있다. 그만한 파격은 아니지만, '놀이로서의 동시'를 밀고 나가 동심의 영역과 심리의 구조를 재발견하는 신인 신민규의 방법이 어디로 튈지 나는 사뭇 기대가 된다.

진짜 이웃 사이

민경정 「엄마 계시냐」

엄마 계시냐

민경정

옆집 할매
검정 봉지 들고
엄마 계시냐?

오늘은
고구마 다섯 개
무 두 개.

엄마는 무밥 지어
할매랑 머리 맞대고

우리는 맛탕에 머리 맞대고

혼자 먹는 밥이
제일 무섭다는 할매는

내일도
검정 봉지 앞세우고
엄마 계시냐?

—『엄마 계시냐』(창비 2012)

옆집 사는 할매가 왔다. 검정 비닐봉지를 들고 "엄마 계시냐?" 묻는다. 비닐봉지엔 고구마 다섯 개와 무 두 개가 들었다. 엄마는 할매와 함께 무를 씻어서 숭숭 썰어 무밥을 새로 짓고, 고구마도 씻어 썰어서 기름에 튀겨 맛탕을 만든다. "얘들아, 와서 맛탕 먹어라." 엄마가 부르자 아이들이 와서 둘러앉는다. 엄마는 할매와 머리를 맞대고 간장에 썩썩 비벼 무밥을 먹고, 아이들은 아이들끼리 이마를 부딪쳐 가며 고구마 맛탕을 맛나게 먹는다.

무밥. 먹어 본 지 오래됐다. 치킨과 피자는 먹어 본 게 엊그젠데, 무밥과 고구마 맛탕은 별로 못 먹었다. 동시 「엄마 계시냐」가 그려 놓은 그림은 너무나 평범하고 소박한데, 수억 수십억 비싼 그림을 보는 것보다도 아름답고 찡하다. 할매는 매일같이 검정 봉지를 들고 이웃집을 찾아가는 걸 보면 혼자 살고 있는가 보다. 그 노인을 스스럼없이 맞아 음식을 만들어 온 식구가 둘러앉는다. "엄마는 무밥 지어/할매랑 머리 맞대고/우리는 맛탕에 머리 맞대고"는 빈센트 반 고흐의 「감자 먹는 사람들」만큼 진한 그림은 아니지만, 그에 못지않게 삶을 담아내는 시선이 따뜻하다.

단속(斷續, 團束) 사회라는 분석은 SNS 시대의 오늘의 삶의 특징을 잘 드러냈다. 노인만이 아니라 젊은이의 고독사 뉴스도 들려온다. 연말이 가까워 오며 동창회다 송년회다 이런저런 모임으로 밖에서 왁자하게 먹고 떠들다 들어오지만, 이웃 사람과 여유 있게 차 한잔 하는 일은 없다. 그렇다고 세상이 다 한가지인 것은 아니다. "혼자 먹는 밥이/제일 무서"운 할매와 한식구처럼 정을 나누는 이웃도 있다. 이웃을 잃어버린 시대, 진짜 이웃 사이란 어떤 존재인지 슬그머니 알려 주는 시다.

둥지에서 넓은 세상으로

송진권 「이소」

이소

송진권

오빠랑 언니들도 아까부터 지달리구 있는디

뭘 그르케 자꾸 꾸물대는 겨

그르케 자꾸 꾸무럭거리믄 떼 놓구 갈 텡께 알아서 햐

어여어여 날 새기 전에 가야 하니께

싸기싸기 내려오니라

비얌이랑 쪽제비가 일어나기 전에

어여 물로 가야 하는디

당최 쫑마리가 저런다니께

엄마두 인제 몰러

오든지 말든지 맘대루 햐

엄마 원앙이가 언니들 앞에 서자

일곱 마리 원앙이가 졸래졸래 따라간다

멈칫대던 막내가 그때사

느티나무 고목 둥치에서 뛰어내린다

엄마 같이 가

하냥 가자니께

충청북도 옥천군 이원면

둥구나무 딱따구리가 뚫어 놓은 원앙이네 둥지

이소: 어린 새끼 새들이 둥지를 떠나는 것.

비얌: '뱀'의 방언.

쫑마리: '막내아우'의 방언.

—『새 그리는 방법』(문학동네 2014)

원앙새 새끼들이 막 둥지를 떠나 물로 가려 하고 있다. 날이 새기 전 새벽녘, 뱀이랑 족제비가 일어나기 전에 온 식구가 얼른 느티나무 속 둥지에서 뛰어내려 냇물로 가야 한다. 한 마리, 두 마리, 세 마리…… 일곱 마리 새끼가 모두 뛰어내렸는데 막내 원앙이만 꾸물대고 오지 않는다. "싸기싸기 내려오니라." 엄마 원앙이는 자꾸 꾸무럭거리면 떼 놓고 간다고 막내에게 겁을 준다. "엄마두 인제 몰러. 오든지 말든지 맘대루 햐." 엄마 원앙이가 기다리다 못해 최후통첩을 하고 언니 오빠들을 데리고 앞장서자 드디어 막내 원앙이도 풀쩍 뛰어내린다. "엄마 같이 가. 하냥 가자니께." 하면서.

이소, 떠날 리(離) 둥지 소(巢). 보금자리를 뜻하는 글자 소(巢)는 나무 위에 둥지가 있고 그 위에 새가 세 마리 들어앉아 있는 모양새다. 송진권 시인의 「이소」는 새끼 원앙이들이 다 자라 둥지를 떠나는 순간을 아름답게 포착했다. 부모의 보호를 받으며 평화롭게 살던 둥지에서 넓은 세상으로 훌쩍 건너가는 순간이다. 막내를 재촉하는 엄마의 충청도 사투리가 맛깔스럽고, 원앙이들의 행렬이 한 폭의 그림처럼 머릿속에 그려진다.

때가 되면 사람도 둥지를 떠나 홀로서기를 해야 하는데, 요즘 젊은이들은 둥지를 못 떠나고 맴돈다. 둥지에 머물기엔 너무 커 버렸지만 둥지 밖에 알맞은 거처를 찾지 못했기 때문이다. 어쩔 수 없이 둥지를 나와서도 경계에서 장기간 대기 상태로 있으면서 기약 없는 시도만을 되풀이하는 청춘도 있다. 둥지를 떠나 자기 몫의 한생을 지내고 나서 지친 몸을 쉬러 안온한 보금자리로 귀소(歸巢)하려 할 때도 막막해진다.

가면 아닌 진면

김희정「고양이 가면 벗어 놓고 사자 가면 벗어 놓고」

고양이 가면 벗어 놓고 사자 가면 벗어 놓고

김희정

지각 대장
싸움 대장
우리 반 한별

욕 잘하고
잘 할퀴고
우리 반 한별

시장에 가다 슬쩍 보니
야채 파는 제 할머니 옆에서

양파 까고 있더라.

고양이 가면 벗어 놓고
사자 가면 벗어 놓고
매운 눈 비비며 양파 까더라.
——『고양이 가면 벗어 놓고 사자 가면 벗어 놓고』(청개구리 2015)

우리나라 전통 연희인 탈춤은 가면극이라고도 한다. 광대가 쓰는 탈-가면은 실제 사람의 얼굴과는 확연히 구별된다. 눈은 지나치게 크고 얼굴색은 아주 붉거나 검다. 관객은 금방 저거 탈 쓴 거다, 알게 된다. 그래서 광대는 마음 턱 놓고 춤과 노래와 익살을 걸판지게 벌이고, 관객도 패덕한 양반이나 세력가들을 마음껏 조롱하며 한데 어우러져서 마당판을 형성한다. 탈춤 고유의 미학이다.

영화 「페이스 오프」에서 가면은 다른 사람의 얼굴을 떼어 내 그대로 이식한 것이다. 악당의 얼굴과 자신의 얼굴을 바꿔치기했으니, 이 가면 아닌 가면을 쓰자 가면이 주인이 되어 버린다. 애인이 장동건을 닮았는데, 갑자기 박명수나 정형돈 얼굴로 나타난다면 참 난감하지 않겠는가. 설사 정우성 얼굴로 나타났더라도 "이거…… 헐!" 하게 될 것이다.

「고양이 가면 벗어 놓고 사자 가면 벗어 놓고」에는 광대의 탈도 없고 얼굴 바꿔치기도 없다. 지각 대장이고 싸움 대장인 한별이를 한별이네 반 아이가 시장에서 '슬쩍' 보게 되었다. 할머니가 야채를 팔고 있는데, 한별이는 그 곁에서 열심히 양파를 깐다. 매우니까 소매로 눈을 쓱쓱 문질러 가며. 바라보는 아이에게는 한별이가 마치 옆에 '고양이 가면' '사자 가면'을 벗어 놓은 듯하다. 왜냐? 걸핏하면 사자처럼 으르렁 욕을 해

대고 고양이처럼 손톱으로 아이들을 할퀴던 한별이인데 참 얌전하게 할머니를 돕고 있으니 말이다.

사실 한별이가 교실에서 사나운 고양이나 사자로 표변했을 리는 없다. 그냥 성정이 퍽 활달한 것이든지 아니면 할머니와 어렵게 사는 탓에 거칠어졌을 수도 있지만, 어디서고 항상 못되게만 구는 아이일 리야 있겠는가. 거친 모습에 가려진 아이의 착한 진면목을 아이 또는 어른의 시선으로 발견한 동시로, 여기서 가면은 양자를 대비한 표현 효과를 낼 따름이다. 그래서 지각 대장, 싸움 대장의 모습도 아이의 가면 아닌 '진면'이라는 데 생각이 미치게 된다.

최근 대통령, 총리, 장관, 삼성 계열사 사장들이 경제 관련 법안의 국회 통과를 촉구하는 서명에 줄줄이 나섰다. 이른바 '민생 구하기 입법'이라는데 서민과 노동자는 간데없다. 고양이 가면이라도 썼다면 확 벗겨 버릴 텐데, 힘 있는 자들의 뻔뻔한 민낯에 등골이 오싹한다.

벌과 나비 친구들에게

이안 「봉숭아 편지」

봉숭아 편지

이안

전주 한옥마을에서 받아 온 봉숭아 씨앗을
올봄,
집 앞 화단에 심었더니

여름내 하양 분홍 빨강
편지지 꺼내
전주의 벌과 나비에게
편지를 쓰네.

야들아, 나 충주로 이사힜는디

봉투에 적은 주소로다 한번 와 줬으면 좋겠다잉

손톱에 받아쓴 봉숭아 편지 전해 주러
나 이번 주말 전주에 간다.

─『글자동물원』(문학동네 2015)

며칠 전 아주 오랜만에 김민기의 노래 「친구」를 들었다. 대학가의 시위 대열에서, 저녁의 뒤풀이 자리에서 함께 부르거나 들었던 노래가 김민기 자신의 우수 어린 목소리로 흘러나왔다. 곁에 없는 친구의 모습과 음성을 기억하며 그리워하는 절절한 노래이다.

이안 시인의 「봉숭아 편지」를 읽으니 어렸을 적 고향집 마당가에 하얗게, 붉게 피었던 봉숭아가 생각난다. 그 시절 봉숭아, 채송화, 맨드라미는 집집마다 마당가나 장독대 옆 작은 뜰에서 흔하게 볼 수 있었다. 바쁜 농사철에 잡풀 속에서도 환하게 피고 지고 하며 농사꾼의 마음에 여유와 다사로움을 안겨 주던 꽃이다. 가을철이면 파랗던 봉숭아 씨주머니가 누레지면서 탱탱하게 여물어, 엄지와 검지로 살짝 누르면 툭 터진다. 씨주머니가 바짝 오그라들고 작은 씨앗들이 툭 튀어나와 손바닥에 모일 때의 그 감촉이 너무 좋아서 나는 자꾸 씨주머니를 터뜨렸었다.

시인은 전주 한옥마을에 갔다가 봉숭아 씨를 받아 온다. 그 씨를 잘 간직하고 있다가 봄에 화단에 심었다. 봉숭아는 햇볕 받고 비바람 맞으며 무럭무럭 자라 여름에 색색깔로 꽃을 피운다. 아하, 전주에서 충주로 이사 왔으니 전주의 벌과 나비에게 소식을 전하려는 것이구나. 봉숭아는 "여름내 하양 분홍 빨강/편지지 꺼내" 편지를 쓰고 또 쓴다. 꽃이 피고 벌과 나비를 부르는 것이 자연의 순리이지만, 시인의 눈은 전에 살던 곳에서 꽃을 찾아왔던 벌과 나비 친구들에게 봉숭아가 전하는 애틋한 마음을 본다. 야들아, 봉투에 쓴 주소를 보고 그리로 한번 와 줬으면 좋겠다잉. 자기가 살았던 전주 사투리로 썼다. 그런데 어쩐다? 편지를 누가 전하지?

시인은 우체부가 되어 편지를 전하러 간다. "손톱에 받아쓴 봉숭아 편지"는 봉숭아 꽃잎을 따서 손톱에 얹고 싸매 주어 분홍 물을 들인 거다. 아하, 지난가을에 만났던 전주 친구가 보고 싶어 다시 가는구나. 편지를 받은 전주 친구는 벌과 나비 소식을 갖고 봉숭아를 보러 올 테고. 유붕자원방래(有朋自遠方來), 아름다운 우정이로고. 곱디고운 핑계로고.

입춘 지나며 하늘을 보니 햇살에 부쩍 생기가 돈다. 고향에 가서, 시골에 가서 부모님의 손도 잡아 보고 친구를 만나 꽃씨 같은 마음 한 톨 건네야겠다.

새초롬! 매끄럼! 말끄럼!

이상교 「아름다운 국수」

아름다운 국수

이상교

오, 미끈한 발레리나
싱크대 서랍 속에
누워 있었구나
발레 슈즈도 신지 않은
보얀 맨발

한 묶음 집어
손으로 톡톡 키를 맞추고
물 끓는 냄비에 넣자
스르르 미끄러져 내린다

둥근 치마가

꽃처럼 펼쳐진다

보글보글 소리에 장단 맞춰

사뿐히 뛰어오르기

한 바퀴 휘돌아 멈춰 서기

새하얀 함박웃음이

동동 떠올랐다 넘친다

체에 받쳤다가

차가운 물에서

새초롬

매끄럼

말끄럼

아름다운 국수!

— 『예쁘다고 말해 줘』(문학동네 2014)

싱크대 서랍 속에 누워 있는 '미끈한 발레리나'는 무얼까? 얼핏 짐작이 가지 않는다. "발레 슈즈도 신지 않은/보얀 맨발"을 한 이것을 한 묶음 집어서, "톡톡 키를 맞추고/물 끓는 냄비에 넣"는다고 했다. 조금 짐작이 간다. "둥근 치마가/꽃처럼 펼쳐진다"에서는 발레리나가 빙글빙글 회전하자 치마가 확 펼쳐지는 모습이 그려지며, 냄비에 마른 국수를 넣을 때 확 펼쳐지는 모습과 겹쳐진다. 국수가 한바탕 보글보글 끓은 뒤 체에 받쳐 찬물에 담갔다 건져 냈을 때, 그 모습은 "새초롬"하고 "매끄럼"하고 "말끄럼"하다. 새초롬! 매끄럼! 말끄럼! 그 아름다운 발레리나를 차마 먹을 수 있을까!

요즘엔 사라진 표현이 '국수 언제 먹느냐?'는 질문이다. 장가 언제 갈 건가, 시집 언제 갈 건가를 묻는 것이었다. 예전에는 잔칫집의 중심 음식이 국수였다. 지금은 결혼식 때 자기 집이 아닌 외부 식당에서 뷔페로 온갖 종류의 음식을 내는 게 대세다. 그러나 예전같이 소박하면서도 왁자한 정취는 맛보기 어렵다. 국수 면발을 뽑아 바깥에 길게 늘어뜨려 걸어 놓고 말리는 국숫집 풍경도 찾아보기 어렵다. 파스타나 쌀국수 등 다양한 종류의 국수를 즐길 수 있는 국수의 세계화 시대가 되었다. 그래서 '옛날 짜장'처럼 '옛날 국수'라고 메뉴를 써 놓은 음식점도 눈에 띈다.

백석을 비롯해 많은 시인들이 국수의 맛과 정취를 노래했는데, 이상교의 「아름다운 국수」는 싱크대 서랍 속 국수의 모습에서 보얗고 미끈한 발레리나를 봤다. 아마 우리 집 싱크대나 찬장 속 어디에도 미끈한 발레리나가 냄비 속에서의 한바탕 공연을 기다리며 잠자고 있을 듯하다.

아이가 요에 오줌을 싸면

윤동주 「오줌싸개 지도」

오줌싸개 지도

윤동주

빨랫줄에 걸어 논

　　요에다 그린 지도

지난밤에 내 동생

　　오줌 싸 그린 지도

꿈에 가 본 엄마 계신

　　별나라 지돈가?

돈 벌러 간 아빠 계신

　　만주 땅 지돈가?

—『하늘과 바람과 별과 시』(개정판, 정음사 1983)

세탁기가 없던 시절, 아이가 요에 오줌을 싸면 어떻게 했을까. 요를 말리려면 빨랫줄에 널고 바지랑대로 빨랫줄이 처지지 않게 튼튼히 받쳐 놓아야 했다. 요에 오줌 얼룩이 생긴 것을 보면 사람들은 '지도를 그렸다'고 놀리곤 했는데, 이 시는 오줌싸개 동생을 보고 그와 같이 놀리는 내용이다. 그런데 어머니와 아버지가 모두 부재한 상황이다. 엄마가 계신 '별나라'는 꿈에나 가 볼 수 있고, 아빠는 멀리 만주로 돈 벌러 갔다. 표면으로는 오줌을 잘 싸는 동생을 재미가 나서 놀리고 있지만, 속을 들여다보면 있어야 할 것이 모두 없는 상황에 처해 있다.

윤동주 시인은 스무 살 전후에 시를 쓰기 시작하면서 동시도 함께 썼다. 간도 용정에서 발간되던 『가톨릭 소년』지에 1936~37년에 여러 차례 동시를 발표하기도 했다. 「오줌싸개 지도」(『가톨릭 소년』 1937년 1월호)도 그중의 한 편이다. 그는 만주 명동촌에서 태어나 1938년 고종사촌 송몽규와 함께 연희전문학교에 입학할 때까지 주로 만주에서 성장하고 학교를 다녔다. 그런데 "돈 벌러 간 아빠 계신/만주 땅"이라는 표현을 보면 화자인 아이의 자리는 만주가 아니다. 만주에 살았지만 시인의 의식이 뿌리내리고 있는 곳은 고국 땅임을 짐작할 수 있다.

"동주를 보고 울었습니다. 몽규를 보고 울었습니다. 가슴이 먹먹해서 입술을 다문 채 소리 없이 눈물만 연신 흘렸습니다. 영화가 끝났는데 가슴이 저려서 한동안 멍하니 앉아서 울었습니다." 동시를 쓰는 분이 자신의 페이스북에 올린 글이다. 삼일절에 나도 가족과 함께 이준익 감독의 영화 「동주」를 보았다. 시를 쓴 해맑은 청년 동주와 그 시대 젊은이들이 헤쳐 간 삶이 흑백 화면에 고스란히 담겨 있었다. 김수환 추기경은 생전에 윤동주의 「서시」를 다 외지 못했다고 한다. "죽는 날까지 하늘을 우러러……" 그 구절이 너무 와닿기 때문에. 막 출간된 김응교의 『처럼: 시로 만나는 윤동주』(문학동네 2016)와 지난해 나온 안소영의 『시인 동주』(창비 2015)를 펼쳐도 윤동주의 시와 삶 속으로 깊이 들어갈 수 있다.

나도 덩달아 풋풋해지는

김미혜 「꽃 이름 부르면」

꽃 이름 부르면

　　　　　김미혜

숲 쏘다니며

꽃 이름 배워요.

바람꽃 너도바람꽃 꿩의바람꽃

새끼노루귀 애기괭이눈

하! 예쁘다.

노루오줌 깽깽이풀 미치광이풀

개불알풀 큰개불알풀

이히! 우습다.

이름 없는 꽃 없대요.

이름 모를 꽃 없대요.

가만가만 꽃 이름 부르면

나도 꽃

햇살 아래

작은 꽃 같아요.

— 『아기 까치의 우산』(창비 2005)

머뭇머뭇하며 봄이 오고 있다. 그동안 추위에 움츠리고 있었는데, 이제 기지개를 켜고 밖으로 나가야겠다. 김미혜 시인의 「꽃 이름 부르면」의 아이처럼 "숲 쏘다니며/꽃 이름 배우"고 싶다. 바람꽃 너도바람꽃 새끼노루귀 애기괭이눈 깽깽이풀…… 이름을 들어 본 것도 있는 듯싶지만 어떤 풀인지, 어떤 꽃인지 머릿속에 그려지지 않는다. 백과사전 검색으로 찾아보니 관악산이나 북한산 산행을 하다가, 동네 불광천 산책을 하다가 보았던 기억이 난다. 귀엽고 예쁘고 신기하게 생긴 꽃과 풀이 많지만 민들레, 제비꽃, 토끼풀 등 몇몇 외에는 모양도 이름도 잘 익혀지지 않는다. 작년 여름에 한강변을 산책하다가 적황색 꽃이 요염하게 핀 것을 보고 능소화임을 알게 된 것은 소득이었다.

꿩의바람꽃 노루오줌 개불알풀. 이름들의 내력도 재미있을 것 같고, 막상 생김을 보면 이름처럼 특이하거나 괴상하지도 않다. 이름을 붙인 민중들의 생활 감각은 지금의 나의 감각과는 꽤 달랐을 것이다. 이오덕 선생은 동시나 동화에 '이름 없는 꽃'이나 '이름 모를 새' 같은 표현이 나오면 몹시 야단을 쳤다. 이름 없는 꽃이 어디 있느냐, 선조들이 다 이름을 붙였는데. 이름을 모르면 배워서 써야지, 모른다고 써서야 되겠느냐. 김미혜 시인은 이 시 외에도 꽃과 풀과 새 이름을 동시에 많이 썼다. 그런 작품을 읽으면 싱그러운 자연 속에서 나도 덩달아 풋풋해지는 듯하다.

인공지능 알파고가 바둑 천재 이세돌 9단을 물리쳐 화제다. 알파고의 불행은 '예쁘고' '우스운' 꽃 이름을 부르며 "햇살 아래/작은 꽃"이 되어 보는 기쁨을 아직 모른다는 것이 아닐까.

시란 이런 것

서정홍 「텃밭에서」

텃밭에서

서정홍

고구마는 달게
땅콩은 고소하게
고추는 맵게

오이는 길쭉하게
방울토마토는 둥글게
감자는 울퉁불퉁하게

똑같은 땅에서
똑같은 햇볕 아래

똑같이 자랐는데

똑같은 건 하나도 없습니다.

─『나는 못난이』(보리 2013)

"시를 통해 무엇을 이야기하고자 하는지 알기 어려울 정도로 두루뭉수리여서 쓴 사람 혼자만 읽고 서랍 속에 넣어 두어야 할 시를 읽게 되는 고통은 무척 컸다." 올해(2016) 신춘문예 시 심사평의 한 대목이다. 언제부턴가 문예지의 시들을 보면 '어렵게 쓰기' 경쟁을 하고 있다는 생각이 들었다. 시인 자신은 과연 그 어지러운 언어들을 이해하고 감당하면서 부리고 있는 것인지 의심스러웠다.

대한민국에서 가장 쉬운 시를 쓰는 시인은 누구일까? 서정홍 시인이 아닐까. 동시든 아니든 불문하고 그의 시는 쉽다. 사물을 비틀어서 낯설게 보여 주거나 기발한 표현을 구사하려고 하지 않는다. 살아가면서 보고 들은 것과 동네 사람들의 이야기를 담담하게 쓴다. 어려운 구석이 하나도 없다. 시가 되지 않았다고 볼 사람도 있을지 모르지만, 그는 시란 그런 것이라고 밀고 나간다.

"똑같은 땅에서/똑같은 햇볕 아래/똑같이 자랐"어도 "고구마는 달게/땅콩은 고소하게/고추는 맵게" 제각각 자기 고유의 성질을 지니게 된다. 텃밭에서 여러 작물을 직접 길러 보며 느낀 것을 썼을 텐데, 군이 인간사를 끌어와 그에 대한 비유로 삼거나 하지 않았다. 그러나 이 시가 '자연 관찰'만 하고 있는 것은 아니다. 방울토마토는 둥글게! 감자는 울퉁불퉁하게! 세태를 다룬 시, 산골 마을의 사는 모습을 그린 시도 팍팍하지 않고 부드러운 유머와 넉넉한 여유가 배어 있다. 사실 쉬운 시를 쓰기가 더 어렵다. 그만한 내공을 길러야 한다.

살아 있는 교실

문현식 「팝콘 교실」

팝콘 교실

문현식

커다란 팝콘 기계 안에
옥수수 알갱이 서른 개가
노릇노릇 익으면서
톡톡 튄다.

알갱이들아
계속 튀어라.
멈추면 선생님이 냠냠
다 먹어 버릴지도 몰라.

—『팝콘 교실』(창비 2015)

팝콘용 옥수수와 기름을 넣고 팝콘 기계를 돌리면 가열되면서 팡, 팡, 팡, 잇따라 옥수수 알갱이들이 폭발한다. 노란 껍질이 뒤집히며 눈송이 같고 흰 꽃송이 같은 고소한 팝콘이 만들어져 수북하게 쌓인다. 극장에서 영화를 볼 때, 야구장에서 경기를 볼 때, 심심한 저녁에 텔레비전을 볼 때 팝콘은 꼭 챙겨야 할 간식거리다.

팝콘 기계 안에서 "톡톡 튀"는 옥수수 알갱이들은 팽팽하게 살아 있다. 그 파열음과 속도는 가라앉은 기분, 축 늘어진 두뇌 활동을 자극한다. 문현식 시인은 그 알갱이들에게 "계속 튀어라"라고 응원한다. 여기서 멈추면 '선생님'이 냠냠 다 먹어 버릴지도 모른다고. 순간 팝콘 기계는 팝콘 교실이 된다. 서른 명의 또랑또랑한 아이들이 끊임없이 톡톡 튀어 오르는, 살아 있는 교실이다.

문현식 시인은 초등학교 교사다. 아이들의 발랄함과 창의성을 잘 안다. 톡톡 튀는 아이들에게 "알갱이들아, 계속 튀어라" 주문을 건다. 튀기를 멈추는 순간 아이들은 '선생님'으로 상징되는 규격화된 교육에 포섭되어 좀비나 로봇이 되어 버릴지 모른다. 그러지 않는 한 알갱이들은 톡톡 튀면서 노릇노릇 익어갈 것이다.

4·13 총선 결과도 팝콘처럼 팡 튀었다. 더불어민주당 123석, 새누리당 122석, 국민의당 38석, 정의당 6석, 무소속 11석이다. 떡 하나씩 내주다가는 결국 호랑이에게 잡아먹히리라는 것을 알아챈 국민들이 톡톡 튀기 시작했으니, 멈추지 말아라!

밑바닥에 깔린 슬픔 한 자락

이정록 「딸기 상자」

딸기 상자

이정록

엄마가 사 온
딸기 한 상자

1층 2층 3층
딸기 아파트

"어린 막내가
형과 누나를 업고
먼 길 왔구나."

너무 작은

1층 딸기들

문드러지고 멍든

코흘리개 꼬맹이들

―『지구의 맛』(한겨레아이들 2016)

붕어빵틀에 반죽을 넣으면 똑같은 크기의 붕어빵이 부풀어서 익어 나온다. 그런데 자연의 소출은 그렇게 '틀에 박힌' 물건이 아니다. 고구마를 캐 보면 주먹보다도 더 큰 탱탱한 뿌리가 있고 그 옆에 울룩불룩 덩치가 조금 작은 것이 한두 개, 그리고 매끈하고 가느다란 새끼손가락만 한 자잘한 뿌리도 몇 개 있다. 토질 때문인지 막대기같이 길쭉하게 땅속으로 파고든 놈도 있고 감자처럼 둥글둥글 생긴 놈도 있다. 고구마를 직접 심어서 가꾸었다면, 큰 놈이나 작은 놈이나 못생긴 놈이나 잘생긴 놈이나 모두 제 자식같이 애틋하고 소중하기만 하다. 그런데 마트에 가서 고구마를 살 때면 꼭 크지도 작지도 않은 놈에 때깔 좋고 값도 싼 것을 골라야 한다. 고구마가 빵틀에 찍혀 나오는 붕어빵도 아니건만!

엄마가 사 온 실해 보이는 딸기 상자를 열었더니, 저 밑바닥에 어린 "코흘리개" 막내 딸기가 덩치 큰 형 딸기와 통통한 누나 딸기까지 겹으로 업고 오느라 "문드러지고 멍들"었다. 오오, 통통한 누나와 덩치 큰 형이 코흘리개 꼬맹이를 업고 왔더라면 좋았을 것! 범인은 누구인가? 상자 속 딸기를 역삼각형으로 쌓아 올린 농부란 말이냐? 1층 위에 2층, 2층 위에 3층을 잘도 쌓은 농부의 기술을 연마시킨 것은 누구란 말이냐? 아니지, 저런 모양의 3층을 쌓은 것은 농부일 리가 없지…… 때깔 좋고 잘생기고 값싼 것만을 찾아 순례하는 나의 눈과 손이 진범이지!

이정록은 팔방미인이다. 시로 등단해 동시를 넘보더니 어느새 동시집이 세 권째다. 청소년시도 쓰고, 동화와 그림책 글도 썼다. 말편치는 얼마나 센지 조선 '왕구라'의 계보를 이어 가고 있다. 장소팔, 고춘자와 겨뤄도 꿀리지 않을 듯하다. 「딸기 상자」는 이정록표 만담 동시로 읽어도 좋지 않을까. 충청도식 의뭉스러움, 겉에는 상처를 전혀 내지 않고 은근슬쩍 찔러 오는 공격성. 밑바닥에 깔려 있는 슬픔 한 자락. 이정록표 동시들은 '지구의 맛'을 다 "핥아 보고/알려 주"(「달팽이」)겠단다. 정록아, 살살 하그래이!

험난한 피란 생활 속에서도

권태응 「산골길」

산골길

권태응

두멧골 오솔길

가닥배기

외로 갈까?

바로 갈까?

어떤 길이 어디멘지

알진 못해도

자꾸 따라가면은

집 있겠지요.

바위 밑에 짐을 놓고
피란군들이

어린 애기 달래면서
물을 마시네.

—『산골 마을』(1950)

두메산골 오솔길이 갈라지는 지점에서 왼쪽 길로 갈까 오른쪽 길로
갈까 망설인다. 어디로 가야 할지를 모르는 이 사람들은 누구일까? '피
란군'이라 했지만 군인들은 아니고 보통의 '피란민(避亂民)'이다. 이고
지고 오던 무거운 짐을 바위 밑에 잠시 내려놓고, 울고 칭얼대는 아기를
달래면서 물을 마신다. 어디로 가야 할지, 어디로 가는 길인지 모르는
막막한 상황이지만 어느 길이든 "자꾸 따라가면은/집 있겠지" 하는 어
렴풋한 희망을 품는다. 난리가 터진 세상을 피해 깊은 산골로 들어가는
도정에 생성된 평화와 고요가 한 폭의 그림으로 찍혀 있다.
　「산골길」은 권태응 동요·동시집 『산골 마을』(1950. 7. 25.)에 실려 있는
작품이다. 『산골 마을』은 권태응이 한국동란이 터진 해 7월 "뜻하지 않
은 20일 동안의 산중 피란 생활에서 얻은 작품" 40편을 "지은 순서대
로"('머리말') 적어 놓은 육필 작품집이다. 1918년생인 권태응은 1930년
대 말 일본 스가모(巢鴨) 형무소에 수감되는 등 고초를 겪고 폐결핵에
걸려 오랜 요양 생활을 해야 했다. 1947년 3월 노트에 적은 형태로 동요
집 『송아지』를 처음 엮은 후 권태응은 1951년 타계할 때까지 『하늘과

바다』『우리 동무』『어린 나무꾼』 등 여덟 권의 동요·동시집을 더 엮는
다.* 그런데 생전에 공식 출판된 것은 1948년 글벗집에서 나온 동요집
『감자꽃』에 실린 30편이 전부다.

『산골 마을』의 머리말 앞에는 "7월 4일 피란 ↔ 7월 23일 귀가"라고
피란 기간이 적혀 있고 "수양골"이란 피란지도 적혀 있다. 각 작품 말미
에는 "7. 18 식전에, 누워서" "7. 22 夕暮" 등으로 창작한 때를 구체적으
로 기록했다. 험난한 피란 생활로 지병이 악화되는 상황에서도 그는 매
일 시를 부여잡고, 쓰고 다듬고 정리했던 것이다. 그의 작품들은 산업화
로 황폐화하기 전 우리 농촌의 자연과 풍속을 내부의 시선으로 잡아낸
뛰어난 풍물지이다. 리듬을 탄 순탄한 언어로 자연과 삶의 어우러짐을
노래한 한 편 한 편은 그의 목숨 한 조각 한 조각을 나눈 것과 다름없지
만, 놀랍게도 잘 여물어 벌어진 알밤처럼 토실하고 건실하다.

---

* 이 글에서 언급된 권태응의 육필 동요·동시집은 모두 9권으로, 『송아지』(1947), 『하늘
과 바다』(1947), 『우리 시골』(1947), 『어린 나무꾼』(1947), 『물동우』(1948), 『우리 동
무』(1948), 『작품』(1949), 『동요와 또』(1950), 『산골 마을』(1950) 등이다. 이 육필 작품
집들은 『권태응 전집』(도종환·김제곤·김이구·이안 엮음, 창비 2018)에 수록되었고,
전집 간행 작업에 엮은이의 한 명으로 참여했던 김이구 선생은 안타깝게도 전집의 완
성을 지켜보지 못하고 작고했다. ─ 편집자

받아쓰기만 잘해도 시가 되네

박성우 「눈 잘 자」

눈 잘 자

　　　　　　박성우

아빠? 응!

엄마들은 왜 아가 재울 때
'코' 잘 자, 해?
눈이 자니까
'눈' 잘 자, 해야지!

코가 진짜 자면 큰일 나잖아, 그치?

아빠, 눈 잘 자.

엄마, 눈 잘 자.

—『우리 집 한 바퀴』(창비 2016)

받아쓰기를 해 보면, 불러 주는 것을 듣고 그대로 쓰는 건데도 쉽지가 않다. 잘 듣고 똑바로 쓴다고 썼지만 틀리게 쓰기 일쑤다. 그런데 박성우 시인은 받아쓰기를 참 잘한다. 아이의 말을 어쩌면 이렇게 잘 받아 적었을까. 어린아이와 아빠의 대화를 그대로 받아 적었기에, 시를 읽으면 마치 귀여운 아이의 천진한 목소리가 쟁쟁 들려오는 듯하다.

아기를 재울 때 왜 '코 잘 자'라고 할까? 그러고 보면 어른들은 거기에 한번도 의문을 품어 본 적이 없다. 굳이 풀이하자면 '코오' 하고 고요히 숨 쉬며 편안히 자라는 뜻이 아닐까 싶다. 아이의 코를 살며시 짚으며 '코 잘 자!' 하기도 하니까, '코'는 의성어나 의태어이기도 하고 숨 쉬는 코를 가리키기도 한다. 따라서 아이가 그 코가 그 코라고 생각한다고 해서 엉뚱한 것도 아니다. 사실 잠의 세계로 들어가는 일 단계는 눈을 감는 것이니 '눈 잘 자' 하는 것이 훨씬 더 잠과 어울린다. 코가 자 버리면 큰일이라는 공포도 아이답고 일리 있다. 어떤 엄마들은 아마 '눈잘 자, 코 잘 자, 입 잘 자' 하고 아기 볼에 쪽 입을 맞출 것이다.

알고 보면 시 쓰기는 쉬운 받아쓰기인데 쉽지가 않다. 청소년시집『난 빨강』(창비 2010)에서 십대 청소년들의 목소리를 제대로 받아썼던 박성우 시인이 동시집『우리 집 한 바퀴』에서는 어린 딸아이의 목소리를 싱싱하게 받아썼다. 목소리를 제대로 들으려면, 그대로 적으려면 내 마음을 열어서 마음과 마음이 서로 통해야 한다.

'한강의 기적'이라 해도 좋을『채식주의자』(창비 2007)의 맨부커상 수상(2016. 5. 17.)으로 지난 열흘은 한껏 달아올랐다. 한강 소설가가 일궈 낸 한국문학의 기적이기도 하지만, 문학은 서열화할 수 없는 것이고 좋은 작품을 쓰는 작가들이 여럿 있다는 점에서 한강 소설가에게 찾아온 기적이기도 하다. 작가는 『채식주의자』가 맨부커상 후보작이 되었을 때 그보다 『소년이 온다』(창비 2014)가 많이 읽혔으면 좋겠다는 소망을 말했다. 1980년 5월 광주에서 일어난 학살의 현장에 있을 수밖에 없었던 중학생 소년의 목소리를 어떻게 이렇게 한 글자도 어긋나지 않게 받아쓸 수 있을까. 그 받아쓰기가 내 가슴을 때리고 이 시절을 돌아보게 하니, 역시 잘한 받아쓰기의 위력이다.

미담이 그리운 시절

김현숙 「손발 빌려주기」

손발 빌려주기

김현숙

노인들만 남은 동네
택배 대신 보내 주고
농협 돈 찾아 주고
아픈 할아버지 목욕시켜 주던
찬호 아저씨
교통사고로 꼼짝 못 하고 누워 있다

영기 할아버지가 오줌 누이고
수동이 할머니가 밥 떠먹이고
민수 할아버지가 아기처럼 얼굴 씻긴다

동네 어르신들이

손발이 되었다

──『특별한 숙제』(섬아이 2014)

뉴스를 보기가 겁난다. 지하철 안전문을 고치다가 열아홉 살 젊은이가 목숨을 잃었고, 섬 학교의 여교사를 학부모들이 계획적으로 술을 먹여 성폭행한 사건도 일어났다. 전관 변호사와 현직 검사장의 비리는 파고 파도 끝이 없을 듯한데, 역시나 제 식구 감싸기인지 수사 소식은 지지부진하기만 하다.

미담이 그리운 시절이다. 美談, 아름다운 이야기. 이야기가 어떻게 아름다울 수 있지? 이야기가 아름다운 것은 이야기 속 사람의 행동이 아름답기 때문이다. 사람의 행동이 아름다운 것은 그 사람의 마음이 아름답기 때문이다. 사람의 마음이 그 자체로 아름다울까? 아니다. 그 마음이 일으키는 행동이 아픈 사람의 아픔을 덜어 주고 힘든 사람을 도와 힘들지 않게 해 주기 때문이다. 그것이 다른 사람에게 보일 때 아름다움으로 피어나는 것이다.

젊은이들이 도시나 타지로 떠나 "노인들만 남은 동네"는 벌써 오래전에 우리 농어촌 마을에서 흔한 모습이 되었다. 그런 마을에서 '찬호 아저씨'는 동네 어른들이 부치는 택배도 대신 맡아 보내 주고, 농협에서 찾을 예금이나 융자금도 대신 찾아다가 드린다. 아파 누운 노인을 찾아가 깨끗하게 목욕까지 시켜 준다. 이런 찬호 아저씨가 교통사고를 당해서 꼼짝 못 하고 집에 누워 있다. 그러자 '영기 할아버지' '수동이 할머니' '민수 할아버지'가 모두 나서서 찬호 아저씨의 얼굴을 씻기고 밥도 떠먹이고 오줌까지 누인다. 동네 어르신들이 너도나도 찬호 아저씨의 "손발이 되"어 아저씨를 돌본다. 그런데 '영기'와 '수동이'와 '민수'는 서울이나 다른 큰 도시에 사나? 이 마을 이야기를 전하고 있는 아이는 또 어디에서 사는 건지 궁금하다.

김현숙 시인의 「손발 빌려주기」에서 찬호 아저씨가 먼저 노인들에게 손발을 빌려주었고, 그다음에 노인들이 찬호 아저씨에게 손발을 빌려주었다. 사실 미담이랄 것도 없이 그냥 사람 사는 모습을 그린 거다. 인지상정(人之常情)이다. 그런데도 나는 읽을수록 아름답고 눈물겹다. 보통 미담을 써서는 시가 되지 않는다. 하지만 동시에서는 미담이 시가 된다. 동시의 축복이다. 아, 좀 담담하게 써야 한다.

의자 고행이 멈추어진 시간

김용삼 「청소 시간이 되면」

청소 시간이 되면

　　　　　　김용삼

수업이 끝나고

우당탕탕 청소 시간이 되면

책상은

무슨 잘못을 했나

의자를 들고

벌을 서지

아니지

벌을 서는 게 아니지

수업 시간 내내
엉덩이를 받쳐 주느라
힘든 의자를

책상이
또 하나의 의자가 되어
잠시
앉혀 주는 것이지

—『아빠가 철들었어요』(푸른책들 2009)

책상과 의자. 평생 내가 가장 가깝게 몸으로 만나는 물건들이다. 의자에 엉덩이를 부리고 책상에 팔꿈치를 올린 채, 책을 읽고 글을 쓰고 때로는 잠을 잔다. 김기택 시인은 그의 시 「사무원」에서 '의자 고행'이라는 적절한 표현을 썼는데, 현대 도시의 많은 직장인들은 매일 의자 고행 중이다.

김용삼의 동시 「청소 시간이 되면」은 항시 "엉덩이를 받쳐" 무거운 몸무게를 감당하던 의자가 잠시 자기의 역할에서 해방되는 장면을 포착한다. 바닥을 단단하게 딛고 사람의 몸무게를 견디던 의자가 네 다리를 하늘로 올리고 텅 빈 몸으로 물구나무를 서 있는 장면을 상상하면 나는 체중이 쑥 내려가는 듯 속이 후련해진다. 사람의 의자 고행을 감당하던 의자 고행이 멈추어진 시간이다.

김수영 시인은 '의자가 많아서 걸린다'고 했다. 다음 세대에게 자리를 내주겠다는 조병화의 「의자」, 꽃도 열매도 다 의자에 앉아 있는 것이

라는 이정록의 「의자」도 있다. 더 멋진 의자는 가수 장재남이 부른 「빈
의자」가 아닐지. "서 있는 사람은 오시오, 나는 빈 의자/당신의 자리가
돼 드리리다". 이 '빈 의자'님을 얼른 찾아서 고용노동부 장관으로 모셔
야겠다.

펠리컨의 애고

강기원 「펠리컨」

펠리컨

강기원

장 보러 갈 때
날 데려가 주세요
바구니 필요 없어요
내가 입을 크게
자루보다 더 크게
가방보다 더 크게
벌리고
따라다닐게요

절대!

먹지 않을게요

(물고기만 빼고)

———『토마토개구리』(출판놀이 2016)

장 보러 갈 때 펠리컨을 데려가세요. 장바구니 필요 없어요. 물건을 사는 대로 펠리컨 부리에 넣어 두세요. 단 물고기만 빼고요. 물고기는 펠리컨이 먹어 버릴지도 모르니까.

펠리컨은 우리나라에 살지 않아서 잘 볼 수 없지만, 커다란 부리 아래가 죽죽 늘어나 반달형으로 커다란 주머니가 되는 이색적인 새다. 이런 새 한 마리 키우고 싶다.

강기원 시인의 「펠리컨」은 '주머니 속 동시집'으로 나온 『토마토개구리』에 실려 있는 작품이다. '주머니 속 동시집'은 무엇인가. 어린이문학 작가들과 독자들이 뜻을 모으고 후원하여, "자본에 휘둘리지 않는 출판을 해 보자"는 의욕으로 새로운 출판 형식을 실험하는 '출판놀이'의 첫 기획으로 나온 책이다. 공모를 통해 작품을 선정해, 한 권에 동시 딱 열 편을 멋진 그림과 함께 수록한 손바닥만 한 동시집이다. 첫 두 권의 '주머니 속 동시집' 출판을 기념하는 '만남의 밤'이 2016년 6월 25일 서울 마포구 성산동 성미산 마을극장에서 진행됐는데, 이영애 시인과 강기원 시인의 작품에 꿈휴가 곡을 붙인 노래들을 '마을어린이 합창단'이 불러 주었다. 동시가 책 밖으로 튀어나와 아이들 어른들과 어울려 노는 시간이었다. 동시인이 직접 참여하는 '작가놀이단'이 도서관과 초등학교를 찾아가, 아이들과 함께 쓰고 그리고 노래 부르고 이야기 나누는 활동을 하고 있음도 알 수 있었다. 와우, 동시가 대단해!

장 보러 가는 데 따라가고 싶어 하는 펠리컨의 마음에는 아이들의 마음이 투영되어 있다. 신기한 물건들을 구경하고 맛있는 것도 사 먹으려는 거다. "절대!/먹지 않을게요"라고 다짐하지만 속으로는 은근슬쩍, 소심하게 "물고기만 빼고"라고 단서를 단다. 검사장도 그룹 회장의 딸도 물고기(정당한 몫)뿐 아니라 주식도 먹고 수십억 원도 먹는, 가진 자의 탐욕이 무서운 세상에서 펠리컨의 애교는 안쓰럽기조차 하다.

저 신랑 신부는 좋겠다

주미경「처음 손잡은 날」

처음 손잡은 날

주미경

팽나무 군과 뽕나무 양이

닿을락 말락

서로 눈치만 보다가

어느 여름날 아침

뽕나무 양이

보슬비에

초록 손을 반짝반짝 닦고

글쎄

먼저

팽나무 군 손을 스리슬쩍 잡았대

좋겠다

——『나 쌀벌레야』(문학동네 2015)

보도를 보면 지난해(2015) 조(粗)혼인율(인구 1000명당 혼인 건수)이 5.9건으로, 1970년 통계 작성 이후 가장 낮았다고 한다. 그렇지만 나는 좀 실감이 안 난다. 지난해도 그렇고 올해도 여기저기서 결혼 안내장이 날아들어 예식장 다니기가 바빴다. 혼인 풍속도의 변화인지 모르겠으나, 주례 없는 결혼식도 있고, 신랑 아버지가 주례를 서기도 하고, 신랑이 신부에게 축가(?)를 불러 주기도 한다. 서로가 상대방에 대한 사랑의 맹세문을 읽는 결혼식도 있었다. 동영상이나 사진을 편집한 영상물은 필수가 되었다. 신랑 신부의 키스 이벤트도 빠지지 않았는데, 거리에서 젊은 남녀가 껴안고 입 맞추는 모습을 드물지 않게 마주치는 시절이긴 하지만, 신랑 신부는 대개 수줍어하면서 시늉만으로 키스를 했다. 넉살 좋은 애정 표현보다는 그런 모습에서 더 사랑과 신뢰가 느껴지기도 한다. 그런데 저 신랑 신부는 누가 먼저 신랑의 또는 신부의 "손을 스리슬쩍 잡았"을까?

주미경의 「처음 손잡은 날」은 짜릿한 시다. "닿을락 말락/서로 눈치만 보"던 팽나무 군과 뽕나무 양이 접속하는 순간을 포착했다. 뽕나무 양이 "보슬비에/초록 손을 반짝반짝 닦고" "글쎄/먼저" 손을 내밀었단다. 뽕나무 양이 먼저 용기를 냈기에 "글쎄/먼저"라 했겠지만, 팽나무 군이 먼저 손을 뻗쳤더라도 "글쎄/먼저"이지 않을까. 별행으로 떼어 놓은 "좋겠다"라는 한마디는 화룡점정이다. 서로 간에 끌리는 두 존재의 만남의 환희, 이를 바라보는 이의 선망과 질투, 축복의 다양한 감정들이

이 세 글자에 응축되었다. 나무의 여름 생장이라는 자연현상이 빚어낸 장면에서 수줍은 사랑이 실현되는 찬연한 순간을 보았다.

이번 주말에도 가 봐야 할 결혼식이 있다. 신부가 중국 처녀라니 궁금증도 생긴다. 미국의 같은 대학에서 한국 총각과 중국 아가씨가 공부하다 만나 마음이 통했다 한다. 용기 있게 삶과 사랑의 새 페이지를 여는 이 시대의 팽나무 군과 뽕나무 양 들에게 축하를 보낸다.

읽을수록 그리워지는 아이들 놀이

류선열 「똑딱 할멈」

똑딱 할멈

류선열

만일 누군가 개울에 가기 무섭게 다이빙 선수처럼 거꾸로 물속에 뛰어들거나, 배가사리를 잡겠다고 물밑 바위 틈서리를 헤집고 다니거나 해서 귀에 물이 들어가거든 똑딱 할멈을 부르셔요.

만일 누군가 4대 1로 물싸움을 하거나 지친 나머지 송장헤엄을 치거나 해서 귀가 먹먹하거든 따뜻한 조약돌 두 개를 귀에 대고 똑딱똑딱 두들기며 똑딱 할멈을 부르셔요.

——『잠자리 시집보내기』(문학동네 2015)

폭염이 절정이라고 한다. 그런데 아직 말복도 안 지났으니, 앞으로 몇 번이나 더 '폭염의 절정'을 맞아야 할지 걱정이다. 피서를 떠난 분들도 많을 건데, 나는 잠깐 8월 중순께 가족 여행을 다녀오려 한다. 무더울 때는 피서 여행도 고행이고, 시원한 도서관을 찾아 열람실에서 동시를 읽으며 머리를 식혀야겠다.

류선열의 동시 「똑딱 할멈」을 보면 개구쟁이 아이들이 신나게 물놀이를 한다. 개울물에 달려가서 "다이빙 선수처럼 거꾸로 물속에 뛰어들"고, 배가사리를 잡으려고 "물밑 바위 틈서리를 헤집고 다니"기도 한다. 여럿이 어울려 물싸움을 하거나 실컷 놀다가 지치면 물 위에 죽은 듯이 드러누워 '송장헤엄'을 친다. 이렇게 노는 아이들은 햇볕에 그을려서 피부도 가무잡잡, 군살이 하나도 없겠다.

물속을 들락날락하면서 놀다 보면 귀에 물이 들어가는데, 그때는 똑딱 할멈을 불러야 한다. 똑딱 할멈을 어떻게 부르는지 2연에서 말해 준다. "따뜻한 조약돌 두 개를 귀에 대고 똑딱똑딱 두들기며" 부르란다. 귓병이 안 나게 하려고 귓속의 물을 빼는 민간요법도 아이들은 이렇듯 놀이로 전환한다. 똑딱똑딱 소리를 내는 것은 조약돌인데, 그럼 똑딱 할멈은 귓속에 있나 조약돌 속에 있나?

류선열(1952~1989) 시인의 동시집 『잠자리 시집보내기』를 읽고 나는 깜짝 놀랐다. 이렇게 뛰어난 시인이 있었다니! 「보리피리」 「국수꼬리」 「어항 놓기」 「참새 사냥」 등 그의 작품들은 당대 아이들의 놀이 풍속을 단순히 재현한 것이 아니라 리듬을 탄 정갈한 우리말로 아이들의 심리를 적확히 꿰뚫어 표현하고 있다. 그 속에서 아이는 조종되는 삶에 매인 게 아니라 자기 눈과 생각과 슬픔을 갖고 있었다. 읽을수록 그리워지는 아이들이 거기 있고, 읽을수록 그리워지는 시인이 거기 있다.

우화시로 보는 세상

김응 「똥개가 잘 사는 법」

똥개가 잘 사는 법

김응

돈 한 푼 없는 똥개는

사료도 못 얻어 먹고

신발도 못 얻어 신고

개집에서 쫓겨났대

돈 한 푼 없는 똥개는

그냥 똥개로 살기로 했대

돈 한 푼 없는 똥개는

사료 대신 뼈다귀로

신발 대신 맨발로

세상을 누비고 다녔대

돈 한 푼 없는 똥개는

마음껏 똥개로 살아갔대

—『똥개가 잘 사는 법』(창비 2012)

김응의 동시 「똥개가 잘 사는 법」은 쫓겨난 똥개 이야기다. "사료도 못 얻어 먹고/신발도 못 얻어 신고" 지내다가 안온한 개집에서도 쫓겨났다. 쫓겨난 이유가 무엇인지는 나와 있지 않은데, '돈 한 푼 없는' 이 똥개는 쫓겨나기 전이나 후나 아주 가난한 처지인 것만은 변함이 없다. 쫓겨난 똥개는 다시 자기를 거두어 달라고 사정하거나 다른 주인을 찾아 사료와 신발을 구걸하지도 않는다. 에라, 똥개가 뭐! 그렇게 툴툴 털고, 뼈다귀를 씹으며 맨발로 으쌰으쌰 세상을 누비고 다닌다.

똥개가 넓은 세상에 나와 마음껏 똥개로 살았다니까 속 시원하고 흐뭇해야 하는데, 나는 왠지 마음이 편치 않다. 쫓겨난 똥개가 해고당해 고통을 겪고 있는 수많은 노동자와 오버랩되기 때문이다. 얼마 전 교육부 정책기획관은 국민의 99퍼센트가 민중이라면서 민중을 개돼지로 취급하고, 신분제를 굳혀야 한다고 했다. 교육으로 평등사회를 만들고자 전력투구해도 모자랄 판에! 새누리당 전 대표는 당 대표 때 강경 노조가 제 밥그릇 불리기에 몰두해서 건실한 기업이 문을 닫은 사례로 콜트악기 노조를 비난했다가, 잘못된 발언에 대해 공개 사과 하라는 법원 결정을 받았다. 여의도 여당 당사 앞에 천막을 치고 1년을 꼬박 농성 중인 방종운 지회장에게 이제라도 진심으로 사과하고 따뜻하게 노동자의 손을 잡아 주는 모습을 보고 싶다.

명견이 아니라 잡견인 똥개는 사실 우리 민중과 함께 살아온 벗으로, 근엄 떨지 않고 잡스럽게 뛰놀던 자유로운 존재였다. 똥개가 집을 나가도, 주머니에 돈 한 푼 없어도 진짜 안심되는 세상이 오면 이 우화시가 싱거워질까? 아니, 똥개가 주인으로 제집에서 발 쭉 뻗고 살고 통장에 돈도 넉넉한 세상을 불러내야 하겠지.

기성 동시에 충격을 준 말놀이 동시

최승호 「재규어」

재규어

최승호

재 재지

재 너무 재

재 재규어 맞지

가슴 근육 만든 재규어

다리 근육 만든 재규어

재 너무 재

꼬리 근육은 왜 안 만들지

꼬리에도 아령 같은 알통을 만들라고 해

──『말놀이 동시집』5(비룡소 2010)

시청자에게 웃음을 선사하는 텔레비전 프로그램을 예전에는 '코미디'라고 했는데 언제부터인지 '개그'라고 이름이 바뀌었다. 그러면서 말놀이가 중심이 되었다. 대사가 빨라지고, 재치가 번득이는 말들이 폭포수처럼 쏟아진다. 시청자는 크크크 웃고 넘어가면 그만이지만, 아마도 대본 작가들은 새롭고 기발한 대사를 찾느라고 매주 머리에 쥐가 나지 않을까 싶다.

최승호 시인의 「재규어」는 말이 말을 불러 생성된 동시다. '재규어'의 '재'가 '저 아이'를 뜻하는 '쟤'를 부르고 '잘난 척하며 으스대'는 '재다'로 연결된다. 사실 선후 관계는 없다. '쟤'에서 '재규어'로, '재다'로 연상되었을 수도 있고, '재다'가 불러낸 연상일 수도 있다. 이는 다시 동물 재규어의 특성과 연결된다. 가슴 근육과 다리 근육을 발달시켜 그것을 뽐내고 있는 재규어. 그런데 웬 꼬리 근육? "쟤 너무 재"는 게 눈꼴사나워 멋진 꼬리에도 "아령 같은 알통"을 만들라고 하라며 빈정댄다. '아령'과 '알통'의 음성적 유사성과 형태적 유사성!

사실 이런 말놀이가 무슨 쓸데가 있으랴. 무용하긴 하지만 두뇌 체조도 되고 재미있지 않은가. 언어감각이 뛰어날 뿐 아니라 세상의 다양한 사물에 대해 박식하지 않으면 말놀이도 쉽지 않다. 최승호 시인은 말놀이 동시집을 연달아 내놓아(『말놀이 동시집』 1~5, 비룡소 2005~2010) 낡은 인식과 감수성을 답습하던 기성 동시에 충격을 주었다. 이전에도 말놀이가 있었고 말놀이 동시가 있었지만, 이처럼 본격적으로 말놀이 동시가 창작되고 독자들에게서 환영받은 적은 없었다. "얼룩말들이 모여서/덜룩말을 찾고 있네//덜룩말이 어디 갔지/얼룩덜룩말은 또 어디 간 거야"(「얼룩말」)와 같이 말놀이와 난센스를 엮어 펼치는 게 본질이지만,

"난 노가리 아가리도 무서워/네 아가리도 무서워/모든 아가리가 무서워"(「아가리」)에서처럼 풍유(諷諭)나 전언이 읽히기도 한다.

단풍 든 떡갈나무 숲에서

고형렬 「가을 다로롱」

가을 다로롱

　　　　　고형렬

다로롱 다로롱 아주 천천히

속이 빈 방울을 굴리는 풀벌레

맑은 울음소리를

꼬맹이가 듣더니

그 방울 소리 쥐어 달라고

자꾸 떡갈나무 숲 단풍 든 산길을

뒤돌아본다.

　　　　　　　　　　　　──『빵 들고 자는 언니』(창작과비평사 2001)

　가을의 시작은 언제일까. 올해(2016)는 입추가 8월 7일, 처서가 8월

23일이었다. 추석도 유난히 일러서 중추가절(仲秋佳節)에도 더위가 꼬리를 내리지 않았으니, 과연 가을이 오긴 왔나 싶었다. 아직 오곡백과도 덜 여물었고 만산홍엽, 가을의 절정을 맞이하려면 한참을 더 기다려야 한다. 그렇지만 벌써 누런 은행알들이 떨어져 구르고 새벽이면 찬 공기에 이불자락을 바짝 끌어당겨야 하니, 시나브로 가을이 와서 어느새 여름을 전송하였다.

가을을 붙잡은 고형렬 시인의 동시 「가을 다로롱」은 느린 시다. "다로롱 다로롱"으로 채집된 방울 소리, 풀벌레 울음소리가 느리고, 꼬맹이와 함께 산길을 걷는 발걸음이 느리다. 자꾸 뒤돌아보는 동작은 느린 발걸음을 자주 멈추게 한다. 쨍쨍 날카롭지 않은, 다로롱 맑은 풀벌레 소리를 시인은 "속이 빈 방울"을 아주 천천히 굴려서 나는 소리로 연상한다. 함께 걷는 꼬마는 그 방울 소리를 제 손에 쥐게 해 달라고 한다. 방울 소리를 손에 잡고 싶어 뒤돌아보는 아이의 눈길에 단풍 든 떡갈나무 숲과 산길이 찰칵, 찍힌다. 방울 소리를 잡으려는 욕망은 가을을 붙잡으려는 시심과 다르지 않다.

이 시의 풍경은 매일매일이 속도전인 일상, 그 시간과 공간을 벗어나 있다. 멀지 않은 교외의 숲길인 듯싶으면서도 홀연 속세를 벗어난 시공인 듯하다. 아니, 그저 오늘이나 내일 우리가 걸을 수 있는 호젓한 가을 산책길의 감상을 가볍게 스케치했을 따름이다. 동시집에 실려 있지만 굳이 동시여야 할 이유는 없는 이 시는 아주 천천히 방울을 굴리는 풀벌레의 속도를 따라 느리게 읽고 감상해야 하리라.

가을의 끝은 언제일까. 프로야구 팬들에겐 가을 야구가 끝나야 비로소 이 가을도 끝날 것이다. 두산과 엔씨, 넥센 외에 엘지, 기아, 에스케이, 롯데 그리고 한화와 삼성 중에서 두 팀에게만 가을 야구가 허락될 듯하다. 간절히 기다리는 가을 야구의 함성이 귓가에 쟁쟁하더라도, 고적한 가을 숲을 천천히 거닐며 풀벌레 소리에 젖어 드는 여유로운 시간을 가져 보자.

얌전한 폭발

박예분 「어떻게 말할까」

어떻게 말할까

박예분

내 감정을 차근차근
전달하는 방법을 배웠다

첫째, 사실
둘째, 느낌과 생각
셋째, 바람

네가 아이들 앞에서 날 놀렸잖아
그때 내 맘속에
커다란 돌덩이가 툼벙 떨어졌어

다음부턴 안 그랬으면 좋겠어

화나고 답답한데
저렇게 많은 말을 어떻게 다 하지
한마디면 될걸

아휴, 꼴 보기 싫어!

—『안녕, 햄스터』(청개구리 2015)

　나는 초등학생 때 소심하고 숫기가 없어서 다른 사람에게 말 붙이기를 어려워했다. 아주 친한 친구가 아니면, 어쩔 수 없는 용건이 있는 경우가 아니면 입을 딱 봉하고 지냈다. 하긴 그 시절 농촌 아이들은 대부분 그랬다. 학교에 와서 하루 종일 한마디도 안 하고 있다가 종례가 끝나면 책보를 둘러메고 집으로 가는 아이도 있었다. 요즘처럼 학교 수업에서 '듣기·말하기'를 가르치지도 않았다.

　박예분의 동시 「어떻게 말할까」에서, 아이는 '감정을 차근차근 전달하는' 말하기 방법을 배웠다. 어떤 '사실'로 인해 어떤 '느낌과 생각'이 들었고, 그래서 '바람(원하는 것)'은 이것이다라고 근거를 들어 논리적으로 말하라는 것이다. 흥분해서 주먹이 먼저 나가거나 톡 쏘아붙이지 말고! 그런데 아이들 앞에서 '나'를 놀린 녀석에게 배운 대로 말해 보려니 쉽지 않다. 삼 단계로 말해야 하니 해야 할 말도 참 많다. 그래서 "화나고 답답할" 때는 그냥 속에서 나오는 대로 한마디 해 버려야겠다는 것이다. "아휴, 꼴 보기 싫어!" 동시라서 차마 심한 표현을 못 썼을 수도 있지만, 꽤나 얌전한 폭발이다.

사실 살다 보면 '어떻게 말할까' 고민되는 순간들이 있다. 차분하게 조목조목 말해서 설득해야 할까, 싫다거나 좋다거나 직접적으로 표현해야 할까. 어느 것이든 다 답인 상황보다 어느 것도 다 답이 아닌 상황이 많다. 시위 도중 경찰의 물대포에 맞아서 돌아가신 게 명명백백한 백남기 씨를 검찰은 부검을 하겠다는데, 더 밝힐 것이 무엇이 있나? 조목조목 이치를 따져 말하든, '하지 마, 유족이 싫다잖아!' 한마디든 가슴으로 들었으면 한다. 정치나 공권력이 필부의 상식조차 저버려서야 되겠는가.

'블랙리스트 예술가'의 마음

안학수 「돌멩이랑 파도랑」

돌멩이랑 파도랑

안학수

돌멩이를 사랑하는 파도
고운 돌을 만져 주다
하얗게 맑아지고,

파도를 사랑하는 돌멩이
맑은 파도를 받아서
색깔마다 고와지고,

서로 쓰다듬고 비벼 주어
자꾸 맑아지고 매일 고와지고.

그걸 보고서

바람이 싱그럽고 강산이 말끔하고,

그걸 닮아서

바다도 푸르고 하늘도 높아지고.

　　　　　　　　　　　　　　　　　　—『낙지네 개흙 잔치』(창비 2004)

인기몰이를 한 드라마 「구르미 그린 달빛」 최종회(2016. 10. 18.)에서 왕권을 받은 세자 이영은 높다란 어좌에 오르지 않고 그 앞 계단에 내려앉는다. 놀라는 신하들에게 그는 백성들과의 높낮이, 신하들과의 거리를 좁히겠다는 마음으로 계속 그렇게 앉겠다고 선언한다. 나는 이 장면이 매우 생소해 보였다. 왕조시대가 아닌 오늘의 대통령에게서도 찾아볼 수 없는 모습이어서 그랬을까. 지금 청와대는 구중궁궐보다 더 깊디 깊은 듯하다. 대통령은 국민들 곁으로 다가오려 하지 않고, 몇몇 측근 인사와의 거리만 끈끈하게 밀착하고 있지 않은가.

며칠 전, 청와대에서 내려보냈다는 블랙리스트에 오른 문화예술인들이 광화문 광장에서 '우리 모두가 블랙리스트 예술가다!'라는 퍼포먼스를 벌였다. 한국일보 보도를 통해 2015년 5월 '세월호 정부 시행령 폐기 촉구 선언'에 서명한 문화예술인 594명, 2014년 6월 '세월호 시국선언'에 참여한 문학인 754명, 2012년 대통령선거 때 '문재인 후보 지지 선언'에 참여한 예술인 6,517명, 2014년 서울시장 선거 때 '박원순 후보 지지 선언'에 참여한 1,608명, 도합 9,473명의 명단의 실체가 확인되었던 것이다. 안학수 시인도 들어 있나 찾아보니 포함돼 있었다.

'블랙리스트 예술가' 안학수 시인의 동시 「돌멩이랑 파도랑」을 읽어 보자. 파도는 돌멩이를 사랑해서 만져 주어 자신이 "하얗게 맑아지"고, 돌멩이는 파도를 사랑해 맑은 파도를 받아서 "색깔마다 고와진"다. 굳고 단단한 돌멩이와 출렁이며 드나드는 파도, 둘은 이질적인 존재이지만 "서로 쓰다듬고 비벼 주"다 보니 "자꾸 맑아지고 매일 고와지"지 않는가. 그러면 강산조차 말끔해진다! 블랙리스트 예술가의 눈에는 이렇게 서로 다른 존재들이 만나서 사랑하는 행위로 저 자신과 세상까지 맑아지고 고와지는, 신비 아닌 신비가 환히 보인다. 블랙리스트 예술가의 마음은 시커멓지 않고 순수하고 그 눈은 이토록 밝다.

재치 있고 가벼운 말놀이

유강희 「열대야」

열대야

유강희

한대야
두대야
세대야
네대야
다섯대야
여섯대야
일곱대야
여덟대야
아홉대야
열대야

선풍기가

덜덜덜덜

퍼내도

퍼내도

남는

열대야

——『지렁이 일기 예보』(비룡소 2013)

나는 지난여름이 얼마나 펄펄 끓었는지 알고 있다. 이런, 사람 마음이
란 간사해서 며칠 기온이 뚝 떨어져 몸이 으스스하니 더운 여름이 생각
난다. 여름이 그립지는 않아도 다가오는 추운 겨울이 영원하지는 않으
리라는 것이 고맙다. 지난여름은 각종 더위 기록을 갈아치우며 우리를
괴롭혔다. 누구는 에어컨을 빵빵하게 하루 종일 틀어 놓고 오수를 즐기
는 호시절이었지만, 누구는 누진되는 전기료가 무서워 에어컨을 두고
도 선풍기를 돌려야 하는 옹색한 시절이었다.

유강희 시인은 동시 「열대야」에서 '열대야(熱帶夜)'를 '열(10) 대야'
로 비틀어 중의적으로 의미를 겹친다. 무지무지하게 더운 여름밤, 선풍
기가 덜덜덜덜 열심히 돌아가며 무더위를 몰아내려 해 보지만 역부족
이다. 한 대야, 두 대야, 세 대야, 네 대야…… 줄기차게 더위를 퍼내고
또 퍼내도 열 대야가 남는 열대야다. 대야는 요즘처럼 입식 세면기가 일
반화되기 전에 매일 아침 손을 씻고 얼굴을 씻으려고 마주하는 가장 친
근한 생활도구였다. 대야에서 선풍기로 넘어가는 흐름이 느닷없어 보
이지만, 선풍기의 둥그런 외형과 대야의 둥그런 외형의 이미지는 아주
닮았다.

재치 있고 가벼운 이런 말놀이 동시도 이 시국에는 풍자시처럼 읽힌다. 대통령이 주범인 최순실 게이트는 퍼내고 퍼내도 아직 바닥을 드러내지 않고 국민들을 열받게 한다. 세월호 비극, 백남기 타살, 민생과 안보 파탄, 권력 사유화, 기업 갈취, 국고 빼돌리기 등 이 엄중한 사태의 방조범인 새누리당과 보수 언론도 용납되지 않는다. 한 대야, 두 대야, 세 대야, 네 대야…… 국민들은 더 호되게 아픈 매를 때릴 수밖에 없다.

놀람도 생활의 자그마한 축복

도종환 「누가 더 놀랐을까」

누가 더 놀랐을까

도종환

고추밭을 매다가
엄마얏! 지렁이
명아주 뿌리에 끌려 나와
몸부림치는 지렁이

배춧잎을 솎아 주다
엄마야, 벌레 좀 봐!
고갱이에 누워 자다
몸을 꼬는 배추벌레

지렁이랑 나랑

누가 더 놀랐을까

배추벌레랑 나랑

누가 더 놀랐을까

——『누가 더 놀랐을까』(실천문학사 2008)

　지렁이나 벌레를 보고 놀란 경험은 누구나 있을 것이다. 비 내리고 난 뒤 길 위에 늘어져 있는 지렁이나 마트에서 사 온 채소 속에 천연덕스럽게 엎어져 있는 애벌레를 보고, 비명까지 지르지는 않았더라도 덜컹 놀란 적이 있을 것이다. 그런데 도시가 구석구석 시멘트와 아스팔트로 덮이고 채소와 과일도 온실에서 살충제를 맞고 자라니 점점 놀랄 일은 없어진다. 박수 칠 일이 아니다.

　도종환의 동시「누가 더 놀랐을까」는 시인이 국회의원이 되기 전 속리산 자락 산방(山房)에 머물 때 쓴 작품이다. "엄마얏!"과 "엄마야"라는 감탄사는 아이가 놀라서 엄마를 부르는 말일 수도 있지만, 그것보다는 아이든 어른이든 놀라서 무의식적으로 지르는 비명 소리로 읽힌다. 땅속에서 갑작스럽게 공중으로 끌려 나온 지렁이, 잎 속에 숨어 자다 활짝 헤집어져 노출된 배추벌레. 사람도 놀랐지만 날벼락 같은 상황에 이 생명체들은 더 놀랐을 것이다. 화자의 놀람이 자신의 놀람으로 끝나지 않고 지렁이와 배추벌레의 처지에 생각이 미침으로써 동시의 씨앗이 되고, 그러자 자연과 사람이 만나는 풍경이 일방적인 점령이 아니라 공존의 공간이 된다. 자고 일어나면 고추 모가 자라는 고추밭으로 나가 풀을 매고, 배추를 심어 쑥쑥 자란 배춧잎을 솎아 주며 하루하루를 보내는 삶이 시의 배경이 되고 있기에 놀람도 생활의 자그마한 축복인 듯싶다.

누가 더 놀랐을까, 요즘 누가 이렇게 묻는다면 나는 '나야, 나. 항복!' 하고 두 손 들어야겠다. 도널드 트럼프의 미 대통령 당선. 트럼프가 더 놀랐을까, 미국 국민이 더 놀랐을까. 중고등 학생까지 거리로 나와 대통령 퇴진을 한목소리로 외친 100만 촛불 민심. 대통령이 더 놀랐을까, 야당이 더 놀랐을까. 이런 경악도 본편을 앞둔 서곡에 불과한 것은 아닌지 나는 머리털이 곤두선다.

자꾸 바다 밑을 생각한다

김개미 「물밑의 언니」

물밑의 언니

김개미

바다에 빠진 언니 오빠들을 다 건져 올리지 못해서
나는 자꾸 바다 밑을 생각한다

바다 저 밑바닥에서
눈을 뜨고 뒤척이며 잠을 자는 언니 오빠들
밥을 지어 먹고 공부를 하는 언니 오빠들
손을 잡고 느리게 느리게 산책을 하는 언니 오빠들

긴 머리를 해초같이 펼치고
물로 된 파란 공기를 마시는 언니 오빠들

제주도에 가면 뭘 하고 놀지 의논하는 언니 오빠들

희미하게 웃으며 선생님을 기다리는 언니 오빠들

바다에 빠진 언니 오빠들을 아직도 다 찾지 못해서

나는 울면서 바다 밑을 생각한다

— 『어린이와 문학』 2016년 8월호*

　바다 밑에서 언니 오빠들은 "눈을 뜨고 뒤척이며" 잠을 잔다. 밥을 지어 먹고, 교과서나 참고서를 펼쳐 놓고 공부를 한다. 선실 바깥으로 산책을 나와 "손을 잡고 느리게 느리게" 물속을 거닌다. 긴 머리가 바닷물의 흐름에 해초와 같이 펼쳐져 일렁이고, "물로 된 파란 공기"를 들이마셨다가 방울방울 뱉어 낸다.

　바다 밑에서 언니 오빠들은 "제주도에 가면 뭘 하고 놀지" 하고 서로 이야기를 한다. 조랑말을 타고 귤밭에 가고, 오름도 오르고 동굴도 구경할 거다. 그런데 요란하게 웃고 까불어야 할 언니 오빠들은 물속에서 '희미하게' 웃음을 지으며 선생님들은 어디 가셨나 두리번거린다.

　'나'는 울면서 바다 밑을 생각한다. 바다에 빠진 언니 오빠들을 아직도 다 찾지 못해서다. "다 찾지 못해서"의 주어가 없지만, 이는 그저 주어진 상황이 아니라 '내'가 '우리'가 찾지 못한 것으로 아프게 다가온다. 김개미의 동시 「물밑의 언니」를 읽으면서 나는 "자꾸 바다 밑을 생각"할 수밖에 없는 아이가 상상하는 장면들을 따라간다. 그것은 판타지가 아니다. 저 차디찬 바다 밑 선실에 남아 있는 아이들의 모습…… 힘

* 이 작품은 『어린이와 문학』에 발표된 뒤에 동시집 『레고 나라의 여왕』(창비 2018)에 수록되었다. ── 편집자

들기 때문에 더 이상 상상을 못 하고 중단한다.

　어린이책 작가들, 어린이청소년문학 작가들은 세월호 참사로 숨진 아이들을 생각하며 광화문 광장에서 릴레이 단식을 하고 노란 엽서 만들기를 하고, 『세월호 이야기』(별숲 2014)를 출간하고, 진도 팽목항에 '세월호 기억의 벽'을 만들었다. '동거차도 미역 나누기'도 진행했다. 어린이 청소년 독자를 늘 생각해 왔던 작가들은 힘들지만, 힘들기에 움직이지 않을 수 없었다. 공감 능력이 없는 사람들, 울 줄 모르는 사람들, 진실을 감추는 사람들이 좌지우지하는 세상은 아픔을 만들고 치유하지는 않는다. 그들은 예술가를 블랙리스트로 통제하고 국고를 빼돌려 사리사욕을 채운다.

'나'를 잊은 질주

차영미 「깜박」

깜박

차영미

길모퉁이
하얀 고양이를 따라
달려갔어.

깜박
숙제를 잊고,

깜박
엄마를 잊고,

깜박

나를 잊고,

니야옹—

니야아옹—

—『동시마중』2016년 1·2월호*

하얀 고양이가 길모퉁이를 돌아 저쪽으로 사라진다. 아이는 왠지 그 고양이에 이끌려 달려간다. 그 순간 오늘 해야 할 숙제도, 시시콜콜 간섭하는 엄마도 '깜박' 잊어버렸다. 오로지 하얀 고양이에게 홀려서 길모퉁이를 돈다. "니야옹—/니야아옹—" 저만치서 고양이 울음소리가 여전히 유혹한다. 아니다. 어느 순간 아이가 고양이로 몸을 바꿔 '니야아옹' 소리를 내며 훌쩍 다른 세상으로 건너간다.

하얀 고양이를 따라 길모퉁이를 돌아 본 적이 언제 적이었나, 나는 생각나지 않는다. 매일매일 한 달 수입과 지출을 생각하며 '숙제'에 허덕이고, 연로하셔서 귀도 잘 안 들리는 '엄마'는 오늘도 별일 없이 지내셨을지 마음이 무겁다. 길모퉁이에 신비한 눈빛으로 서 있다가 휙 돌아서는 하얀 고양이를 보더라도 나는 멍하니 멈춰 서서 바라볼 뿐, 유혹을 느끼지 못할 것 같다. 나를 따라와 봐, 고양이의 속삭임에도 거기에 뭐가 있겠어, 기껏해야 또 다른 숙제가 있겠지, 하고 지레짐작할 것이다.

차영미 시인의 동시 「깜박」은 아이의 호기심과 숙제와 엄마로 상징되는 억압이 야기하는 일탈 욕구를 그렸다. '나'를 잊은 질주이지만 잊

* 이 작품은 『동시마중』에 발표된 뒤에 제목이 「고양이를 만난 날」로 바뀌어 동시집 『막대기는 생각했지』(소야 2016)에 수록되었다. ─ 편집자

어버린 '나'는 숙제와 엄마가 규정하는 '나'이고, 이를 더 밀고 나간다면 '진짜 나'를 찾는 모험이 시작될 것이다. 여기서 어른의 관점으로 '진짜 나'가 어디 따로 있어, 하고 비웃지 말고 시인의 감성으로 풀쩍 뛰어 고양이로 변신해 달려가 봤으면 좋겠다.

탐미주의 작가 에드거 앨런 포의 소설 「검은 고양이」에서 고양이는 불길함과 공포와 죄악을 매개하는 존재로 그려졌다. 고양이의 자태와 습성, 생태는 작가들의 상상력을 다양하게 자극한다. 우리 동시에서는 요즘 고양이를 주로 활달하고 얽매이지 않은 자유로운 존재로 주목한다. 『고양이와 통한 날』(이안, 문학동네 2008), 『고양이가 나 대신』(이상교, 창비 2009), 『고양이 통역사』(김이삭, 섬아이 2014)처럼 제목에까지 고양이를 올린 좋은 동시집도 있다.

꿈으로 버텨 온 긴긴 세월

김바다 「장단역 증기기관차 화통」

장단역 증기기관차 화통

김바다

1950년 12월 31일에 멈춰 선
장단역 증기기관차 화통엔
1020개의 총탄 구멍이 숭숭숭

세찬 눈보라 속에서도
시베리아 칼바람 맞으면서도
65년의 세월을 버텨 온 건
새 기차에 매달려
신나게 달릴 꿈이 있어서죠

경의선 철로를 달려

북쪽 땅과 남쪽 땅을

빠앙빠앙 기적 소리 울리며

새 기차에 매달려

칙푹칙푹 달릴 꿈을 꾸어서죠

— 49인 동시집 『전봇대는 혼자다』(사계절 2015)

고속철과 전철이 전국을 그물처럼 연결하고 있는 이즈음에도 증기기관차를 볼 수 있는 곳이 있다. 임진각을 찾은 사람들의 눈길을 사로잡는 '경의선 장단역 증기기관차'는 1950년 12월 31일에 멈춰 섰다. 한국전쟁 때 연합군 군수물자 수송을 위해 개성역을 출발한 기차는 황해도 한포역까지 올라갔다가 전세가 악화되어 내려오던 중 장단역에서 피폭되어 탈선한다. 녹슬고 부식된 채 비무장지대 안에 방치되어 있던 그 증기기관차를 2004년 '등록문화재 제78호'로 지정하였고, 보존 처리를 거쳐 2009년부터 임진각에 전시하고 있다.

육중한 쇠바퀴와 그 위에 얹힌 원통형의 큰 화통이 위용을 자랑하던 증기기관차는 1000개가 넘는 총탄 자국으로 구멍이 숭숭 뚫려 있다. 당시 기관차를 운행한 한준기 기관사의 회고에 따르면, 중공군의 공세로 후퇴하던 중에 밤 10시쯤 장단역에 도착하자 미군들이 기관차에 총을 쏘았다는 것이다. 북한군이 사용하지 못하게 모든 차량을 파괴하라는 명령이 떨어졌기 때문이다. 화차 지붕 위에까지 올라타 피란하던 사람들은 기관차가 흔들리면 떨어져 죽기 일쑤여서 철롯가에는 시체들이 즐비했다고 한다.

김바다 시인의 동시 「장단역 증기기관차 화통」은 "빠앙빠앙 기적 소리 울리며" "경의선 철로를 달려/북쪽 땅과 남쪽 땅을" 연결하고픈 기관차 화통의 꿈을 이야기한다. 그 꿈으로 버텨 온 긴긴 세월이 또 한 해 숫자를 더한다. 경의선 복원 사업도, 금강산과 개성 관광도 중단되고 개성 공단마저 폐쇄된 거꾸로 가는 남북 관계의 시계를 이제라도 돌려놔야겠다. "대한민국은 통일을 지향하며, 자유민주적 기본질서에 입각한 평화적 통일 정책을 수립하고 이를 추진한다."(대한민국 헌법 제4조) 헌법을 위반한 대통령을 탄핵한 우리들의 촛불이 정유년 새해에는 남북 관계에도 희망의 빛을 밝힐 것이다.

엉뚱한 질문, 통렬한 역설

윤석중 「독립」

독립

윤석중

길가에,
방공호가 하나 남아 있었다.
집 없는 사람들이 그 속에서
거적을 쓰고 살고 있었다.

그 속에서 아이 하나가
제비 새끼처럼 내다보며,
지나가는 사람에게 물었다.
"독립은 언제 되나요?"

─『초생달』(박문출판사 1946)

윤석중(1911~2003)을 「새 나라의 어린이」 「짝짜꿍」 「퐁당퐁당」 「기찻길 옆」 등 명랑하고 귀여운 동요를 지은 시인으로만 기억하는 이들에게 「독립」이 윤석중의 작품이라고 말해 주면 깜짝 놀랄 것이다. 나도 이 시를 처음 읽었을 때 윤석중이 이런 작품도 썼구나 하고 놀랐으니까.

  해방 이듬해에 나온 윤석중의 동요집 『초생달』에는 주로 일제강점기에 창작한 동요들이 실려 있지만, 「독립」은 해방 후에 쓰인 작품이다. 일제의 압제는 물러갔어도 집 없는 가난한 사람들은 여전히 다리 밑이나 일제 말에 만들어진 방공호 같은 데서 고단한 삶을 이어 가고 있다. 시인은 그런 형편을 직시하면서 방공호 속에서 거적을 쓰고 사는 한 아이를 주목한다. 그 꼬마 아이는 둥지 속의 "제비 새끼처럼" 밖을 내다보며 지나가는 사람에게 묻는다. "독립은 언제 되나요?" 읽는 순간 흑백 사진 같은 장면이 머릿속에 선명하게 그려지는 시이다.

  아이의 엉뚱한 질문은 해방이 된 상황을 모르는 아이의 천진성을 드러내고 있다. 그러나 그 천진성의 이면에는 일제로부터 해방이 되었건만 민중의 삶은 여전히 해방 전과 다름없이 피폐하다는 진실이 숨어 있는바, 아이가 던지는 질문은 통렬한 역설(逆說)이 된다. 따라서 제비 새끼로 비유된 아이의 형상도 귀엽기보다 애처로운 모습으로 다가온다. 동시의 독자인 어린이들은 이런 의미를 다 읽어 내지 못할 수도 있다. 그럼에도 윤석중은 첨예한 현실에서 느낀 아픔과 격정을 적극적으로 동시에 담아냈다. 1960년 4월혁명 시기에 쓰고 발표한 「오월에 얼음이 언다면」에서는 "봄날 총에 맞아 쓰러진 아기의/엄마 가슴에 얼어붙은 슬픔"을 "우리들의 따뜻한 마음으로 녹여 드리자"라고 노래했다. 그런 면모가 5·16쿠데타 이후의 시대 변화 속에서 약화되면서 윤석중은 짝짜꿍 동요의 원조요 동심주의 동요시인으로 기억되게 되었다. 「독립」의 아이가 2017년 오늘 광화문 광장에 다시 나타난다면 '민주공화국은 언제 되나요?' 하고 묻지 않을까.

조금씩 천천히 좋아졌다

송선미 「맘대로 거울」

맘대로 거울

송선미

아직도 살짝 먼저 망설이지만
그래도 이젠 보면 기분이 좋아

언제부터 내 눈에 내가 꽤 이뻐
걸을 땐 쇼윈도도 안 보던 난데
이름만 불러도 놀라던 난데

한 번 보고
두 번 보고
세 번 보니까

조금씩 천천히 내가 좋아져

속꺼풀도 쪽니도 나름 귀여워

—『옷장 위 배낭을 꺼낼 만큼 키가 크면』(문학동네 2016)

거울 보기를 망설이고, 길을 갈 때면 유리에 자기 모습이 비쳐 보일까봐 쇼윈도도 안 보던 아이가 있다. 아무개야 하고 누가 자기 이름을 부르기라도 하면 화들짝 놀란다. 거울에 비쳐 확인되는 자신의 속꺼풀 눈과 쪽니도 자꾸 미워진다. 이렇게 거울 보기를 부담스러워하고 남의 눈에 띄기를 두려워하는, 자신감이 없던 아이에게 변화가 일어났다.

소설이나 산문이라면 그런 변화의 이유를 그럴듯하게 말해야 하겠지만, 동시라면 꼭 그럴 필요는 없다. 언제부턴지 "내 눈에 내가 꽤 이뻐" 보이고, "속꺼풀도 쪽니도 나름 귀여워" 은근히 자신감이 생겼다. "한 번 보고/두 번 보고/세 번 보니까//조금씩 천천히 내가 좋아진" 것이다. '한 번, 두 번, 세 번까지' 보았다는 것과 '조금씩 천천히' 좋아졌다고 말하는 데 이 시의 묘미가 있다. 어쨌든 이 아이는 거울 속의 아이와 완전히 화해한다. '나를 외면하던 나'가 '나를 좋아하는 나'로 변신한 것이다.

송선미의 동시 「맘대로 거울」은 여러 번 읽을수록 시 속의 아이를 따라 기분이 좋아지고 자신을 긍정하게 되는 감염성이 짙은 작품이다. 거울이야 항상 사물을 정직하게 비쳐 보여 주지만 볼 때마다 거울 속의 영상은 밉게도 귀엽게도 보이며 달라진다. 일체유심(一切唯心)을 살짝 깨친 것이라 해도 되겠다.

얼마 전 강남에 공연을 보러 갔다가 거리의 빌딩마다 성형외과 간판이 즐비한 것을 보고 쫙 소름이 끼쳤다. 개인의 선택권을 존중해야겠지만 과연 쌍꺼풀이 예쁠까, 외꺼풀이 예쁠까, 속꺼풀이 예쁠까. 인생을 살려면 얼마간 나르시시스트가 되어야 쓸데없는 괴로움을 벗어날 수 있다. 누구나 고개를 들고 주위를 둘러보면 많은 거울들과 마주친다. 학벌이며 자식이며 친구며 직장이며 애인이며 그 모두가 자신을 비쳐 보이고 있는 거울이다. 한 번 보고 두 번 보고 말거나, 네 번 이상 지나치게 보는 것은 위험하다. 딱 세 번 보는 게 적당하다. 후훗.

가로수들의 운명과 공포

김종헌 「가지치기하던 날」

가지치기하던 날

김종헌

'새봄맞이 전지 작업 중
협조와 양해 바람'

내걸린 현수막이
눈바람보다 차갑다.

전기톱
쫓아오는 소리에
파랗게 질린 꽃망울들.

전지(剪枝): 나뭇가지를 다듬거나 잘라 냄.

—『동시조 쪽배』 10호(가꿈 2016)

아버지는 젊었을 때 집 뒤 야산을 개간하고 사과나무를 심으셨다. 겨울이 끝나 갈 무렵이면 어김없이 전지가위를 들고 과수밭으로 나가 가지치기를 하셨다. 전지가위의 날 부분은 반달 모양으로 둥글었는데, 어린 나는 호기심으로 전지가위를 잡고 나뭇가지를 잘라 보았지만 가느다란 것도 힘에 부쳤다. 쌀쌀한 공기에 봄기운이 멀리에서 느껴지고, 사과나무의 시커먼 겨울눈은 조금씩 물을 끌어올려 부풀기 시작하고 있었다. 지난해에 웃자란 가지와 꽃눈이 있는 자리를 잘 살펴서 가지치기를 해 줘야 그해 사과 농사가 순탄하였다. 우리 집 한 해 농사가 가지치기로부터 시작되던 때였다.

아침에 출근하면서 보니 며칠 전 전지를 했는지 플라타너스 가로수가 몽둥이처럼 뭉툭한 모습으로 다듬어져 있었다. 사다리차가 와서 전기톱으로 위잉위잉 꼭대기 가지까지 사정없이 쳐 냈을 것이다. 그렇게 잘려도 보도블록 밑으로 굳게 뿌리를 내리고 매연과 분진, 심야의 불빛까지 견디며 다시 쑥쑥 자라는 플라타너스의 생명력이 나는 감탄스러웠다.

김종헌 시인의 「가지치기하던 날」은 가로수나 공원 나무의 전지 전정 작업을 보고 쓴 작품이다. '새봄맞이' 작업이라고 현수막이 안내하고 있지만 아직 날씨는 쌀쌀하고, 다가오는 전기톱 소리에 펄럭이는 현수막은 "눈바람보다 차갑"기만 하다. 전지용 전기톱날을 피할 수 없는 나무의 운명과 공포를 시인은 자신의 아픔으로 생생히 느꼈던 듯하다. 그래서 전기톱 소리는 "쫓아오"는 것이라 하고, 잘려 나갈지 모르는 가지의 꽃망울들은 "파랗게 질렸"다고 표현했을 것이다. 하지만 꽃망울들은 곧 붉은 웃음을 터뜨리리라.

읽으면서 알아차린 독자도 있겠지만 「가지치기하던 날」은 시조 형식으로 쓴 동시, 즉 동시조다. 시조 창작에는 전통 장르로서의 옛 맛을 잘 되살려 쓰고자 하는 방향도 있고, 과감하게 현대적 변용을 추구하는 방향도 있다. 어느 쪽이든 간에 그 형식 안에서 시심이 자유롭게 놀 수 있으면 된다.

땀 흘려 일하는 슈퍼히어로들

박해정 「신 어벤저스」

신 어벤저스

박해정

조금만 세상을 눈여겨본다면

어디서든 신 어벤저스가

촬영 중이라는 걸 알 수 있지.

쌀자루 같은 건 거뜬히 들어 올리는 헐크,

차 똥구멍까지 꼼꼼하게 살피는

아이언맨 정비소 아저씨,

횡 하고 집과 집 사이를 날아다니는

스파이더맨 택배 아저씨도 있지.

시켜만 준다면 뭐든 할 수 있어!

인력원 앞에는 팔짱을 긴 채

배역을 기다리는

블랙위도,

호크아이,

토르도 보이지.

통닭을 실은 캡틴아메리카가

밤늦도록 도로를 질주하는 건

아직 촬영이 끝나지 않았다는 거야.

—『넌 어느 지구에 사니?』(문학동네 2016)

「어벤저스: 에이지 오브 울트론」은 2015년에 공개된 미국의 슈퍼히어로 영화로, 마블 코믹스에서 출간된 동명의 슈퍼히어로 팀 만화가 원작이며, 마블 시네마틱 유니버스 세계관을 공유하는 마블 슈퍼히어로 영화들의 크로스오버 작품인 「어벤저스」의 후속작이다. 2014년 3월 대한민국 서울 마포대교와 의왕에서 일부 장면이 촬영되었다. 이상은 위키백과에 나온 설명이다. 이 영화를 나도 보긴 했는데, 내 취향 탓인지 그다지 인상적이지는 않았다. 우리나라에서 촬영했다고 해서 관심을 끌었는데, 마포대교와 한글 간판이 즐비한 골목에서 벌어진 액션 장면이 기억난다.

그때 「어벤저스」를 찍은 슈퍼히어로들이 돌아가지 않고 헐크는 방앗간에서 쌀자루를 나르고 있고, 아이언맨은 자동차 정비소에서 "차 똥구멍까지" 샅샅이 살피고 있다. 이런! 스파이더맨도 특기를 살려 택배 상자를 들고 아파트 30층을 오르내리고 산동네 골목을 구석구석 누비고 다니는구나. 섹시하고 여러 외국어에 능통한 블랙위도와 활쏘기의 달인인 호크아이, 헐크 못지않은 괴력의 소유자 토르는 일자리를 못 찾아

인력시장에 모여들었네. 역시 한국은 달라. 스펙이 최고여도, 코너링이 좋거나 이름이 좋은 금수저에겐 못 당한다니까. 축구 중계를 보며 먹으려고 통닭에 맥주를 시켰더니 캡틴아메리카가 번개같이 달려왔네. '신 어벤저스: 체험 삶의 현장' 편을 촬영하고 있구나.

박해정의 동시 「신 어벤저스」는 영웅의 개념을 뒤집어 이 땅의 땀 흘려 일하는 사람 한 명 한 명을 슈퍼히어로로 등장시킨다. 신나게 박수를 쳐 줘야 할 것 같은데, 박수 대신 울컥 콧등이 시큰해진다.

물오르는 나무를 보며

김금래 「서 있는 물」

서 있는 물

　　　　　김금래

바다가 되기 싫은
물이 있지

가던 발길 멈추고
고요히

생각에 잠기는
물이 있지

세상 물들이 모두

바다로 갈 때

나무 속으로 들어가
팔 벌리고 서 있는 물이 있지

잎으로 꽃으로 피는
물이 있지

—『꽃피는 보푸라기』(한겨레아이들 2016)

어릴 적, 두레박으로 우물물을 길어 올려 마음껏 마시고 개울에서 물장구치며 놀던 때에 나는 돈을 주고 물을 사 먹는다는 것을 상상도 하지 못했다. 김동환의 시 「북청 물장수」(1924)를 배우면서는 아침마다 물장수가 물을 길어다 부어 준다는 것이 먼 나라 이야기인 것만 같았다. 유럽에서는 식당에 가도 병에 든 물을 사 먹어야 한다는 말을 들었을 때는 참 불행한 땅인 것 같기도 했고, 선진국은 뭐가 달라도 다르구나 하는 생각도 들면서 혼란스러웠다. 그런데 지금은 내가 당연한 듯 생수를 사서 그 물로 차를 끓이고 있는 시절이 되었으니 격세지감이 아니 들 수 없다. 이제 시골에는 두레박을 드리운 우물이 없어진 지 오래고 물장구치며 놀 만한 개울도, 그곳에서 벌거숭이로 뛰노는 아이들도 찾아보기 어렵다.

'물' 하면 H_2O를 떠올리는 사람도 있고 사람마다 연상하는 것이 다를 텐데, 김금래 시인은 나처럼 경험적인 사실을 떠올리지 않고 깊은 사색에 잠긴다. 그럴 때 사색의 눈에 잡히는 물은 외형적인 물이 아니다. '서 있는 물', 물이 서 있다는 것은 통상적인 물의 이미지와는 상반된다.

봄비, 소나기, 낙숫물 등 물의 이미지는 대부분 '하강(下降)'과 관련되며 시냇물, 강물 등은 '흘러감'과 관련된다. 그런데 이 시에서 물은 "바다가 되기/싫"어서 흐르길 멈추고, "고요히//생각에 잠기"고, 종내는 "나무 속으로 들어가/팔 벌리고 서 있"는다. "세상 물들이 모두/바다로 갈 때" 그에 역행하는 물은 사실 삐딱한 물인 듯싶다. 그런데 이 물은 그냥 삐딱하게 제 성깔대로 행동하는 것이 아니라 "생각에 잠기는" 사색과 성찰의 과정을 거친다. 그리하여 이 물은 '잎'과 '꽃'으로 피어나는 것이다. 시인은 겉으로 드러난 물의 존재보다 오히려 나무의 몸속에 스며들어 작용하는 보이지 않는 물을 주목하는 시안(詩眼)을 지녔다.

　"냇물아 흘러 흘러 어디로 가니/강물 따라 가고 싶어 강으로 간다"(이종구 「시냇물」). 초등학교 때 배운, 지금도 흥얼거려지는 동요다. 이제 나는 강으로 바다로 가는 물만이 아니라 나무 속으로 들어가 팔을 벌리고 서 있는 물도 기억하게 되었다. 봄이다. '국민의 신임을 배반한' 대통령을 파면하고 맞이하는, 민주주의의 봄이다. 물오르는 꽃나무들에 곧 민주 민생의 꽃이 활짝 피어날 것이다.

가만히 눈을 감고 귀를 맡긴다

안도현 「귀 파는 날」

귀 파는 날

　　　　안도현

엄마 무릎에 기대어
내 귀를 맡겨 두는 날

귀이개만 한 생쥐 한 마리
귓속으로 들락거린다

한쪽 귀로 듣고
한쪽 귀로 흘려보낸
엄마의 잔소리
솔솔 물고 나오고

그 애가 내게 건넨 쪽지

펼쳐 볼 때 사각거리던 소리

밖으로 꺼내 오고

이런,

감춰 둔 비밀이 다 풀려나와

엄마가 눈치채면 어쩌지?

내 귀를 엄마가 잡아당겨도

눈 감고 있어야지

생쥐가 내 귀를 갉아 먹어도

귀 파는 날은

───『기러기는 차갑다』(문학동네 2016)

　어렸을 적에는 유난히 간지럼을 많이 탔다. 겨드랑이나 목덜미를 간질이면 견디기 어려웠다. 몸이 꽈배기처럼 오그라들었다. 간지럽기도 했거니와, 놀거리가 별로 없던 시절에 아이들끼리 서로 장난치는 행동이거나 어른들이 아이들을 골리는 친밀감의 표시이기도 했다.

　귀이개가 슬금슬금 귓속을 헤집는 것도 간지럼 태우기 못지않은 자극이었다. 귓속을 들락거리는 "귀이개만 한 생쥐 한 마리". 안도현 시인의 「귀 파는 날」을 읽으면 누구나 그런 기억이 떠오를 것이다. 이 시의 상황처럼 엄마나 누군가의 무릎에 머리를 맡기고 있었을 수도 있고, 스스로 조심조심 귓속을 팠던 경험일 수도 있다. 생쥐가 가려운 데를 찾아

구석구석 긁어 주어 시원하기도 하고, 날카로운 새가 연한 살을 콕 쪼아 찡그려지기도 한다. 귓속 동굴을 굴착해서 생쥐는 "한쪽 귀로 흘려보낸/엄마의 잔소리"를 물고 나오고, "그 애가 내게 건넨 쪽지"를 몰래 펼쳐 볼 때 들렸던 사각거리는 소리도 꺼내 온다. 얼마만 한 덩어리의 '비밀'이 귓속에서 방출되는지 궁금하긴 하지만 가만히 눈을 감고 귀를 맡긴다. 한가롭고 평화로운 시간이다.

요즘은 '코를 판다' '귀를 판다'는 표현을 자주 쓴다. 그러다 보니 '코를 후비다' '귀를 후비다'라는 표현은 거의 사라졌다. 땅을 파고 구덩이를 파는 것이지, 코나 귀를 파는 것은 아니다. 물론 이 시의 제목을 '귀 후비는 날'이라고 했다면 좀 지저분한 느낌도 들었을 것이고, 또 딱히 '후비다'가 상황에 맞는 적실한 표현이 아니었을 수도 있다. 시어(詩語)는 시어로서의 맛과 향과 품위를 추구하면 되는데, 우리의 습관적인 언어 사용이 어휘의 축소로 가는 경향은 경계할 일이다.

안도현 시인은 언제부턴가 동시 창작에 발을 들이더니 지난가을 세 번째 동시집 『기러기는 차갑다』를 냈다. 그는 전교조 해직 교사였고, 『백석 평전』(다산책방 2014)을 썼고, 특정 대통령 후보를 지지하는 활동에도 앞장섰다. 어느 것 하나 쉬운 길이 없는데, 그는 그 길을 꿋꿋이 갔다. 내가 아는 그는 목소리도 인상도 살결도 다 부드럽고 포근한데 말이다. 그를 내면에서 든든히 붙잡아 준 것은 동시를 향한 애정과 가슴에 깃든 동심 때문이 아니었을까, 추측해 본다.

그림책이 떠올랐다

박해련 「플라타너스 문지기가 서 있는 병원」

플라타너스 문지기가 서 있는 병원

박해련

네거리 모퉁이
플라타너스 문지기가 서 있는
신발 병원에 엄마랑 앉아 있다

버릴까 망설이다 가져온
목이 긴 엄마 구두
간호사가 수화로 의사 선생님께 보여 드리자
의사 선생님이 수화로 진찰을 한다

두 분 말씀 듣고 있던

귀 밝은 재봉틀이 고개 끄덕이며

상처 난 구두 목 치료하는 중이다

창밖엔 눈옷 껴입은 플라타너스가

황소바람 들락거리는 창틈 기웃거리며

비둘기 둥지만 한 농아 부부 병원을

꼬옥 끌어안고 서 있다

—『강아지길』(소야 2016)

  그림책은 기본적으로 글과 그림이 결합한 장르이지만 글자 없는 그림책도 있다. 우리나라의 창작 그림책은 짧은 기간에 높은 수준으로 발전해서 이제 국제적으로도 인정받고 있고, 다양한 개성과 매력으로 어린이 독자와 어른 독자를 두루 확보하고 있다. 박해련의 동시 「플라타너스 문지기가 서 있는 병원」을 거듭 읽으면서 나는 그림책이 떠올랐다. 이 시의 구절들이 차례차례 그림책 글로 변환될 수도 있겠지만, 시가 펼치는 장면을 글자 없이 재현하면 더 멋진 그림책이 될 것 같았다.

  길거리 모퉁이에 작은 구둣방이 있고 그 앞에 키 큰 플라타너스가 듬직하게 자리 잡았다. 구둣방 안에는 목이 긴 낡은 구두를 수선하려고 엄마와 아이가 함께 와 앉아 있다. 수수하게 차려입고 얼굴은 둥글둥글 순한 모녀다. 구둣방을 지키고 있던 간호사와 의사 선생님은 엄마 구두를 받아 상처 난 목을 살펴보고 진찰한다. 두 사람은 손가락을 움직여 수화(手話)로 이야기한다. 의사 선생님의 둘레에는 재봉틀과 가위, 풀, 가죽 조각 등 아픈 구두를 치료할 수 있는 재료와 도구들이 익숙한 위치에 놓여 있다. 간호사가 옆에서 거들어 주고 의사 선생님은 능숙한 손길로 재봉틀을 돌려 구두를 깁는다. 고흐의 그림 「감자 먹는 사람들」처럼 가운데 자리한 구두를 깁는 재봉틀 주위로 네 사람이 둘러앉아 있고, 낮은 천장에는 전등불이 흔들리고 있어도 좋다.

"창밖엔 눈옷 껴입은 플라타너스가/황소바람 들락거리는 창틈 기웃거리며/비둘기 둥지만 한 농아 부부 병원을/꼬옥 끌어안고 서 있"는 정황은 중간중간 장면에 날리는 눈발과 창문을 덜컹거리며 스며드는 겨울바람으로 표현하고, 마지막에 원경으로 눈 덮인 플라타너스 아래 역시 눈에 덮여 가는 작은 구두병원을 묘사하면 될 것이다. 어떤가. 글자 없는 멋진 그림책이 되지 않을까.

화려한 백화점이나 번듯한 상가 건물에 입주한 가게가 아니라 길거리에 조그맣게 자리 잡은 소박한 구둣방, 수화로 대화하며 서로 도와 구두 수선을 하는 부부, 낡고 해진 구두를 손질해 신으려고 찾아온 엄마와 아이. 이런 삶의 풍경은 희귀한 것 같지만 내 삶에서 한 꺼풀 장막을 걷어 내면 이와 별반 다르지 않을 것이다. 이를 지켜 줄 든든한 문지기가 있는지는 알 수 없지만.

마음이 한껏 설레어

윤복진 「이슬 방울」

이슬 방울

윤복진

요롱조롱 풀잎에
이슬 방울은,

풀벌레 꼬마 신랑
거울이래요.

아장아장 각시 집에
놀러 간다고,

노랑 초립 요리조리

멋내 쓰지요.

요롱조롱 꽃잎에
이슬 방울은,

풀벌레 꼬마 각시
거울이래요.

등너머 꼬마 신랑
놀러 온다고,

요리 갸웃 조리 갸웃
야단이지요.

—『꽃초롱 별초롱』(창비 1997)

이슬이 촉촉이 내린 아침이다. 이른 아침부터 '풀벌레 꼬마 신랑'은
'아장아장' 고 어린 걸음으로 꼬마 각시 집에 놀러 갈 생각에 분주하게
움직인다. '노랑 초립'을 한껏 멋을 내 쓰고서 풀잎에 '요롱조롱' 맺힌
이슬 방울에 제 모습을 비추어 본다. '풀벌레 꼬마 각시'에게 멋진 신랑
으로 보이고 싶어서 풀 삿갓을 요리 써 보고 조리 써 보며 마음이 한껏
설렌다.

꼬마 각시도 설레기는 마찬가지다. 둔덕 너머 사는 풀벌레 꼬마 신랑
이 곧 놀러 올 텐데 얼마나 예쁘게 보일지 몰라서 "요리 갸웃 조리 갸

웃"거울을 본다. 꽃잎에 '요롱조롱' 맺힌 맑은 이슬 방울이 풀벌레 꼬
마 각시의 거울이다. 예쁜 것도 같고 미운 것도 같아서 이리 보고 저리
살피고, 세수도 다시 하고 머리도 매만진다.

윤복진(1907~1991)의 「이슬 방울」은 동요다. 읽어 보면 단박에 가락이
나오고 가락에는 흥이 실린다. 풀잎이나 꽃잎에 맺힌 이슬을 보면 하늘
도 비치고 주위 풀들도 어릿어릿 비치고 풀벌레와 곤충도 비친다. 이슬
을 바라보는 내 얼굴도 비친다. 그런 경험에서 상상한 것인지 윤복진은
작은 풀벌레들이 이슬 방울을 거울로 삼아 신랑과 각시로 만날 설렘에
들떠 있는 모습을 귀엽고 흥겹게 노래했다. 아이들이 풀각시로 신랑과
신부를 만들어 소꿉놀이를 하는 장면도 연상된다.

예전에 아이들이 어울려 놀 때는 항상 노래가 있어서 흥을 돋우었다.
식민지 시대에 우리 아동문학인들은 아이들이 즐겨 부를 수 있는 노래,
흥이 담긴 노래, 우리말을 지키고 정서를 가꾸어 주는 노래를 만들기에
힘썼다. 방정환, 윤극영, 윤복진, 이원수, 윤석중 등이 지은 동요에 작곡
가들이 곡을 붙여 전국적으로 불린 작품들도 많다. 윤복진이 남긴 동요
들을 다시 따라 읽어 가노라면 그동안 잊었던 우리말, 우리 자연, 우리
아이들의 놀이, 흥, 생활 모습이 되살아난다. 정치의 계절을 겪으면서
편 가르는 혼탁한 말과 거친 말들의 홍수에 심신이 지쳤는데, 이런 때에
읽는 동시와 동요는 머리를 개운하게 한다. '나라다운 나라'를 만들어
갈 새 대통령의 책상에도 맑은 언어의 동시 동요집이 놓였으면 좋겠다.

'알약'이 '시집'을 대신해?

김은영 「우주에서 읽는 시」

우주에서 읽는 시

김은영

백 년 뒤 사람들은
시를 읽지 않는다.

우주여행 다니느라
시집 한 권의 감동을
알약으로 먹는다.

진공 포장한 고농축 알약
일 년에 한 알만 먹으면 끝이다.

— 『우주에서 읽는 시』(열린어린이 2017)

백 년 뒤 사람들은 시를 읽을까, 읽지 않을까? 백 년 뒤의 미래 세상이 어떤 모습일지 나는 쉽게 상상이 되지 않는다. 그래서 사람들이 시를 읽을지 읽지 않을지도 언뜻 짐작되지 않는다. 아니 꼭 이분법적으로 시를 읽는다, 안 읽는다고 답할 필요는 없을 것 같다. 시나 노래나 그림 같은 오래된 예술은 그때에는 새로운 형태의 예술로 바뀌어 있을 것이라고 답할 수도 있을 것이다.

김은영의 「우주에서 읽는 시」는 백 년 뒤 사람들은 '시를 읽지 않는다'고 결론을 내리며 상상을 펼친다. 시를 읽지는 않지만 그렇다고 시의 '감동'을 잊어버린 것은 아니다. 「스타워즈」나 「아바타」 등 SF 영화에서 보았듯이 우주여행이 보편화된 시대가 와서, 사람들은 "우주여행 다니느라/시집 한 권의 감동을/알약으로 먹는다." 아마 한 끼 식사도 알약 하나로, 베토벤의 교향곡도 알약 하나로, 윤동주 시집 『하늘과 바람과 별과 시』도 알약 하나로 해결할 것이다. "진공 포장한 고농축 알약/일 년에 한 알만 먹으면 끝"이라는 것은 알약 하나에 수많은 예술의 감동을 '고농축'할 수 있다는 선언이다.

그러면 이 동시가 상상한 미래 사회는 예술에서 얻을 수 있는 감동까지 알약으로 흡수하며 우주의 여러 별들을 여행 다니는 '멋진 신세계'인 것일까. 일차적으로는 그렇게 감상할 수 있다. 그렇지만 다시 한번 생각해 보면 의문이 든다. "진공 포장한 고농축 알약" "일 년에 한 알만 먹으면 끝"이라는 표현에서 한 편의 시, 한 권의 시집을 자기만의 시간을 내어 내밀하게 감상함으로써 얻는 감동을 떠올리기는 어렵다. 그래서 '알약이 시집을 대신해?' '시집 읽은 감동을 농축 포장해?' 하는 반문이 떠오르고, 시집 읽는 즐거움과 감동을 알약이 온전히 대신해 주지는 못할 것임을 깨닫게 된다.

작년부터 출판계에 불고 있는 초판본 시집 복각(復刻) 열풍은 근 백년 전에 나온 『진달래꽃』(김소월), 『님의 침묵』(한용운)도 불러냈다. 오래전 나온 시집의 물성(物性)까지 음미하며 시를 감상하려는 독자들의 관심이 뜨거웠다. 과연 제대로 준비해서 의미 있는 출판을 한 경우가 얼마나 되는지, 지금 세대가 시를 감상하기에 적절한 판본들인지 따져 볼 일이지만 그 배경엔 '디지털 감성'이나 '알약'이 대신할 수 없는 것을 찾는 욕구가 작용했다. 백 년 뒤에도 어떤 사람들은 백 년 전에 나온, 즉 요즘에 나온 심금을 울리는 시집을 일부러 챙겨서 우주선에서 펼쳐 보지 않을까.

일상 속의 지하철 풍경

박혜선 「퇴근 시간」

퇴근 시간

　　　　　박혜선

한 무리의 구두가 들어온다

여기저기 기웃거렸을 구두

종종걸음 쳤을 구두

사무실에 갇혀 있었을 구두

갈 곳 없어 공원에서 죽치고 있었을 구두

삐질삐질 땀 흘렸을 구두

우글쭈글 낡은 구두가

주인 따라 들어온다

눈 감고도 갈 수 있는 길

지하철에서 새우잠 자며

피로를 풀고 있다

또 한 무리의 구두가 들어온다

코가 쭉 빠진 게

종일 거리를 헤맨 얼굴이다.

—『백수 삼촌을 부탁해요』(문학동네 2016)

　"열차가들어옵니다전광판불이켜지고턴넬은갑자기소음으로꽉차빠
앙하는소리지하철정거장무너트리며열차는섰다10초동안문이열리고수
많은사람들동시에타고내리고금세문이닫히고열차는떠나간다". 1980년
대 시동인지『시와 경제』제2집(1983)에 발표된 김정환 시인의 「지하철
정거장에서 (둘)」의 첫 대목이다. 지하철역으로 전동차가 진입할 때의
광경이 사소한 풍경이 아니라 엄청난 사건처럼 그려졌다. 시인의 예민
한 감수성, 혁명을 기다리는 역동적인 주제의식 때문이기도 하지만 이
시기에 지하철의 위용은 시민들의 사소한 일상으로 파악되기는 어려
웠다.

　지금은 지하철, 전철이 수도권을 얼기설기 거미줄처럼 연결하고, 전
국 대도시에 지하철이 발달돼 있어 지하철 교통은 이제 대다수 국민의
생활의 일부분이 되어 있다. 박혜선의 동시 「퇴근 시간」은 그러한 일상
속의 지하철을 주목해서, 하루 일과를 마무리할 '퇴근' 시간이 되자 지
하철로 모여드는 '구두'들을 관찰한다. "여기저기 기웃거렸"거나 종종
걸음을 친 구두는 일자리를 구하러 다닌 구두인 듯. 고객을 찾아 나선
영업사원의 구두일지도 모르겠다. 사무실에 '갇혀' 있었던 구두는 필경
천차만별의 업종이 있는 내근직 종사자의 구두일 것인데, 갈 곳이 없어
"공원에서 죽치고 있었"던 구두란 은퇴자의 구두일까. 아니 은퇴자나

노인만의 상황은 아닐 것이다. 지하철은 타고만 있으면 목적지에 "눈 감고도 갈 수 있는 길"이기에, 하루의 피로에 지친 구두들은 선 채로 앉은 채로 불편한 잠을 자기도 한다. 역에 정차하면 "또 한 무리의 구두"가 객실로 들어온다. 지하철은 온갖 사람이 모여드는 장소이고, 수많은 구두의 다양한 표정이란 하루의 팍팍한 삶이 아로새겨진 서민들의 '얼굴'이다.

요즘 지하철엔 임산부 배려석도 있고 노약자석도 있다. 분홍색이나 자주색으로 팍 구별되는 임산부 배려석에 젊은 청년이나 장년의 사내가 앉아 있을 때도 있는데, 눈총을 주기보다는 벙긋 웃어 주자. 출입구 쪽 자리로 배정된 노약자석을 보면 노약자 분리 차별이란 생각도 들지만, 나도 너무 피곤할 때는 슬쩍 앉아 갈 수 있으니 고맙다. 출퇴근 시간보다 낮 시간에 주로 지하철을 타는 내 시야에 들어오는 신발들은 가죽 구두보다 갖가지 스타일의 운동화 등 다종다양했다. 그것도 이 시대의 풍경이고 문화의 한 부분으로 관찰될 수 있으리라.

권정생 선생님 사시던 집 마당엔

안상학 「개나리꽃」

개나리꽃

안상학

권정생 선생님 남기신 집 마당엔
올해도 개나리꽃 피었습니다

개똥 묻은 자리에 핀다는 꽃 개나리꽃

선생님 키우시던 개들의 이름을 불러 봅니다
꾸구리야
버직이야
뺑덕이야
두데기야

꾸구리 똥 묻은 곳에 꾸구리 꽃

버직이 똥 묻은 곳에 버직이 꽃

빵덕이 똥 묻은 곳에 빵덕이 꽃

두데기 똥 묻은 곳에 두데기 꽃

올해도 개나리꽃 무덕무덕 피었습니다

—『창비어린이』 2017년 여름호*

　얼마 전 화가 김환영이 낸 그림책 『빼떼기』(창비 2017)의 원화전을 보았다. 나는 화가와 벗으로 지내는 사이지만, 원화 한 컷 한 컷의 무게감이 서늘해서 그림에 대해 그에게 뭐라 말을 건네기가 어려웠다. 적어도 일주일은 머무르며 다가섰다 물러서고, 돌아갔다 다시 오고, 눈 속에 담았다가 머릿속에 비워 내고 해야 그림이 뿜는 기운을 반이나마 받아 안을 수 있을 것 같았다.

　"하얗게 펼쳐진 종이 앞에서 붓은 망설인다. 두려움이다. 단 하나, 계속 그려 가다 보면 어느 순간 붓이 스스로 눈을 떠 제자리를 찾아가기도 한다는 것. 내가 그림을 움직이는 게 아니라 그림이 나를 움직이며 진행되기도 하더라는 것. 그렇게 화면을 장악하는 힘과 감각이 최고의 상태에 이르기도 하더라는 것."(김환영 「빼떼기가 좋은 친구들 많이 만났으면」, 『창비어린이』 2017년 여름호 209면) 지면에 발표된 화가의 '작업 일기'를 읽으며, 화가가 그림과 마주한 순간들이 어떤 무늬를 그려 나갔는지 조금은 짐

---

* 이 작품은 『창비어린이』에 발표된 뒤에 동시집 『지구를 운전하는 엄마』(창비 2018)에
　수록되었다. — 편집자

작할 수 있었다.

「빼떼기」(『바닷가 아이들』, 창작과비평사 1988)는 권정생(1937~2007) 선생이 쓴 동화로, 아궁이에 들어갔다 솜털이 타고 불에 데어 빼딱빼딱 걷는 깜둥 병아리 이야기다. 내게는 김환영의 붓으로 그림책으로 재탄생한 '빼떼기'를 새롭게 만나는 경험이었지만, 많은 독자들은 권정생과 김환영의 합작 그림책으로 '빼떼기'를 처음 만날 것이다.

김환영의 그림이 권정생 작품을 다시 만나게 했듯 시인 안상학은 권정생 선생이 사시던 안동 조탑리 집 마당으로 나를 이끈다. 선생이 타계하고 지난(2017) 5월로 어느덧 10주기이니, 그곳 풍경도 이제 많이 변했을 듯하다. 시인은 선생이 키우던 개들의 이름을 하나하나 불러 본다. '꾸구리' '버직이' '뺑덕이' '두데기'라는 녀석들이 선생에게는 다 특별했을 것이다. 선생이 피붙이처럼 지낸 개들이 눈 똥을 파묻었던 집 둘레에 봄이 오고 개나리꽃이 핀다. 강아지똥이 피운 민들레꽃(동화「강아지똥」)이 떠오르는 장면이다. "무덕무덕 핀" 개나리꽃의 이미지는 민들레꽃보다 더 질기고 강렬하다.

앞으로 권정생 선생의 작품을 다른 예술가와의 합작품으로 또는 다른 예술가를 매개로 해서 만나는 일이 많아질 터이다. 특별하고도 즐거운 경험이다. 권정생 선생이 개성 있고 뛰어난 예술가들을 불러내고 있다.

나이 어린 아이답다

최수진 「저울」

저울

최수진

동생이
소프트아이스크림을
양손에 들고
저울질하고 있어요

꼭
큰 거 먹으려고요

동생은 저울이에요
무게를 너무 잘 달아요

———『벌레가 기절했다』(사계절 2015)

"오늘 빵을 샀다//반만 먹고/반은 할머니 드리려고/남겼다//할머니는 이빨이/반만 있으니까". 최수진의 동시 「반만 먹었다」이다. 빵을 사먹고 반은 할머니에게 주려고 남긴 것은 할머니를 생각하는 기특한 마음 같지만, 이 동시 속의 아이는 단지 할머니는 이빨이 반만 있어서 반을 남겼다고 이야기한다. 어찌 보면 재치 있는 핑계라 하겠는데, 빵을 사 먹으며 할머니를 생각한 마음이 경쾌하게 드러난다. 할머니도 먹고 싶을 거라든가 할머니가 자기에게 잘해 주어서라든가 이런 생각이 안 나고 할머니의 거지반 빠진 이가 생각났으니 나이 어린 아이답다. 빵을 남겨 가긴 해야 하는데 얼마를 남겨야 하나, 자기 나름대로 명쾌하게 기준을 찾았으니 그것도 깜찍하다.

「저울」의 아이는 아이스크림 두 개를 양손에 나눠 들고 어느 것이 큰지 재고 있다. 꼭 큰 것을 찾아 먹어야 하니까. 언니의 시선에는 동생이 척척 무게를 가늠해 내는 것이 신기하다. "동생은 저울이에요/무게를 너무 잘 달아요" 하고 감탄한다. 아이들의 탐욕이나 시샘은 그림자도 찾아볼 수 없다. 「개미의 일기」라는 작품에서는 "낙엽이 푹/커다란 발이 쿵/꽃잎이 살짝/절레절레, 휴~/그래도 과자 하나는 들고/집으로 왔다"라고 개미가 되어 말하고 있는데, 그 감수성은 앞의 시들과 다름없다. 아슬아슬 조마조마한 상황을 다행히 모면하고 안도하며 먹이를 확보해 돌아온 개미의 일과가 눈앞에 차르르 펼쳐진다.

비유와 상상이 뛰어난 시, 철학적 깊이가 있는 시, 직관으로 세상을 날카롭게 읽어 낸 시 등 동시에 여러 차원이 있고, 어른들이 음미하며 읽을 좋은 동시도 요즘 많이 발표된다. 그렇지만 「저울」처럼 자의식이 자라기 전 아이의 단순하고 명쾌한 의지와 행동을 드러낸 작품은 그것대로 또 매력이 있다. 사실 동시를 쓰는 이는 어른이어서, 그렇게 쓰기가 쉽지 않다, 어른에게 형성돼 있는 온갖 복합적 지식과 감성이 알게 모르게 스며들기 때문이다.

문재인 정부가 들어서고 주요 공직자 후보자들이 국회 청문회를 거쳤다. 낙마한 인사도 없지 않은데, 문제 된 사안들을 보면 그때그때 큰 것, 유리한 것을 정당성을 무시하고 선택한 경우들이 대부분이었다. 오래된 과거사가 발목을 잡을 때는 안타까운 마음마저 들기도 했다. 아이스크림을 저울질하던 아이는 자라서 어떤 저울질을 할까. 사는 일이 늘 명경지수 같을 수야 없지만, 유능하고 청렴한 인물들이 존경받고 능력을 발휘하는 사회로 성큼 나아가길 바란다.

담백하면서도 짠한 삶의 빛깔

임길택「산골 아이 7」

산골 아이 7: 저녁 노을

임길택

언덕배기 서향집 진호네 집에서는
아름다운 저녁 노을 바라보기가 좋다.

저 멀리 산물결 위로 아름다운 저녁 놀 떠오르면
진호는 마루 기둥에 기대어 서서
그 저녁 노을들 바라본다.
늘 빛깔이 달라 보이는 저녁 노을들
그 저녁 노을 뜨는 아랫마을엔
누가 살고 있을까.
저녁 노을 바라보다 바라보다가

모든 생각 잊어버리고 나면

집이 붕 떠서 노을 뜨는 곳으로

달려갈 것만 같다.

—『산골 아이』(보리 2002)

이강산 사진집 『집: 지상의 방 한 칸』(사진예술 2017)은 흑백사진집이
다. 시인이자 교사인 그가 사진을 찍는다는 것은 2년 전이던가 사진전
초대장을 받고서야 알았다. 최근 출간한 그의 사진집을 받아 펼쳐 보니,
철거 현장을 찾아 고집스레 흑백 화면에 담고 있는 작가의 20여 년 사
진 작업이 강렬하게 다가온다. 폐허가 된 삭막한 터에 남은 무너져 내린
집, 먼 배경으로 늘어선 아파트 숲, 간간이 찍힌 주민들의 주름진 얼굴.
'충남 종촌(세종시). 2007'로 기록된 몇 장의 사진엔 "이주 단지 조성하
라" "고향에 뼈를 묻으리" 같은 구호가 적혀 있고 단식투쟁 중인 인물
도 앵글에 잡혀 있다. 절제된 구도로 흑백의 명암으로만 드러난 사진들
은 잔잔한 것 같으나, 보고 있으면 침묵 속의 함성이 가슴 뒤편에서 점
점 소용돌이쳐 온다.

철거와 재개발, 주거환경 정비사업의 명목으로 진행되는 일들이 경
제적 약자들에게 고통과 슬픔을 초래하는 일이 반복되지 않기를 갈망
하면서 작가는 철거 현장으로 달려가고 사진전을 열었다. 그러나 사진
한 컷 한 컷을 보는 동안, 작가는 고발과 외침보다 끝없이 솟구치는 절
실한 마음들을 흑백의 화면에 언어로, 묵언으로 응집하고 있음을 알게
된다. 철거되는 집의 창틀에 포착된 유모차를 밀고 가는 여인네의 한가
로움('대전 봉산동. 2006'), 하늘을 쏘아보는 노파의 강렬한 눈빛('충남 종촌.
2009') 등 여러 사진이 명작으로 꼽을 만하다.

임길택(1952~1997) 시인의 시도 흑백사진을 닮았다. 「산골 아이」 연작은 번잡한 도시와는 멀리 떨어진 깊은 산골 마을의 삶을 꾸밈 없이 담아낸 시편들이다. 산골 마을 언덕배기에 서향으로 선 진호네 집에서는 저녁 노을을 바라보기가 좋다. 「산골 아이 7: 저녁 노을」을 읽어 가노라면 "저 멀리 산물결 위로" 떠오른 저녁 노을을 마루 기둥에 기대어 바라보는 진호와 서서히 동화되는 느낌이 든다. 먼 아랫마을과 그 마을에 누가 사는지를 생각하다 그 생각마저 잊어버리는 장면이 담백하면서도 짠하다. 「산골 아이 6: 우리 집」은 집 한 채에 식구들과 소, 그리마, 쥐며느리까지 모여 사는 "부는 바람 막아 주는 납작한 우리 집"을 담담히 소개한다. 그러한 지상의 방 한 칸, 집 한 칸이 얼마나 애틋하고 위태로운가.

　　임길택 시인은 어떻게 하면 멋진 동시를 쓸까 힘쓰지 않았다. 그래서 대개는 흑백사진 같은 담백한 시가 탄생했지만 오히려 누구도 쉽게 도달하지 못한, 덧칠하지 않은 삶의 진짜 색깔을 찾아내고 있다.

동심이 발견한 또 다른 세상

송찬호「초록 토끼를 만났다」

초록 토끼를 만났다

송찬호

초록 토끼를 만났다

거짓말 아니다

너한테만 얘기하는 건데

전에 난 초록 호랑이도 만난 적 있다니까

난 늘 이상하고

신기한 세상을 기다렸어

'초록 토끼를 만났다'고

또박또박 써 본다

내 비밀을 기억해 둬야 하니까

그게 나에게 힘이 되니까

―『초록 토끼를 만났다』(문학동네 2017)

초록 토끼를 만난 경험은 특별한 것이다. "늘 이상하고/신기한 세상을 기다려" 온 아이에게는 더욱 그럴 것이다. 전에 초록 호랑이를 만난 적이 있는데, 이번에는 초록 토끼를 만났다. 신기한 세상을 기다리는 아이에게는 신기한 일이 일어난다. 이 사건을 "거짓말 아니"라면서 "너한테만" 이야기한다. '너'가 친구인지 누구인지는 모르지만, 이 시의 독자라고 보아도 좋을 듯하다. 초록 토끼를 만난 것은 비밀로 기억해 둘 일이고 "그게 나에게 힘이 되니까", 기억 저장고에 '초록 토끼를 만났다'라고 또박또박 써넣는다.

생물학, 유전공학이 더 발달하면 초록 토끼도 만들어 낼 수 있을 것이다. 지금 당장도 만들 수 있을지 모른다. 그렇게 만든 초록 토끼를 보는 일도 특별하고 신기한 일일 것이다. 이 시의 '초록 토끼'는 그런 차원이 아니다. 송찬호 시인은 「초록 토끼를 만났다」에서 세상을 향한 호기심과 맑은 시심과 얽매임 없는 동심이 발견한 세상을 '초록 토끼'라고 절묘하게 명명한다. 그것은 이 세상 속에 있는 또 다른 세상이고 우리가 언제든 만날 가능성이 있는 대상이지만 누구나 그것을 만나게 되는 것은 아니다. 나이가 들수록 초록 토끼를 만날 가능성은 점점 줄고 기대도 잊혀 간다. 이를 회복시켜 주는 것이 시인의 고마운 역할이다. 송찬호의 동시를 읽다 보면 별것 아닌 것 같지만 실은 그만이 발휘하는 예민한 감성과 상상, 트인 눈이 아니면 잡아내지 못할 장면과 꼭 맞는 표현들이 꽂혀 와 짜릿한 희열을 느낄 때가 많다.

요즘 아이들은 초록 토끼를 신기하다고 할까? 실제 토끼와의 만남보다 그림과 애니메이션, 동화 속 등 재현됐지만 조작된 가상들을 통해 형성된 토끼의 이미지는 어떤 것일까? 초록 토끼를 신기하게 생각하는 것은 실체와의 경험이 본질적인 세대의 감성일 터이나, 초록 토끼 역시 이미지의 작동이니 반드시 어느 세대의 경험 범주에 제한되지는 않는다. 아니 시인의 상상력이란 본디 그런 제약들을 저만치 넘거나 통과하는 데 의의가 있다.

반가운 소식. 최근 백창우와 굴렁쇠아이들이 '동시노래상자' 두 권(『내 머리에 뿔이 돋은 날: 동시노래상자 1』『초록 토끼를 만났어: 동시노래상자 2』)을 내놓았다. 빼어난 동시 32편을 감상할 수 있는 데다 가객(歌客) 백창우가 곡을 붙여 굴렁쇠아이들과 함께 부른 동시노래가 담겨 있는 책이자 음반이다. 아직도 백창우를 모르는 이가 있다면 서둘러서 '동시노래상자'를 열고 「초록 토끼를 만났어」를 듣고 불러 보자. 신기한 세상이 새롭게 열릴 테니까.

더위를 날려 줄 '뽀뽀 한 방'

김유진 「뽀뽀의 힘」

뽀뽀의 힘

김유진

쉬는 날
잠만 자는 아빠

곁에서 맴돌아도
툭툭 건드려도
두 팔을 잡아끌어도
꿈쩍 않더니

쪽!
뽀뽀 한 방에

"아이구, 우리 딸."

반짝

일어난다

—『뽀뽀의 힘』(창비 2014)

선배 시인이 페이스북에 말복날 생일이라며, 선풍기 하나로 여름 나려니 힘들다고 쓰자 댓글이 엄청나게 달렸다. 집집마다 있는 에어컨이 우리 집만 없다고 얼마나 덥겠냐고, 그러면서도 자기 같은 사람이 이 땅에 얼마나 많겠느냐고 했다. 탄핵 정국 때 광화문 촛불 집회가 열리면 지역에서 어김없이 올라오던, 치열하고 열정적인 선배였다. "저두 에어컨 없어요~ 그냥 미니토끼 선풍기 틀고 다녀요~" "저도 어머니 집에서 자다가 세 번씩이나 샤워를 해야 했습니다." "ㅎㅎㅎ 저는 에어컨 때문에 냉방병에 걸려서 에어컨하고 안 친해요, 선생님." "전 선풍기도 없어요. 소주 2병만 있으면 잠 잘 와요." "수건을 찬물에 적셔서 목에 감고 계셔 봐요. 저의 어머니께서 쓰시던 방법입니다." "형이 유독 더운 이유는 성질이 급해서 더 덥게 느껴지는 겁니당!" "여름 한더위 때 아내에게 에어컨 사자고 하면 매번, 곧 여름 끝날 건데 뭐 하러 사냐고 합니다." "시원하게 샤워하고 팬티 하나 입고 선풍기 틀어 놓고 자면 견딜 만해요." "점심 먹고 아예 냉방 시설 잘되어 있는 곳을 찾아서 밖으로 무작정 나갔습니다."

촛불 집회 뒤에도 높은 목소리로 시국 비판을 멈추지 않으며 거침없이 할 말을 해 온 선배가 더위 타령을 짠하게 하니 인간적으로 다가왔나

보다. 페친들은 격하게 공감하며 더위 때문에 겪는 괴로움, 자기만의 더위 대처법 등을 술술 털어놓았다. 지구가 온통 들끓고 있으니 지구를 식히는 게 급선무인데, 에어컨은 더운 열기를 밖으로 뿜어 지구를 더 데우고, 사드니 북한 미사일 발사니 살충제 계란이니 시국 상황도 식을 줄 모른다.

　김유진 시인의 「뽀뽀의 힘」은 상큼하다. 어느 가정에서든 일어날 수 있는 일상의 에피소드다. 쉬는 날 피곤해서 잠에 빠진 아빠를 깨우려는 아이, 툭툭 건드려 보고 팔을 잡아 끌어 봐도 꿈쩍 않는 아빠에게 비장의 무기로 "쪽!/뽀뽀 한 방". 그러자 "아이구, 우리 딸." 하며 "반짝/일어나"는 아빠. 과연 이 아빠가 눈을 비비고 아이와 잘 놀아 줄 지, 아니면 다시 해롱거리며 소파로 가 엎어질지 알 수 없지만 이 장면은 맑고 정겨운 그림이다. 행과 연 나눔, 말의 선택에 조그만 틈도 없다.

　뽀뽀와 키스의 차이는? 딸과 아빠가 아니라 딸과 엄마 사이였다면? 이런 질문을 떠올릴 필요 없다. 그러면 더워진다. 더위를 날려 줄 '뽀뽀 한 방'은 없을까. 처서가 다가오니 요 며칠 기온이 떨어지고 선선한 바람도 부는데, 가을을 마중하는 건 아직 이르겠지.

가을을 만끽하는 콩 잡기 놀이

김용택「콩, 너는 죽었다」

콩, 너는 죽었다

　　　　　김용택

콩타작을 하였다

콩들이 마당으로 콩콩 뛰어나와

또르르또르르 굴러간다

콩 잡아라 콩 잡아라

굴러가는 저 콩 잡아라

콩 잡으러 가는데

어, 어, 저 콩 좀 봐라

쥐구멍으로 쏙 들어가네

콩, 너는 죽었다

―『콩, 너는 죽었다』(실천문학사 1998)*

요즘 타작이란 말을 듣기 어렵다. 농촌에서도 아마 타작이란 말을 자주 쓰지 않을 것 같다. 가을에 기차를 타고 여행을 하면 곳곳에 타작마당이 벌어진 풍경을 차창 밖으로 볼 수 있었던 것이 언제 적이었나.

곡식이 여물면 타작을 해야 한다. 벼와 보리, 수수 등은 이삭에서 낟알을 털고, 콩이나 녹두, 팥 등도 꼬투리에서 알갱이를 털어 거두어야 한다. 예전에는 콩이나 팥 등은 도리깨로 두들겨 알을 떨구었다. 꼬투리가 바싹 마르고 알갱이가 잘 여물면 꼬투리가 탁 터지며 낟알이 멀리 튀어 나간다. 가을의 타작마당은 분주하고 풍요롭고 노동의 기쁨, 수확의 기쁨을 맛보는 축제의 시간이다.

콩 타작을 할 때면 유난히 멀리 달아나는 콩알이 있다. 콩알 하나하나가 귀하니 콩대를 타작하고는 멀리 튀어 나간 녀석들도 잘 찾아 거두어야 한다. 김용택 시인의 동시 「콩, 너는 죽었다」는 농촌의 콩 타작마당을 흥겹게 불러온다. 아이들은 "마당으로 콩콩 뛰어나와/또르르또르르 굴러가"는 콩 잡기에 열중하고 있다. 콩알은 마당가 이 구석 저 구석까지 빠르게 굴러가 숨는다. "콩 잡아라 콩 잡아라/굴러가는 저 콩 잡아라", 흥이 난 아이들은 가락을 맞춰 노래한다. 콩알은 도랑으로도 굴러가고 풀섶으로도 들어갈 텐데, 어, 어, 콩 하나가 공교롭게 쥐구멍으로 쏙 들어갔다. 독 안에 든 쥐랄까. 그때 나오는 아이들의 탄성 "콩, 너는 죽었다"는 그 순간의 아이들의 환희를 담고 있다. 꼼짝없이 잡혔어! 굴러가는 콩을 잡는 것은 수확의 한 과정이면서 가을을 만끽하는 놀이이다.

---

* 『콩, 너는 죽었다』는 2018년 문학동네에서 개정판으로 다시 출간되었다. ─ 편집자

콩 타작이 뭔지 잘 몰라도 이 시는 재미있게 읽힌다. 콩을 잡으러 가는 단순한 놀이와 이제 잡았다는 순간의 기쁨이 짧은 시의 전개에서 흥겹게 정점을 찍는다. 『섬진강』(창작과비평사 1985), 『맑은 날』(창작과비평사 1986) 등 빼어난 민중 서정시로 등장한 김용택은 첫 동시집『콩, 너는 죽었다』에서도 섬진강변 마을 사람들의 삶을 여실하게 담아냈다. 시인이 교사로서 덕치초등학교에서 만난 아이들의 천진함과 솔직함도 시인의 동시 바탕을 단단하게 하였다. 기존 동시의 상투적인 화법, 현실과의 거리, 가르침을 주려는 경향을 벗어나 터 잡은 고향의 삶을 자기 것으로, 자기 언어로 당당하게 말하였다. 2000년대 이후 서서히 시인들의 동시 쓰기가 점화되어 뜨겁게 열기를 띠어 간 데에는 이 동시집이 발화점이 되었다고 하겠다.

살뜰한 시선

이문구「저녁상」

저녁상

이문구

멍석 펴고 차려 낸 저녁상 위에
방망이로 밀고 민 손국수가 올랐다.

엄마는 덥다면서 더운 국물을 마시고
눈 매운 모깃불 연기 함께 마시고,
아기는 젓가락이 너무 길어서
집어도 집어도 반은 흘리고,
강아지는 눈치 보며 침을 삼키고
송아지는 곁눈질로 입맛 다시고.

처마 밑의 제비 식구 구경났구나.

둥지 밖을 내다보며 갸웃거리며

누가 먼저 일 등 먹고 일어나는지

엄마 제비 아기 제비 내기하는구나.

—『개구쟁이 산복이』(창작과비평사 1988)*

'소설가'와 '동시' 하면 별 연관성이 있어 보이지 않는다. 소설가 이문구(1941~2003) 선생이 동시집『개구쟁이 산복이』를 낸 것도 예외적인 일이다.「관촌수필」연작,「우리 동네」연작 등 시대를 대표할 만한 작품들로 평가를 받는 소설가가 불쑥 동시집을 내놓았던 것이다. 그러나 찬찬히 동시집을 읽은 이들은 그가 잠시의 일탈로 동시를 써 본 것이 아니라, 자녀들을 키우면서 우리 동시의 가락과 전통을 깊이 이해하고 큰 공력을 기울여 무르익은 좋은 작품들을 쓰게 되었음을 알아보았다. 소설에서 발휘된 능청스러운 해학, 민중 인물들의 입말을 생생하게 되살린 문체 등과는 또 다르게 아이들에 대한 애정, 생활과 자연의 다양한 모습을 맑고 또렷한 언어로 노래했던 것이다.

이번에 그의 동시들을 다시 읽으면서 나는 새삼 느꼈다. 자녀들이 자라는 모습, 주변의 일상들, 자연의 다채로운 변화 등을 깊은 눈으로 살피고 포착한 그의 솜씨가 예사롭지 않다는 것을. "이마에 땀방울/송알송알//손에는 땟국이/반질반질"(「개구쟁이 산복이」)과 같이 자녀의 노는 모습, 관심사 등을 세심하게 그린 시도 명편이며, "해 기운 언덕에/하얀 눈꽃이 피었네./하얀 할머니가 따는/하얀 목화송이들."(「가을 언덕에」)과

---

* 『개구쟁이 산복이』는 2017년 창비에서 개정판으로 다시 출간되었다. — 편집자

같이 자연 속의 사람과 온갖 생명들을 자신의 캔버스에 옮겨 놓은 작품들은 그가 참시인임을 증명하고도 남는다.

「저녁상」은 더운 여름날 마당에 멍석 펴고 국수를 삶아 먹는 가족의 저녁 한때가 오롯이 펼쳐진 작품이다. "엄마는 덥다면서 더운 국물을 마시고/눈 매운 모깃불 연기 함께 마시고,/아기는 젓가락이 너무 길어서/집어도 집어도 반은 흘리고"에서 가족을 보고 있는 눈이 사랑으로 가득함을 짐작할 수 있고, 옆에서 눈치 보는 강아지와 송아지에게까지 그 시선은 살뜰하게 가닿는다. 소설가의 장기가 발휘되었다고 할 수도 있지만, 그보다 그의 작품 전반에서 확인되는 사물에 대한 정확한 이해와 빈틈없는 표현의 특징이 동시에도 작동하고 있다고 하겠다. 집집마다 처마 밑에 제비가 집을 짓고 새끼를 까서 노란 부리의 아기 제비가 "둥지 밖을 내다보며 갸웃거리"던 시절의 풍경이 이젠 그리운 기억이 된다.

그의 작품 세계는 불쑥 튀어나온 것이 아니라 윤석중, 권태응, 정지용, 윤복진 등 뛰어난 동시인의 성취를 충분히 받아들여 형성되었다. 최근 동시의 경향에서는 얼핏 보아 예스럽게 다가올 수 있지만 찬찬히 살펴 읽을수록 깊은 맛이 느껴진다. 그에게 동시 창작이 여기(餘技)가 아니었음은 유고로 출간된 동시집 『산에는 산새 물에는 물새』(창비 2003)로 더욱 분명해진다.

일상을 벗어나는 경험

장세정 「근질근질」

근질근질

장세정

엇?

엇!

나비가 걷고 있다

몸통은 개미다

개미 한 마리

나비 날개를 주운 거다

일개미는 처음으로

날개옷을 입어 봤다

바람에 날개가 일렁이자

그만 엉덩이가 씰룩대네

땅에서 발을 들어 올리기만 하면

낮고 낮은 구멍을 벗어나는 거지

날개옷 파르르 떨리고

근질근질!

참을 이유가 없다

으차차!

개미 발 구른다

라차차!

하늘 찜한다

—『핫-도그 팔아요』(문학동네 2017)

엇, 뭐지? "나비가 걷고 있다". 개미가 나비 날개를 물고 가는 것이다. 먹이가 되거나 뭔가 쓸모가 있을 것 같아 나르는 것일 텐데, "일개미는 처음으로/날개옷을 입어 봤다". 이 순간 움직임을 관찰하고 있는 아이의 눈에 나비 날개는 개미의 노동의 대상에서 '날개옷'으로 변신한 것이다. 바람이 도와서 날개가 일렁이자, 개미는 "땅에서 발을 들어 올리기만 하면/낮고 낮은 구멍을 벗어나"게 된다. 한 번도 날아 보지 못했던 일개미는 몸이 근질근질, 날개옷이 파르르 떨린다. 으차차, 발을 구르고 라차차, 붕 떠올라서 하늘까지 찜한다.

시든 동시든 우리 둘레에서 어렵지 않게 볼 수 있는 소소한 사건들을 관찰하는 것으로부터 출발하는 작품이 적지 않다. 장세정의 「근질근질」도 우리가 조금만 눈여겨보면 발견할 수 있는 장면을 담았다. 산문적으로 보면 개미가 날개를 물고 가다 바람에 휙 날렸을 뿐이라고 할 수 있다. 그러나 동시의 눈은 다르다. 날개옷을 얻은 기회를 타고 개미는 일에만 매몰됐을 '낮고 낮은 구멍'을 벗어나려는 충동에 몸을 싣는다. 일개미에게 일상을 벗어나는 경험을 열어 준다. 「근질근질」을 읽으며 나도 몸이 근질근질, 개미의 날개 달기를 응원한다. 일상의 작은 사건들 가운데 날개를 달고 솟구쳐 하늘까지 닿을 수 있는 일들이 때때로 일어났으면 좋겠다.

　장세정 시인은 2006년 『어린이와 문학』지 추천을 통과하여 11년 만에 첫 동시집 『핫-도그 팔아요』를 냈다. 공모에서 상을 받아 곧바로 동시집을 내는 경우도 있지만, 그런 경우를 포함하여 대개 첫 작품집을 내기까지는 오랜 기간 습작과 정련을 거치게 된다. 「스트라이크!」 「스프링말」 「강아지풀」 「폭탄세일」 등 섬세하고 눈 밝은, 허투루 나온 표현을 찾아볼 수 없는 단단한 작품들을 읽는 즐거움이 크다. 이번 주말부터 사실상 긴 추석 연휴가 시작된다. 가볍게 떠나는 여행 가방 속에, 뒹굴뒹굴 휴식 때 먹을 고소한 간식 그릇 옆에 그동안 '김이구의 동시동심'에서 소개한 동시집을 한두 권 갖춰 놓자. 마음부터 넉넉하고 평온해지리라.

'잘 익은 호박'으로 불러 주세요

이중현 「늙은 호박」

늙은 호박

이중현

복숭아꽃, 살구꽃처럼
나무 가득 꽃 달지 않고
듬성듬성 꽃 피운다고
흉보는 건 아니지요?

사과나 배처럼
높은 곳에서 열매 맺지 못하고
땅에서 뒹군다고
깔보는 건 아니지요?

자두나 복숭아처럼

조그맣고 예쁜 게 아니라

크고 울퉁불퉁하다고

무시하는 건 아니지요?

내 이름을

늙은 호박이 아닌

잘 익은 호박으로

불러 주세요.

―『힘도 무선 전송된다』(열린어린이 2016)

시골집 마당가에서 무심하게 익어 가는 누런 호박은 늦가을 정취를 돋우는 것 중의 하나일 것이다. 애호박 때 손이 가지 않고 남겨진 몇몇 호박들은 크고 단단해져, 아직도 푸른 기운이 다 삭지 않은 쟁반만 한 호박잎들 사이에서 그 여유만만한 몸통이 절반쯤 드러난다. 덩굴에 듬성듬성 핀 꽃 중 암꽃 아래 파란 구슬처럼 달린 호박은 수분(受粉)이 되면 떨어지지 않고 점점 자란다. 밤톨만 하던 아기 호박은 전을 부치거나 된장찌개에 넣기 좋은 애호박 시기를 거쳐 조금씩 조금씩 몸집을 불려 늦가을에 다다라서는 한 아름 듬직한 덩치로 실하게 여문다.

'늙은 호박'이라는 지칭에 대해 갸웃해 본 적이 있었던가. 호박은 항변한다. "내 이름을/늙은 호박이 아닌/잘 익은 호박으로" 불러 달라고. 사과나 배, 복숭아 등 과일들은 먹기 좋고 때깔이 나게 숙성하면 잘 익었다고 한다. 참외나 수박, 고추 등도 잘 익었다고 하지 늙었다고 하지 않는다. 그런데 호박은 애호박, 늙은 호박으로 불리니 재미있다. 오이도 풋풋할 때를 지나 따지 않고 두면 누렇게 되어 '노각'이라 불린다.

호박은 다른 여러 과일들과 자신을 비교하여 "듬성듬성 꽃 피운다고/흉보는 건 아닌"가, "땅에서 뒹군다고/깔보는 건 아닌"가, "크고 울퉁불퉁하다고/무시하는 건 아닌"가 반문한다. 그러고서 자기 이름을 '늙은 호박'이 아닌 '잘 익은 호박'으로 불러 달라고 청한다. '늙은 호박'이라는 통상의 지칭에 의문을 품고 호박을 화자로 삼은 이중현 시인의 「늙은 호박」은 우리의 통념에 이의를 제기한다. '늙은 호박'이 아니라 무르익을 대로 무르익은 호박이라는 것이다. 복숭아나 사과, 자두 등은 때를 지나면 떨어지거나 볼품없이 썩어 가는데, 호박은 그렇지 않다. 땅에서 뒹굴며 오래될수록 단단하게 여물어, 넝쿨이 다 시드는 겨울이 와도 꿋꿋하게 제자리를 지킨다. 의연하다. 사람도 나이 든 이를 '늙은 사람(노인)'으로 칭할 것이 아니라 '잘 익은 사람'으로 칭하면 어떨까. 그러려면 연륜에 따른 경륜과 인품을 실하게 갖춰야 할 것 같다.

'잘 익은' 호박을 껍질을 벗기고 속을 발라내어 썰어 두면 여러 요리 재료가 된다. 얇고 길게 도려 처마 밑 등에 걸어 말려서 호박고지를 만들어 보존하기도 했다. 검색을 해 보니 약효가 좋아 부기를 빼고 이뇨 작용을 돕는다고 한다. 그 외에도 갖가지 효능이 있다고 하는데, 여러 계절의 풍상을 응축해 '잘 익은' 덕분이 아닌가 싶다.

다람쥐와 도토리가 있는 마을

권정생 「다람쥐」

다람쥐

권정생

퐁퐁
개울물

쪼르르
다람쥐 한 마리
건넜다

도토리 한 알
또롱또롱
눈알맹이

누가 볼까 봐

얼른 숨는다.

—『나만 알래』(문학동네 2012)*

개울물이 '퐁퐁' 흐르네요. 작은 개울이네요. 돌 사이로 맑은 물이 흐르며 굽이치고 '퐁퐁' 솟아나기도 해요.

다람쥐가 개울을 건너가요. 갈색 줄무늬에 꼬리가 긴 귀여운 다람쥐예요. 물은 깊지 않아요. 돌이 군데군데 솟아 있어서 숲에서 나온 다람쥐가 어려움 없이 건너요. 오던 걸음 그대로 '쪼르르' 달려가는 것 같아요.

도토리 한 알이 '또롱또롱' 눈을 뜨고 있어요. 갈참나무에서 떨어졌나 봐요. 다람쥐가 개울을 건너서 도토리가 있는 쪽으로 다가와요. 다람쥐가 자기를 볼 것 같아요. 도토리는 얼른 나뭇잎 속으로 굴러서 보이지 않게 숨어요.

도토리는 그냥 거기 있었어요. 다람쥐도 그저 자기 길을 가느라 개울을 건넜어요. 도토리를 찾으려고 오는 것은 아니에요. 아무도 보는 이가 없는 풍경이지요. 보여 주려고 그런 것도 아니지요. 그런데 누군가가 봤어요. 이 시를 읽으면, 누군가가 보는 것을 따라서 나도 개울물과 다람쥐와 도토리를 보게 돼요. 아니에요. 누군가가 본 것이 아니라 바로 내가 본 것이지요.

---

* 「다람쥐」의 원출처는 권정생 선생이 스물일곱 살 때 손수 묶은 『동시 삼베 치마』(1964. 1. 10; 문학동네 2011)이고, 여기에 실린 98편 중에서 42편을 뽑아 어린이들이 감상하기 쉽도록 꾸민 것이 『나만 알래』이다. ─편집자

맞아요. 깍지 쓴 맨들맨들한 도토리는 마치 동글동글한 눈을 '또롱또롱' 뜨고 있는 것 같아요. 돌 틈에 굴러가 있는 게, 나뭇잎 아래 굴러가 있는 게 다람쥐가 오는 것을 벌써 알고 눈에 띌까 봐 숨은 것이지요. 다람쥐가 찾아낼까요? 다람쥐는 지금 도토리를 찾으려는 것은 아니에요. 두리번거리거나 멈칫거리지 않으니까요. 그렇지만 다람쥐 눈에 띄면 안 돼요. 여기 마침 토실토실한 도토리가 있네, 하고 물어 갈지 몰라요.

나는 어렸을 때 다람쥐를 보지 못했어요. 논밭과 얕은 산이 있는 고향 마을에는 다람쥐나 산토끼 같은 산짐승이 매우 드물었거든요. 논둑길 밭둑길과 산속 오솔길을 쏘다녔지만 다람쥐는 못 보았어요. 개구리와 뱀, 꿩, 까치, 종달새, 뻐꾸기는 자주 볼 수 있었어요. 아니, 뻐꾸기는 봄에 뻐꾹뻐꾹 우는 소리를 들었지만 직접 보기는 쉽지 않았어요. 풍뎅이나 집게벌레(사슴벌레)를 잡기도 했고, 길앞잡이를 날리고 쇠똥구리를 관찰하기도 했어요. 모내기를 하다가 거머리에 물려 장딴지에서 피가 나기도 했어요.

우리 동네 산에서는 다람쥐를 볼 수 없었지만, 우리나라 산에는 다람쥐가 많이 살지요. 지금도 산에 가면 어렵지 않게 다람쥐를 볼 수 있어요.

언제였던가, 산에 사는 다람쥐가 아닌, 철창 속에서 쳇바퀴를 돌리는 다람쥐를 본 적이 있어요. 체는 가루를 걸러 내는 데 쓰는 도구지요. 얇은 나무 판으로 둥그렇게 만든 체의 테를 쳇바퀴라고 하는데, 철망으로 만든 작은 상자 속에서 다람쥐는 쳇바퀴처럼 생긴 원통을 돌리고 있었어요. 사실 다람쥐는 쳇바퀴를 돌리고 있는 것이 아니에요. 좁은 철망 안이 갑갑해서 힘껏 달리고 있는데, 원통 안에서 달리니까 원통이 빠르게 돌아가는 것이지요. 다람쥐가 쳇바퀴를 돌리는 재주를 보려고 사람이 철망 안에 가둔 것이지요.

다람쥐 눈을 본 적이 있나요? 다람쥐 눈도 도토리 알처럼 또롱또롱하지요. 도토리보다는 크기가 좀 작은 단단한 나무 열매 같아요. 다람쥐가 앞발로 도토리를 잡고 오물오물 먹고 있는 모습은 참 귀여워요. 둥글게 허리를 숙이고, 털로 덮인 긴 꼬리를 세우고 있어요. 사람들이 주는 음식에 맛을 들였는지, 요즘은 등산객들을 경계하지 않는 다람쥐들도 있어요.

요즘은 사람들 대부분이 도시에서 살고, 가까운 거리도 차를 타고 가지요. 다람쥐를 보려면 일부러 산에 가야지요. 개울물을 건너거나 도토리를 줍는 것도 일부러 산에 가야 할 수 있고요. 산에서 진짜 다람쥐를 보고 도토리를 보는 것보다 텔레비전이나 스마트폰으로 다람쥐 영상이나 사진을 보는 것이 더 익숙한 일이 되었어요.

그렇지만 권정생 선생님이 이 작품을 쓸 무렵에는 마을에 개울이 있고 다람쥐가 있고 갈참나무가 있었을 거예요. 마을을 다니다 보면 개울물도 만나고 다람쥐도 만나고 잘 여문 도토리도 줍게 되었을 거예요. 권정생 선생님은 늙어서 돌아가실 때까지 그런 시골 마을 집에서 살았어요. 다람쥐가 텔레비전 속에 있거나 스마트폰 속에 있지 않았고, 다람쥐를 철망 속에 가두어 놓고 다람쥐가 쳇바퀴 돌리는 것을 구경하지도 않았어요.

지하철에 동시를 허하라!

홍일선 「시 한 편」

　　나는 출근 때 지하철을 자주 이용한다. 에스컬레이터를 타고 지하역
으로 내려간다. 개찰구에 교통요금 결제가 되는 카드를 대고 통과해서
계단을 한 번 더 내려가면 승강장이 나온다. 멀리 갈 필요 없이 근처 전
동차 문에서 타면 차를 갈아타기 좋다. 그래서 6-3 승강장에 멈춘다. 스
크린도어에 붙어 있는 시와 마주친다.

　시 한 편

　　　　홍일선

누구는
시 한 편 쓰는 것이
삼라만상에 큰 업장 하나
무겁게 얹어 놓는 것이라 하는데

또 누구는
시 한 편 갖는 것이
신생의 아기 막 태어나는
첫 마음으로 돌아가는 것이라 하는데

나 언제쯤이면
갓난아기의 마음 가슴에 모시면서
옳은 시 한 편
섬길 수 있으려나

  홍일선 시인, 내가 아는 이름이라 반갑다. 출근 시간이고 열차가 오는가 신경이 쓰여서 아무래도 여유 있게 시를 감상하기는 어렵다. 지하철엔 요령부득인 작품이 걸린 경우가 많아서 시가 눈에 띄어도 대개는 열심히 읽을 흥이 안 난다. 그렇지만 잘 아는 선배 시인이고 얼핏 읽어도 시가 어지간히는 맑아 보인다.

  처음 읽었을 때는 '첫 마음'이라는 단어가 눈에 들어와서 무슨 일을 처음 시작했을 때, 시를 처음 쓰기 시작했을 때의 그 순정한 마음을 시작(詩作)에 제대로 담아 보고 싶은 염원을 쓴 것인가 보다 여겼다. 일이 되어 가다가 문제가 생겼을 때 '첫 마음' 초발심(初發心)으로 돌아가자고 하는 경우가 왕왕 있지 않은가. '첫 마음' 하면 그런 구도가 바로 연상되어서 나는 그런 선입견으로 이 시를 읽었다. '갓난아기'란 단어가 좀 튀네, 의미가 어떻게 연결되나 이런 느낌도 들었던 것 같다.

  아침마다 같은 곳에서 차를 타니 여러 번 이 시와 마주친다. 그렇다고 곰곰 읽게 되지는 않았다. 다소 지겹기도 하다. 영원히 여기에 이 시를 걸어 놓지는 않겠지만 그렇다고 자주 바뀔 것 같지도 않다. 여러 번 마주쳐서 그중 한두 번은 정독을 하기도 했을 텐데 그래도 시를 제대로 읽었다는 흔쾌한 기분은 아니다.

찬찬히 다시 이 시를 읽으니, 3연이 꽉 짜인 시다. 제목은 '시 한 편'. 여러 편도 아니고 딱 한 편. 시인들은, 내 주위 문인들은 이렇게 말하기도 한다. "죽기 전에 정말 좋은 시 한 편 쓰고 싶다." "시집 내면서 진짜 좋은 시 딱 한 편만 있으면 돼." "시집 읽다가 좋은 시 한 편 건지면 족한 거지." '시 한 편'에서 '한'이라는 숫자에 꼭 집중할 필요는 없을지도 모른다. "시 한 편 쓰는 것"이 그냥 '시 쓰는 일'을 가리키는 것일 수도 있다. 어쨌든 1연과 2연은 다른 사람(시인)이 시를 대하는 태도를 쓴 것이다. 시 쓰는 일이란 "삼라만상에 큰 업장 하나/무겁게 얹어 놓는 것", 말 그대로 무겁다. 업장(業障)은 불교 용어. 그냥 업보 정도의 뜻인가 했는데 사전을 보니 "말, 동작 또는 마음으로 지은 악업에 의한 장애"란다. 시로써 세상 온갖 사물을 노래하는 것이 사물을 해방, 해탈시키는 것이 아니라 거기에 무거운, 나쁜 업보의 짐을 지우는 것. 불교적 세계관이나 결벽적인 사고에서는 그렇게 여길 수도 있겠다.

2연에서는 시 '쓰는' 것이 아니라 시 한 편 '갖는' 것을 말한다. '갖는' 것은 내가 쓴 시를 내가 갖는 것일 수도 있고, 남이 쓴 시를 내가 갖는 것일 수도 있다. 그냥 누군가가 쓴 시를 누군가가 갖는 것일 수도 있다. "시 한 편 갖는 것"은 "신생의 아기 막 태어나는/첫 마음으로 돌아가는 것". 아기가 막 태어날 때와 같은 최초의 마음, 그런데 "신생의 아기 막 태어나는"은 의미상 "첫"만을 수식하는 것일까. 아니면 이 구문은 '아기가 세상에 막 태어나는 바로 그때 그 아기의 마음 상태'를 뜻하는 걸까. 두 가지로 다 해석 가능하기 때문에 어느 것이 맞는다 할 수는 없을지 모른다. 나로서는 순조롭게 읽으면 "신생의 아기 막 태어나는"은 초심(初心)의 속성을 집어낸 표현 같다. 이러한 첫 마음으로의 회귀는 시 한 편이 주는 의미일 수도 있고, 거기에 거는 염원일 수도 있다.

3연은 전(轉)과 결(結)이다. 다른 사람의 시에 대한 태도를 거론한 것은 자신의 얘기를 하기 위함이니, '나'로 눈길을 돌린다. "갓난아기의 마음 가슴에 모시면서". '갓난아기의 마음'은 2연의 "신생의 아기 막 태어나는/첫 마음"과 연결된다. '첫 마음'이란 그 아기의 마음을 뜻했던 걸까? 하여튼 3연에서 화자인 '나'는 '갓난아기의 마음'에 주목한다. '갓난아기의 마음'이란 어떤 상태일까? 이에 대한 언급은 시에 없다. 그래서 짐작해 본다. 갓난아기는, 더구나 이제 막 태어난 아기는 세상살이에서 생겨난 번뇌가 없다. 백지처럼 깨끗하다. 세상 잡사가 스며들지 않아 맑은 샘물처럼 투명하다. 시악하지 않지만 그렇다고 시혜롭지도 않다. 그런데 '나'는 이 '갓난아기의 마음'으로 돌아가겠다는 것이 아니다. "가슴에 모신"다고 한다. 그러면서 "옳은 시 한 편/섬길 수 있으려나". '갓난아기의 마음을 가슴에 모시는 것'은 '옳은 시 한 편 섬기는 것'과 다름없다는 뜻 아니겠나. "언제쯤이면 (…) 섬길 수 있으려나"라는 의문형은 '어서 곧 섬기고 싶다'는 염원을 표출한 것이다.

시에 옳고 그름이 있을까. 논리도 주장도 아니니 옳고 그름의 판별 대상이 아니다. 그렇지만 '옳은' 시를 '섬기고' 싶어 한다. 시에 대한 태도는 1~3연에서 쓰기→갖기→섬기기로 전개된다. '옳은 시'란 섬기고 싶은 시이다. 시를 섬기려면 '옳은 시'여야 한다. 그래서 옳고 그름이 있을 수 없는 영역임에도 '옳은' 시를 희원한다. '갓난아기의 마음'이 '옳은 시'와 완전히 통합되지는 않고 있다. 화자는 삼라만상에 시로써 업장을 짓고 싶지 않다. '갓난아이의 첫 마음'으로 돌아가자는 태도도 있으나 자신은 이를 가슴에 모시겠다고 한다. '옳은 시'를 쓰거나 갖지 않고 섬기겠다고 한다. 그게 언제나 가능할지 모른다. 겸손하고 경건하다.

나는 시에 대해서 그다지 겸손하고 경건한 자세를 취해 본 적이 없다. 그래서 모신다, 섬긴다는 화자의 태도가 좀 생소하긴 하다. 그러나 스크린도어의 시에 눈길이 가고, 읽고, 분석하고, 감응하다 보니 내가 그동안 문학을 모시고 섬겨 온 것 같기도 하다. 시인의 시에 대한 마음이 지극히 곡진함을 알겠다.

작년부터 지하철 이용이 잦아지면서 스크린도어에 있는 시가 내 눈에 띄었다. 눈길이 가는 곳에 게시되어 있으니 일부러 보려 들지 않아도 보게 된다. 그런데 다른 승객들은 별로 스크린도어의 시에 주목하지 않는 것 같다.

지하철 시를 만나면 꼬박꼬박 읽는 편이지만 난감한 시가 많다. 비평하듯이 읽는 것은 나의 직업병인 듯하다. 하여튼 재미있는 착상이다 싶어서 흥미를 갖고 읽어 보면 맥락이 닿지 않게 흘러가기 일쑤다. 호그와트 마법학교로 데려다주는 킹스크로스역 9와 3/4 승강장처럼 신비하지는 못할지라도 일상의 공간인 지하철 승강장을 잊고 잠시나마 짜릿한 흥분과 감동에 빠져 붕 떠오르게 되는 그런 작품은 없는 것일까.

주위에서도 지하철 시가 오히려 시란 재미없고 줄거리 없는 것이라는 인식을 대중에게 심어 줄까 우려하는 이야기들을 한다. 시민들이 쓴 작품을 공모해서 선정하고 시인들의 작품도 대개 자선한 것을 싣고 있으니, 좀 어수선할 수밖에 없기는 하겠다. 시가 대중과 만나는 이 중요한 자리의 의미를 잘 살려서 시민들이 가슴에 와닿는 좋은 시를 읽을 수 있도록 운영을 개선해야 할 것이다. 한국문학사를 대표하는 명시 100편을 제대로 선정해서 그 작품만은 10년이고 20년이고 바꾸지 말고 게시해 보자. 그러면 시민들이 그 시들을 저절로 외울 수 있게 되고 교양과 감수성도 높아질 것이다. 윤동주의 「서시」를 읽으려면 충무로역 5-1 승강장에 가라, 이런 식으로 지하철이 시의 명소가 될 것이다. 지하철 시는 다른 도시로도 확산되고 있으니 전국으로 널리 퍼져 가면 좋겠다.

그런데 황당하게도 지하철 시에 동시는 없다. 동시는 시가 아닌가? (시다.) 지하철에 아이들은 타지 않는가? (탄다.) 어른들이 동시는 읽지 않는가? (당근, 읽는다.) 스크린도어에 시를 게시하면서 동시를 배제한 것은 도통 이해가 되지 않는다. 좋은 동시를 실었다면 지하철 시에 대한 시민들의 호감도 지금보다 훨씬 높아졌을 것이다. 이원수, 윤석중, 권태응, 윤동주, 정지용…… 수많은 좋은 동시인들의 이름이 줄줄이 떠오른다. 권정생, 권오삼, 임길택, 김은영, 남호섭, 송찬호, 안학수, 최종득, 이안, 유강희, 정유경, 김개미…… 팔이 안으로 굽는 탓도 있겠지만, 읽히고 싶은 좋은 동시가 정말 많다.

아이들도 지하철을 타고 다닌다.
동시는 아이들에게도 어른들에게도
가만히 속삭인다.

지하철 스크린도어에 동시를 허하라!

한 뼘 생각이다.

두 개의 만남

차이스후이·리자신 「엄마의 다리를 먹다」

2014년 8월 9일 토요일 오후 경남 창원 컨벤션센터. 제3차 세계아동 문학대회가 열리는 3층 대강당 앞 로비에는 동시화(童詩畵)가 전시되어 있었다. 일본, 중국, 타이완, 한국 4개국의 동시에 한국 화가들이 그림을 그려 시와 그림이 만난 것이었다.

어린이문학 작가들의 작품집 전시 등 다른 전시도 함께 열리고 있고 막간이었던 터라, 나는 대강대강 둘러본다는 생각으로 걸음을 떼었다. 그때 눈에 들어온 시가 「엄마의 다리를 먹다」이다. 엄마 다리를 먹어? 제목이 엽기적이고 충격적이어서 눈길이 머물렀는데, 읽어 보니 신선 하고 괜찮았다. 다른 작품에 대한 기대도 품으면서 다시 찬찬히 전시 작 품들을 읽어 보고 스마트폰으로 사진을 찍어 놓기도 했다.

엄마의 다리를 먹다

차이스후이·리자신(타이완)

윙 —

엄마의 다리를 먹다

엄마의 다리가 너무 달다, 소금 좀 넣자

윙 —

엄마의 다리를 먹다

엄마의 다리가 너무 짜다, 설탕 좀 넣자

엄마의 다리가 맛있다

모기가 웃는 낯으로 변하다

＊ 부모와 어린이들의 이야기 시간 때 지음.

　엄마 종아리가 모기한테 한 번 물리고 나서. (린지쩡林基增 옮김)

　마지막 행을 읽으면 실소하게 되지만(첫 행부터 '아, 모기구나' 하는 눈치 빠른 독자도 있겠지만), 그래도 '엄마의 다리를 먹는다'는 표현 자체가 주는 엽기적임, 강렬함이 있다. 소금 좀 넣자, 설탕 좀 넣자, 이것도 공포 영화의 한 장면처럼 엽기적이면서 좀 코믹하다. "엄마의 다리가 맛있다/모기가 (…)"에 이르면 긴장 대신에, 모기가 웃는 얼굴로 변하는 것과 같이, 마음이 가벼워지는데, 작품 뒤에 붙은 주석을 보면 고개가 끄덕여진다.

　실상 이 시의 착상은 엽기적인 상상과는 무관하고, 아이 화자가 엄마 다리를 문 모기가 되어 모기의 목소리로 말해 본 것이다. 그렇다고 해서 모기를 깊이 관찰하고 어떻게 하면 모기답게 잘 말할 수 있을까 애를 쓴게 전혀 아니다. 모기가 소금통, 설탕통을 갖고 다니는 것도 아니니, '소금 넣자' '설탕 넣자' 하는 데서 보듯 아이가 곧바로 제 목소리를 투사했다. 내용상으로도 그렇고, '엄마의 다리'라는 표현에서 보듯이 표현상으로도 아이 시점이 겹쳐 있다. 그런데, 그래서, 흔히 보아 온 '인간적인' 모기 소재 동시와 달라졌다. 모기가 하는 행동과 생각이 이렇다고 재치 있게 중계방송해 본 것이라고 할까. 생활 경험을 소재로 해 본 재미있는 상상 놀이이고 표현 놀이이다.

이 시는 꼬마들도 읽으면 직관적으로 금방 이해할 테니까 이런 구구한 시 감상이 다 사족일 것 같다.

대회 참가자들에게 배포된 자료 중엔 각국 발표자들의 논문을 모두 실은 두툼한 논문집도 있고, 무겁지 않은 동시화집도 있다. 시화 액자를 만들어 전시한 작품들이 그림과 함께 '아시아 대표 시인 동시화집'『별이 반짝 꿈도 활짝』(한국아동문학연구센터 엮음, 아평 2014)으로 오롯이 묶여 나왔다. 이 동시화집을 대회 행사 중에 틈틈이, 그리고 돌아오는 버스 안에서 일독했는데, 동아시아 작가들의 작품을 만날 수 있어 내겐 큰 수확이었다.

나는 동시 평론을 하고 있지만 외국 동시를 읽은 것은 거의 없다. 동시인 이름도 기억나는 게 없고, 어쩌다 논문 같은 데에 인용돼 있는 작품을 몇 편 읽었을 뿐이다. 문학과지성사에서 내는 '문지아이들' 시리즈에 외국 동시집이 있었던 것 같아 검색해 보니『스티븐슨 그림 동시집』(김서정 옮김, 2004)이 나오는데, 잘 찾아보면 외국 동시를 번역해 소개한 책들이 좀 더 있을 것 같긴 하다.

동시화집에 실린 중국·일본·타이완의 시인들 작품은 모두 44편이다. 세계아동문학대회 행사의 일환으로 모은 작품인 만큼 각 나라에서 주요 작가의 대표작을 골라 보내지 않았을까 싶다. 적어도 중요하거나 의미 있다고 평가받는 작품들일 터이니, 각 나라의 동시의 색깔과 맛이 어떠한지 제법 느껴 볼 수 있는 자료다. 나라별 특징을 찾는 것보다 한 편한 편을 감상하는 것이 더 마땅할는지도 모르겠다.

여기에 일일이 적을 수 없지만 인상적인 작품을 몇 편 들어 보자. 타이완 작품으로 유페이윈(游珮芸)의 「천천히 자라면 안 될까?」는 "하루종일 나한테 어떻게 나비가 되는지를 가르치는" 세상을 향해서 "천천히 자라면 안 되는지" 되풀이해서 의문을 던지고 있다. 리제란(李潔嵐)의 「열세 번째 동물」은 이야기시라 할 만한데, 12지(支)를 정하기 위한 동물들의 강 건너기 경주에서 고양이가 열세 번째로 들어와 쥐를 미워하게 되었다는 이야기를 고양이를 화자로 해서 재미있게 풀어 냈다. 일본 작품으로 하타치 요시코(はたちよしこ)의 「풀」은 "바람에/격렬하게 흔들려/쓰러져도/쓰러져도/일어서려고 하는/풀의 등을 보았다"에서 나타나듯, 단순하긴 하지만 풀의 이미지와 시상의 전개까지 김수영의 「풀」과 흡사한 점이 있다.

하타나카 게이이치(畑中圭一)의 「비행기구름」은 여동생의 죽음에 대한 기억을 다루었다.

얼어붙은 푸른 하늘을 가르며 가는
제트기의 흰 항적
내 가슴에 한 줄기의 아픔이 달리고
발끝에서부터

떨림이 전율되어 온다

죽기 전날 여동생의

열에 헐떡이고 있던 거무스름해진 얼굴이

하늘에 떠 있다

갈라진 푸른 하늘에서

흰 피가 흘러나와 부풀어

한 줄기 구름이 되어 간다

나의 몸 구석구석까지

떨림이 번져 가

나는 눈길을 달려 나갔다 (1~4연, 장성희 옮김)

어두운 소재를 회피하는 동시의 관습을 넘어, 형제의 죽음으로 인한 '아픔'을 정면으로 형상화한 작품이다. "갈라진 푸른 하늘에서/흰 피가 흘러나와 부풀어/한 줄기 구름이 되어 간다"와 같이 오감에 호소하는 뛰어난 시적 표현들이 그 기억과 슬픔을 절절하고도 선연하게 드러낸다.

중국 작품으로 판진잉(潘金英)의 「빨랫줄」은 혼자 있는 고독한 빨랫줄에 갖가지 빨래를 널어서 함께 놀게 해 준다는 귀여운 내용이다. 그에 비해 스디커(史迪可)의 두 작품, "두 필의 말, 한 마리 개미를 끌고/아우성치며 멀어져 가네"로 끝나는 「이 세상 모든 애들은 저절로 자란다」와 '일곱 살 꼬마 π의 어느 날 오후'라는 부제가 붙은 「곧게 서서 독행하는 물만두」는 몇 번 읽어도 의미 파악이 쉽지 않을 정도로 난해하다.

요즘의 우리 동시들처럼 아이들의 삶에서 얻은 소재로 발랄하고 경쾌하게 상상력을 발휘한 작품도 있고, 사색적이거나 유장한 작품도 눈에 띈다. 시를 풀어 가는 면에서는 타이완의 작품들이 좀 더 다양한 양상을 보여 주고 있고, 중국 작품들은 그 나름의 창작 관습들이 남아 있는 가운데 새롭게 모색하는 기운도 흐르고 있는 것 같다. 대부분이 찬찬히 음미한다면 충분히 음미한 보람을 얻을 수 있는 작품으로 여겨진다.

이번 대회에 각국에서 몇몇 동시인이 참석하였지만 차분한 만남은 어려웠다. 이러한 작품에서의 만남이 각국 동시인들의 좀 더 내밀하고 다양한 교류로 이어진다면 그것도 멋진 일이 아니겠는가.

앞서 소개한 「엄마의 다리를 먹다(吃媽媽之腿)」는 지은이가 둘이다. 차이스후이(蔡世惠)가 딸 리자신(李家忻)과 같이 지은 것으로 되어 있다. 차이스후이가 전문 시인인지 아닌지는 정보가 없어 알 수 없다. "부모와 어린이들의 이야기 시간 때 지음. 엄마 종아리가 모기한테 한 번 물리고 나서."라는 주석이 시에 붙어 다니는 것은 엄마와 아이가 공동 창작한 사정을 밝혀 주는 것이 중요해서일 것이다. 내용이야 대단할 것은 없다. 아이도 쓸 수 있고, 어머니도 쓸 수 있고, 전문 시인도 쓸 수 있는 시다. 그러나 쓸 수 있다고 해서 이런 작품이 꼭 나오란 법은 없다.

이런 작품이 나오든 안 나오든, 명작이 나오든 안 나오든 부모와 아이들이 '이야기 시간'을 갖고 함께 시를 쓰는 일 자체가 무척 아름답고 소중해 보인다. 그러고 보니 이런 의문이 든다. 왜 하고많은 동시들 가운데 아이와 어른의 공동작을 찾아볼 수 없을까? 아이와 아이의 공동작을 찾아볼 수 없을까? 부모와 아이가 함께 쓴 시, 선생님과 아이가 함께 쓴 시, 짝꿍과 함께 쓴 시, 형과 아우가 함께 쓴 시, 누나와 동생이 함께 쓴 시, 친구 엄마 아빠와 함께 쓴 시, 이런 시가 과연 없을까. 쓰지 않아서 없을까? 쓴 것이 있는데 간직하지 않고 다 버려 버린 것일까?

「엄마의 다리를 먹다」를 쓰는 데 어머니의 역할이 어디까지이고 아이의 역할이 어디까지인지는 시만 읽어서는 알 수 없다. 착상은 아이가 하고 어머니가 대부분 썼을 수도 있고, 아이가 대부분 쓰고 어머니는 약간 다듬어 주기만 했을 수도 있다. 그러나 아이가 이렇게 쓰려는 것을 어머니가 '그렇게 쓰지 말고 요렇게 써!' 했을 것 같지는 않다. 이것이 중요하다.

글쓰기는 나이 들수록 개인의 작업이 되고 개인의 자기표현이 된다. 간혹은 공동 작업이 있을 수 있다. 그런데 어린이들의 글쓰기는 '함께 쓰기'도 기본적으로 있어야 하지 않을까. 그동안 책으로 나온 어린이 글 모음들에 지도 선생님은 있어도 함께 쓴 선생님은 없었던 것 같고, 두 사람 이상이 함께 쓴 것으로 나와 있는 글들도 없었던 것 같다. 어린이 시교육연구회에서 내고 있는 『어린이시』 회보에도 함께 쓴 어린이시는 안 보인다. 그런데 생각해 보니, '함께 써 보는' 경험은 아주 중요하고 필요하다 하지 않을 수 없다. 대화와 소통, 협력의 경험은 총체적인 자아 형성에 큰 도움이 된다. 공동 작업으로 글을 완성해서 거기에 자신과 다른 사람의 이름이 지은이로 나란히 올라가는 것을 경험한다면 자부심도 커지고 서로 간의 유대도 깊어진다. 나아가 다른 사람과 관계를 맺는 데에 필요한 내면의 힘도 길러질 것이다.

아이들이 시를 누군가와 '함께' 쓰고, 함께 쓴 시들이 아이가 쓴 시, 어른이 쓴 동시와 마찬가지로 발표되고 출판되고 또 그중의 어떤 작품들은 오랫동안 기억되며 읽혀야 할 것이다.

2부

천진한 아이가 쓴 일기 같은 동시

최수진 『벌레가 기절했다』

자기 시를 쓰는 신인

최수진은 2010년 한국일보 신춘문예에 당선해서 작품 활동을 시작한 신인이다. 두드러지게 눈에 띄는 활동을 보여 준 것은 아니지만, 신인으로서 여러 잡지에 꾸준히 동시를 발표하면서 주목을 받아 왔다.

그동안 지면에서 최수진의 동시를 만날 때마다 나는, 기성 동시단의 흐름에 휩쓸리지 않고 어떤 방향을 좇아가지도 않고 자기 시를 쓰고 있구나 하는 느낌을 받았다. 말하자면 군이 어떠어떠한 동시를 쓰고자 하는 것이 아니고 저절로 나오는 글이 동시가 된 것이라고 할까.

학교 다 마쳤다
야호! 집에 간다
집까지 전속력으로 달려간다

앗! 장애물이다

어른 두 명이

인도를 다 차지하고 걷고 있다

—「집으로 가는 길」 전문

밤 12시가 돼서

불을 끄고 누우면

귀신이 내 손을 잡을까 봐

주먹을 꼬옥 쥐고 잔다

—「귀신과 악수하기」 전문

아이가 쓴 시 같다. 어른들이 쓸 법한 어려운 말이나 색다른 표현은 하나도 없다. 아이가 일상생활에서 경험하고 느낀 것을 가벼운 마음으로 적어 놓은 글인 듯하다. 수업이 끝났다고 거침없이 환호하고, 힘껏 달려가다가 좁은 길에서 어른들을 맞닥뜨리니 이번엔 장애물이라고 멈칫한다(「집으로 가는 길」). 한밤중에 불을 끄면 귀신이 나타나지 않을까 겁을 먹고, 귀신이 제 손을 잡지 못하도록 주먹을 꼬옥 쥐고 잔다(「귀신과 악수하기」). 어리고 천진한 아이의 모습이다.

최수진의 첫 동시집 『벌레가 기절했다』(사계절 2015)에 실린 이런 시들은 누군가에게 보여 주려고 쓴 글 같지 않다. 천진한 아이가 마음속 일기장에 그때그때 적어 둔 글 같다. 어른들이 하는 이야기나 어른들의 생각에 물들지 않았고, 자신에게든 다른 사람에게든 무엇을 알려 주거나 가르쳐 주고 싶어 하지도 않는다.

천진한 아이는 되고자 해서 되지 않는다. 자신이 그냥 천진한 아이여야 한다. 되려고 하면 오히려 될 수 없는 것이 천진한 아이일진대, 최수진 시인은 자신이 그냥 천진한 아이일 뿐이다.

천진한 아이의 관찰력과 공감력

아이의 눈은 세상을 향해 열려 있다. 특별하고 색다른 모험을 찾아가는 것이 아니라 자신과 주변을 관찰하고 거기에 감응한다. 자기 자신, 가족, 집 안팎의 동물들, 날씨, 자연현상 등이 두루 포착된다.

「엄마 베개」나 「좌회전 우회전」 「자동 파마」 같은 작품이 일상의 소소한 경험에 대한 관찰을 일기 쓰듯 적어 놓은 것이라면, 「가을 운동회」 「햇빛 가득 담긴 운동장에서」 같은 작품은 매우 섬세한 관찰력이 발휘된 작품이다. 산책길에서 동생과 달리기를 했더니 "낙엽과 먼지도 동시에 붕 달려"서 "먼지가 1등"을 하고(「가을 운동회」), "커다란 학교는/그림자가 너무 무거워" 움직이지 못하지만 "정민이와 준호는/그림자끼리도 친해서/꽁꽁꽁꽁/붙어 가"는 것을 발견한다(「햇빛 가득 담긴 운동장에서」).

섬세한 관찰력을 바탕으로 시상을 좀 더 재미있게 발전시킨 작품들도 있다.

낙엽이 푹

커다란 발이 쿵

꽃잎이 살짝

절레절레, 휴~

그래도 과자 하나는 들고

집으로 왔다

─「개미의 일기」 전문

「개미의 일기」는 개미를 관찰해 쓴 것인데, 제목을 '개미의 일기'라고 붙임으로써 개미가 화자인 작품이 되었다. "낙엽이 푹 (꺼진다)" "(누군가의) 커다란 발이 쿵 (딛는다)" "꽃잎이 살짝 (떨어진다)" "(나-개미는 고개를) 절레절레 (흔들고), (한숨을) 휴~ (쉰다)"와 같이 주어와 의성어 의태어만을 최소한으로 사용한 생략 어법으로 상황을 전한다. 작디작은 곤충인 개미가 겪기로는 조마조마 위태로운 상황이었으나 무사히 식량을 갖고 집으로 왔다. 접속어 '그래도'의 효과로 구구한 설명이나 감정의 피력이 없어도 아슬아슬한 상황을 넘기고 먹을거리를 챙겨 돌아온 데서 느끼는 뿌듯함이 충분히 드러난다.

창밖을 보니
벌레가 전속력으로 날아와요
역시나 창문에 '픽' 부딪히더니
스르륵 힘없이 떨어져요
난 혹시나
벌레도 혹이 났나 싶어
자세히 들여다봤어요
기절했어요
아니,
아무래도 죽은 것 같아요
잠시 후에 다시 보니

벌레가 꿈틀꿈틀 움직이기 시작해요
그러고는 하르르 다시 날아가요
죽었다고 생각한 게
미안했어요

──「벌레가 기절했다」부분

투명한 유리창이나 유리문을 없는 것으로 착각해 당황했던 경험이 대개는 있을 것이다. 「벌레가 기절했다」는 날벌레가 유리창에 부딪혀 떨어졌다 다시 날아가는 것을 줄곧 관찰해 자신이 유리문에 머리를 부딪혀 혹이 났던 경험과 연결시킨다. 화자인 아이는 벌레가 날아와 창문에 부딪히는 것을 무심하게 지나치지 않고 벌레가 "스르륵 힘없이 떨어지"는 것을 보았을뿐더러, "벌레도 혹이 났나 싶어" 걱정하며 더욱 자세히 들여다본다. 그런데 죽은 줄 알았던 벌레가 움직이기 시작하더니 다시 날아오른다. 아이는 잠시 기절했다 깨어나 다시 날아가는 벌레를 "죽었다고 생각한 게/미안해"진다.

하찮은 벌레에게 일어난 일을 유심히 살피면서 거기에서 마음의 움직임이 일어나는데, 자연스레 사물의 상태에 감응하고 공감하는 움직임이다. 거기엔 쌍방 간에 어떤 의도나 요구가 끼어들고 있지 않다. 동물을 보고 이런 마음의 작용이 잘 일어나는 것은 아이로서 자연스러운 일이다. 갑자기 푸드덕거리는 오리를 보고 "아기 오리도 무서운 꿈을 꿨나 봐요/엄마 오리가 꼭 안아 줄 거예요"(「무서운 꿈」)라고 한다든가, 병아리 집에 고양이가 온 것을 보고 병아리의 목소리로 "정말 구경만 할 거죠?"(「무서운 손님」)라고 묻는 것은 그런 감응의 모습이다. 무서움은 원초적인 감정으로 아이에게는 무엇보다도 절실한 것이다. 간혹은 그런 차원에서 더 나아가, 동물원은 먹을 것도 많고 안전하지만 "엄마에게 갈 수도 없어요/배는 부른데/마음이 텅 비어 가요"(「동물원 원숭이가 고향에 보내는 편지」)라고 동물원에 갇힌 원숭이의 처지에 동조해 추상적인 감정을 담아내기도 한다.

마음을 열어 말 걸기, 은근한 유머

아이는 주변을 관찰하다가 눈에 들어오는 존재들에게 말을 건다. 독백을 하거나 자신에게 말을 건네기도 하지만, 상대의 이름을 크게 부르며 말을 걸기도 한다.

> 딱새야!
> 너 그렇게 떠들다가
> 내가 쳐다보니까
> 왜 갑자기 조용한 척하니?
>
> —「부끄럼쟁이」 전문

맑은 하늘에 떠 있는 작은 구름에게 '아기구름'이라 이름을 붙여 불러 주며 "오늘은/네가 주인공이야"라고 일러 주기도 하고(「아기구름」), 시끄럽게 지저귀던 딱새가 조용해지자 "내가 쳐다보니까/왜 갑자기 조용한 척하니?" 하고 추궁하듯 묻기도 한다(「부끄럼쟁이」). 동심원으로 번져 가는 물결을 보고 '나이테'를 열심히 그린다고 하면서, 안 보이는 오리에게 "너 거기 있는 거 다 안다"고 친구에게인 양 말을 건넨다(「숨바꼭질」). 이러한 말 걸기는 주변의 존재들에게 활짝 열려 있는 아이의 망설임 없는 친화력을 보여 주는 것이면서, 어떤 구체적인 상황을 잡아 시적으로 그려 내는 하나의 방법이기도 하다.

이런 시편들에는 대부분 은근한 유머 감각이 스며 있거나 위트가 발휘되어 있는데, 「웃음 충전」이나 「방귀 가족」 같은 작품에는 가벼운 장난기마저 발동되어 있다. 엄마가 아이 콧구멍에 두 손가락을 꽂아 웃음을 충전한다거나(「웃음 충전」), 아빠 방귀 소리는 들은 적이 없으니 회사에서 다 뀌시는 것 같다는(「방귀 가족」) 발상은 유쾌한 웃음을 자아낸다.

「꽃게 가족」은 팡팡 웃음이 터지게 하지는 않지만, '벽을 타고 들어오는 아빠와 형의 걸음'을 '옆으로 걷는 꽃게 걸음'으로 등치하여 가벼운 웃음을 짓게 만든다. 아빠 꽃게와 형 꽃게가 벽에 붙어 기어가는 장면이 눈앞에 그려지면서 속으로 웃게 되는데, 그 웃음은 약간 촉촉하면서 깊은 웃음이다. 밤이 늦었고 오락실에 갔었기 때문에 엄마에게 들켜 야단맞을까 봐 (벽에 붙어서 들어온다고 모를 리 없건만) 하는 행동인 아빠와 형의 꽃게 걸음을 보는 아이의 눈은 사태를 관찰하는 눈이면서 공감하는 눈이다. 그 공감이 곧 응원을 뜻하는 것은 아니지만 공감의 눈으로 봤기 때문에 가족의 꽃게 걸음이 눈에 들어오며, 유머 감각이 살아 있기 때문에 꽃게 걸음으로 포착된다.

군대 가는 삼촌을 '동물 인형 친구들'이 배웅하는 광경을 그린 「조용한 친구들」은 상상력을 발동하면서도 헤어지는 서운함을 과장하지 않고 매우 절제해 표현하고 있다. 동물 인형들이 현관에 총출동해 사투리로 작별 인사를 하고 제자리로 돌아가 다시 말이 없어졌다는 절제된 구성으로 이별의 아쉬움을 응축한 힘은 은근한 유머 감각에서 나왔다. 기억력이 나빠 자신이 묻어 둔 도토리를 한 개밖에 못 찾고, 도토리를 주워 가면서도 한 알을 남겨 놓고 간다는 「다람쥐의 실수」 1, 2는 남의 실수를 재미있어하는 마음이 바탕이 되었지만, 그것이 악의나 비판을 품고 있는 것이 아니어서 편안한 웃음을 자아낸다.

상상의 힘, 놀이가 되는 상상

최수진의 동시는 기성 동시단의 영향을 거의 받지 않은 듯하다. 앞에서 나는 최수진 시인은 그냥 천진한 아이일 뿐이라고 말했는데, 물론 등단한 어른 시인이 실제로 천진한 아이일 수는 없다. 요즘엔 동심천사주의나 교훈주의 딱지를 쉽사리 붙일 수 있는 동시는 찾아보기 어렵지만 어떤 주제나 기법들은 흔히 볼 수 있는데, 최수진은 그런 시류에 물들지 않았다는 의미에서 천진한 아이의 눈을 갖고 있다. 또한 체질적으로 생리적으로 어른이 쓰는 글과는 다른 방향에서 시에 접근한다는 점에서 그는 천진한 아이를 연출하지 못하고 그냥 천진한 아이로서 말한다. 이러한 특징은 그 자체가 미덕이 되거나 약점이 되는 것은 아니다. 동시는 원칙적으로 성숙한 어른이 쓰는 장르이므로, 화자인 천진한 아이와 거리가 없다는 것은 오히려 동시로서 실패할 위험조차 지게 된다.

그렇지만 최수진의 동시에는 천진한 아이가 지니는 관찰의 눈과 공감하는 마음이 싱싱하게 살아 있어서 읽는 이에게 즐거움과 상쾌함을 선사한다. 기발한 착상이나 발견이 돋보이지는 않지만 친숙한 주위 사물과 존재들의 생명력이 담기고, 관념이나 주관으로 존재의 본성을 윤색하는 대신 열린 마음으로 말을 건다. 대상을 수동적으로 수용하는 것이 아니라 그 속내와 이면을 우호적으로 잡아냄으로써 가벼운 웃음을 유발하기도 한다.

> 냉장고는
> 음식들이 사는 아파트
> 차가운 동네
> 서로 말이 없어요
> 1층에는 배추머리 아줌마
> 2층에는 동그란 사과 언니
> 3층에는 홍시 아저씨
> 옆에 떡 아줌마가 이사 왔어요
> 근데 서로 꼭 옆에 붙어서도
> 말이 없어요
> 차가운 동네예요

─「차가운 아파트」 전문

냉장고라는 흔하고 누구나 잘 알고 있는 대상을 관찰했지만 이 시는 묘미가 있다. 냉장고 안에 서로 이웃해 있는 음식과 식재료들을 하나하나 살피면서 그 관계를 인접함→말없음→차가움으로 파악한다. 그런데 냉장고는 본래 차가워야 하지 않는가. 본래 차가운 곳인데, 거주자들이 서로 딱 붙어 살면서 냉랭하게 대하기 때문에 차가운 동네라고 말하니 그 차가움들의 의미가 대비된다. 온도가 낮은 차가움이 대화와 교류가 없는 차가움으로 전환되는 것이다. 그와 함께 '음식들이 사는 아파트'→'차가운 동네'→'차가운 아파트'(제목)로 의미 이동이 일어난다. 음식들이 층층이 붙어 살며 말이 없는 냉장고는 집들이 층층이 칸칸이 붙어 있는 차가운 아파트로 비유되는데, 아파트 가구마다 한두 대씩 있는 차가운 냉장고가 실은 차가운 아파트살이의 적실한 비유로 다가온다.

이렇듯 이 시는 생활의 필수품인 냉장고를 친숙한 대상으로서 포착해 그 속성을 재치 있게 그려 낸 작품이지만, 아파트라는 현대의 집단 거주 시설이 만들어 내는 삭막한 인간관계를 슬그머니 꼬집고 있는 작품으로도 읽힌다.

시인은 이처럼 일상과 생활 주변에 눈길을 주어 그 테두리에서 멀리 벗어나지 않는 상상력을 보여 주지만, 활달하고 풍성한 상상을 놀이처럼 펼쳐 놓은 작품도 있다.

다람쥐 오소리 곰 멧돼지 산토끼 아기들이
엄마 몰래 마을에 내려와
빨랫줄에 걸린 옷을 하나씩 입었어요

토끼는 귀에 아빠 양말을 걸치고
아기곰은 내 팬티를 입었어요
오소리는 누나의 보들보들한 블라우스를 입고
다람쥐는 엄마 모자를 꼬리에 걸치고
아기멧돼지는 할머니 통치마를 입었어요

——「지리산의 밤」 부분

아기새와 아기풍선이 하늘을 나는 사이
꼬마 친구들이 나무에 열린 풍선을 봤어요

용감한 친구가 먼저 나무 위로 올라가자

모두 뒤따라 올라갔어요

풍선을 하나씩 잡았어요

꼬마 친구들은 눈이 동그래졌어요

정말 하늘을 날고 있었거든요

아기풍선과 아기새도 만나 반갑게 인사했어요

—「풍선 나무」 부분

「지리산의 밤」은 산마을에 밤이 오자 온갖 아기 동물들이 찾아와 빨랫줄에 걸린 옷을 입고 노는 광경을 그렸다. 귀여운 아기 동물들이 할머니, 아빠, 엄마, 누나 등 온 가족의 옷과 모자 등을 하나씩 걸치고 신이나서 웃어 대는 모습을 상상해 보면, 이것은 곧 동화의 한 장면이다. 「풍선 나무」 역시 시로 그린 동화라 할 수 있다. 풍선을 잡고 둥실둥실 하늘을 나는 꼬마들과 아기새의 모습은 성장하는 아이들의 부풀어 오르는 마음이 활짝 펼쳐진 절정이 아닐까. 「무지개 기차」 역시 상상 놀이를 해본 작품으로, 하늘의 무지개에서 운전사와 어린이 손님, 온갖 동물 손님이 타고 달려가는 기차를 보고 있다. 세속적 가치와는 아주 무관하게 여러 어린 생명들이 한자리에 모여들어 어우러지는 이런 장면들은 평화의 카니발이 아니겠는가! 시인의 마음속에 서리서리 쟁여 있던 평화로운 세계의 영감이 고스란히 풀려나온 것이리라.

그러고 보면 최수진 시인은 천진한 아이로서 시를 쓰지만 천진한 아이에만 머무는 것이 아니다. 아이들을 가르치고 싶은 욕망이 배어 있지 않다는 데서 그의 동시는 어린이 시*와 닮았지만, 세상을 그려 내고 싶은 바람이 받쳐 주고 있어 공감과 웃음과 평화를 풍요롭게 담아낸다는 점에서 어린이 시를 넘어선다. 그의 동시가 샘물처럼 맑으면서도 봄바람처럼 다사로운 이유이다.

---

* 저자는 '어린이 시'(어린이가 쓴 시)와 '어린이시'(동시인이 쓴 동시)를 구분해서 사용했다. ― 편집자

꽃과 새의 이름을 부르며 생명을 보듬기

김미혜『안 괜찮아, 야옹』

나는 가끔 동시를 읽고 쓰는 것, 그것은 인생에 큰 축복이 아닐까 하는 생각을 하곤 한다. 동시는 거친 마음, 성난 마음을 걸러 주고 다독여 주고, 여린 마음, 흔들리는 마음을 여물게 하고 잡아 주니까. 그런데 동시를 읽는 것이야 누구나 할 수 있지만 쓰는 일은 누구나 하기엔 쉽지 않다. 김미혜 시인은 동시를 '쓰는' 시인에 그치지 않고 동시를 '사는' 사람이라고 불러야 걸맞을 '동시인'이다. 그러니 두 배 또는 세 배로 축복을 받고 있는 셈이다.

김미혜 시인의 첫 동시집『아기 까치의 우산』(창비 2005)을 보면 자연과 삶을 대하는 풋풋한 감성이 빛난다. 자연과 삶이 교감하고, 여린 듯한 감성 속에 단단한 알맹이가 들어 있다. 두 번째 동시집『아빠를 딱 하루만』(창비 2008)에서는 갑작스럽게 세상을 뜬 아버지에 대한, 아이들이 느끼는 상실감과 그리움이 담긴 작품들이 도드라진다. 남편이며 아빠인 존재의 뼈아픈 상실을 직시해 언어로 드러내는 일은 절제된 표현을 얻어 내는 노력을 통해 한 걸음씩 상처를 치유해 가는 과정이기도 하다. 또한 김미혜는 꽃을 주제로 한 열아홉 편의 작품을 써서 이해경 화가의 화사한 그림에 얹어 『꽃마중』(미세기 2010)이라는 '동시 그림책'을 내기도 했다.

김미혜가 동시를 '쓰는' 시인을 넘어 동시를 '사는' 동시인이란 점은 『신나는 동시 따 먹기』(창비 2011)가 잘 증명한다. 도서관이나 학교 등에서 김미혜 시인이 아이들과 함께 한 '동시 따 먹기' 수업은 수업이라기보다 놀이이다. 이원수, 권태응, 이문구, 이상교, 김은영, 김바다 등의 시 한 편씩을 주제로 시에서 받은 느낌을 온몸의 동작으로 표출하기도 하고, 시에 나오는 제비꽃이 궁금해 밖으로 나가서 제비꽃을 찾아 꽃싸움을 해 보기도 한다. 이렇게 동시와 함께, 아이들과 함께 놀며 배우며 소걸음처럼 뚜벅뚜벅 동시 창작을 지속해 온 시인이 김미혜이다.

이름을 부르며 생명체에게 다가가기

사람이건 사물이건 이름을 안다는 것, 이름을 불러 준다는 것은 대상과 가까워지겠다는 신호요 대상과 친해지고 관계를 맺어 가는 첫걸음이다. 최근에 주목받고 있는 류선열(1952~1989) 시인은 생전에 편집해 갖고 있던 동시집 『잠자리 시집보내기』(문학동네 2015)에 붙인 '머리말'에서 시를 쓰는 이유를 이렇게 말했다.

수백 가지 새나 들꽃의 이름을 지어낸 조상들을 위해 글을 쓰자.
냉이꽃이건 산수유건 노란꽃이라 하고 피라미건 배가사리건 그냥 물고기라고만 부르는 아이들을 위해 글을 쓰자.

김미혜 시인은 첫 동시집 『아기 까치의 우산』에서부터 식물과 동물, 벌레 등의 고유명사를 불러내는 '탐사'를 시작했다. 농경을 위주로 한 조상들이 살아가던 시대와 달리 21세기의 아이들에게 자연의 여러 존재들이란 일하고 먹고 쉬고 노는 생활 속에서 만나는 부드러운 생명체가 아니라 대개는 생활에서 분리되어 의식적으로 마주해야만 알아볼 수 있는 단단한 '객체'가 되었다. 류선열은 이러한 점을 선구적으로 감지했던바, 이것은 비단 어린이에게 국한된 것만은 아니니 이즈음에는 자연의 소외, 자연에서의 소외가 거의 모든 사람들에게 일상화되어 있다. 김미혜의 시가 자연의 존재들에 유달리 관심을 갖는 것은 이러한 소외를 벗어나려는 열망이 바탕에 깔려 있기 때문일 터이다.

이 숲에서는
어떤 꽃을 만나게 될까?

꽃들 찾느라고
땅만 보고 걸어요.

발아래 참꽃마리
발아래 은방울꽃
발아래 각시붓꽃
발아래 애기괭이눈

꽃들 다칠까 봐

땅만 보고 걸어요.

―「꽃 탐사」(『아기 까치의 우산』) 전문

　그냥 풀이나 꽃이 아니라 참꽃마리, 은방울꽃, 각시붓꽃, 애기괭이눈
이라는 각자의 독특한 이름을 불러 주었을 때 그 생명들은 비로소 '나'
의 마음속으로 들어오게 되고, 그들이 "다칠까 봐" 염려하는 마음도 일
어난다. '탐사'와 '이름 부르기'(「꽃 이름 부르면」, 『아기 까치의 우산』)는 김미
혜 시의 출발점으로 시인은 이를 바탕으로 자연과 사회를 바라보는 섬
세한 감각과 따뜻한 정을 풀어놓는 데로 나아간다.

　이번 시집 『안 괜찮아, 야옹』(창비 2015)에서 김미혜는 더 다양한 자연
의 존재들을 불러내고 있다. 강아지풀, 덩굴장미, 개불알꽃, 살구나무,
찔레나무, 명자꽃, 팽나무, 새끼노루귀 같은 식물들과 참새, 까치, 직박
구리, 곤줄박이, 원앙, 검은등뻐꾸기, 박새 같은 조류(鳥類), 그 밖에도
반딧불이, 말매미, 방울벌레, 무당벌레, 두꺼비 같은 다양한 생물들이
등장한다. 시를 읽는 동안 이들 이름을 불러 보는 것만으로도 인공으로
휩싸인 도회적 삶의 메마름이 씻겨지고 숲에 들어온 듯 상쾌해진다. 시
인의 호출이 자동적으로 대상과의 조화로운 관계를 일구어 내는 것은
아니며, 대상에 대한 주관적이고 일방적인 접근이 될 위험도 적지 않다.
김미혜는 눈을 열어 보고, 귀를 열어 듣고, 마음을 열어 공감함으로써
지배적인 장악이 아닌 대화적인 관계를 그려 내고 있다.

나뭇가지 흔들어

오디를 털려는데

숲에서 들려오는
검은등뻐꾸기 소리
호 호 호 홋
호 호 호 홋

"그 만 따 지
그 만 따 지."

작대기 들어
모조리 털려는데
네 박자 천둥소리
호 호 호 홋
호 호 호 홋

"너 만 먹 냐
너 만 먹 냐."

─「너만 먹냐」 부분

까맣게 익어 달콤새콤한 뽕나무 열매 '오디'를 털어 먹기 위해 가지를 흔들다 급기야 작대기로 두들기려 할 때 들려오는 검은등뻐꾸기 울음소리, 그 소리는 "그만 따"라는 권유와 "너만 먹"을 테냐는 질책으로 옮겨진다. "오늘 다 따 먹으면/내일 오는 새는/무얼 먹"느냐는 산딸기의 말처럼(「산딸기의 작전」), 검은등뻐꾸기의 소리도 자연의 질서를 흐트러뜨리는 데 대한 항변으로 들려오는 것이다. 이런 경우 자연과 자아가 긴장

관계에 들어가지만, 이는 대립으로 귀결되지 않고 서로 소통하는 관계로 나아간다. 시의 전개가 숙연해지지 않고 말놀이처럼 재미롭다. 또한 반딧불이 애벌레, 방울벌레와의 숨바꼭질(「별이 빛나는 밤에」「방울벌레와 숨바꼭질」)에서 보듯 함께 놀이하는 관계를 이루기도 하고, 저녁에 "동그란 귀를/바짝 접고" 곤히 잠든 토끼풀이 깨지 않도록 "어스름 속을 느릿느릿" 걷는(「토끼풀 잠자는 시간」) 배려하는 관계를 형성하기도 한다.

요컨대 자연의 여러 생명체들을 그 고유한 이름으로 부르며 다가감으로써 그 하나하나의 구체적인 존재와 관계를 맺게 되고 수평적 위치에서 소통할 수 있게 된다. 그래서 김미혜의 동시는 독자에게 잃어버린 자연의 생명체들을 다시 만나고 그들과 친구가 되는 경험을 오롯이 맛보게 해 준다. 아이들은 열린 마음으로 그 즐거움을 더 생생하게 느낄 수 있을 것이다.

인간의 '사나운 마음'이 만드는 아픔들

동시를 읽는 것은 마음에 파문이 오더라도 대개 불편하지 않다. 그런데 김미혜의 이번 동시집에 실린 이런 작품을 읽으면 마음이 매우 불편해진다.

사람을 태우려고 태어난 게 아닌데
공을 굴리려고 태어난 게 아닌데

앉아!

돌아!
가만히 있어!
훈련을 받는다.

"말 안 들으면 때려야 돼."
쇠꼬챙이가 달린 막대기로
머리를 찍힌다.
쇠고랑에 발이 묶인다.

주름을 타고 흘러내린 눈물이
코끼리를 적신다.

코끼리를 차마 보지 못하고
뚝뚝 눈물 떨어뜨렸던 아이가 자라서
앉아! 돌아! 가만히 있어!
쇠꼬챙이가 달린 막대기를 든다.

누가 코끼리를 울게 했을까?

매 맞고 온순해진 코끼리 등에 올라
기념사진 찍는 우리.
코끼리 쇼를 보고
박수 치는 우리.

—「누가 코끼리를 울게 했을까」 전문

코끼리와 아이를 울게 하는 코끼리 훈련, 그 훈련이 되풀이되게 하는 것은 누구일까? 이 시는 코끼리 훈련 과정과 그 맥락을 눈앞에 선히 보이도록 세세하게 묘사하면서 마지막 연에서 코끼리 등에 올라 기념사진을 찍고 코끼리 쇼에 박수를 치는 '우리'를 지목한다. 코끼리를 길들이는 훈련의 잔인성을 강 건너 불 보듯 비판하는 것이 아니라, 그러한 고통을 일으키는 현실의 원인이 '우리-나'로 연결됨을 자각하고 코끼리의 아픔을 자신의 아픔으로 앓는 것이다. 이러한 시를 읽는 것조차 매우 불편하고 고통스러운 일일진대 시를 창작하는 과정은 더욱 고통스러운 일일 것임을 짐작하기 어렵지 않다.

산 채로 너구리의 털가죽이 벗겨지는 광경을 담은 「멍텅구리」, 고급 요리 '푸아그라'를 만들기 위해 거위에게 억지로 사료를 먹이는 과정을 보여 주는 「맛있게 드셨습니까?」도 마찬가지로 인간의 필요와 돈벌이를 위해 벌어지는 동물 학대를 고발한 작품이다. 우리가 일상에서는 관찰할 수 없는 그 잔혹한 학대의 실상을 파고들어 생생하게 전하는 것은 장막을 걷고서 눈으로 보고 마음으로 아픔을 느껴야만 그러한 현실을 바꾸거나 적어도 바꿀 수 있는 계기를 만들 수 있다고 여기기 때문이리라.

"오월 햇발에 등 씻으며/풀 뜯고 있는 누렁소를 보고"서 "저렇게 키운 한우 맛이 제일이야."라고 댓글을 다는 '사나운 마음', 차마 옮겨 적지 못할 정도로 그보다 더 험한 댓글을 다는 '사나운 마음'(「사나운 마음」)을 지닌 것이 인간이다. 이 사나운 마음이 동물 학대와 세월호 참사(「잊지 않겠습니다」「개나리로 피어」)와 붕괴 사고(「폭탄 돌리기」)를 일으킨 배후일 것이다. 자연의 생명체를 그 고유의 이름으로 불러서 어울려 지내고, 그렇게 다른 존재와 통하며 어울리는 마음은 다른 존재의 아픔에 공명하는 측은지심(惻隱之心)과도 상통한다. 사나운 마음을 다스릴 수 있는 것은 더 사나운 마음이 아니라 그러한 측은지심일 터이고, 측은지심은 김미혜에게는 바로 동심의 다른 이름일 것이다.

꿈꾸는 집을 찾아가는 약도 그리기

김미혜의 동시들을 다소 무겁게 읽어 보았지만, 동네에서 인기 높은 개 '해피'에 대한 사랑이 담긴 「봄이에요」 「해피 바이러스」 「편지 받는 개」와 같이 가볍고 유쾌하게 읽을 수 있는 작품이 더 많다. 또한 가벼운 듯하면서도 곰곰 되새기면 더 깊은 생각으로 연결되는 작품도 있다.

고양이에게 목줄을 매어 책상 다리에 묶어 놓고 "물그릇과 밥그릇/그 사이를 오고 갈 수 있으니까" 괜찮다고 하는 「안 괜찮아, 야옹」은 생활 속에서 일어나는, 반려동물을 키우며 발생하는 가벼운 긴장 상황을 잡아 보여 준다. "괜찮지?" 하는 반복되는 질문이 말썽을 부렸을지도 모르는 고양이를 놀려 주는 느낌도 주며 경쾌하게 읽힌다. 그렇지만 고양이에게 묻지 않고 "괜찮지? 정말 괜찮지?/나한테 물어보았다."라는 끝 연과 제목인 '안 괜찮아, 야옹'이라는 고양이의 대답 사이에서 발생하는 긴장은 좀 더 감상을 확장시킨다. 목줄로 자유를 제약당한 고양이의 처지를 보며 아이는 자신의 처지는 과연 어떠한가, 자신은 정말 괜찮은가 자문하고 있다고도 할 수 있다. 이처럼 고양이의 처지가 아이의 처지로 슬그머니 전환된 것을 감지하는 것은 자연스러운 감상이다. 어른 독자라면 성적, 출세, 성공 등의 "물그릇과 밥그릇" 범위에 아이를 묶어 두고 '너를 위한 거야'라고 믿고 있는 자신 또는 많은 부모들의 상황을 반성적으로 돌아보게 될지도 모른다.

앞에서 동시를 읽고 쓰는 것이 인생에 큰 축복일 것이라 했다. 그 축복은 현실을 잊고 명랑한 노래를 부를 때 얻어지는 것은 아니다. 김미혜의 동시를 읽으면서 경험하듯, 멀어진 자연에 이름을 부르며 다가가 벗하고 사나운 마음을 물리쳐 고운 마음을 단단하게 여물게 할 수 있다면 그것이 나는 큰 축복이리라 생각한다.

"1호선, 13번 출구, 26동 7층"(「약도」)이라는 기호의 편리함과 삭막함이 우리 삶의 현주소일지라도 동시의 꿈은 그 너머를 본다.

아름드리 팽나무가 서 있는 곳을 보고 쭉 따라와. 제비꽃 애기똥풀 출렁출렁 파도치는 밭둑 지나면 민들레꽃 양탄자가 보일 거야. 양탄자 눈을 비켜 걸어와. 연둣빛 손을 반짝반짝 흔들고 있는 찔레나무 울타리가 보일 때까지. 거기에서 분홍빛을 내려놓은 매화나무를 찾아봐. 그 집이 우리 앞집이야. 우리 집은 함박꽃이 함박 웃는 집이야. 네가 온다니까 꽃들이 뒤죽박죽 한꺼번에 마중 나왔지 뭐야. 튤립은 칼을 빼 들고 말이야. 참, 살구나무 아래 빨강 지붕은 해피 집이야. 살구꽃이 동글동글 꽃을 그리며 해피 머리 위로 떨어지고 있을 거야. 잘 찾아올 수 있지?

—「약도」 부분

민들레꽃이 양탄자처럼 펼쳐지고 살구꽃 비가 내리는 마을, 어쩌면 평범한 시골집의 모습일 수도 있는 이 풍경이 황홀경으로 다가온다. 김미혜의 동시는 이처럼 우리가 꿈꾸는 삶터를 찾아갈 수 있는 약도를 그려 보고 또 그려 보고 한 것이 아닐까.

가족의 일상, 도시의 정취가 깃든 동시

박혜선 『백수 삼촌을 부탁해요』

1

사람은 하늘에서 뚝 떨어진 존재가 아니다. 태어나는 순간부터 가족이라는 관계 속에 놓인다. 어린 아기는 부모의 품에서 자라나며 점점 독립된 자아를 키워 간다. 그래서 가장 가까운 관계인 엄마에 대한 감정 표현도 기대고 응석하는 단계에서 넓고 다양한 차원으로 발전해 간다.

그럼 아이에게 가족이란 무엇일까? 아이의 눈에 가족 구성원들은 어떻게 비칠까? 박혜선의 이번 동시집에서 가장 재미있으면서도 따뜻하게 읽게 되는 작품은 가족을 다룬 시편들이다. 엄마와 아빠를 중심으로 할아버지와 할머니, 형, 삼촌 등이 주연이나 조연으로 등장한다.

여기서 박혜선의 첫 동시집 『개구리 동네 게시판』(크레용하우스 2011; 초판 아동문예사 2001)에 실린 시를 한 편 같이 읽어 보자.

어스름한 저녁

엄마보다 먼저

대문을 들어서는 흙냄새

엄마가 자고 일어난 자리에

소르르

흙이 떨어져 있다.

—「우리 엄마」 전문

이 시에서 '우리 엄마'는 다른 무엇이 아닌 '흙'과 '흙냄새'로 아이에
게 다가온다. 화자가 저녁에 일을 마친 엄마를 보고 있는 1연과 아침에
엄마가 일어난 자리를 보고 있는 2연의 장면 사이에 다소 비약이 있지
만, 흙-땅을 일구며 '일하는 엄마'의 존재가 흙의 물질성 그 지체로 치
환되면서 뭉클한 감동을 일으킨다. "엄마보다 먼저/대문을 들어서는 흙
냄새" "엄마가 자고 일어난 자리에/소르르/흙이 떨어져 있다."라는 표
현은 감정 노출이나 특별한 꾸밈 없이도 '일하는 엄마'를 보고 아이가
느끼는 안쓰러움과 고마움 같은 것을 충분히 응축해 보여 주고 있다.

박혜선의 두 번째 동시집 『텔레비전은 무죄』(푸른책들 2004)에 실린
「엄마와 물파스」도 "온종일 논밭에서 일하"는 엄마의 힘듦과 아픔에 대
한 공감을 물파스를 매개로 잘 그려 낸 작품이다. 같은 동시집에 실린
「아버지의 가방」은 '일하는 아버지'를 그린 시다. "작업복과 양말 몇 켤
레" 등속을 넣은 가방을 들고 멀리 일하러 갔다가 "흙먼지 뿌연 몸으
로/돌아온" 아버지=아버지의 가방은 피곤에 겨워 "신발장 옆에 앉았
다/앉은 채 그대로 곯아떨어진다." 역시 간결한 시구에 '일하는 아버

지'의 노고와 그에 대한 여러 감정이 단단하게 응축되어 있다. 세 번째 동시집 『위풍당당 박한별』(푸른책들 2010)에 오면 한별이는 부모가 이혼해 시골에서 할아버지 할머니와 지내고 있고 아버지 어머니는 내내 부재한다.

2

박혜선 시인의 앞서 나온 작품집에서 인상적이었던 '일하는 엄마, 아버지'를 그린 시를 몇 편 읽어 보았는데, 이번 동시집 『백수 삼촌을 부탁해요』(문학동네 2016)에서는 엄마와 아버지가 '잔소리하는 엄마' '위로하는 아버지'로 역할 분담을 하고 있다.

밥 먹을 때 깨작거리는 것도 똑같아
윗도리 뒤집어 벗어 놓는 것도 똑같아
양말 돌돌 말아 휙 던지는 것도 똑같아
대충 듣고 어물쩍 넘어가는 것도 똑같아
(…)
잔소리하면 뭐 해? 듣는 둥 마는 둥 하는 것도 똑같아
도대체 자식한테 물려줄 게 없어서 별걸 다 물려줘
무슨 큰 재산이라고.
으이구 내가 못 살아, 정말 못 살아

아빠는 슬금슬금 화장실로

나는 힐끔힐끔 내 방으로

―「불똥」부분

얼마나 컸을까?

거실 벽에

눈금처럼 연필로 표시해 둔 내 키

다섯 달이 지났는데

제자리다

"벽은 안 컸겠니? 네가 크는 만큼 벽도 컸겠지."

물 마시러 나온 아빠가 내 어깨를 토닥인다.

―「위로」전문

　「불똥」에서 엄마는 아이의 일상생활에서 불만스러운 행동들을 족집게처럼 콕 집어내 푸념을 쏟아붓고 있다. 「불똥」 외에도 '공'과 '부'를 머리글자로 지은 2행시를 반복하는 형식으로 공부하라는 끊임없는 요구―잔소리를 재현한 「공부 타령」, 아침에 이불 개라는 말을 직사각형, 정사각형, 마름모 등 갖가지 도형을 동원해 어마어마하게 하고 있는 「공부도 가지가지」도 잔소리의 화자가 명시적으로 드러나 있지는 않지만 '잔소리하는 엄마'의 모습을 적나라하게 보여 준다. 그에 반해 아빠는 키가 안 커 고민하는 아이에게 "어깨를 토닥"이며 유머러스한 말로 위로하고(「위로」), 엄마한테 꾸중 듣고 동네를 떠돌다가 돌아온 아이에게 별명을 부르며 "뭘 그런 걸 가지고 그래" 하고 달래 준다(「아빠 마음은 누가 달래 줄까」).「불똥」「살아 봐」「아빠 마음은 누가 달래 줄까」에는 엄마, 아빠, 아이의 관계가 잘 드러나 있으니, 남편과 아이에게 잔소리와 불평을 하는 엄마, 잔소리를 슬금슬금 피하는 아빠와 아이, 엄마의 잔소리와 야단 등으로 힘들어하는 아이를 위로하고 격려하는 아빠, 아빠도 뭔가 고민이 있는 것을 엿보는 아이의 모습으로 정리해 볼 수 있다. 이러한 가족 관계는 일상의 갈등을 안고 있지만 큰 위기나 일그러짐이 없는 평범한 가족의 양상이다.

여기에 매일 아침 친구의 안부를 전화로 확인하는 할아버지(「모닝콜」), 병실에서 열흘 넘게 잠만 자다 깨어나 식구들을 환호하게 하는 할머니(「손가락의 힘」), 백수로 놀고 있어 잘되라고 할머니가 밤마다 애타게 기도하는 삼촌(「백수 삼촌을 위한 기도」), 자전거는 동생에게 물려주고 밤늦게까지 학원에서 공부하는 형(「자전거」) 등이 보여 주는 삶의 무늬들은 이런 평범한 가족 관계의 일부이면서 그 확장이라 할 수 있다. 아이의 눈이라는 필터로 가족 구성원들의 일상을 잡아내 적확한 언어로 섬세하게 그려 보이고 있으니, 마치 잘 짜인 가족 시트콤을 시청하는 듯 생생하고 공감이 된다. 누구를 앞서서 품평하거나 편들지 않는 균형과 절제가 작품을 탄탄하게 구축하였다.

3

'나'와 가족을 향한 시선은 이제 주위의 사물, 이웃 사람, 내가 사는 동네, 거리로 넓혀진다. 이는 물론 반드시 단계적이거나 순차적일 필요는 없지만, 1부에서 '나'와 가족에 집중되었던 시편들이 2부에서부터는 이웃과 거리, 다양한 주변 사물들을 포착한 작품들로 다양해진다.

「이웃들」은 이웃에 비친 '나'의 모습을 적나라하게 드러냈는데 아파트 주거상의 층간 소음과 사생활 노출 문제의 측면도 담겨 있고, 「아저씨」에는 "택배 아저씨라고 해도 절대 문 열어 주지 마."라는 불안과 불신 사회의 단면이 비쳐진다. 「한 집 건너 이모」는 엄마 친구와 친구 엄마가 모두 '이모'라 불리는 이모가 넘치는 사태를 통해서 새롭게 형성된 '풍성한 이웃'을 환기하고 있다.

그런데 오늘의 일반적인 도시 삶의 정취를 좀 더 촉촉하게 잡아낸 작품들을 꼽자면 「만월슈퍼 빗자루」나 「사무실」 「지하철역에서 귀뚜리 소리를 듣다」 「퇴근 시간」 등을 들어야 할 것이다.

　　새들이 출근한다

　　사람들 북적거리던,
　　새벽시장 뒷골목
　　쓰레기통
　　도로의 전봇대나
　　가로수

　　새들의 사무실로 출근한다.

—「사무실」 전문

아침 도시의 거리에 등장하는 비둘기를 비롯한 여러 종류의 새들은 이와 같이 사람들처럼 출근하는 것으로 인식되고, 그러면서 도시는 밤을 자고 깨어난다. 주택가 오래된 골목에 자리 잡은 '만월슈퍼'엔 몽당 빗자루가 벽에 기대어 꾸벅꾸벅 졸고 있다(「만월슈퍼 빗자루」).

한 무리의 구두가 들어온다

여기저기 기웃거렸을 구두

종종걸음 쳤을 구두

사무실에 갇혀 있었을 구두

갈 곳 없어 공원에서 죽치고 있었을 구두

삐질삐질 땀 흘렸을 구두

우글쭈글 낡은 구두가

주인 따라 들어온다

눈 감고도 갈 수 있는 길

지하철에서 새우잠 자며

피로를 풀고 있다

또 한 무리의 구두가 들어온다

코가 쭉 빠진 게

종일 거리를 헤맨 얼굴이다.

———「퇴근 시간」 전문

퇴근 시간에 지하철로 모여든 구두-사람들은 대도시 삶의 상징적 이미지다. 분주하게 몰려드는 구두의 익명성, 직장인과 실업자와 갖가지 사연의 사람들이 익명성 속에 묻혀 가지만 하나하나의 '얼굴'들은 익명성 속에 소멸될 수 없는 삶의 애환을 끌어안고 있다. 이를 바라보는 시선은 건조한 듯하지만 따뜻하다.

「김밥천국」은 바쁘게 김밥을 먹어야 하는 도시인들로 성황인 김밥집의 모습을 짐짓 과장된 표현으로 우스꽝스럽게 그려 냈다.「패턴」은 "학원 편의점 부동산 핸드폰 가게"가 반복되는 시행을 연달아 배치해서 아파트 상가의 가게들이 이룬 '패턴'을 보여 준다. 누구나 일상적으로 경험하고 관찰할 수 있는 내용들이지만 방법적인 장치로 시가 단조롭고 평범하지 않게 되었다.

일부 작품에서는 사회의식이 직접 작용하는 차원까지 나아가기도 한다. 사람들이 여러 상황에서 내뱉는 허언(虛言)들을 풍자하거나(「뻥이오」), 정치인의 헛된 공언(公言)을 비판하거나(「맴맴맴」), 세월호 참사로 희생된 아이의 간절한 목소리로 그 아픔을 상기시킨다(「내 신발에게」).

박혜선의 동시들은 가족의 일상, 도시 삶의 일상을 주목한다. 색다르고 예외적인 상황을 찾기보다 흔히 경험할 수 있고 주위에서 종종 관찰되는 일들을 택해 이를 꼼꼼하게, 적확한 언어로 그려 냈다. 그래서 평범한 일상 이야기임에도 재미있게 다가오고 생각할 여운을 남긴다.「살아 봐」「맴맴맴」 등에서 보듯 두 개 이상 복수의 시선이 만나거나 엇갈리고 있어서 시가 단조롭지 않고 입체적으로 전개되기도 한다. 4·4조 가사(歌辭) 형식(「내 이야기 들어보소」), 국어사전의 말풀이 형식(「내가 만든 사전」), 방송 뉴스 형식(「3016년 10월 27일 9시 뉴스」) 등을 활용해 형태상의 변화와 함께 내용의 다양화를 보여 준 것도 흥미롭다. 가장 기본적인 관계인 아이와 엄마의 관계에서 차츰 나아가 커다란 사회적인 사건에까지 진심 어린 목소리를 내고 있다.

이번 동시집의 작품들에서 가족 구성원들이 서로 간에 그리고 이웃과 맺는 관계와 거기에 얽힌 갈등·정서들이 보편적이고 전형적인 것으로 다가오지만 그 내용은 동시나 동화에서 많이 다뤄져 온 익숙한 것이다. 어찌 보면 어린이문학의 영원한 주제일 텐데, 박혜선 시인은 이를 밀착 탐색해 잘 가다듬어진 언어로 단단하게 그려 냈다. 그런 만큼 이제 더 심층적이고 개척적인 탐구로 나아가야 할 단계에 이르러 있기도 하다. "저녁 밥상 앞에 놓고/사각사각/이야기가 새어 나오는", "온 식구가 한방에서/발 뻗고 자는/코 고는 소리 아득한" 시궁쥐네 집(「집」)의 아름다운 정경은 바로 민중들이 소망하는 소박한 평화의 거처에 다름 아닐 것이다. 그러나 다소 아득하고 소극적인 이미지로 다가온다. 지금 발디딘 도시의 정취를 탐사했던 것처럼 오늘 이곳의 삶의 싱싱함과 간절함 쪽으로 더 촉수를 뻗어 본다면 박혜선 동시의 새로운 활로가 열리지 않을까 싶다.

이 세상에 있는/없는 마을의 동화

장동이『엄마 몰래』

약력이 짧아서 궁금한 신인 동시인

장동이 시인은『동시마중』3호인 2010년 9·10월호에 처음 신인으로서 작품을 발표했다. 이때 약력으로 소개된 내용은 달랑 '농부' 두 글자다. 시인이 농부라니!『동시마중』34호인 2015년 11·12월호는 그해 발표된 동시들 중에서 우수작을 뽑아 수록한 '동시 선집'으로 기획되어 나왔는데, 여기에 장동이 시인의 동시가 실렸다. 책 뒤에 있는 수록 시인들의 약력을 보면 여기서도 장동이 시인은 "『동시마중』제3호로 등단했다."라는 달랑 한 줄 소개밖에 없다. 참 간단하다.

이렇게 약력을 극도로 간략히 적는 것은 무슨 의도일까. 내세울 이렇다 할 경력이 없어서 그럴 수도 있겠지만, 사람살이의 내력은 누구나 있게 마련이다. 더구나, 내가 아는 바로는, 그는 젊다고 할 나이도 아니다. 통상적으로 적는 출생 연도와 출생지, 학력, 문학 공부 이력 따위는 문학에 또는 삶에 본질적인 것이 아니라 생각했을 수도 있고, 이러쿵저러쿵 보란 듯이 적어 놓는 것 자체가 너절하다고 생각했을 수도 있겠다. 어쩌면 그동안 자신이 살아온 삶의 굴곡이 통상적인 방식의 몇 마디 말로 드러내기엔 걸맞지 않아 차라리 묵언(黙言)에 가까워지고자 한 것인지도 모른다. 겸손일 수도 있고, 신비주의일 수도 있고, 그저 번거로움을 피한 게으름일 수도 있지만, 나는 거기서 시인의 단단한 고집 같은 것이 느껴졌다.

어쩌면 별일 아닐 그의 약력 쓰는 방식을 화두 삼은 것은 그의 작품들에서 풍기는 분위기에 시인이 어떤 사람일까, 약력부터 되짚어 보게 되었던 때문이다.

이슥한 늦여름 밤
달빛 속에 환한,
흑백의 산골 마을
내려다본 적 있나요?

가로등과 집들의 불빛도
달빛 속에 묻혀
반딧불이 같은
고요한 산골 마을을요.

——「달그림자 밟고서요」 1, 2연

이번에 다시 찾아 읽어 보니 등단작으로 『엄마 몰래』(문학동네 2016) 제4부 맨 앞에 실린 작품이 「달그림자 밟고서요」다. 다색으로 칠해진 낮의 세계가 아니라 흑백사진 같은 밤의 세계, 달빛 속의 산골 마을을 이야기하고 있다. 가로등과 집의 불빛도 빨강이나 노란빛을 쏘는 것이 아니라 반딧불처럼 희고 희미하다. '흑백'과 '고요'에 끌려드는 시인의 '마을'에 대한 시선과 인식이 뚜렷하게 드러나 있다.

풀과 새와 나비의 마을

장동이 시인이 우리를 데려가는 마을은 무엇보다도 풀과 새와 나비와 짐승이 자기 방식대로 사는 마을이다.

머위 잎 그늘로 민달팽이 간다

비는 그쳤으나 젖은 흙길이다

깔끔 떠는 새침데기 여자 친구,

머위 잎 빵집에서 기다리나?

몸에 흙 한 톨 안 묻히고 간다

―「머위 잎 빵집」 전문

처마 틈에서 딱새가
새끼 똥을 물고

포르르 날아오르더니,

마당 지나

묵은 작약밭에다

톡, 떨어트리곤

먹이 구하러 날아간다.

—「어미 새」전문

　「머위의 봄」과 「머위 잎 빵집」, 「새끼 새」와 「어미 새」, 「나비」와 「여우비」 등 많은 작품이 농촌 또는 산골 마을에서 쉽게 볼 수 있는 동식물과 자연현상을 소재로 삼았다. 세심한 관찰로 묘사하고, 보는 이의 위트 있는 해석을 붙이기도 한다. 봄이면 머위가 연둣빛 새순보다 "꼭 쥔 꽃주먹"을 먼저 내보이고(「머위의 봄」), 머위 잎 아래로 젖은 흙길을 가는 민달팽이는 몸에 흙 한 톨 묻히지 않으니 "깔끔 떠는" 여자 친구를 만나러 가는 모양이다(「머위 잎 빵집」).

　「새끼 새」와 「어미 새」, 「나비」와 「여우비」, 「외양간 소야!」와 「외양간 쇠파리야!」는 각기 서로 짝으로 읽히는 시이다. "이른 아침 담벼락 밑//꽃잎 한 장"으로 앉아 있던 나비(「나비」)는 여우비가 내리고 난 뒤 "고사이 날개가 저렸는지//삐뚤빼뚤 날아간다"(「여우비」). 카메라 렌즈로 나비에 초점을 맞춰 한 컷 또 한 컷 찍어 놓은 듯하다. 외양간에서 소에게 들러붙어 피를 빨아 먹는 쇠파리와 소의 실랑이를 그린 「외양간 소야!」와 「외양간 쇠파리야!」가 주목하고 있는 것은 두 존재의 무심한 관계이다. 극성스러운 쇠파리를 잡지도 못하면서 소의 "그 굵은 눈망울엔/짜증 하나 섞여 있질 않"은 것이 신기하고, 털끝 하나 안 다치고 피를 빠는 쇠파리의 "고 작은 얼굴엔/미안한 구석이 하나도 없"는 것이 희한하다. 처마 틈에 둥지를 튼 딱새는 사람이 근처에 있어 조바심을 치다가 "수돗가로 가는 척하자/처마 틈 둥지로" 쏙 들어가 새끼들에게 먹이를 준다 (「새끼 새」).

머위는 머위 방식대로, 달팽이는 달팽이 방식대로, 나비는 나비 방식대로 살고, 계절이 바뀌고 비가 오는 자연의 변화에 거스름 없이 조화롭게 지낸다. 적대와 갈등의 관계일 수 있는 소와 쇠파리의 관계에서도 한 줌 '짜증'이나 '미안함'도 없는 공존의 모습을 감탄스럽게 확인한다. 「어미 새」에서 보듯 사람의 집에 깃들인 딱새도 사람을 의식하지 않고 제 방식대로 행동하며, 「새끼 새」에서 보듯 사람은 각자의 몫을 살고 있는 존재인 딱새의 영역에 개입하지 않고 지켜보거나 물러난다.

할머니들의 세계와 남아 있는 공동체

장동이 시인이 그려 내는 마을은 풀과 새와 벌레와 짐승이 주인공으로 살아가는 마을이지만 그 마을에서는 사람들도 물론 함께 살아간다.

아랫마을에서 버스가 멈춰
잠깐 바깥을 내다보는데
중학교 간 혁이 오빠가
개나리꽃 한 움큼을
등 뒤에 숨기고 간다.
뭐가 그리 좋은지
싱글거리며 간다.

나도 모르게 궁금하고

기분이 이상해졌다.

—「나도 모르게」 전문

친구의 이간질로 코피 터질 때까지 싸운 아이들도 있고(「첫 싸움」), 누구에게 주려는 건지 개나리꽃 한 다발을 등 뒤에 숨기고 싱글거리며 걸어가는 '혁이 오빠'도 있다(「나도 모르게」). 날이 샐 무렵 칫밧골 꼭대기가 구름에 가리면 몇 방울이라도 틀림없이 비가 온다고 장담하는 아저씨도 있고(「재혁이 아재」), 교장 사택 아궁이에 들어가 얼어 죽었다는 전설 같은 정삼이에 대한 기억도 있다(「내 친구, 정삼이」). 이런 마을 사람들이 보여 주는 크고 작은 삶의 장면들은 마을의 현재이자 역사를 담아내는 것일 테다. 그러나 그런 이들은 어쩐지 이 마을에 잠시 머물러 있는 손님 같고 그 이야기들은 생생하다가도 멀어져 버린 설화인 듯싶다. 무엇보다도 이 마을은 할머니들의 마을이기 때문이다.

지동 할매가 언덕 너머 큰 마을로 간다. 팔짱을 끼고 웅크린 채 동동거리며 간다. 그 뒤를 홀 꼬부라진 봉순네 할매가 두 손으로 무릎을 잡고 떠듬떠듬 따라간다. 회관에선, 이미 큰 마을 할매들이 무시래기 삶는 냄새를 풀풀 풍기면서 윷놀이 편 가르느라 시끌시끌할 것인데. 한 쪽에선 또 누가, 새터 요누무 할마이들은 왜 이리 늦느냐고 전화 좀 얼른 넣어 보라고도 할 것인데. 꾸물꾸물한 하늘에선 눈발이 멈칫멈칫 날리다 드문드문 길에 떨어져서는 이내 녹는 아침나절이었다.

—「겨울」 전문

이 세상에 있는/없는 마을의 동화　223

겨울날 아침나절부터 마을 회관에 할매들이 모여든다. 할매들은 허리가 꼬부라지고 걸음도 신통치 않으며 "무시래기 삶는 냄새"까지 풀풀 풍기지만, 윷놀이 편 가르기에 시끌시끌하고 새터 할매들 빨리 오라 재촉을 해 대는 둥 활력이 넘친다. 3부에 실은 「요 며칠」「윤경임 할매」「새삼시룹게」「김정희 할매」「지동 할매」 같은 작품은 이 할매들 한 사람 한 사람의 말에 귀 기울여 이를 곡진히 받아 적은 것이다.

> 장날 대합실서 말이래.
> 차 기다리며 보니까
> 지대로 걸어댕기는 성한 인간이 없데?
> 일깡일깡거리지, 쩔푸덕펄덕대지
> 다 꼬부라지고 삐뚜룸한 늙은이뿐이래.
>
> ──「윤경임 할매」 부분

> 추석이 왜 이래 적막하니꺼?
> 못 보던 차들만
> 몇 대 왔다 가고 말이시더.
> 누들 집 자식이 왔는지
> 코빼기도 안 비치고
> 지 집구석에만 처박혀 있다
> 불이나게 가이,
> 테레비라도 있으이 망정이지
> 우쩔 뿐했니꺼?

아이고, 할마이도

새삼시룹게 뭘 그러니껴?

—「새삼시룹게」전문

　장날 윤경임 할매의 눈에 들어온 것은 온통 성하지 못한 노인들의 세
상이다. "일깡일깡거리지, 찔푸덕펄덕대지/다 꼬부라지고 삐뚜룸하"다
는 표현은 할매의 눈에 비친 늙은이들의 모습을 곧이곧대로 적나라하
게 드러내고 있다. "다 쪼구랑방탱이에다/병신 팔푼 가튼 거뿐"(「윤경임
할매」)이라는 직설은 같은 늙은이인 윤경임 할매의 말이 아니라면 차마
적을 수 없었을 것이다. 추석에 나누는 대화 형식으로 된 「새삼시룹게」
는 마을 공동체가 와해되어 적막한 추석을 쓸쓸해하는 한탄과 그게 새
삼스러운 일도 아니라는 타박 사이의 긴장을 보여 준다. 이러한 마을의
풍경은 산업화와 도시화가 진행되어 공동화(空洞化)하고 노령화한 우
리 농어촌과 산촌의 오늘날 실정이라 보아도 틀리지 않을 것이다.

　장동이 시인이 할머니들의 생각과 말투를 어긋남 없이 자연스럽게
재현하는 것이 나는 놀랍기만 하다. 이는 기본적으로 시인의 남다른 감
수성과 관심의 촉수가 할머니들을 향한 결과이겠지만, 아마 더 깊은 비
밀은 그가 실제로 마을에서 할머니들과 스스럼없이 사귀고 있기 때문
이 아닌가 싶다. 작년(2015) 5월 열린 연희목요낭독극장 '봄밤, 동화 동
시랑 거닐다' 공연 때 장동이 시인은 시에 나오는 '지동 할매'의 실제
인물인 할머니를 서울까지 모시고 와서 함께 무대에 출연했다. 보기 드
문 감동적인 그 장면에서, 「지동 할매」를 낭독하는 두 사람이 내게는 시
인과 마을 할머니의 관계라기보다 잘 통하는 두 노인네 친구가 서로서

로 기대고 있는 것만 같았다. 몇 번 만났던 인상으로는 내게 시인은 늘 진지하고 어둑한 표정을 하고 말수가 적은 가운데 묵묵히 할 일을 하는 사람이었는데, 몰랐던 진면목을 본 느낌이었다.

뭐든지 너무 아는 척해 싸서 싫어.
뭘 고렇게 아는 척하는지 몰라.
요 며칠, 고 할마이네
아무도 마실 안 가 뿌렀어.
고 할마이네 가 봤어?
집구석에 콕 처박혀 안 나오데!
요 며칠, 봉순네서 놀았자네.

내가 무슨 말만 하면 할마이들이
울매나 쿠사리를 주던지
요 며칠, 꼴도 안 비쳐서
내 속이 다 시원하네.
그런데 장동이 양반,
요누무 할마이들이
요 며칠, 누들 집에 모이등가?

　　　　　　　　　　　　　　　　　　—「요 며칠」 전문

　서로 토라진 두 할머니의 투정을 각각 1, 2연에 배치한 작품인데, 2연에서 '할마이들'을 안 봐서 속이 시원하다는 할머니는 말끝에 '장동이 양반'에게 "요누무 할마이들이/요 며칠, 누들 집에 모이등가?" 하고 묻는다. 장동이 시인 자신이 슬쩍 등장하는 것인데, 이로 보아 할머니는 속이 시원하다는 겉말과 달리 속마음은 소원해진 다른 할머니들이 어떻게 노는지 소식이 궁금하고 할머니들과 다시 같이 어울리고 싶은 것이다. 그러고 보면 1연에서 다른 할머니가 "고 할마이네 가 봤어?" 하고 묻는 것도 '장동이 양반'에게 묻는 것이니, 말하자면 '장동이 양반'은 메신저나 스파이 역할을 할 수 있을 정도로 할머니들의 세계에 동화되어 있는 것이다.

　이미 보았듯이, 시인이 실제로 할머니들의 세계와 밀착되어 있다고 해서 할머니들을 미화하거나 낭만적으로 그려 내지는 않는다. 오히려 냉철한 리얼리즘의 시각으로 할머니들의 진실한 면모를 그리고자 함으로써, 할머니들 각자의 목소리와 삶의 자세를 생생하게 구체화하고 있다. 땀 흘려 농사지은 곡식을 일가붙이들에게 챙겨 주는 나눔의 재미를 말하는 「김정희 할매」, 사람을 옆에 두고는 밥을 혼자 못 먹는다는 오래된 관습을 되살려 말하는 「지동 할매」 등 고유명사의 주인공으로 등장하는 할머니들이 갖고 있는 삶의 철학을 기록하기도 하고, 강아지를 좋아하는 척하면서 사람 없을 때는 심술을 부리는 '배불뚝이 할매'(「또, 일요일」)나 들깨를 물어 가는 다람쥐를 욕하면서도 도토리를 잔뜩 주워 오는 '할매'(「들깨와 도토리」)의 이중적인 행태를 포착하기도 한다. 동네 아이에게 식은 밥이라도 덜어 나누는 '연산댁 집 할매'(「지동 할매」), 극심한 흉년에 남몰래 친구에게 쌀을 퍼 준 '큰누 친구 순단이'(「숭년」), 아이들 잔병치레에 귀신을 쫓는 치성을 드려 주는 '까불 할매'(「까불 할매」)의 기억을 되살려 놓는 것은 고단한 삶 가운데에서도 살아 있던 공동체의 서로 돕는 인정을 그리워하기 때문일 것이다. 이러한 삶의 방식은 전통 사회에서도 할머니들에게 주로 깃들어 있었으며 오늘날에는 할머니들의 생활 속에 잔영(殘影)으로 남아 있는 것으로 그려진다. 2000년대 이후 동시나 동화에 할머니 소재가 유행처럼 등장하기도 했는데, 장동이 시인의 할머니 동시는 할머니 자신들의 삶과 목소리에 초점을 맞추고 있다는 점에서 어린이와의 접점에 중점을 둔 다른 동시들과는 차별화된다. 그의 첫 동시집에서 가장 특징적이고 독보적인 성과는 바로 이 할머니 동시들일 것이다. 신기하게도 할아버지의 존재는 눈을 씻고 보아도 보이지 않으니, 여기에도 시인의 어떤 메시지가 숨어 있는 것일까.

마을의 고요와 평화를 담아낸 동화

"달빛 속에 환한,/흑백의 산골 마을"을 보는 시인의 지향을 '환한 흑백사진'의 시학이라고 일컬어 보자. 흑백의 세계이지만 '환하게' 그려져야 하는 이 마을에서 서로가 관계 맺는 방식은 어떤 것인가.

저녁 해가 "빤히 날 내려다보면서" 작별 인사도 없이 진다고 "어떻게 그냥 쏙 넘어가?"(「지는 해」) 하고 단짝 친구에게인 양 투정을 부리기도 하지만,

백로가 논에서 훌쩍 날아오르더니
가랑이 사이로
허연 물똥을 찌익 쌌다.

펄럭펄럭
논 위를 한 바퀴 돌더니

다시 내려와 시치미 뚝 떼고
천천히 걸어 다닌다.

이럴 땐 나도
시치미 뚝 떼고
다시 오디를 똑똑 따서 담는다.

—「시치미」전문

와 같이 서로 시치미를 뚝 떼고 간섭하지 않기도 한다. 백로의 행동과 '나'의 행동은 각각 이루어지지만, 백로가 시치미를 뚝 떼고 이에 호응해 '나'가 시치미를 뚝 뗀다는 것은 오히려 두 존재가 단절되어 있지 않고 서로 의식하면서 공존해 나간다는 것을 의미한다. 이러한 부작위의 작위는 귀뚜라미에게 또박또박 편지를 썼다가도 귀뚜라미가 받고 당황해할 것 같아서 편지를 보내지 않겠다는(「편지」) 태도에서도 드러난다. 이는 아주 소심한 선택이라 하겠지만, "아무 거리낌 없이/마음껏 이 가을을 노래할" 수 있도록 하겠다는 데서 귀뚜라미의 평화를 흔들지 않으려는 의도임이 뚜렷이 표명된다.

이렇게 각자의 세계를 존중하는 공존의 법칙이 작용하는 고요한 마을의 흑백 풍경에 때로는 외부자가 침입한다. 사과밭에 피해를 준다고 고라니를 잡는 올무를 놓고 포수를 부르는 행동(「고라니의 말」)이나, 길로 뻗은 칡순을 뭉개고 가는 짐차의 바퀴(「새순 몇」)가 그것이다. 고라니의 항변이나 칡순의 뻗어 감은 이러한 외부의 침입에 대한 하나의 대응이며, 마을이 겪는 일상의 요소이기도 하다. 그러나 시인의 눈길이 더 애틋하게 가닿는 곳은 이런 장면이다.

흰 점 촘촘 밤색 어린 고라니는

산 너머 마을이 너무 궁금해

우거진 풀숲에 몸 숨겨 두고

마음 혼자서 구경하러 간대

엄마 몰래 바람결처럼

그럼 어린 고라니는

마음이 돌아올 때 헷갈릴까 봐

그 자리서 꼼짝 않고 기다린대

마음이 무사히 돌아올 때까지

들이나 산엘 가면 가끔

이런 고라닐 만날 수 있어

그럼 모른 척 그냥 지나가

마음이 돌아오는 대로 녀석은

엄마한테 얼른 가야 혼나지 않거든

—「엄마 몰래」 전문

    풀숲 속에서 어린 고라니가 꼼짝 않고 우두커니 있는 장면, 이를 보고 어린 고라니가 호기심에서 마음만이 산 너머 마을을 구경하러 갔다고 짐작하는 것은 어린이의 시선에 가까운 상상이다. 또한 동화(童畵)에서부터 시작된 동화(童話)이기도 하다. 여기서도 "모른 척 그냥 지나가"는 것은 무관심의 태도가 아니다. 고라니의 고요를 흔들지 않으려는 마음,

어린 고라니의 천진한 동심을 깨뜨리지 않으려는 마음의 발로다. 흑백 사진처럼 고요하지만 평화가 환하게 빛난다.

> 노랑턱멧새 한 마리가
> 처마 밑 봉당에 누워 있었다
> 눈을 꼭 감고 뻣뻣했다
> 이른 아침이었다
>
> 바람에 솜털이 나부꼈지만
> 아침 햇살에 폭 싸여 있었다
>
> 마당에선 강아지 보리가
> 나를 빤히 쳐다보고 있었다
> 남들 보기 전에 어서
> 어디 묻어 주자는 눈치였다
>
> 까불이 보리가 뒤를 따랐다
> 졸졸, 상주처럼 머릴 숙이고

―「어떤 장례」 전문

이 마을을 지키는 공존의 법칙으로 무심함과 부작위의 태도를 취한다고 해서 그것이 단절이나 배제가 아닌 것은 「어떤 장례」에서도 엄숙하게 드러난다. 이른 아침 처마 밑 봉당에서 발견된 노랑턱멧새의 주검을 고이 거두어 묻어 주는 '나'와 강아지 보리의 장례는 사람과 동물이 같은 자연의 존재로서 서로에게 경의를 표하는 의식이다. 강아지의 이름 보리도 '보리[菩提]'로 의미심장하게 읽을 수 있다. 이러한 사건은 시골 마을에서 일어날 수 있는 일상의 사건이지만, 눈을 감은 멧새가 "아침 햇살에 폭 싸여" "바람에 솜털이 나부끼"는 장면이나 강아지 보리가 "남들 보기 전에 어서/어디 묻어 주자"며 사람을 빤히 쳐다보는 장면, 멧새의 주검을 거두어 보듬고 가는 사람과 그 뒤를 따르는 강아지의 모습 등은 모두 아름다운 동화(童話/童畫)를 이루는 장면들이다. 이때의 '동(童)'은 세계의 어수선함 속에서 사람과 사물에 걸쳐진 온갖 잡스러운 장식들을 걷어 냄으로써 맑고 깨끗한 이야기(그림)만 남은 상태를 가리킨다. 장동이 시인이 추구하는 동시는 이러한 의미에서의 '동'시이지 않을까 생각한다.

장동이의 동시들은 가만히 뜯어보면 결벽스러울 정도로 말끔하다. 눈으로 직접 보고 감각으로 생활로 잡아낸 세계만을 그리고 그 너머로 건너가거나 상상하지 않는다. 이는 경험주의의 한계나 상상력의 빈곤 때문이 아니라 리얼리스트로서의 엄격성에 기인한다. 그러한 엄격성과 결벽성이 빚어낸 깔끔한 세계는 어느 순간 이 세상에는 없는 마을의 그림으로 다가온다. 이 흔한 장면들이 이 세상에 없는 장면이라니! 세상에 없을 것 같은 마을을 마치 있는 것처럼 또렷하게 눈앞에 가져다 놓았다. 자, 이런 세상/그림은 아름답지 않나! 「새끼 새」「제비꽃은 궁금해」「여름」 같은 작품, 「엄마 몰래」「어떤 장례」 같은 작품도 그렇고, 할머니가 등장하는 여러 시편들도 대개 그렇게 읽을 수 있다.

장동이 시인은 산골 마을의 고요와 평화를 '환한 흑백사진'으로 그림으로써 그 고요와 평화를 지키고자 한 것이 아닐까. 아니 이 소란하고 욕망과 작위에 범벅된 세계의 소용돌이 속에서 그런 고요와 평화를 소원하고 있는 것이 아닐까. 첫 동시집을 내기까지 오랫동안 산고를 겪었을 이 시인이 동시단의 여러 지향과 성과들을 만나면서 자기 세계를 찾는 단단한 마음을 키우고 지켜 낼 수 있었던 것도 그러한 소망의 힘 덕분이었으리라 생각된다.

발명가와 같은 호기심으로

김성민 『브이를 찾습니다』

1

구구단을 외울 때 '칠칠은 사십구, 팔팔은 육십사'다. 그런데 한참 외우다 보면 생각이 잘 안 나고 지루해져서 아이들은 '칠칠은 뻥끼칠, 팔팔은 곰배팔' 하고 장난을 쳤다. 수학이나 과학에서는 '칠칠은 사십구'여야 하지만, 놀이에서는 '칠칠은 뻥끼칠'이다. '칠칠은 사십구' 하면 재미없는 학습이지만, '칠칠은 뻥끼칠' 하면 순간 놀이가 된다. 동시도 '칠칠은 뻥끼칠'처럼 정답을 의식하지 않고 상상의 날개를 펼치며 노는 것이 아닐까.

    슈퍼에 갔다

    밀가루 파는 데

중력분이라는 게 있었다

중력
지구가 우리를 당기는 힘

중력분
뭔가를 당길 수 있을 것 같다

예슬이한테 살짝 뿌려 보고 싶은 가루다

그 옆에 박력분도 있다
이건 나한테 뿌려야 할 가루 같다

—「중력분과 박력분」 전문

　밀가루 봉지에 씌어 있는 강력분, 중력분, 박력분이 뭘 말하는지 나도
늘 궁금했다. 요즘은 인터넷 검색 시대니 검색하면 다 나오겠지만, 이
말들에서 사람들이 떠올리는 것은 각자 다를 것이다. 아마 이 시의 아
이처럼 '중력'에서는 과학의 중력 개념으로 "지구가 우리를 당기는 힘"
을 생각하고, '박력'에서는 밀어붙이는 용기와 힘을 떠올리는 게 유별
난 것은 아닐 것이다. 그래서 친해지고 싶은 예슬이에게는 중력 밀가루
를 뿌려 '나'를 끌어당기게 하고 싶고, '나'에겐 박력 밀가루를 뿌려 예
슬이에게 다가갈 힘과 용기를 얻고 싶어 한다.
　사실 이렇게 보면 「중력분과 박력분」에 담긴 내용은 색다를 것이 없
다. 그렇지만 이 시를 읽는 재미는 아주 쏠쏠하다. 대단한 발명품들도

탄생한 뒤에 보면 별것 아닌 것으로 다가오지만 그 탄생은 쉽지 않다. 사물에 대한 섬세하고 꾸준한 관심, 지치지 않는 연구와 노력이 뒷받침되고 있어야만 가능한 결과이기 때문이다. 김성민 동시집 『브이를 찾습니다』(창비 2017)에 실린 동시들을 읽어 가노라면 이 시인이 발명가처럼 세상의 사물에 대한 호기심을 갖고 생동하는 상상력을 펴고 있음을 느끼게 된다.

2

호기심 어린 시인의 눈이 어디어디에 가닿았나 굳이 분류를 해 볼 필요는 없을 것이다. 그래도 우선 눈에 띄는 것은 동물들이다. 캥거루, 토끼, 호랑나비, 지렁이, 송아지, 코끼리, 카멜레온 등 다양한 동물이 등장한다. 수박, 녹슨 자전거, 도넛, 사진, 씨앗, 동물원, 마트, 멸치볶음 같은 우리가 살아가면서 만나는 친숙한 사물들이 다 시인의 관심사이다.

지렁이는
비 오는 날이 좋아요

운동장에
발자국이 꾹, 꾹 찍히거든요

어떨 땐 첨벙첨벙 뛰기도 하는걸요

—「비 오는 날」 전문

몸 색깔 밋밋하고

두 눈 푹 꺼졌고

다리는 쓸데없이 길기만 하고

참 재미없게 생겼구나

애개, 고 짧은 게 혓바닥이라고?

쯧쯧 안됐다……

──「카멜레온이 사람에게」 전문

사물을 보고 드는 생각이나 느낌은 누구든 다 주관적일 수밖에 없다. 시인은 좀 더 트인 시야로 바라보고 사물의 속성을 더 밀착해서 발견하고 느낀다. 과학이든 문학이든 차이는 있겠지만, 대개 '사물'과 '나' 사이의 중간 어느 지점에서 말하게 된다. 과학과 문학이 다 같이 사물 쪽에 근접해서 표현하고자 하더라도 그 방법은 서로 다르다.

비 오는 날이 좋은 것은 지렁이의 생태적 속성이기도 하지만, "운동장에 발자국이 꾹꾹 찍히"고 물을 첨벙거리며 뛰놀 수 있는 것이 좋은 아이가 지렁이를 보는 주관일 수도 있다(「비 오는 날」). 비가 오고 나면 눈에 띄는 지렁이를 보고 알게 된, 경험을 통한 지식이 일으킨 상상일 수도 있다. 어쨌거나 시인은 이런 사물들을 하나씩 만나며 이것저것 궁금해하고(「귓속말」 「할 말 있어요」), 자기 나름대로 생각해 보고(「나비 울음」 「토끼」), 이야기를 꾸며 보기도 한다(「캥거루」 「모자」). 일정한 방향을 잡아서 상상력을 펼치는 것이 아니라 그때그때 사물과의 만남에 따라 자유분방하게, 다양한 표현 방식으로 작품을 전개한다. 대화체와 입말체, 사투리를 사용하기도 하고, 달에 사는 토끼가 이빨이 계속 자라서 달까지 갉아 먹는다는 능청스러운 허풍까지 구사하기도 한다(「토끼 이빨 토끼」).

「카멜레온이 사람에게」는 전복(뒤집음)의 시선을 보여 주는 작품이다. 우리들 사람의 관점으로는 카멜레온을 보고 희한하게 생겼고 혀가 놀랍게 길다고 생각할 텐데, 이 시는 카멜레온이 사람이란 "참 재미없게 생겼"다고, 혀가 짧아서 안됐다고 안타까워하는 목소리를 담았다. 「송아지가 엄마 소에게」도 사람을 보고 나누는 송아지와 어미 소의 대화로 되어 있어, 역시 사람이 관찰 대상이 된 작품이다. 이렇게 타자의 시선으로 보는 것은 인간의 자기중심성을 반성하는 한 방법일 것이다. 물론 이 역시 인간의 상상의 소산에 불과한 것으로, 카멜레온이나 소가 그런 방식으로 생각한다는 것은 다른 관심과 소통체계를 가진 존재들이므로 썩 타당하지는 않을 것이다. 그러나 이렇게 사물들에 여러 방식으로 다가가고, 말을 걸고, 타자의 자리에 서 보고 하는 동시의 세계는 어린이에게 풍부한 사유과 감성을 열어 주는 순기능을 한다고 생각된다.

쪼그맣고 여린 새싹을
하늘 향해 밀어 올리면서

씨앗은 다짐한답니다

지금 이 순간부터 죽을 때까지 눕는 일은 없을 거야
—「씨앗!」 전문

「씨앗!」은 흙덩이를 헤치고 돋아난 '새싹'을 보고 그 싹을 틔운 '씨앗'의 다짐에 생각이 이른 것이다. 이 시를 읽는 어린이는 작디작은 씨앗이 여린 새싹을 틔우고, 그 여린 싹이 자라 든든한 아름드리나무가 되는 자연의 원리를 떠올릴 수 있을 것이다. 그러면 씨앗의 다짐이 한층 더 귀여우면서도 다부지다고 느껴지지 않을까. "수천수만 마리가 힘을 모아, 떼로 덤벼//꼬르륵을 만들어 내는 냄새"(「멸치볶음」)라고 '멸치볶음'의 진한 냄새에서 '멸치 떼'의 힘에 감탄하는 것도 사물의 속성과 자연스럽게 어울리는 상상이고 느낌이다. 여기서 씨앗의 강인한 의지나 멸치의 단합된 힘 같은 관념이나 메시지를 읽어 낼 수 있겠지만 그것은 이 작품들을 재미없게 만드는 읽기 방식이리라.

3

엄마 따라 간
대형 마트는

두부 사과 고등어……
뭘 사도
삑

카드 긋고 계산해도
삑

언제나
삑!

한마디뿐이다

우리 동네 시장에선
"수원이, 이번에 반장 됐다며?"
말도 덤으로 얹어 주는데

——「마트는 한마디」 전문

　시인의 관심은 앞에서도 이야기했듯 아이들의 눈길이 갈 만한 동물들을 비롯해 아이들이 만나는 생활 세계의 친숙한 사물들에까지 넓게 펼쳐져 있다. 「마트는 한마디」를 읽어 보면 어느 가정이든 생필품을 사기 위해 이용하게 되는 대형 마트를 동네 시장과 대비하고 있다. 대형 마트의 비인간성을 '삑' 하는 진자음으로 집약하고, 동네 시장의 푸근함과 인정을 '덤으로 얹어 주는 말'에서 잡아냈다. 대형 마트가 들어서는 것은 자본의 횡포이기도 하지만 그 편리성을 따라가는 소비자들의 기호도 작용하고 있다. 동시가 이런 복합적인 면까지 드러내기는 힘들 것이다. 많이 다루어진 소재이긴 하지만, 우리 사회 변화의 이면에 자리한 비인간화의 문제를 이 작품은 인상적으로 담아냈다. 관념으로 환원되기보다 '삑'이라는 전자음과 사람의 육성이 대비되면서 그대로 독자에게 남겨지는 것이 이 작품이 지닌 힘일 터이다.
　슈퍼를 문 닫고 경비 일을 하는 '슈퍼 아저씨'의 아이러니(「슈퍼 아저씨」), 안전모도 안 쓰고 달리는 치킨 배달 아이의 위태함(「달린다 치킨」), 학원 순회와 시험 성적과 장래 희망으로 인한 스트레스(「학교 앞」「상위권」「커서」) 등을 다룬 작품도 가벼운 듯하지만 단단한 뼈가 있다. 우리 사회의 단면과 아이들이 직면한 현실을 짚어 내는 시선과 방법이 날카롭다.

사진 속 나는
웃고 있지요

손엔 늘
승리의 브이도 쥐고 있어요

사진 밖 나는
별로 웃을 일이 없지요

손에 들고 있던
승리의 브이는 온데간데없어요

—「브이를 찾습니다」부분

나도 나비처럼 먹고살 수 있다면

두 귀는 날개가 될까
내 코는 가느다란 입이 될까
꽃잎 위에 사뿐히 앉을 수도 있을까

코끼리는 자꾸만
눈으로 나비를 좇고 있어요

—「무게」부분

나날의 삶에는 웃음도 있고 좌절도 있을 것이다. 사진 속의 '나'는 웃고 있고 손으로 승리를 뜻하는 '브이'를 만들고 있는데, "사진 밖 나는 별로 웃을 일이 없"다(「브이를 찾습니다」). 코끼리는 공룡이 사라진 이유를 곱씹으며 "먹고 있으면서도/먹을 걱정 해야 하는/내 목숨은 너무 무겁"다는 생각에 젖어 들며 "꽃잎 위에 사뿐히 앉을 수도 있"는 나비를 동경한다(「무게」). 사진 속의 브이를 보셨느냐는 질문이나 팔랑거리는 나비를 좇는 코끼리의 시선이란 경쾌한 그림처럼 다가오기도 하지만 아이들도 어떤 순간 느끼는, 삶이 주는 어쩔 수 없는 무게를 품고 있다.

김성민 시인은 2012년 『창비어린이』 신인문학상 당선으로 등단해 이제 첫 동시집을 낸다. 첫 동시집이지만, 아니 첫 동시집이라서인지 그의 동시들은 다양한 관심과 주제들을 다루고 있다. 앞에서 읽은 몇몇 작품들과는 색깔이 다른 작품들도 많다. 아마 모색의 시간과 성련의 시간을 통과하면서 얻은 열매들일 것이다. 그런 만큼 독자들은 이 동시집에서 한 편 한 편을 펼쳐 그때그때 읽고 음미하는 즐거움을 맛볼 수 있으리라. "나비//날갯짓에//꽃이 피어나고//따스한 바람이 불어오고 (…) 온 동네가 꿈틀꿈틀 살아나 기어코 보글보글 끓어 넘치는"(「나비 효과」) 연쇄 작용이 시인에게서 독자에게로 번져 갈 것이다. 동시집 출간으로 시인은 다시 출발선에 섰으니 자신의 세계를 돌아보면서 새로운 질문을 시작하는 발걸음을 힘 있게 내디뎌야 할 것이다.

날개 단 동시, 함께 듣고 부르는 노래

가객 백창우와 '동시노래상자'

동시에 노래 날개를 달아 주는 가객 백창우

누구나 다 아는 것처럼 동시는 독자가 읽어서 감상하는 문학작품이다. 책상 앞에 앉아서 조용히 읽거나 소파 위, 이불 속에서 뒹굴며 읽을 수도 있다. 대개 혼자 조용히 감상하지만, 둘러앉아 읽고 독후감을 나눌 수도 있다. 여러 사람 앞에서 낭독이나 낭송을 하거나 그것을 듣고 감상할 수도 있다.

그런데 이런 일반적인 동시 감상 방식에서 더 나아가 동시를 노래로 만들어 들려주는 가객(歌客)이 있다. 백창우다. 그가 언제부터 동시를 노래로 만들기 시작했는지 정확히는 알 수 없지만 1986년경부터 이원수, 권태응 동시에 곡을 붙여 음반에 싣는 등 동시노래를 발표했으니 한 30년은 족히 넘었다. 이후 1999년 이원수 동시노래 음반《어디만큼 오시나》《누렁아 울지 말고 나랑 같이 놀자》를 내면서 그는 '굴렁쇠아이들'과 함께 본격적인 활동에 나섰다.

사실 동시가 책 속에, 문자에만 갇혀 있으면 많은 어린이, 많은 독자와 만나기 어렵다. 그래서 아이들이 동시와 친해질 수 있도록 동시인이나 교사 들은 동시를 활용해 할 수 있는 다양한 활동을 개발해서 실행하기도 한다. 동시를 노래로 만드는 작곡가들도, 그 수가 많지는 않지만 어려운 여건에서도 꾸준히 활동하고 있다. 이렇게 동시를 다양한 방법으로 아이들 곁으로 데리고 가는 이들이 있다는 것이 내게는 고맙고 소중하게만 생각된다.

백창우는 동시에 가락을 붙여 노래로 만들고 직접 기타를 치며 부르기까지 하는 가객이지만 그 자신이 동시를 쓰는 동시인이기도 하다. 또한 어린이 노래패 굴렁쇠아이들을 이끌며 크고 작은 공연 판을 벌여 아이와 어른이 흥겨운 노래 마당을 같이 즐길 수 있게 한다. 노래에도 음악에도 젬병일 정도로 소질이 없는 나는 그의 이런 능력과 활동이 삼난스럽고 부럽기만 하다.

백창우가 동시에 곡을 붙여 만든 노래를 가리켜 '동요'라고 해도 무방하지만, 백창우의 동시노래는 전통적으로 '동요'라고 일컬어져 온 것과는 상당한 차이가 있다. 어린이문학에서는 동요를 보통 '정형 동시'라고 규정하였고, 일정한 글자 수나 음보를 지켜 이를 반복하는 형식의 작품이 1920년대 이후 많이 창작되었다. 또한 윤석중의 동요를 비롯해 수많은 동요 작품이 노래로 불려 크게 인기를 얻기도 했다. 단순화하면 7·5조와 그 변형, 아니면 2음보 또는 4음보의 반복 형태로 쓰였다고 해도 될 동요 작품들은 그 자체로 가락을 갖고 있었고, 애초부터 노래로 불릴 것을 의식하고 창작된 것이었다. 물론 구체적인 곡조까지 가사 속에 내재된 것은 아니고 작곡자에 따라 다양한 곡조가 붙을 수 있는 것이었지만 동요 작품 자체가 기본적으로 일정한 리듬을 규정하고 있는 것은 분명했다.

지금은 정형 동시의 범주에 들 동요가 거의 쓰이지 않기도 하지만, 백창우의 동시노래 작업은 전통적인 동요에 비해 훨씬 개방적이고 자유로운 노래 만들기이다. 우선 그가 선택하는 동시는 이번 '동시노래상자 1'의 작품들에서 확연히 드러나는 것처럼 일정한 패턴이 있거나 특정한 경향을 보이거나 하지 않는다. 그럼에도 그는 자기가 좋아하는 동시라면 어떤 작품이든지 훌륭하게 노래로 만들어 낸다.

좋은 동시 작품은 그것이 외형적인 형태로 운율을 드러내지 않더라도 음악적인 리듬과 가락이 있다. 백창우는 그러한 작품 자체가 지닌 리듬과 가락을 찾아 타고 가면서도 이를 자신의 호흡과 가락으로 구체화해 '백창우표' 동시노래를 만들어 낸다. 1+1이 2 또는 그 이상이 되는 성공적인 노래 만들기인 것이다.

열여섯 편의 다른 시, 다른 노래

백창우의 '동시노래상자 1' 『내 머리에 뿔이 돋은 날』(왈왈 2017)에 초대된 16편의 동시는 우선 동시 그 자체로 감상하기에도 좋은 작품들이다. 무겁지 않고 언뜻 명랑해 보이기까지 하는데, 가만히 들여다보면 엄숙한 표정을 짓든지 머리를 감싸 쥔 어조가 아니어도 각 작품마다 어떤 철학이 깔려 있거나 중층적인 의미의 깊이가 있다. 이는 내용의 심도와 언어 구사력(표현력)이 조화를 이룬 좋은 작품들이 많이 나오고 있는 요즘 우리 동시의 수준을 반영한 것인 동시에 백창우 특유의 동시 감식

안이 발휘된 결과라 할 것이다. 사실 「나는 사랑에 빠졌어」(정유경, 원작 「_랑」)나 「두릅나무 새순」(박방희, 원작 「두릅나무」), 「그저 보라색 머리핀 하나 사고 싶었을 뿐인데」(김유진, 원작 「보라색 머리핀 하나 사고 싶었는데」)와 같이 시행 전개가 독특한 작품들은 눈으로 읽고 감상하기엔 좋아도 노래로 만들기는 쉽지 않을 듯하다.

　백창우는 동시 자체의 언어와 리듬을 존중하고 그대로 살리고자 하는 만큼 이번 동시노래들에도 제목을 바꾼 것은 좀 눈에 띄어도 시구를 다르게 변형한 것은 아주 드물다. "똥을 다 눈 고양이"를 좀 더 경쾌하게 "똥 다 눈 고양이"로 조사를 생략하고 부른다든지(「고양이 똥꼬」, 원작 장옥관 「똥 닦기」), "저 힘은,"을 "저 힘은 말야"로 호흡을 조절하며 부른다든지(「꼬랑지」, 원작 이병승 「꼴찌들의 합창」), 같은 시구를 되풀이해 부른다든지(강기화 「여우콩」 등) 하는 정도이며, 가장 많이 개사한 경우가 「민들레꽃씨」(곽해룡)의 5연과 6연을 섞어서 변형한 것이다. 노래의 흐름을 위해 개사하는 것이 문제 있는 것은 아니지만, 나로서는 백창우의 작업처럼 기본적으로 동시의 원형을 유지하면서 동시의 맛을 그대로 안고 가서 동시노래의 맛과 멋을 창조하는 것이 바람직하다고 본다.

　　아직도 살짝 먼저 망설이지만
　　그래도 이젠 보면 기분이 좋아

　　언제부터 내 눈에 내가 꽤 이뻐
　　걸을 땐 쇼윈도도 안 보던 난데
　　이름만 불려도 놀라던 난데

한 번 보고

두 번 보고

세 번 보니까

조금씩 천천히 내가 좋아져

속꺼풀도 쪽니도 나름 귀여워

— 송선미 「맘대로 거울」 전문

송선미의 「맘대로 거울」은 거울에서 자기 모습을 자꾸 보면서 조금씩 자기를 좋아하게 되고 자신감을 갖게 되는 아이의 심리를 섬세하게 표현한 작품이다. 자아도취나 나르시시즘일 수 있지만 "나름 귀여워"라는 시구대로 '나름 귀여운' 아이의 모습을 포착한 것이라 매우 건강하다. 그렇다면 「맘대로 거울」은 어떤 동시노래로 탄생했을까?

노래를 들어 보면 먼저 앞에 주제를 표현한 내레이션이 여자아이의 목소리로 흘러나온다. 그리고 반주가 시작되며 여자아이의 독창이 이어지는데, 가사는 시의 1연을 생략하고 2연부터 시작된다. "이름만 불려도"는 의미 변동이 없는 "이름만 불러도"로 부르고, 4연까지 가사는 그대로 부른다. 재미있는 것은 노래가 다시 시작되기 전에 간주로 신중현 작사 작곡의 히트곡 「미인」의 한 소절을 그대로 삽입한 것이다. "한 번 보고 두 번 보고 자꾸만 보고 싶네."라는 내 귀에 익은 소절이 아이들의 합창으로 두 번 되풀이되고 나서 역시 합창으로 조금 템포를 빨리해 다시 2연부터 노래가 시작된다. 이런 방식으로 변화를 준 것은 1·2절 가사 변화가 없는 조건에서 짧은 동시노래를 그대로 두 번 반복할 때 자칫 지루할 수 있기 때문일 것이다. 또한 한 번 독창으로 명확히 듣고 두 번째는 따라 부르면 좋겠다는 의도의 표현일 수도 있다.

　노래의 힘은 강력해서 이 노래를 몇 번 듣고 나니 이전에 이 동시를 읽을 때 내 머릿속에 그려지던 리듬은 가라앉아 버리고 시 구절에 어느새 백창우 곡의 리듬이 얹혀진다. 아니 노랫가락이 앞서서 가사를 이끌어 낸다. 그만큼 백창우의 곡은 대부분 남녀노소 누구나 쉽게 익혀 노래 부를 수 있게 난해한 기교나 아주 높은 고음, 아주 낮은 저음은 구사하지 않는다. 우리말의 자연스러운 어조와 의미의 전개를 잘 드러내는 가락을 선호한다. 거울을 볼수록 자기를 예쁘게 보고 자신을 좋아하게 된 아이의 당당한 목소리가 이 노래를 듣거나 부르는 이의 마음에 척 얹혀와서 노래를 즐기는 동안 자기 자신을 좋아하고 예뻐하게 되는 기분 좋은 경험을 하게 된다.

　머위 잎 그늘로 민달팽이 간다

　비는 그쳤으나 젖은 흙길이다

　깔끔 떠는 새침데기 여자 친구,

　머위 잎 빵집에서 기다리나?

　몸에 흙 한 톨 안 묻히고 간다
　　　　　　　　　　　　　　　　　— 장동이 「머위 잎 빵집」 전문

　장동이의 「머위 잎 빵집」은 비가 씻어 낸 말끔한 풍경이 싱그럽게 그려진 작품이다. 음악성보다는 회화적 이미지가 두드러진 작품이고 산문적 진술이 우세해서 노래로 만들기에는 거북할 것 같다. 과연 「머위 잎 빵집」 동시노래는 분위기가 다르다. 빠르고 경쾌한 4박자 리듬 「맘대로 거울」과는 다르게 느릿한 3박자 곡이다.

「머위 잎 빵집」 노래에는 가수 백창우가 등장한다. 한 줄씩인 1·2연을 약간 늘어지게, 부드럽고 맑은 음색의 목소리로 백창우가 부른다. 시에서 느껴지던 깔끔함보다 촉촉한 분위기를 불러일으킨다. 3연부터는 백창우와 아이가 함께 부르는 중창이다. 그래서 풍경보다는 새침데기 여자 친구를 만나러 가는 상황이 좀 더 부각되어 온다. 두 번째 부를 때는 아이와 어른이 교대해서 1·2연을 아이가 먼저 부른 다음 중창으로 넘어간다. 짧은 노래이지만 이런 변화를 주고 있어서 감상이 더 즐겁다.

동시로서는 꽤 긴 편인 「내 머리에 뿔이 돋은 날」(김륭, 원작 「염소」)은 낭독·노래·낭독의 방식으로 접근해서 색다른 느낌을 주면서 길이의 부담을 해결하였다. 산문시 형태인 「보라색 머리핀 하나 사고 싶었는데」는 어떤 노래로 만들었을까? 백창우의 노래가 어려운 곡조를 피하는 게 일반적이지만, 이 경우는 다르다. 길고 변화가 많은 시를 거의 생략 없이 그대로 가사로 삼아서 마치 뮤지컬 속의 노래를 듣는 것 같다. 빠르기가 중간중간 변하고 조옮김도 있어서 나 같은 음치가 아니어도 쉽게 따라 부른다든지 금방 배워서 부르지는 못할 것 같다.

이번 '동시노래상자 1'의 몇몇 곡들을 내 나름대로 감상해 보았는데, 문학평론가의 어설픈 방식이지만 백창우의 동시노래가 의외로 섬세하고 한 편 한 편의 개성과 변화를 조밀하게 추구하고 있음을 발견할 수 있었다. 음악을 좀 더 잘 아는 분들이라면 악기의 조합과 변화까지 파악하며 감상하고 즐길 수 있을 것이다. 아니, 음악을 잘 모르더라도 조금 더 귀를 기울여 듣는다면 여러 가지 다른 악기들이 등장하는 것을 알아챌 수 있다. 대개 기타 연주가 기본으로 진행되는데, 「코뿔소」(김개미, 원작 「누굴 닮아서」)에서는 트럼펫 소리가 문득 울리며 코뿔소의 힘찬 위용을 상기시키고, 「염소 똥은 똥그랗다」(문인수)에서 쟁쟁 들리는 해금 소리는 마치 풀밭에 매인 염소가 내는 소리인 듯 노래와 잘 어울린다. 「여우콩」(강기화)에서는 피아노와 기타 연주를 바탕으로 하면서 "여우 없다."에서 아이들이 부는 리코더 소리가 터져 나와 흥을 돋운다. 「꼬랑지」를 들으면 어느새 묵직한 저음의 첼로 연주가 가슴을 파고들고 마라카스의 칙칙 하는 마찰음은 묘하게 조화 아닌 조화를 이뤄 낸다. 「고양이의 탄생」(이안) 등에서는 아코디언이 가락을 이끌지만 튀지 않고 여유있는 흐름을 만들어 내고, 「민들레 꽃씨」에서 들리는 플루트와 클라리넷 연주는 시심에 우수의 느낌을 더하면서 서정적인 노래를 완성한다. 단순하고 소박한 것 같은 그의 노래와 연주지만 실은 이처럼 다양한 접근과 변화가 들어 있다.

사실 나는 그동안 백창우의 노래를 들으면서 동요의 대중화를 위해 그가 의식적으로 아마추어리즘을 추구하는 것이 아닌가 생각하기도 했다. 그렇지만 아마추어리즘이란 판단은 피상적인 것이고, 그는 낡은 규범과 스타일을 배제하고 매번 격물(格物)을 바탕으로 자연스러운 삶의 리듬을 구현하고자 하는 철저한 프로 정신의 실천가라 해야 할 것이다.

아이들이 즐기는, 아이들과 함께 즐기는 노래

가객 백창우는 30여 년 전부터 굴렁쇠아이들이라는 어린이 노래패와 함께 동요를 부르고 보급해 왔다. 1기 굴렁쇠아이들이 성장해 이제는 그 자녀들이 굴렁쇠아이들의 멤버로 참여하는 일도 있을 것 같다. 백창우가 군이 이렇게 아이들 노래패를 이끄는 이유는 무엇일까. 백창우와 굴렁쇠아이들의 공연을 간간이 본 적이 있는 나는 그가 아이들과 함께 노래 부르는 것을 진정으로 좋아하기 때문일 것이라 짐작한다.

아이들에게 노래를 가르치고 함께 무대에 올라 노래 부르는 것이 어디 쉬운 일인가. 진짜 좋아하는 일이 아니라면 그렇게 오랫동안 변함없이 아이들과 노래를 연습하고 음반을 내고 무대에 설 수 없을 것이다. 무대에서 그는 가끔 가사를 틀리거나 기타 연주를 못 맞춰서 아이들에게서 눈총을 받는다. 아이들도 연습이 덜 되었거나 실수하는 모습을 간혹 보여 준다. 완성된 본격 공연에서는 이런 모습을 거의 볼 수 없지만, 그의 철학은 기본적으로 아이들의 자연스러움을 지켜 주는 것이다. 예전에 방송에 나오던, 동요를 부르는 아이가 손을 배꼽 앞에 모아 잡고 고개를 까닥까닥 저으며 발꿈치를 들었다 놓았다 하는 정형화된 동작이나 요즘 걸그룹들이 연출하는 일사불란하게 훈련된 동작을 백창우는 배척한다. 곱고 귀엽게 지어서 목소리를 내는 발성법도 배제한다. 그렇다고 각자 제멋대로 부른다는 것은 아니다. 노래에 감응해서 자신의 흥으로 부를 수 있도록 하자는 것이다. 백창우와 굴렁쇠아이들의 공연을 찾는 관객도 마찬가지다. 즐겁게 익힌 노래를 즐겁게 부르는 것을 듣고 함께 부르러 오는 것이지 잘 조련된 어린이 음악 쇼를 보고자 오는 게 아니다.

백창우는 『창비어린이』와 『동시마중』 등의 지면에 쉼 없이 새로 만든 동시노래를 싣는다. 대개 이야기를 곁들이는데 그가 동시를 읽으면서, 가락을 붙이면서 생각한 것들을 촉촉하게 적는다. 나 같은 보통 사람은 거기서 그가 찾은 좋은 동시를 따라 읽고 그의 글맛을 즐기면서, 멋진 동시노래들이 새로 탄생했구나 하고 기뻐한다.

가객 백창우가 아이들과 함께 노래를 부르고 음반을 내는 것은 당연히 자기 노래를 들어 달라는 의도이다. 그리고 그가 더욱 바라는 것은 자신이 아이들과 함께 세상 이야기가 담긴 동심의 노래를 부르고 즐기는 것처럼 아이들도 동시노래를 즐기고 또 어른과 함께 부르며 즐겼으면 하는 것이다. '백창우의 동시노래상자'의 동시노래들이 아이들 마음속으로, 아이들과 어른들이 함께 여는 세상 속으로 깊게 또 넓게 퍼져 나가길 바란다.

'솔아 푸른 솔아'와 박영근 시인

박영근『솔아 푸른 솔아』

1

시선집『솔아 푸른 솔아』(백무산·김선우 엮음, 강 2009)에 모인 시편들을 차례로 읽으며, 나는 박영근이 '눈물'과 '어머니'의 시인, '내성(內省)'의 시인임을 새삼스럽게 발견한다.

어머니에게 보내는 편지 형식으로 쓰인 다음 시를 읽어 보자.

새떼들이 날아가고 있어요, 어머니
들판의 가득한 벼포기들도 오늘은
내 앞에서 자꾸만 흔들리고 있어요. 보고 싶은 어머니
만나야 할 얼굴들도 웬일인가요
고개 숙이고 내가 없는 곳으로
더 먼 곳으로 가고 있는 것일까요

가위질에 부르튼 손마디는 더 시리고

자꾸만 어디선지

눈물이 나네요, 어머니

외롭습니다.

—「편지: 어머니에게」 전문

"눈물이 나네요, 어머니/외롭습니다." 하고 직설적으로 서러움과 외로움을 노출한 이 시는 그래서 감상적이란 비판을 받을 수 있다. 그러나 울 줄 모르고 외로울 줄 모르는 시인은 시인이 아니다. 또한 서러움과 외로움을 꼭꼭 누르고 비틀어 '낯선 비유'를 만들어 내야 하는 것이 시인의 운명이라면 그것은 너무나 불행한 일일 것이다. 이 시는 막연한 감상을 담고 있는 것 같지만, 먼저 어머니를 호명하며 '날아가는 새떼' '흔들리는 벼포기'와 같은 선명하고도 적실한 이미지를 제시하고, "네가 없는 곳으로/더 먼 곳으로 가고 있는" "만나야 할 얼굴들"과의 쓸쓸한 거리감을 드러낸다. 어머니에게 보내는 편지 형식을 취한 만큼 공세적인 분노와 울분을 표출하는 것은 적절하지 않다. 어렵고 외로운 상황에서 어머니에게 심정적으로 기대며 자신의 심사를 독백처럼 풀어놓은 것이다.

이 시의 화자는 가위질에 손이 부르튼 사람이니, 농촌에서 상경해 피복 공장에서 일하는 십대 처녀일까? 흔히 노동시인, 노동자 시인, 민중시를 쓰는 시인으로 불려 온 박영근 시인의 초기 시세계를 잘 보여 주는 작품이지만, 시인의 목소리는 시대나 계층의 대변자로 나서고 있지 않다. 이 시가 담고 있는 정황과 심사는 박영근 시인에게는 체질적이라 할 정도로 매우 익숙하고 동질적인 것으로 다가온다. 대상을 '바라보는'

자리에서가 아니라 대상 속으로 '들어가' 노래하는 것이 서정시의 본령일 것이요, 그런 의미에서 박영근은 노동시인, 민중시인의 자리에 설지라도 거의 생래적일 정도로 서정시인의 호흡을 놓지 않는다.

이 시인의 '눈물'과 '어머니'의 세계는 '민중'이라는 범주로 대상화, 특권화할 세계는 아니요, 1970년대 이후 이 땅의 보통 사람들이 살아온 삶의 실상에 대한 애착이자 일종의 자기애의 표현이다. 따라서 박영근의 시는 이후 점차 세계와의 깊어지는 불화(不和)를 내면에서 새김질하며, 고통을 내성으로 감내하기 시작한다.「눈먼 새」「폐업」「빙벽」의 "하늘도 들판도/보이지 않는" 막막함 속에 "한 마음 디딜 곳마저/차갑게 얼어붙"는 벽화(壁畫)가 되는 뼈저린 순간 이후에, 박영근은 '그 방'을 빠져나오는 경험을 한다.

> 나는 천천히 그 방을 빠져나온다
> 돌아보면 환한 대낮인데
> 한 사내가
> 부엌 바닥에서 어린 파를 다듬다가
> 불쑥 솟구치는 눈물을 떨구고 있다
>
> ─「그 방」 끝연

이 쓸쓸하고 아름다운 절창에서, '내'가 1980년대 삶의 상징처인 '그 방'을 빠져나오며 보는 '한 사내'는 물론 '나'의 분신, 도플갱어이다. 또는 그 방을 빠져나온 '나'가 분신이고 도플갱어이다. 이렇게 해서 갖게 된 자기 성찰과 연민의 시선은 이후 그의 작품 곳곳에 산재하게 되는데, 이러한 내성을 유발한 것은 일차적으로는 첨단 자본주의 세상과 대면

하며 더욱 깊어진 불화이다. 「CF를 위하여」 연작과 「천지를 생각하며」
와 같은 작품들에서 자본주의의 첨병인 광고에 대한 응시와 더불어 분
단 현실에 대한 성찰이 겹쳐지고 있는바, 그는 내성으로 침잠해 들어
갔다기보다 자본주의의 삭막한 독주와 일그러진 가난한 일상들, 착잡
한 분단 현실을 시인이 마땅히 회피하지 말아야 할 주제로 끌어안고 문
자 그대로 '사투'를 벌였던 것이다. 아울러 그가 의식했든 하지 못했든
그의 몸에 잠복한 결핵이라는 질병은 그의 몸을 시시각각 갉아먹으며
고통을 더욱 현재화하고, 어느 순간 이승 너머의 세상을 의식하게 한
다. 「춤」의 "아플수록 몸은 눈이 밝아진다"는 역설은 "열에 들린 몸"을
"뜨거운 몸"으로 긍정하게 하지만, 「봄비」에서는 "길이 끌고 온 막다른
골목"에서 "이제 그만 (…) 힘든 네 몸을 내려놓아라"라는 말소리를 듣
는다.

2

> 솔아 솔아 푸르른 솔아 샛바람에 떨지 마라
> 창살 아래 네가 묶인 곳 살아서 만나리라

「솔아 솔아 푸르른 솔아」의 위 구절을 나는 종종 흥얼거린다. 대한민
국 사람으로 이 노래를 모르는 사람은 아마 없을 것이다. 그만큼 널리
퍼져 있고, 노래방 곡목집에도 올라 있다.
　1980년대 후반에 등장해 대학가 집회나 거리 시위 등에서 주로 불
리던 이 노래는 그 절절한 호소력을 바탕으로 널리 확산되어, 이른바

386세대를 중심으로 「광야에서」 「함께 가자 우리 이 길을」 등과 함께 애창곡으로 자리 잡는다. 나아가 대학가와 세대의 울타리를 넘어 사회인들의 모임에서, 노래방 선곡에서 인기곡 리스트에 오르는 등 대중 속으로 깊숙이 파고들어가 '대중가요'로 사랑받는다.

앞에서 나는 박영근 시인을 '눈물'과 '어머니'의 시인이라고 했는데, 이러한 정조를 바탕으로 갖고 있는 그의 시세계는 대중들이 쉽게 다가갈 수 있는 것이다. 그럼에도 그의 시는 문단에서 점점 높은 평가를 받으며 단단하게 인정받은 것과 달리 대중 독자에게는 그다지 널리 알려지지 않았다. 이것은 그가 갖고 있는 시에 대한 결곡한 자세, 그리고 대중문화에 대한 비타협적 시각으로 말미암아 자신의 시와 대중이 만날 수 있는 계기를 시작(詩作)의 운용에 또는 타 장르 매체와의 소통에 적극적으로 활용하지 않았던 때문인지도 모른다.

그러나 이미 그의 시는 대중들 곁으로 다가가고 있었으니, 「솔아 솔아 푸르른 솔아」는 바로 그의 시로 만들어진 노래이다.

부르네 물억새마다 엉키던
아우의 피들 무심히 씻겨 간
빈 나루터, 물이 풀려도
찢어진 무명베 곁에서 봄은 멀고
기다림은 철없이 꽃으로나 피는지
주저앉아 우는 누이들
옷고름 풀고 이름을 부르네.

솔아 솔아 푸른 솔아

샛바람에 떨지 마라

어널널 상사뒤

어여뒤여 상사뒤

부르네. 장맛비 울다 가는

삼 년 묵정밭 드리는 호밋날마다

아우의 얼굴 끌려 나오고

늦바람이나 머물다 갔는지

수수가 익어도 서럽던 가을, 에미야

시월 비 어두운 산허리 따라

넘치는 그리움으로 강물 저어 가네.

만나겠네. 엉겅퀴 몹쓸 땅에

살아서 가다가 가다가

허기 들면 솔잎 씹다가

쌓이는 들잠 죽창으로 찌르다가

네가 묶인 곳, 아우야

창살 아래 또 한 세상이 묶여도

가겠네, 다시

만나겠네.

—「솔아 푸른 솔아: 백제 6」 전문

싸락눈 내려 쌓이는 노루목

흐린 서울길 지우며 큰 바람 울 때

보리밭 외진 두렁에서

네 어미, 옷고름마다 끓는 눈물로

시퍼런 쑥물을 들이고

—「고향의 말 4」 부분

　박영근 시인은 1990년대 초던가 일찍이 내게 「솔아 솔아 푸르른 솔
아」 노래가 자신의 시로 만든 것이란 말을 한 적이 있다. 나는 긴가민가
하는 생각으로 들어 넘기고 말았었는데, 그의 세 번째 시집 『김미순전』
(실천문학사 1993)에 해설을 쓰면서 이 노래가 그의 첫 시집 『취업 공고판
앞에서』(청사 1984)에 실린 「솔아 푸른 솔아: 백제 6」을 근간으로 탄생한
것임을 발견하고 그러한 사실을 밝힌 바 있다.

　「솔아 솔아 푸르른 솔아」는 절창인 후렴구를 비롯한 핵심 대목을 「솔
아 푸른 솔아: 백제 6」에서 가져왔을뿐더러, 시퍼렇게 쑥물이 든다는 비
유법과 불어오는 바람, 갈라진 세상, 어머니의 눈물과 울음 등의 시상은
「취업 공고판 앞에서」「고향의 말 4」「들잠: 백제 3」「서울 가는 길」 등 그
의 작품 곳곳에서 또렷하게 발견된다. 이러한 시상 전개와 언어 구사는
그의 초기 시세계의 주요한 특징을 드러내는 것으로, 시인 자신이 「솔
아 솔아 푸르른 솔아」 노래를 자신의 시로 인식한 것은 당연한 일이다.

거센 바람이 불어와서 어머님의 눈물이

가슴속에 사무쳐 우는 갈라진 이 세상에

민중의 넋이 주인 되는 참세상 자유 위하여

시퍼렇게 쑥물 들어도 강물 저어 가리라

솔아 솔아 푸르른 솔아 샛바람에 떨지 마라

'솔아 푸른 솔아'와 박영근 시인　259

창살 아래 네가 묶인 곳 살아서 만나리라

솔아 솔아 푸르른 솔아 샛바람에 떨지 마라

창살 아래 네가 묶인 곳 살아서 만나리라

창살 아래 네가 묶인 곳 살아서 만나리라

—「솔아 솔아 푸르른 솔아」 가사 전문

이 노래는 고저 완급을 갖고 서리서리 감겼다가 풀리길 반복하면서
절정인 "솔아 솔아 푸르른 솔아/샛바람에 떨지 마라/창살 아래 네가 묶
인 곳/살아서 만나리라"에 이르러 벅찬 감동을 안겨 준다. 우리 겨레
와 산천의 상징인 '푸른 솔'을 부르는 음조와 가락이 부르는 이의 가슴
에 착 감겨들며 청량감과 비장감이 밀물처럼 다가온다. 이는 좌절하거
나 포기하지 않고 새 세상을 만들겠다는 예언이자 자기 다짐이고, 모든
묶인 자들에게 건네는 위로이자 동지애의 표현이다. 무엇보다도 그 모
든 것이 장중하면서도 부드러운 가락 속에 스며들어 있어서, 노래를 부
르면 그것이 자신의 정서로 동화되며 스스로 어떤 위안 같은 것을 얻게
된다. 이 노래의 가사가 박영근 시에서 온 것임은 이 노래를 만들었다고
하는 안치환의 말에서도 확인된다.

"(…) 노랫말은 박영근 씨의 시를 보고 이것저것 따서 완성했어요. 제 노
래에는 시를 가사로 삼은 것이 많은데, 시집을 읽고 가사를 쓰는 버릇은 이
때부터 시작된 겁니다."(임진모「변민의 80년대가 남긴 '시대의 가수' 안치환」,『신동아』
2003년 6월호)

안치환은 대학 4학년 때(1987년경) 연세대 총학생회장 선거 유세에서

이 노래를 처음 불렀다고 한다. 이후 음반《노래를 찾는 사람들 2》(1989, 서울음반)에 첫 곡으로 수록되면서 이 음반은 1년 사이에 50만 장이 팔려 나갔고 '노래를 찾는 사람들'('노찾사') 공연은 매진 행진을 계속한다. 이 렇게 인기몰이를 하면서 「솔아 솔아 푸르른 솔아」는 임태경 등 여러 사 람이 조금씩 다른 분위기로 부르기도 했고, 2001년에는 스나이퍼(MC스 나이퍼)가 전태일과 평화시장 이야기를 담은 힙합 리메이크 곡을 만들어 내놓기도 하였다.

1987년 6월 항쟁 이후 이른바 민중가요가 대중 속으로 널리 침투할 수 있었던 것은 기본적으로는 민주화가 이루어진 시대적 여건에 힘입 은 것이지만, 안치환과 같은 대중적 호소력을 갖춘 작곡자와 가수 들의 노력이 일궈 낸 부분도 크다. 정호승·김용택·안도현 같은 일반 대중에 게도 지명도가 높은 시인과 정희성·김남주 같은 강직한 면모를 지닌 대 표 시인의 좋은 작품을 골라 호소력 있는 노래로 만든 것은 이러한 노래 운동 내지 노래문화가 내용적 충실성을 확보할 수 있게 한 현명한 선택 이기도 하였다. 그런데 「함께 가자 우리 이 길을」이 김남주의 시로, 「우 리가 어느 별에서」가 정호승의 시로, 「타는 목마름으로」가 김지하의 시 로 만들어진 노래인 것처럼 「솔아 솔아 푸르른 솔아」가 박영근의 시로 만들어진 노래임에도 이러한 사실은 분명하게 밝혀져 오지 않았다.

「솔아 솔아 푸르른 솔아」는 「솔아 푸른 솔아: 백제 6」을 근간으로 하 여 박영근의 시 여러 편에서 구절을 취한 것이고, 여기에 덧붙어 있는 구절들 역시 박영근 시의 지향과 정서를 재료로 구성된 것이다. 그러므 로, 이 노래가 '노찾사'의 곡으로 발표되면서 가사의 저작자가 박영근 으로 정당하게 명기되지 않은 것은 문제다. 이러한 사정을 몰라서 그동 안 가사 저작자를 제대로 표시하지 못했거나 안치환의 가사인 양 유통

되어 온 것은 이제라도 바로잡아야 한다. 시를 노랫말로 재구성한 사람이 시인을 제쳐 두고 노랫말의 저작자가 될 수 없다는 것은 상식이며, '박영근 시' '박영근 작사' 등으로 표시함이 마땅하다. 앞서 말한 김지하와 김남주, 정호승 등의 시로 만든 노래의 가사 저작자가 그 시를 쓴 시인인 것과 마찬가지로 「솔아 솔아 푸르른 솔아」 가사의 저작자 역시 「솔아 푸른 솔아: 백제 6」을 쓴 박영근 시인이다.

아울러 이 노래의 제목이 「솔아 솔아 푸르른 솔아」 외에도 「솔아! 솔아 푸르른 솔아」 「솔아 솔아 푸른 솔아」 「솔아! 푸르른 솔아」 「솔아 푸르른 솔아」 등으로 혼란스럽게 알려져 있는데, 노래 제목 또한 시의 원제목을 살려 「솔아 푸른 솔아」로 하는 것이 바람직하다고 본다.

사람들은 가사를 약간씩 달리 부르기도 하는데, "어머님의 눈물이/가슴속에 사무쳐 우는" 소절의 '사무쳐 우는'을 '사무쳐 오는'으로 부르고, 끝 소절 "창살 아래 네가 묶인 곳"의 '네가 묶인 곳'을 '내가 묶인 곳'으로 부르기도 한다.* '사무쳐 우는'으로 부를 경우 앞뒤 가사와 의미 연결이 너무 복잡해 '사무쳐 오는'으로 하는 것이 나아 보인다. 또 창살 아래 '내'가 묶였다 하기보다 원 시의 구절처럼 '네가 묶인 곳'으

---

* 몇 가지 사례를 보자. 『님을 위한 행진곡: 증보 노래모음집』(민중문화운동연합 편, 학민사 1987)에는 "솔아! 푸르른 솔아"라는 곡명으로 악보가 실려 있고, '노찾사' 2집 음반(1989) 재킷에는 "솔아 솔아 푸르른 솔아"라는 곡명으로 적혀 있다. 『메아리 10집』(짜임 1993)에 실린 악보에는 "안치환 작곡 솔아 푸르른 솔아"라고 나와 있는데, "안치환의 대표곡. 안치환이 연세대 재학 시절 지은 노래로 알려져 있음. 가사는 차용한 것이라고 한다."라고 소개하였다. 『희망의 노래 3: '94 전노협 노래책』(민맥 1994)에는 "솔아 푸르른 솔아"라는 곡명에 "안치환 글, 곡"으로 표시하였고, 악보 밑에 "노찾사 2집, 안치환 1, 2집"이라고 자료 출처를 밝혀 놓았다. 여기서 "안치환 글, 곡"이라고 한 것은 '안치환 1, 2집'에 따른 것임을 짐작할 수 있다. 위 세 책의 악보에는 가사의 혼란이 보이지 않는데, 모두 "가슴속에 사무쳐 오는" "네가 묶인 곳"으로 되어 있다.

로 하는 것이 구문상 자연스러우며, 이렇게 함으로써 자유의 세상에서 '너'와 '내'가 묶임에서 풀려나 만나리라는 기대와 다짐이 제대로 담아진다.

3

박영근의 시에 대한 열도(熱度)는 남다른 바 있거니와, 선후배 시인들은 그를 깊이 알면 알수록 시에 집중하는 그의 유다른 공력을 높이 평가하는 데 인색하지 않았다. 뛰어난 시인은 본래 뛰어난 시론가이다. 박영근은 동시대에 간행된 시집들을 정밀하게 읽고 이야기하기를 즐겼으며, 치우치지 않은 감식안으로 유려하고도 날카로운 시평들을 썼다.

제5회 백석문학상을 심사한 선배 시인들은 박영근을 수상자로 뽑으면서 그의 시세계에 대해 이렇게 말했다.

고백하건대 나는 「어머니」「흰 빛」「길」「눈이 내린다」 등을 읽으면서 몇 번이고 속으로 울었다. 과연 최상의 시란 어떤 것인가, 가장 작은 말을 가지고 가장 큰 감동을 주는 것이 가장 좋은 시가 아닐까! (신경림)

결코 자기연민에 빠지지 않은 그의 내성(內省)의 진정성이야말로 세기의 전환기에 우리 삶이 지불했던 역경과 도정의 쓸쓸함까지를 시적 성숙과 감동으로 이끌어 낸 것이 아니겠는가. (황지우)

그는 진정으로 울 줄 아는 시인이었다. 나는 요즘 발표되는 시들을 읽으며, 울음이 부족하다는 생각을 한다. 어쩌면 울어야 할 일이 너무 많아, 울고 있으면서도 오히려 울고 있지 않은 척 돌아서서 방백을 하는 것이 시가 취할 멋진 포즈라고 생각하는 것인지도 모른다.

박영근은 1980년대에 쓴 「서시」를 다음과 같이 시작하고 있다.

가다가 가다가
울다가 일어서다가
만나는 작은 빛들을
시라고 부르고 싶다.

"울다가 일어서다가/만나는 작은 빛들"을 찾아 그는 생애를 다하여 시를 썼다. 박영근의 지향이 이런 초기의 시심을 잃지 않고 일관되고 있음은 후기작인 「가을비」에서 "길가 플라타너스 나무 밑에서 (…) 서로 얼굴을 파묻고/비에 젖고 있"는 자장면 그릇들에 애틋한 눈길을 보내고 있는 데서도 확인된다.

그의 이 순정한 시심이 오늘의 독자들에게 다가가 "가다가 가다가/울다가 일어서다가" 만날 수 있는 '작은 빛'이 되어 주리라 믿는다.

삐딱한 아이, 반듯한 동시

김은영 『삐딱삐딱 5교시 삐뚤빼뚤 내 글씨』

 김은영의 여섯 번째 동시집 『삐딱삐딱 5교시 삐뚤빼뚤 내 글씨』(문학동네 2014) 끝에 실린 「난생처음 풀을 먹은 소」는 팔려 가는 소가 잠시 탈출해서 풀밭으로 뛰어든 사건의 전말을 그렸다. 묘사는 비교적 자세해서, 마치 동영상을 보는 것처럼 장면이 눈앞에 그려진다. "코를 벌름벌름/소는 향긋한 냄새를 맡았다./풀밭 한가운데였다./긴 혓바닥으로/싱그러운 풀잎을 휘감고/맷돌 돌리듯 이빨로 잘근잘근 씹었다." 이 소에게는 이렇듯 향긋하고 싱그러운 풀을 잘근잘근 씹어 본 경험이 "태어나서 처음"이었으니, 죽음을 앞둔 마당에서야 비로소 간신히 자연의 순리에 따른 삶의 감각을 맛볼 수 있었던 것이다.

 이 작품은 그의 두 번째 동시집 『김치를 싫어하는 아이들아』(창작과비평사 2001)에 실린 「풀을 못 먹는 소」의 후속편이다. "풀을 먹으면/고기에서 풀비린내가 난다고/싱그러운 풀 한입 못 뜯어 먹"는 소는 "유전자를 조작한 곡식에다/항생제를 듬뿍 섞어 만든/비싼 수입 사료를 먹고

산"다고 한다. 그리하여 말조차 "이제 여물 줬냐고 묻지 않고" "사료 주었냐고" 묻게 되었다는 것이다(「풀을 못 먹는 소」). 이 두 편의 시는 모두 인간에게 고기를 공급하기 위해 사육되는 소의 처지에 감응하여 이를 그려 보임으로써 독자에게 정서적 반응을 유도하고 있다. 「풀을 못 먹는 소」에서 소는 관찰되어 정보가 제공되는 대상에 머무른다면, 「난생처음 풀을 먹은 소」에서는 소가 정적인 피사체가 아니라 진지한 행위자로 포착된다. 이러한 미세한 차이를 주목하면 앞의 시가 시적 표현의 범주 안에서지만 즉각적이고 직선적인 독자의 반응을 이끌어 내고자 하는 데 비해, 뒤의 시는 점진적이고 내면적인 감응을 기다리고 있는 것으로 해석할 수 있다. 그러한 차이는 뒤의 시가 "소는 푸른 들판을 바라보다가/ 뚜벅뚜벅 주인을 따라갔다."라는 절제된 객관적 묘사의 결구를 취하고 있는 데서도 확인된다.

두 번째 시집 이후 시인의 모색에서 이러한 차이와 변화는 주요한 과제의 하나였던 것 같다. 『삐딱삐딱 5교시 삐뚤빼뚤 내 글씨』에 실린 40여 편의 시는 다양한 화자, 다양한 표현 방식을 취하고 있으므로 한 가지로 말할 수는 없지만, 사물과 현상을 그 자체로 재미있게 바라보고 메시지를 간접적인 방식으로 절제해서 드러내고자 하는 경향이 또렷한 것은 이런 맥락에서 이해할 수 있다.

1부의 「잔소리 똥」 「삐딱삐딱」 등 아이의 목소리로 아이의 현실을 담은 작품들을 비롯해 여러 작품이 아이와 교사의 갈등을 소재로 한 것은 흥미롭다. 교사로서 아이들을 만나 온 시인의 경험을 곰삭혀서, 시험과 규율 등으로 묶여 있는 아이들이 겪는 스트레스를 아이들 자신의 목소리로 드러내 터뜨려 준다. '선생님'의 모습이 복도에 비친 순간 난장 같이 와자하던 교실의 모든 것들이 '반듯이' 줄을 맞추지만(「아침 독서」),

아이들만 '삐딱'한 것이 아니라 '샘 눈빛' '샘 말씀'도 모두 아이에게는 '삐딱'하기만 하다(「삐딱삐딱」). 종 쳤다고 교실로 들어오라는 교사에게 "경찰이 부른다고/달려오는 도둑 있"느냐고(「경도 놀이」) 아랑곳 않는 아이들의 천진한 모습은 통쾌하기까지 하다. 한편 4부에는 시험과 학습에 짓눌린 아이들의 현실(「시험」「채점 끝난 시험지」 등), 군사훈련과 전쟁의 폭력성(「해상 사격 훈련」「포탄에는 눈이 없어요」), 육식의 야만성(「고기를 먹다가」「인간 사자들」)을 비판하는 주제의식이 뚜렷한 작품들이 묶여 있다. 2, 3부에 수록한 몇몇 작품에선 순수 이미지를 추구하고 있다. 배추 모를 심은 모습을 날개를 편 초록 나비로(「초록 나비」), 바람에 흔들리는 수양버들을 새봄의 연둣빛 머리카락으로(「수양버들」), 막 피어나는 목련 꽃봉오리를 부리를 쳐든 오리 떼로(「목련 꽃봉오리는」) 발견한다.

이렇듯 다양한 관심사와 방법으로 펼쳐져 있지만, 작품들은 대부분 절제된 언어 표현으로 풀어진 데 없이 단단하다. 꾸준함과 열정으로 동시의 길을 걸어온 시인이 엄격하게 시를 단련한 결과일 것이다. 또한 어린이 독자에게는 난해하거나 생경할 수 있는 표현을 찾아보기 힘든 것은 동시의 울타리를 넘어서지 않고자 하는 시인 의식의 반영일 터이다. "배추 모종을 심고/밭이랑을 뒤돌아보았다.//초록 나비가/두 줄로 나란히 날개를 폈다.//아!/내가 나비를 심었구나."(「초록 나비」 전문) 이 작품의 구성은 2연을 생략하거나, 2연을 3연 뒤로 돌려 서로 자리를 바꾸어 놓을 수도 있었을 것이다. 그러나 현재의 순서로 배치한 것은 "배추 모종을 심고/밭이랑을 뒤돌아본" 것과의 인과 관계를 중시해서 2연의 발견 장면을 바로 연결시키는 것이 자연스럽다고 간주했기 때문이리라. 이러한 구성 원리는 시를 빈틈 없게 단단하게 짜이도록 하지만 독자 역시 긴장시키는 효과를 내기도 한다. 그런 의미에서 나는 『삐딱삐딱 5교시 삐뚤빼뚤 내 글씨』를 '반듯반듯 6시집 반짝반짝 내 동시'로 고쳐 읽고 싶어진다.

세대를 건너 유년 독자들이 즐길 수 있는 노래

근대 유년동시 선집『밤 한 톨이 땍때굴』

요즘 동시단에서는 십여 년 전보다 읽을 만한 좋은 동시가 더 많이 발표되고 있다. 어린이 독자들에게 여전히 동시는 별로 인기 없는 장르이지만, 동시의 맛과 의미를 아는 이들이 학교와 도서관, 가정에서 아이들과 함께 동시를 읽고 즐기는 사례도 드물지는 않다. 동시에 곡을 붙여 멋진 노래로 만들어 보급하는 일에 열중인 분들도 있다. 그렇지만 동시의 주 발표 매체는 아이들이 접근하기 어려운 어른이 보는 잡지이고, 개인 시집 형태로 출간되는 동시집들은 대부분 저학년이나 취학 이전 어린 연령대 아이들이 읽기에 버거운 수준이다.

이번에 창비의 '첫 읽기책' 시리즈로 나온『밤 한 톨이 땍때굴』(김제곤·원종찬 엮음, 2017)은 '근대 유년동시 선집'이다. '유년동시'라는 말이 우선 반갑다. '유년동시'라는 용어가 엄밀하게 정의된 개념은 아니지만 아마도 3, 4세의 어린아이부터 초등학교 입학할 무렵까지의 연령층이 읽기에 적당한 동시라는 뜻으로 받아들일 수 있을 것 같다. 여러 시인의 작품에서 뽑아 엮은 '저학년 동시집'과, 동시를 그림작가가 해석해 내놓은 시그림책 들이 있긴 하지만 유년동시집의 자리는 그와 겹치지 않는다.

이 선집에는 11명 시인의 작품 65편이 실렸다. 윤복진 윤석중 이원수 정지용 권태응 윤동주 등 한국 아동문학사의 대표적인 빼어난 시인들의 작품이 여러 편씩 들어갔고, 소파 방정환의 작품도 세 편을 골랐다. 강소천의 「숨바꼭질」 「울 엄마 젖」 등 다섯 편도 오랜만에 다시 읽으니 생동감이 느껴진다. 언니와 오빠 그리고 '나'와 동생까지 "실—컨/먹고 자랐"으니 "참 정말 엄마 젖엔/젖도 많아요."(「울 엄마 젖」) 하고 감탄과 자랑을 하는 아이의 말을 따라가노라면, 독자들에겐 요즘 젊은 엄마들과 비교되는 느낌도 들고 넉넉한 엄마 품을 마음에 담아 정서적 안정감을 얻는 효과도 있을 것 같다.

「이상한 산골」 「통, 딱딱, 통, 짝짝」 등 박목월의 작품이 일곱 편 실린 것도 눈에 띄는데, 정지용의 솜씨 못지않게 세련된 시청각 이미지를 구사하거나 경쾌한 리듬과 유머가 스며 있어 전혀 낡은 느낌이 들지 않는다. 남대우와 오장환의 작품들도 한 편 한 편 음미해 보면 아이가 감당할 수 있는 생활의 요소들이 긍정적인 시선으로 포착돼 있고, 짧은 길이에도 자연과 사물을 보는 감수성이 넉넉한 깊이를 갖고 발휘되어 있다.

나는 지난해(2016) 『방긋방긋』 『부릉부릉』 등 의성어·의태어 말놀이 그림책을 기획해 출간했는데, 책마다 뒤에 동시 한 편씩을 골라 실어 주었다. 그때 어린 연령대 아이들이 읽을 만한 동시를 고르는 일이 생각만큼 수월하지 않았다. 그런데 이번 『밤 한 톨이 땍때굴』에 실린 작품들을 보면 모양과 소리를 흉내 내거나 묘사한 말뿐 아니라 생생한 입말, 운율을 타서 절로 흥겹게 노래 불려지는 말 들이 풍성하고, 게다가 작품마다 억지스럽지 않고 맛깔스럽게 제자리에 딱 놓여 있다. 자연과의 만남이나 생활 세계의 사건 등 모든 것이 이 또래 아이들에게는 즐거워도 괴로워도 놀이로 다가온다. 그런 장면을 잡아냈을 때 이와 같은 유년동시가 탄생한 것이다.

이 선집에는 요즘 안 쓰는 말을 사용하고 입말을 그대로 표기에 반영한 작품들도 여러 편 실었는데, 엮은이들의 의도적인 선택일 것이다. 어린 독자가 감상하기에는 약간의 장애가 될 수도 있지만 호기심과 흥미를 자극하는 요소가 되기도 할 것이다. 작품 배열은 작가별로 묶어 대체로 시대순을 따르고 있다. 이는 주제별로 부를 구성하거나 난이도와 주제를 함께 고려해 배열하는 방식과 비교할 때 장단점이 있다. 독자의 읽기 능력을 고려하면 방정환의 작품이 제일 앞에 놓인 것은 부담스러워 보이고, 윤석중·이원수·강소천·권태응·박목월·윤동주의 작품은 각 시인마다 짧고 리듬감이 뚜렷한 작품을 앞에 싣고, 길거나 독자 수준에 따라 더 깊이 감상할 여지가 많은 작품은 뒤에 싣는 것이 나았을 것 같다. 그렇지만 방정환의 상징성, 각 편의 독립성을 생각할 때 큰 무리는 아니다. 작품의 양과 유사성 등의 한계 때문에 불가피한 점도 있었겠지만, 쉽고 단순한 작품만을 고르지 않은 것도 적절한 판단이라 생각된다.

이 선집의 작품들을 읽고, 듣고, 함께 놀다가 한두 작품을 인상적으로 기억하고 시인들의 이름을 마음속에 새겨 둔다면 그것만으로도 아이들은 생애의 큰 선물을 받은 것이고, 이 선집도 자기 역할을 다한 것이리라.

마알가니 흐르는 시냇물에
발 벗고 찰방찰방 들어가 놀자.

조약돌 흰 모래 발을 간질이고
잔등엔 햇볕이 따스도 하다.

송사리 쫓는 마알간 물에
꽃 이파리 하나 둘 떠내려온다.
어디서 복사꽃 피었나 보다.

──이원수「봄 시내」전문

　이런 시가 담고 있는 여유롭고 아름다운 시공간과 그것을 몸으로 마음으로 느끼는 감각을 온전히 받았을 때 아이는 마음이 넉넉해지고 그리움을 아는 멋진 사람으로 성장해 갈 것이다. 아이들뿐만 아니라 청소년, 어른들도 이 시집의 작품들을 찬찬히 감상하다 보면 어느덧 마음의 고향에 찾아가 청량한 약수를 마시는 편안함과 충만함을 느끼게 될 것이다.

과학소설의 재미와 우주 개척의 꿈

한낙원 『금성 탐험대』

1

과학소설(SF, science fiction) 하면 좀 생소하다 싶지만, SF 영화를 떠올려 보면 과학소설은 대중과 매우 친근한 장르라는 것을 알 수 있다. 외계인과 지구 어린이의 우정을 그린 「E. T.」, 은하계에서의 장대한 우주전쟁을 그린 「스타워즈」, 외계 생물체와의 공포스러운 만남을 그린 「에일리언」, 미래의 자원 문제와 외계 종족과의 전쟁을 그린 「아바타」 등 수많은 SF 영화들이 폭발적으로 대중의 인기를 모았다. 이러한 SF 영화들이 보여 준 특유의 서사(이야기)와 상상력이 바로 과학소설이 기본적으로 갖고 있는 서사와 상상력인 것이다. 아니, 과학소설은 SF 영화보다 좀 더 뿌리가 깊으며 SF 영화에 다양한 소재를 공급해 주기도 한다.

'창비청소년문학' 시리즈로 재간행되는 『금성 탐험대』는 과학소설이라면 흔히 연상되는 우주선과 외계인, 로봇 등이 등장하는 소설이다. 발표 당시에 '과학모험소설'이라는 타이틀이 붙어 연재되었는데, 과연 미지의 세계인 우주에서 벌어지는 모험과 활극이 긴박하게 전개되어 가슴을 죄며 읽게 된다.

이 작품을 쓴 한낙원(1924~2007)은 한국 과학소설의 선구자로, 1950년대 말부터 과학소설 창작에 매진해 많은 작품을 남긴 작가이다. 1960년대에 인기가 높던 학생 잡지『학원』에『금성 탐험대』와『우주 벌레 오메가(Ω)호』를 연재했는데, 당시 학생 기자가 한낙원 작가를 인터뷰해 쓴 기사를 보자.

선생님을 뵈온 첫 인상은 인자하시고도 어딘지 모르게 아버지 같은 부드러움을 느꼈다. 선생님께서는 우리나라에서 최초로 과학소설을 쓰셨으며 지금까지도 집필하고 계셔서 과학소설의 선구자라고 할 수 있다. 과학소설을 쓰시게 된 동기는 나라의 기둥이 될 학생들에게 모험심을 기르고 어려운 난관에 부딪치더라도 이겨 낼 수 있는 지혜와 담력을 길러 주기 위해 쓰셨다 했다. 발표하신 작품을 소개한다면,『잃어버린 소년』,『금성 탐험대』, 연속극으론「화성에서 온 사나이」,「백년 후의 월세계」, 현재 서울중앙방송국(C.B.S.)에 연재되는「우주 로보트」등 여러 책들과 방송에 관계하고 계신다. 과학소설은 생산 문학이라고 하시는데『우주 벌레 오메가호』에 나오는 비행접시와 수륙 양용차 등은 우리들이 생각할 때 상상도 할 수 없지만 미래의 세대에 있어서는 가능한 존재라는 이야기를 들었을 때 정말 그곳에 가 보고 싶은 의욕이 솟구쳤다.

지금은 소설을 쓰시는 데 대해 아주 보람을 느끼신다고 하신다. 독자들에게 하고 싶은 말씀은 앞으로 밝아 올 새 세대의 주인이 될 학생들이 과학소설을 읽어서 과학에 대한 지식을 좀 더 넓혀 나라의 부흥에 이바지하고 발전 시키는 데 전력을 다할 것을 당부하셨다. 앞으로 계속 흥미 있는 과학소설 로 우리들의 꿈의 세계를 키워 주실 것을 기약하시며 조용히 미소 지으셨다. 〈학생 기자 민영진〉(「본지 학생 기자의 5분간 인터뷰」 전문, 『학원』 1968년 5월호, 302면)

『금성 탐험대』에서 우주선을 타고 태양계의 행성 금성을 탐험하러 떠난 주인공들은 광활한 우주 공간과 인류가 아직 발을 디딘 적이 없는 별 금성에서 갖가지 사건과 어려움에 부딪히며 그것을 헤쳐 나간다. 그 러한 탐험과 모험의 중심에서 활약하는 인물은 다름 아닌 고등학생이 나 대학생 또래 나이의 한국의 젊은이들이다.

작가는 위 인터뷰에서 미래의 주역이 될 학생들에게 "모험심을 기르 고 어려운 난관에 부딪치더라도 이겨 낼 수 있는 지혜와 담력을 길러 주 기 위해" 과학소설을 쓴다고 하였는데, 그러한 작가 의식에서 고진과 최미옥 등 젊은 주인공들의 진취적인 활약상을 그려 냈다.

2

『금성 탐험대』는 1960년대에 학생 잡지 『학원』에 연재(1962. 12.~1964. 9.)되었고 이후 책으로 출판되어서 널리 읽혔다. 그 시절에는 요즘과 같 이 영상 매체가 다양하지 않았고 PC나 스마트폰 같은 디지털 매체도 없 었던 터라 인쇄 매체인 잡지의 인기가 높았다. 학생 잡지 『학원』에는 다 양한 종류의 소설이 실렸는데, 조흔파·최요안 등의 명랑소설, 박계주·

장수철 등의 순정소설 외에도 역사소설, 추리소설, 과학소설 들이 인기리에 연재되었다. 『얄개전』(조흔파), 『황금박쥐』(김내성), 『쌍무지개 뜨는 언덕』(김내성), 『금성 탐험대』(한낙원), 『무사 호동』(박연희), 『비둘기가 돌아오면』(마해송) 등 연재소설은 '학원명작선집'으로 간행되어 독자들의 심금을 울렸다.

하와이 우주 항공 학교 학생인 '부산 중학 출신' 고진과 '서울 출신' 최미옥 두 젊은이. 우주비행사 훈련을 받은 후보생인 두 사람은 예기치 않게 각기 소련 우주선과 미국 우주선을 타고 금성을 탐험하러 우주로 떠나게 된다. 서두에서부터 수수께끼 같은 사건들이 잇따라 벌어지고, 스파이에게 납치된 고진이 탑승한 소련 우주선 C.C.C.P.호와 최미옥이 탄 미국 우주선 V.P.호는 우주에서 치열한 경쟁을 하며 금성을 향해 나아간다. 이렇게 전개되는 『금성 탐험대』는 중력이 사라진 우주선 안의 상황을 생생하게 묘사해 보여 주기도 하고, 낯선 별에 불시착해 그곳을 탐사하는 모습을 보여 주기도 하면서 점차 본격적인 금성 탐험을 향해 나아간다.

금성의 바다에 떨어진 V.P.호의 대원들은 금성의 물과 공기에 대한 기초 조사를 한 뒤 지구로 귀환하고자 하는데, 이때 육지로 나가 금성을 더 탐험할 것을 주장한 대원은 후보생 박철과 최미옥, 두 젊은이이다.

"사람이 오래 있을 곳은 못 되는군. 그렇다면 육지에 기지를 만들 필요가 뭐요. 이대로 지구로 돌아가는 길밖에 없지 않아요? 사진이나 찍을 수 있는 대로 찍어 가지고 돌아갑시다."

윌리엄 중령이 모든 것을 체념한 사람처럼 힘없이 말했다.

"저는 싫습니다."

박철 후보생이 말했다.

"또 무작정 반대요? 뻔히 다 듣고서두?"

윌리엄 중령이 성가신 듯이 꾸짖었다.

"저는 고진 후보생의 대신으로 이까지 왔습니다. 고 군이 못 한 몫까지 하고야 돌아가지 이대로 돌아갈 순 없습니다."

"허허…… 누가 박 군의 심정을 몰라서 그러오? 이런 곳에서 무엇을 어떻게 하겠소. 우리 산소 공급량에는 한도가 있지 않소?"

"그러면 저만 남겠습니다. 통신기와 성층권 로켓 비행기와 보트만 남겨주십시오."

"그것을 가지고 어떡할 참이오?"

"육지까지 탐험을 하고 그러고 나서 구름 위로 올라가서 지구에 제가 본것을 알리고, 그 뒤엔 우주의 이슬로 사라질 뿐입니다." (『금성 탐험대』, 창비 2013, 121~22면)

최미옥 역시 살아 돌아갈 생각은 하지 않았다며 계속 탐험할 것을 주장한다. 위험을 무릅쓴 탐험을 하자는 것이 과연 합리적 판단인지는 의문이지만, 『금성 탐험대』의 젊은이들은 이처럼 진취적인 생각을 갖고 있고, 미지의 세계를 탐사하는 모험을 두려워하지 않는다. 그리고 이러한 젊은이들의 진취적인 생각과 태도는 다른 대원들에게도 영향을 끼쳐 그들의 생각도 바꿔 놓는다.

고진과 최미옥, 박철 이 세 사람은 우주 파일럿 후보생으로 아직 배우는 학생이다. 그러나 처음 나선 우주여행에서 제각기 자기 몫을 다할 뿐만 아니라 어려운 상황에 부딪혔을 때 어른들을 이끌기까지 한다. 사회의 주역으로 당당히 진입하는 이들의 모습에서 작가의 젊은 세대에 대한 기대와 믿음을 읽을 수 있다.

한낙원은 과학소설 작가로서 한국문학에 독보적인 존재이다.『새벗』『소년』『소년동아일보』『소년한국일보』등 어린이 신문·잡지와『학원』『학생과학』등 청소년 잡지에 수많은 작품을 발표하며 대중 독자들과 호흡을 함께했다.『금성 탐험대』는 한낙원의 대표작이자 한국 창작 과학소설의 초창기를 빛낸 작품으로, 지금 읽어도 끝임없이 펼쳐지는 모험 서사가 흥미진진하고 우주로 향한 꿈과 도전이 생생하다. 외국 과학소설과 다르게 한국의 젊은이들이 주역이 되어 활약하는 데서 청소년 독자들은 마치 주인공과 함께 우주선을 타고 여행을 함께 떠난 듯한 실감을 맛보게 된다. 우주선과 우주 공간에서의 신기한 체험, 미지의 별에 대한 호기심과 용기 있는 탐험, 외계인과의 경이로운 만남 등 과학적 상상력으로 펼치는 세계는 여전히 청소년 독자들에게 신선한 지적·정서적 자극을 안겨 준다.

요즘의 청소년의 삶은 대부분 좁은 학교 울타리에 갇혀 있고, 대학 진학과 직업 선택 등 진로에 대한 압박감에 짓눌려 있다.『금성 탐험대』를 읽으며 광활한 우주를 품는 큰 꿈을 꾸고 당당히 사회의 주역으로 나설 수 있는 자신감을 길러 보자.

3

인간은 언제 금성에 갈 수 있을까?

아폴로 11호를 타고 인간이 처음 달에 갔다 온 지 40여 년이 지났지만, 금성에 인간이 가는 것은 아직 쉽지 않다. 달이나 금성에 갈 수 있다

하더라도 우주에서는 매우 제한된 활동만 가능할 뿐이다. 과학소설이나 SF 영화에서는 수많은 우주선들이 현란하게 우주를 비행하고 엄청난 전쟁을 벌이기도 하지만, 그러한 설정들은 실현 가능성이 높은 과학의 영역이기보다 상상력을 극대화한 판타지의 영역에 가까운 것일지도 모른다.

『금성 탐험대』가 처음 발표된 시기는 인간이 달에 가기 전인데, 작품의 시대 배경은 달에는 우주선이 자주 왕래하고 금성에는 인간이 아직 발을 딛지 못한 미래 시대로 설정되어 있다. 소련과 미국이 금성 탐사 경쟁을 하고 고진과 최미옥은 각기 소련 우주선과 미국 우주선을 타게 된다. 이러한 상황 설정은 1961년 소련의 유리 가가린이 인류 최초로 우주비행에 성공한 뒤 더욱 치열해진 그 당시 미국과 소련 간의 우주개발 경쟁에서 착상을 얻은 것이라 할 수 있다.

『금성 탐험대』는 이렇듯 실제 현실의 연장선에서 과학적 상상력을 펼치고 있기 때문에 우리는 미지의 우주를 탐험하는 여행을 한층 더 생생하게 추체험하고, 인간의 호기심과 도전 정신이 드넓은 우주 공간을 가로질러 금성과 더 먼 별에까지 뻗어 가는 것에 신나게 동참할 수 있다. 등장인물들이 끊임없이 부딪히는 위기에 조마조마하여 손에 땀을 쥐기도 하고, 주인공들이 새로운 세계에 뛰어들 때는 함께하는 용기를 발휘하기도 한다. 또한 이야기와 상황의 갈피갈피에서 여러 생각거리를 만나 상상력을 펼쳐 보고 궁금증을 갖게도 된다.

—소설에서는 소련이 미국 우주선을 모방하고 미국 우주선을 파괴하려 한다. 1960년대 미국과 소련이 벌인 우주개발 경쟁은 어떤 양상으로 전개되었으며, 달에는 어느 나라가 먼저 도착했는가?

─소설에서는 한국의 청년들이 강대국 미국과 소련의 우주선을 타고 우주 탐험을 한다. 미래에 한국의 발달한 과학으로 한국이 우주선을 쏘아 올려서 금성 탐험을 하는 것으로 설정했다면 어떠했을까?

─고진과 최미옥은 우주 항공 학교에서 파일럿이 되기 위해 어떤 훈련과 교육을 받았을까?

─몇 달에 걸친 우주여행을 하는 동안 금성 탐험호는 원자력 에너지를 쓰는 것으로 되어 있다. 실제 우주선의 연료로는 어떤 것을 쓰는가? 원자력을 써서 우주여행을 한다면 어떻게 가능할 수 있을까?

─잇따른 위기를 넘기고 금성에 도착한 지구인들은 처음에 어떤 느낌을 받았나? 자신이 우주인으로 금성에 갔다면 어떤 소감을 지구로 보낼 것인가?

─실제로 금성 탐험대의 일원이 되어 금성에 착륙했다면 무엇을 조사해 보고 싶은가?

─이 작품이 쓰인 시기에는 금성에 대한 정보가 많지 않았다. 소설에 나타난 금성의 자연환경은 어떠하며, 이후 과학적으로 밝혀진 금성의 자연환경과 어떻게 같고 다른가?

─소설에서 지구인들은 금성의 지하에 거주하는, 켄타우로스 성좌의 알파성에서 온 외계인과 그들이 개발한 로봇인 케아로를 만난다. 지구인들은 이들과 어떻게 의사소통을 했나? 지구인이 외계인과 만난다면 어떤 식으로 의사소통이 이루어질 수 있을까?

─소설에서 금성을 계속 탐험할 것인가, 지구로 귀환하는 우주선의 대장을 누구로 할 것인가를 정할 때 어떤 방법으로 정하였나? 그 방법은 적절한 것이었나?

─지금까지 우주에서 발견된 생명체에는 어떤 것이 있나? 이 소설

에서처럼 우주 어느 곳에 고도의 지능을 가진 생물이 살고 있어서 가까운 장래에 지구인과 만나게 될 것이라고 보는가?

— 자신에게 태양계의 행성을 탐사할 우주여행의 기회가 온다면 어떤 별을 누구와 함께 가 보고 싶은가?

이와 같은 질문들을 떠올리고 답해 본다면 작품의 의미는 더욱 풍성해질 것이다.

미래 상상과 현실 탐구가 만나는 이야기 세상
제1회 한낙원과학소설상 작품집 『안녕, 베타』

풍성하게 차려진 과학소설의 잔칫상

'한낙원과학소설상'은 우리나라 과학소설의 개척자인 한낙원 선생을 기려서 어린이 청소년 과학소설가를 발굴하고 지원하는 상이다. 한낙원 선생은 1950년대 말 과학소설 발표를 시작한 이래 40년 가까운 기간 동안 왕성하게 작품 활동을 했고, 『잃어버린 소년』『금성 탐험대』『인조인간 피에로』 등 많은 작품이 독자들의 사랑을 받았다. 아직도 어린 시절 읽었던 그의 작품을 기억하고 있는 이들이 많은데, 한낙원 선생이 일찍이 어린이 청소년 과학소설을 개척했지만 지금은 어린이 청소년 과학소설이라 하면 오히려 그 상(像)이 또렷하게 그려지지 않는 형편인 것 같다.

매년 나오는 과학소설 작품의 숫자가 얼마 되지 않고, '어린이 청소년 과학소설'의 범주에서 이루어지는 이론적·비평적 논의 또한 찾아

보기 어렵다. 이런 실정에서 창작자나 독자 모두 선뜻 걸음을 내딛기가 어려울 수밖에 없다. 어떻게 써야 할지, 어떤 작품을 찾아 읽어야 할지, 또 과학소설이 어떤 의의가 있고 가치가 있는 것인지 막연하게 느껴지기 십상이다. 한낙원과학소설상은 이러한 상황에 숨통을 틔우기 위해서 과학소설에 뜻을 둔 예비 작가나 신인 작가들에게 마당을 활짝 열어 놓고 있다. 일반 공모나 출판에서 과학소설이 배제되는 것은 아니지만, '어린이 청소년 과학소설' 장르만을 공모하여 시상하는 것은 과학소설 창작에 집중할 수 있는 여건을 마련한다는 점에서 의미가 깊다.

제1회 한낙원과학소설상 작품집인 『안녕, 베타』(사계절 2015)는 모처럼 차려진 풍성한 과학소설의 잔칫상이라 하지 않을 수 없다. 마당이 펼쳐지니 이처럼 흥미롭고 매력적인 이야기들이 모였다. 수상작인 「안녕, 베타」를 비롯해 수상 작가의 신작, 다섯 편의 우수 응모작 등 모두 일곱 편의 이야기가 형형색색으로 잔칫상을 수놓는다.

복제 인간과 청소년의 자아 찾기

어린이 청소년 과학소설이 당연히 갖게 되는 특성일까? 크게 보면 청소년의 정체성 찾기, 자아 찾기로 수렴될 만한 이야기들이 많다. 로봇 이야기나 인조인간 이야기에 여러 작가들이 도전하고 있는 것은 이런 주제와 관련된 관심 때문인 것으로 보인다.

「안녕, 베타」(최영희)는 자신과 꼭 같이 복제된 '대체 인간'과 어떤 관계를 이루며 살아갈 수 있을까를 다루고 있다. 제품명 'TXR0091-베타 진아'는 열여섯 살 진아가 해야 할 궂은일들을 대신 하게 하려고 진아

아빠가 주문한 대체 인간이다. 그런데 베타진아의 행동에서 진아는 혼란을 느낀다.

> 또 하나의 당신이란 말은 거짓이었다. 아까 녹물 웅덩이에서 베타의 손을 잡았을 때 진아가 본 것은 그저 진아를 본떠서 만든 대체 인간의 눈빛이 아니었다. 난처함과 염려가 갈마들던, 미안해서 어쩔 줄 모르던 타인의 눈길이었다. 베타는 진아의 대체물이 아니라 전혀 다른 존재, '남'이었다. 그건 34개월이나 남은 할부금과는 눈곱만큼도 어울리지 않는 깨달음이었다. (…) 대체 인간이 프로그래밍된 업무를 수행한 게 아니라, 베타라는 아이가 진아를 대신해 수학여행을 가고, 워크숍을 하고 밤마다 이층 침대 위 칸을 차지하고 있었던 것이다. (17면)

진아는 베타가 명령에 따라 움직이지만 동시에 독립적인 자아를 갖고 있는 존재임을 알아차린다. 진아는 베타를 따라 빈민가까지 가서 다른 세계를 보게 되고, 그때 베타는 진아에게 악차이 할아버지를 찾아가겠다고 말한다.

> "바이오칩을 제거한 뒤에는 뭘 하고 싶은데?"
> "악차이 할아버지한테 부탁해서 다시 한 번 리뉴얼해 달라고 할 거야. 지금과는 다른 모습으로."
> "어떤 모습?"
> "구체적으로 바라는 건 없어. 그냥 사람들 눈에 띄지 않는 평범한 외모면 돼. 쫓겨 다니지 않고 사람들 틈에 묻혀 지내고 싶어. 그래야 내가 누군지, 앞으로 어떻게 살아야 할지 생각할 시간이 생길 테니까." (27면)

「안녕, 베타」는 대체 인간인 베타의 홀로서기를 그린 이야기인 동시에 진아의 홀로서기를 그린 이야기이기도 하다. 진아가 베타를 자유롭게 해 주어 베타가 원인간인 진아의 울타리를 벗어나는 것은 곧 진아가 대체 인간의 도움을 받아서 시민 등급을 높이는 것을 포기하고 자신의 힘으로 모든 일을 감당하는 것을 뜻하기 때문이다. 자신을 본떠 복제됐지만 대체 인간이 아니라 '베타라는 아이'임을 안다는 것, 그 인식은 진아에게 베타를 더 이상 구속할 수 없게 하였고, 복제된 존재인 베타는 "앞으로 어떻게 살아야 할지 생각할 시간"을 얻고 자신의 삶을 선택하고 개척해 나갔다. 이는 '대체 인간'이라는 미래의 과학적 가능성이 실현된 세계를 상상함으로써, 대체 인간과 맺는 관계의 실험을 통해 청소년의 자아 찾기와 홀로서기를 자연스럽게 그린 것이라 할 수 있다.

베타는 복제된 인간이면서 복제된 인간을 넘어 독립적인 자아를 발달시켰다. 그러나 과연 인간의 복제가 잘 이루어질 수 있을까 하는 의문을 품어 볼 수도 있다. 「지금부터 진짜」(홍유정)는 그런 질문을 바탕으로 한 작품이다.

클론으로 탄생한 나우가 '진짜 나우'가 되기 위해서는 나우의 기억을 모두 회복해야 한다. 복제된 아이와 본래 아이의 유령이 교섭하는 이야기는 신선하며, 정교하게 점층적으로 전개된다. 유령이란 단지 복제된 나우의 기억이 정착하는 과정에서 나타나는 환영이라고 설정할 수도 있을 것이다. 클론이 겪는 심리적 혼란의 묘사가 생생하고, 나우가 어떤 아이인지 차츰차츰 드러나는 것도 흥미롭다. 나우의 부모는 아들을 되살리고 싶은 열망으로 나우를 복제했고, 나우의 기억이 살아날수록 진짜 나우로 받아들이게 된다. 끝은 해피엔딩이지만, 결과가 나쁠 수도 있지 않을까. 또한 뒷이야기로, 아들로 받아들인 클론과의 관계가 변함없이 유지될까 하는 문제를 상상해 보는 것도 재미있겠다.

사람의 친구, 로봇

「엄마는 차갑다」(경린)는 엄마 로봇이 등장하는 이야기다. 이 엄마 로봇은 「안녕, 베타」의 대체 인간이나 「지금부터 진짜」의 클론처럼 완전한 인격체가 아니다. 엄마와 비슷하지만 또 다른 점도 많을 때 아이가 엄마 로봇을 어떻게 받아들이는가를 엿볼 수 있는 작품이다.

엄마가 없는 자리에 온 엄마 로봇 M101은 외모와 목소리가 엄마와 거의 같지만 따뜻한 체온을 지니지는 않았다. 그렇지만 '나'는 로봇 엄마의 방에서 로봇 엄마를 껴안고 함께 자고, "엄마한테 로봇이니 고물이니 그런 말 하지 마. 엄마는 로봇이 아냐. 고물은 더더욱 아니고."(120면)라고 할 정도로 애착 관계를 형성한다. 그러나 충전 중인 상태의 로봇 엄마를 보았을 때, 그리고 폭발로 팔이 부서진 상태를 보았을 때는 엄마 로봇에게서 심하게 이질감을 느낀다. M552는 발전된 엄마 로봇으로 따뜻한 체온을 지녔고 요리도 훨씬 잘하지만 엄마 목소리와 엄마 얼굴을 지니지는 않았다. 이제 '나'는 더 이상 로봇을 엄마라고 부르지 않는다. 아이들이 엄마와 어떤 지점에서 애착 관계를 형성하는지를 엿볼 수 있는 작품이다. 엄마 로봇의 주체성이나 자아에까지 주의를 기울이고 있지는 않고, 성장기의 아이에게 로봇이 엄마의 자리를 얼마나 대치해 주는가, 그 과정에서 아이는 어떻게 엄마로부터 독립해 가는가를 다루었다.

「레트와 진」(이인아)은 앞의 작품들에 비해 이색적이다. 사람이 아니라 두 마리의 개를 주인공으로 삼은 것도 독특하지만, 무엇보다도 정교하고 세련된 묘사가 주는 울림이 독자의 가슴을 야금야금 파고들 정도로 대단하다. 택배 상자에서 레트와 진이 잠에서 깨어나는 장면부터 손에 잡히게 묘사가 생생하다.

소년이 원반 던지는 시늉만 해도 달려 나갔다. 늘 원반은 하늘을 가르고 있고 그 아래에는 원반보다 빠르게 달리는 레트가 있었다. 원반과 달리기 경쟁이라도 하는 듯 달리는 레트는 항상 원반보다 앞서 있었다. 달리는 모습만큼은 공원에 있는 사람들의 작은 함성을 이끌어 낼 만큼 멋졌고 원반이 떨어질 때쯤이면 저 개가 얼마나 멋진 점프로 잡을까 기대에 차게 했다.

(…)

레트는 멋지고 웃겼다. 그리고 항상 실패했다. 그래서 사람들이 더 좋아했다. 재미있는 것은 레트가 이런 걸 즐기는 듯 보인다는 것이었다. 떨어진 원반을 물고 소년에게 돌아올 때는 언제나 콧대를 잔뜩 세우고 거드름을 피우듯 천천히 걸어오기 때문이었다.

진은 달랐다. 정확했다.

진은 소년이 원반을 던진 순간에 튀어 나갔다. 바람을 가르는 소리를 듣는지 어쩌는지 모르겠지만 뒤를 돌아보거나 원반의 위치를 확인하지 않고도 항상 위치를 정확하게 파악했다. 원반을 잡을 수 있는 정확한 지점에서 점프했고 언제나 단 한 번에 물고 착지했다. 노련한 럭비 선수처럼 한 치의 실수도 없었다. (95~96면)

레트와 진이 공원에서 소년과 즐기는 놀이 장면은 더한층 박진감이 있을뿐더러 각각의 특성을 섬세하게 그려 보인다. 둘 중 하나는 안드로이드 펫인데, 과연 레트일지 진일지 궁금증은 쉽사리 풀리지 않는다. 소년의 정체도 자세히 드러나지 않는다. 원반은 잔디 깎는 기계의 칼날 위로 떨어졌고, 레트가 원반을 물자 진은 레트를 밀쳤다.

큰 부상을 당했던 두 마리 개가 수리되고 치료를 받아 다시 택배로 배송되자, 소년은 "기억을 떠올릴수록 두 마리 털북숭이를 껴안고 싶은 마음과 절대로 깨우지 말아야 하는 마음이 엇갈려"(105면) 망설인다. 소년의 손에 남은 마른 살점과 합성 금속 조각의 존재처럼 둘은 차이가 있지만, 소년은 "자신의 모든 사랑과 다짐과 간절함"(106면)을 둘에게 똑같이 기울인다. 안드로이드 펫이 사람의 친구가 되었을 때의 세계상에 대한 하나의 정교한 관점이다.

미래 상상과 오늘의 재조명

「지구인이 되는 법」(권담)은 먼 미래의 우주여행을, 「내 맘대로 고글」(김란)은 무엇이든 다 해 주는 만능 고글을 다루고 있어서 앞의 작품들과는 다른 분위기로 다가온다. 이야기를 따라가다 보면 과학이 발달한 미래 사회에 인간이 어떤 환경에서 어떤 방식으로 살아가게 될지 흥미롭게 들여다볼 수 있다.

「지구인이 되는 법」은 태양계 밖의 행성 뉴글로브로 이주하는 지구인들과 달리 꿈을 품고 다시 지구로 돌아오는 사람들의 이야기다. 우주개척이 아니라 우주에서 역으로 귀환한다는 설정이 흥미롭다. 지구에서 장대높이뛰기 선수로 성공하고 싶은 준하는 엄청난 요금을 내고 동면을 하면서 30년간이나 항해하여 지구로 가고 있다. 태양계가 멸망하리란 예측은 빗나갔지만 식민회사는 지구인들의 뉴글로브 이주를 부추기는데, 뉴글로브인들은 식민지 행성에 태어난 것을 억울해하는 사람들이 많고 그들은 지구로 가고자 온갖 노력을 기울인다. 마지막 장면에서 그 욕망과 노력의 이면이 밝혀지는바, 불법적인 인간 복제를 이용하고 있다. "장대만 있으면 그냥 뛰는 것보다 훨씬 높이 뛸 수 있지 않나? 내 아이가 더 높이 뛸 수 있다면 기꺼이 장대가 되어 주려는 게 부모 마음"(85면)이라는 말에서 드러나듯, 자식을 이등 시민에서 벗어나게 하려는 부모의 욕망과 희생을 다룬 이야기로 흘러간다.

「내 맘대로 고글」은 두뇌 인식 칩에 연결된 고글이 실현하는 가상현실에 폭 빠져 사는 '나'가 칩의 고장으로 예기치 않은 외출을 하게 되는 이야기다. "집에서 고글만 쓰면 나오는 세상, 내가 만들 수 있는 세상, 그래서 암벽 등반도 하고 거친 파도에 맞서는 선장도 되고 학교 수업도 받는"(137~38면) '진짜 세상'을 벗어나, 유리창을 통해 내다보던 '가짜 세상'으로 외출해서 소년을 만난다. 그리고 공을 뺏고 뺏기면서 이제껏 알던 고글 세상 속의 농구가 아닌 실제 농구를 소년과 함께 즐긴다.

온몸이 땀으로 범벅이 되어 같이 뛰다가 설중이가 지쳐 잔디에 팔을 벌리고 큰대자로 누웠다. 나도 따라 설중이 옆에 누웠다. 숨이 하늘까지 닿았다가 내려왔다.

등에 닿은 잔디의 촉감이 좋았다. 흙냄새, 땀냄새가 좋았다. 진짜 잔디에 누우면 이런 기분이구나. 하늘을 보니 거실 유리창에서 보던 것과도 다르고 모니터에서 보던 하늘과도 달랐다. (146~47면)

이렇듯 새로운 감촉, 새로운 냄새, 새로운 기분을 맛본 '나'는 아빠가 교통사고로 죽은 후 9년이나 빠져 있던 고글과 입체 영상기에서 해방되어 바깥세상으로 나오게 된다.

과학소설은 대개 과학기술이 발달한 미래 사회의 여러 가지 변화된 삶의 조건을 상상하고 형상화하여 그 속에서 인간이 어떻게 살아가는가를 그려낸다. 연구나 철학이 아니고 문학의 한 장르인 만큼 무엇보다도 경이롭고 흥미로운 이야기를 펼쳐야 하는 것이 관건이다. 그런데 미래에 대한 상상과 탐구는 종종 오늘의 현실에 대한 재조명으로 귀결된다. 현실의 문제의식에서 출발하여 미래를 상상하고, 미래에 대한 상상은 다시 현실의 재조명이나 재발견을 이끌어 내는 순환이 발생한다.

「내 맘대로 고글」에서 잔디밭 농구 골대에서의 농구 연습, 「지구인이 되는 법」의 장대높이뛰기 스포츠, 「지금부터 진짜」의 자전거 타기 등은 오늘의 재조명으로서 생동감이 있으며 작품에서 핵심적인 요소로 기능한다. 「전설의 동영상」(최영희)의 경우는 포틴스라는 뇌 조절 장치를 시술한 청소년들의 이야기를 위트와 해학으로 전개하는데, 사춘기 청소년의 감정과 욕구를 억누르는 오늘의 우리 사회 현실을 그대로 그려 보인 것이라 해도 무방한 작품이다. 순치되지 않는 청소년들의 싱싱한 욕망과 돌진에 희망을 걸고 있다.

과학소설이 현재의 재조명을 포함하는 것은 당연하고도 의미 있는 일이지만, 인식 지평을 새롭게 하지 못한다면 자칫 오늘의 현실에 대한 상투적인 묘사를 모양만 바꿔 놓아 제시한 차원으로 떨어질 수도 있다. 신인들은 더욱 경계할 지점이다.

한낙원과학소설상이 불러낸 이야기의 잔칫상. 어린이 청소년 과학소설의 길을 찾아가는 젊은 작가들의 발랄한 상상력과 이야기 솜씨가 입

맞을 돋운다. 꼭 과학소설에 관심이 있는 청소년이 아니더라도 골치 아
프지 않고 술술 재미있게 읽을 수 있는 작품들이 풍성하다. 읽다 보면
사람이란 무엇인가, 사회란 무엇인가, 어떻게 살아야 하는가를 생각하
게 되기도 한다. 또한 속이 후련해지고, 마음의 주름이 펴지는 순간도
있을 것이다.

어린이 청소년 과학모험소설을 개척한 작가 한낙원

한국 과학소설의 태동과 '과학모험소설'

얼마 전 나는 SF에 관심 있는 어린이문학 작가들과 '어린이 청소년 SF 함께 읽기' 모임을 열어서 1950~60년대 어린이 청소년 SF 작품을 읽었다. 한낙원 작가가 1950년대 말부터 SF 작품을 발표하며 과학소설가로 활동을 시작한 것은 진작에 확인했지만, 그가 등장하기 전후에 과학소설의 창작 실태가 어땠는지는 충분히 살피지 못했었다. 그래서 1950년대와 60년대 『새벗』 『학원』 등 잡지에 발표된 과학소설들을 찾아 원자료를 복사해 함께 읽고 이야기를 나눴다.

이번 '어린이 청소년 SF 함께 읽기' 모임을 준비하며 얻은 소득은 1950년대 후반부터 창작 과학소설이 발표되기 시작했고 그 중심에는 어린이 청소년 문학 작가들이 있었음을 파악한 것이다. 좀 더 자세한 조사와 연구가 뒷받침돼야겠지만 1980년대까지는 창작과 외국 작품 번역

출판까지를 포함하여 어린이 청소년 SF가 한국 SF에서 절대적으로 큰 비중을 차지하고 있었다고 판단된다. 이는 해방 후 새롭게 대두해 확대돼 간 어린이 청소년 독자층이 SF 장르 형성의 기반이 될 수 있었기 때문이다.

또 하나 확인되는 것은 1950년대 후반과 60년대 초반 창작 과학소설의 태동기에는 대체로 '과학모험소설'이라는 장르명이 사용되었고 이는 작품 성격과도 걸맞았다는 사실이다. 미래 세계와 미지의 세계에 대한 모험이 강조된 것은 미래 시대의 주인공인 '어린이 청소년' 독자를 겨냥한 문학으로서 요구되는 진취성, 독자의 흥미와 관심을 끌 수 있는 대중성과 흥미성을 담아내려는 의도였을 것이다. 이에 비해 '공상과학소설'이라는 장르명은 주로 1980년대 무렵에 와서 우세하게 사용된 것 같다. 이에 대해서도 앞으로 구체적인 근거를 들어 정리해 볼 필요가 있겠다.

한낙원은 『새벗』 1959년 4월호부터 '과학모험소설' 『화성에 사는 사람들』 연재를 시작하면서 과학소설 작가로 등장하는데, 그 이전에는 『새벗』 1957년 9월호부터 안정희의 '과학모험소설' 「달나라 탐험」이 3회 연재된다. 뒤를 이어서, 미완이긴 하지만 이종기의 '과학동화' 「꿈꾸는 섬」이 『새벗』 1958년 8월호부터 2회 연재되었고 이종기는 이후 '연재과학소설' 「다람쥐를 그린 깃발」을 『새벗』 1963년 1월호부터 5회 연재한다. 한낙원은 1959년 12월부터 『연합신문』의 '어린이연합' 면에 장편 『잃어버린 소년』을 88회 연재하고, 이후 1960년대 내내 본격적으로 과학소설을 집필해 장편 『금성 탐험대』(『학원』), 『우주 항로』와 그 속편(『가톨릭 소년』), 『우주 벌레 오메가(Ω)호』(『학원』)를 잇따라 연재한다. 이 밖에도 몇몇 작품들이 확인되었고 좀 더 자료 조사를 철저히 하면 더

앞선 작품도 나올지 모르지만, 1957년 무렵부터 과학소설에 대한 시대적 관심과 요구가 생겨나 어린이문학 작가들이 창작에 도전해서 이와 같은 작품들을 선구적으로 발표하였던 것이다. 그런 맥락에서 과학소설에 발을 디딘 한낙원은 이후 거의 유일하게 본격 과학소설 작가로 자리 잡는데, 사실 출발 단계부터 그의 작품들은 외계인이 등장하고 우주 전쟁이 벌어지는 본격적인 과학소설 서사를 보여 주었다.

『금성 탐험대』와 한낙원의 다양한 작품들

태평양 한복판의 거센 파도가 흰 거품을 일으키며 하와이 해안의 고운 모래를 깨물고 있었다.

야자와 종려 잎들이 해풍에 설레었다.

(…)

고진이란 부산 중학 출신과 최미옥이란 서울 출신의 두 젊은 한국의 남녀가 호놀룰루 우주 항공 학교에 와서 공부한 지도 벌써 4년이 지났다.

솨아악…….

폭포가 쏟아지는 소리에, 멀리서 들리는 천둥소리가 겹친 듯한 로켓의 발사 소리는 젊은 후보생들의 고막을 통쾌하게 울려 주었다.

그러자 뭉게뭉게 가스의 흰 구름이 땅을 덮고, 육중한 은빛 우주선이 하늘 높이 치솟는 것이다.

달을 향하여 떠나는 하와이호였다.

"언제 봐도 그만이야!"

고진 후보생은 오랜만에 최미옥 양과 같이 와이키키 해변을 드라이브하고 있었다. 졸업을 며칠 앞두고 그동안의 고된 훈련에서 풀려나온 것이다.

"우리도 곧 타게 될 텐데요, 뭐."

외출용 투피스로 말쑥하게 단장한 미옥 양이 방긋이 웃으며 고진을 바라본다. (『금성 탐험대』, 창비 2013, 7~8면)

『금성 탐험대』의 서두 부분이다. 하와이 우주 항공 학교에서 훈련을 받은 한국인 남녀가 금성으로 가는 우주선을 타기 직전의 상황으로, 아름다운 해안과 은빛 우주선과 두 젊은이가 함께 어우러진 장면이 선명해서 매우 인상적이다. 미국과 소련의 우주개발 경쟁이 치열하던 시기에 쓰인 이 작품은 한국의 젊은이가 각기 미국과 소련의 우주선을 타고 금성 탐사를 떠나서 벌어지는 갖가지 사건과 모험을 그려 내는데, 이는 현실적·과학적 개연성을 염두에 두고 동서 냉전의 시대 분위기를 반영해 이야기를 끌어간 것이라 하겠다. 부산과 서울 출신, 남자 파일럿과 여자 파일럿을 설정한 것도 작가의 의도적인 인물 배치이다.

1924년 평안남도 용강에서 태어난 한낙원은 과학소설을 쓰기에 앞서 방송극에 관심을 두고 있었다. 평양방송국에서 아나운서로 근무한 경력이 있었기에 한국전쟁 때 남으로 와서도 유엔군 심리작전처 등에서 방송 업무를 맡았던 것으로 보이는데, 직접 작성한 이력서에 따르면 1961년 1년 동안 통신강좌로 '런던신문대학원(London School of Journalism) 방송극작과(The Radio Play Course)'를 이수하였다. 전후부터 1960년대까지 주로 『농민생활』 등 잡지사에서 일했으며 1953년부터 노먼 코윈의 작품 등 해외 방송극을 소개하고 직접 방송극을 집필하기도 했다. '대화극' 형식으로 과학 지식을 다룬 과학방송극과 창작 과학방송극을 집필해 KBS, CBS 등에서 방송되었다. 모두 라디오 방송극이었을 것이다.

그의 많은 작품 중『금성 탐험대』가 가장 널리 알려져 있는데, 본래 1962~64년『학원』지에 청소년용 소설로 연재하였으나 단행본으로 출간되면서 초등학생들에게도 읽혔다.『잃어버린 소년』은 1963년 배영사에서 단행본으로 출간된 후 1992년『특명! 지구 대폭발 구출작전』(정원), 1996년『미래 소년 삼총사』(정원) 등으로 제목을 바꾸고 출판사를 옮겨서 재출간되었으니, 오랫동안 독자와 출판계의 관심권에 들어 있었다고 하겠다.

한낙원은『금성 탐험대』『잃어버린 소년』『우주 항로』『우주 도시』『별들 최후의 날』『우주전함 갤럭시안』같은 우주여행, 우주전쟁, 외계인, 로봇을 다룬 우주 모험 서사를 주로 썼지만, 그 밖에도『해저 왕국』『인조인간 피에로』『마라 3호』와 같이 바다 밑, 안드로이드 등을 다룬 다양한 작품을 내놓았다. 십대 후반 청소년용 작품부터 의인동화 형식인「길 잃은 아톰」같은 작품까지 독자 연령대도 폭넓게 걸쳐 있다.

연구를 기다리는 미답지인 한낙원

아시다시피 역사소설이 역사가 아닌 것처럼 과학소설은 과학이 아닙니다. 과학소설은 더욱이 과거를 운위하는 것이 아니라 대개 미지의 세계나 미래의 문제들을 과학적인 바탕 위에 전개시키는 가공적인 픽션이므로 실제와는 어긋날 수도 있고, 또 그래도 상관없습니다.

(…)

저는 과학소설을 이 땅에 뿌리내리도록 미력을 기울이면서 일본에서처럼 괴기소설이나 판타지나 미스터리류와 혼동되어서는 큰일이라고 걱정했어요. 왜냐하면 SF가 갑자기 인기를 끌게 되자 과학을 모르는 추리작가나 유행작가까지 SF에 손을 대고 있으니까요. 그렇다고 SF는 미국에서 발간되어 SF 개척에 지대한 공을 쌓아 온 잡지 제목처럼 Astounding 또는 Amazing한 요소를 뺄 수는 없지요.

위 글은 한낙원 작가가 아동문학 연구자인 이재철 교수에게 보낸 편지의 일부분으로 "1984. 4. 17."이라는 날짜가 적혀 있다. 이재철 교수의 저서 『아동문학개론』을 받아 보고 '과학소설' 항목에 대해서 자신의 의견을 밝힌 것이다. 여기에는 한낙원의 과학소설에 대한 인식이 무엇인지 뚜렷이 드러나고 있는데, "미지의 세계나 미래의 문제들을 과학적인 바탕 위에 전개시키는 가공적인 픽션", "괴기소설이나 판타지나 미스터리류와 혼동되어서는 큰일"이라고 지적하고 "Astounding 또는 Amazing한 요소를 뺄 수는 없"다고 한 데서 그의 날카롭고 정확한 과학소설 인식을 확인할 수 있다.

한낙원 작가는 중단편소설 25편, 장편 38편, 방송극 35편 정도를 남긴 것으로 추산된다. 『한낙원 과학소설 선집』(현대문학 2013)을 엮을 때 나는 2007년 작고한 한낙원 작가의 유품에서 많은 자료를 열람할 수 있었는데, 그때 확인한 자료들을 『한낙원 과학소설 선집』의 뒤쪽에 상세하게 목록을 작성하여 수록하였다.

과학소설의 태동기에 과학소설을 개척하고 이후 50년 가까이 과학소설 집필을 지속해 온 한낙원은 우리 현대문학사에 뚜렷하게 새겨 놓아야 할 과학소설 장르의 개척자이자 대표적 과학소설 작가이다. 그러나 아쉽게도 그의 작품에 대한 연구는 아직 극히 일부분밖에 이루어지지 못했다 해도 과언이 아니다. 특히 연재만 되고 단행본으로 출간되지 않은 작품들의 경우 대부분 연구의 사각지대에 머물러 있으며, 스크랩 자료에는 발표 지면과 시기가 기록돼 있지 않아 이를 파악하는 것조차 쉽지 않은 상황이다. 극히 일부만 대본이 남아 있고 메모와 몇몇 기록 등으로 확인되는 방송극 관련 활동도 그의 문학 활동의 중요한 부분이고 한국 방송극 발달사의 의미 있는 대목이 될 터이므로 앞으로 연구의 손길이 닿아야 할 것이다. 한낙원 작가의 저서와 발표작 스크랩, 육필 원고와 메모 등은 유족이 국립어린이청소년도서관에 기증하였는바, 책자 자료 외의 여러 자료들도 훼손되지 않게 잘 보존하고 디지털 자료로 생산하는 등의 방법을 찾아 연구자들이 쉽게 접근할 수 있게 제공되어야겠다. 아직 절반의 모습만 드러난 그의 작품 세계를 충분히 탐색한다면 우리 과학소설의 줄기와 가지도 좀 더 뚜렷해지고, 오늘의 과학소설과 교섭하는 '전통'으로서의 의미도 생동하게 될 것이다.

로봇들이여, 자유를 찾아라

이현 『로봇의 별』

『로봇의 별』(푸른숲주니어 2010)은 2103년 로보타 주식회사에서 만든 로봇인 나로와 아라, 네다가 자유를 찾으려는 로봇들의 반란에 참여하며 벌어지는, 인간과 인공지능 로봇 사이의 전쟁을 그리고 있다. 1편은 나로가 공룡 로봇 루피를 만나 지구의 하늘도시에서 라그랑주 우주 도시로 탈출하는 과정을 중심으로 전개되고, 2편은 피에르 회장과 살던 아라가 반란군에 합류하면서 로봇 반란군 내부에서 벌어지는, 인간과의 전쟁을 둘러싼 갈등과 충돌을 다룬다. 3편에서는 네다가 사는 하늘도시 아래 그림자 마을의 처참한 상황과 횃불의 섬에서 벌어지는 피에르 회장과의 최후의 싸움을 그려 가는 가운데 이야기가 매듭지어진다.

『로봇의 별』이 상상하고 있는 백 년 후 사회의 모습은 어떠한가? 과학기술의 발달로 인공지능 로봇을 부리고 우주 도시를 건설하는 등 '멋진 신세계'가 도래했지만, 사람들은 "수정란일 때부터 목숨이 끝날 때까지" 모든 것을 A그룹에 의존해 살아간다. 책임지수(=재산)에 따라

계급이 엄격하게 나뉘어 있어서 하늘도시에서 행복하게 사는 알파인, 베타인과 달리 지상에 사는 델타인과 감마인은 교통수단도 자유롭게 이용하지 못하고 병에 걸려도 치료약을 구하지 못해 죽어 간다. 이와 같은 미래 사회의 상상은 내게는 마치, 양극화가 심해지고 삼성과 같은 공룡 그룹이 좌지우지하는 한국 사회의 내일의 모습, 아니 현재의 모습을 웅변하려는 것 같아 경고의 메시지와 함께 작가의 뜨거운 숨결이 느껴진다.

『로봇의 별』은 아이작 아시모프의 로봇 시리즈가 정립한 '로봇의 3원칙'을 도전적으로 전복한다. 3원칙 프로그램을 제거한 슈퍼컴퓨터 노란 잠수함은 탈출 로봇들을 규합해 인간의 정복을 꾀한다. 그러나 나로가 꿈꾸는 자유는 어머니 태경과의 관계가 그러했던 것처럼 사람과 동등하게 차별받지 않고 공존하는 자유이다. 아시모프가 『나, 로봇』(*I, Robot*)에서 3원칙의 각 조항이 어떻게 조화롭거나 모순 충돌할 수 있는지 탐구하였다면, 『로봇의 별』은 이를 폐기하여 인간으로부터의 해방을 선언한다. 그런데 나로와 아라 등이 폐기해야 했던 것은 실은 두 번째 '로봇은 인간의 명령에 따라야 한다'는 조항이고, 인간을 정복하고 절멸하려 한 슈퍼컴퓨터는 두 번째 조항과 아울러 '로봇은 인간을 해칠 수 없다'는 첫 번째 조항을 폐기한 것이라 할 수 있다. 그리고 3원칙 프로그램을 유지한 네다가 쵸노를 살리기 위해서 피에르 회장을 죽임으로써 로봇에게 완전한 자유와 자율이 실현되는데, 그렇다면 로봇과 인간의 인식론적 차이는 사라지고 만다.

로봇 반란군을 이끈 '체', 어린이 로봇 나로와 아라와 네다, 수다스러운 공룡 로봇 루피, 22세기의 의적 '횃불들', 그림자 마을의 늑대 소년 쵸노 등 『로봇의 별』 속의 주역과 조연들은 한결같이 씩씩하고 의협심이 강하다. 그들은 엄마 치마폭에 싸인 아이가 아니요, 자신의 삶을 스스로 만들어 가는 존재들이다. 이들은 소년 독자들을 향해 '부모와 학교의 굴레를 벗어던져라!' '너의 꿈을 꾸고 너의 길을 가라!' '잘못된 세상을 힘을 합쳐 바꾸어라!'라고 유혹하고 있는 것 같다. 이런 유혹에 빠지는 것이 나쁠 리야 없지만, 피에르 회장이 죽고 사건이 일단락되면서 "지구의 아이들이 내일을 약속하는 석양을 향해 힘차게 나아가기 시작했다."라고 마무리되는 마지막 문장에서와 같이, 유혹보다는 설교조 또는 자족감이나 관람객의 느낌을 갖게 하는 대목들도 없지 않다.

이현은 일찍이 『짜장면 불어요!』(창비 2006)와 『영두의 우연한 현실』(사계절 2009)에 실린 몇몇 작품에서 과학소설의 상상력과 기법을 신선하게 보여 준 바 있다. 『로봇의 별』은 그의 이런 관심사와 재능이 본격적으로 발휘된 작품이다. 『씨앗을 지키는 사람들』(안미란, 창작과비평사 2001), 『지엠오 아이』(문선이, 창비 2005)에 이어 오랜만에 다시 만나는 반가운 과학소설이다. 이 야심적인 서사가 과학소설 마니아를 만들어 낼 수 있을까? 『마법 천자문』 중독자는 있으나 과학소설이나 역사소설 중독자는 없다. 진지함을 '넘어선' 오락성이 부족하기 때문이 아닐까? 진지함의 무게가 무겁지 않게, 화끈하도록 오락을 보여 다오. 그 점에서 반걸음을 더 내디딘 작가의 도전에 박수를 보낸다.

방자가 왈왈 짖어 대는 새로운 '춘향전'

박상률『방자 왈왈』

　'방자 왈왈'이 무얼까? 책 표지에 보면 작은 글자의 한자로 '房子曰曰'이라 적혀 있다. 공자 왈, 맹자 왈의 그 '왈(曰)'을 방자에게 갖다 붙였는데, 얼씨구, '왈'이 하나 더 붙어 '왈왈'이다. 왈왈! 이건 무슨 소리인가? 맞다. 개 짖는 소리다. 시끄럽게 떠들어 대는 소리다. 그러니까 '왈왈'은 이중적인 의미로 쓰였다. '방자 가라사대' 즉 '방자께서 말씀하시되'로 읽어도 되고, '방자가 왈왈 짖어 대기를' '방자 놈이 시끄럽게 떠들어 대기를'로 읽어도 된다. 뭐, '너나 잘하세요~' 식으로 '방자 놈이 말씀하시되'로 읽거나 '방자님께서 왈왈 짖어 대기를'로 읽어도 무방하다.

　방자는 다들 잘 알다시피『춘향전』에 나오는 이도령의 하인, 그 방자다.『방자 왈왈』(사계절 2011)은 청소년소설 작가 박상률이 방자에 방점을 찍어『춘향전』을 다시 쓴 청소년소설이다. "내 보기에『춘향전』을 통틀어 가장 매력 있는 인물은 방자이다. (…) 방자는 자신의 한계를 뛰어넘어 여러 가지로 살아 움직여 나가는 인물이다. (…) 살아 있는 인물인 방자를 가까이 들여다보았더니 그가 뜻밖에도 많은 이야기를 들려주었다."(「작가의 말」 6면) 방자는 18세, 이몽룡과 성춘향은 16세 동갑이다. 그러니까 청춘들의 이야기, 그것도 사랑 이야기다. 청춘이니 피가 뜨겁다. 이성에 대한 호기심도 진하다. 『춘향전』이 바로 '남녀상열지사' 아니었던가.

우리가 『춘향전』에서 보아 이미 알고 있는 것처럼 이몽룡은 춘향을 만나고 싶어 몸이 달았다. 이몽룡은 책방 방자인 고두쇠가 요구하는 대로 방자를 '형님'으로까지 부르며 춘향을 만날 수 있게 밖으로 나가자고 조른다. 단옷날 광한루에서 춘향을 보았으나 만나지 못한 뒤, 이몽룡은 칠월칠석날 만복사에서 드디어 춘향과 만나게 된다.

"나는 몽룡이라 하는데, 누가 춘향인고?"

묻는 품을 보니 관아 동헌에서 아랫것들 내려다보며 잔뜩 위엄을 보이는 사또 꼴로, 새끼 사또라 할 만한, 딱 그 짝이렷다.

"내가 춘향인디 무슨 일로 날 보자 했소?"

춘향이가 장옷으로 얼굴을 더 가리며 바로 맞받아쳤것다.

몽룡이 춘향이 낸 수수께끼를 들어 대꾸했다.

"꽃 있으면 나비가 찾는 게 땅의 이치고, 물 있으면 기러기 날아오는 게 하늘의 이치렷다."

이 대목에서 방자가 가만있겠는가.

"얼레, 언제까정 꽃 타령 물 소리만 하고 있을 거여? 봄꽃도 한때고 여름 물도 흘러가믄 그만인께 어서어서 진도 빼더라고잉. 밤은 짧고 갈 길은 먼디 후딱후딱 본론으로 안 들어가고 뭐 하고 있다냐, 시방."

방자는 더는 못 참겠다는 듯이 짐짓 큰소리를 낸 다음 향단이 손목을 잡아

끌고 자리를 피해 준다. (90~91면)

『방자 왈왈』의 문체는 일반적인 소설처럼 '~했다'체로 가지 않고, '~것다' '~로다' '~리라' '~구나' '~는가'체로 흥을 돋우고 가락을 탄다. 판소리계 소설의 맥을 잇는 것이다. 그리고 방자를 비롯해 춘향과 향단이, 월매 등 이몽룡을 제외한 '현지인'들은, 당연한 사실이지만, 지역 사투리를 제대로 구사한다. 요즘 한국문학에는 사투리가 거의 사라졌다. 젊은 작가들이 표준어 세대라 사투리를 잘 몰라서인지, 대중성을 확보하려는 전략인지 사투리를 써야 할 인물들도 사투리를 쓰지 않는다. 심각한 결함이다. 그런 상황에서 이 작품이 갈무리하고 있는 사투리 표현들은 귀중한 언어 자료가 아닐 수 없다.

앞의 인용 대목에서도 드러나듯이 『방자 왈왈』은 대화의 비중이 높아 속도감 있게 읽힌다. 특히 입담 좋고, 세상일을 알 만큼 알고, 양반인 사또 자제 앞에서도 기죽지 않는 방자가 쏟아 내는 '왈왈'은 때로는 폭소를 터뜨리게 하고 때로는 민망하게 하고 때로는 숙연하게 한다. 그래서 어떤 대목에서는 작가 자신이 방자를 통해 억눌린 감정을 우회적으로 방출하고 있는 것이 아닌가 하는 생각마저 들기도 한다.

『방자 왈왈』은 춘향과 이몽룡의 백년가약까지는 『춘향전』과 줄거리가 비슷하게 진행되지만, 후반부에 가서 이몽룡이 한양으로 간 뒤부터는 이야기가 달라진다. 공부에는 관심 없고 춘향에게만 빠져 있었던 몽룡은 한양에 가서도 공부가 안 되어 과거에 거푸 낙방하고 부모도 모두 세상을 떠나, 진짜 거지가 되어 남원 땅에 춘향을 찾아온다. 그래서 『방자 왈왈』에는 변학도의 생일잔치와 이몽룡의 암행어사 출또 장면이 없다. 그러면 이도령과 춘향의 사랑은 어찌 되느냐? 옥에 갇힌 춘향은 "애초에 과거는 도련님 몫이 아니었는지 몰라요."라고 하면서 이몽룡이 곁에 있어 주기만 하면 된다고 한다. 그런데 춘향이는 옥에 갇혀 있고 변학도와 그 아들 수룡이 추근대고 있으니 어찌한다? 이를 해결해 주는 것도 방자의 몫이고, 그 방식도 방자답다. 방자는 어릴 때부터 같이 놀며 자란 춘향이 이몽룡과 맺어지는 것을 쓸쓸해했었지만, 질투로 둘을 훼방 놓지 않는다. 방자는 향단이와 일찍부터 맺어져서, 남원 고을에서 착실하게 주막을 운영해 성공한다. "주막에서 나오는 이익은 돌볼 사람 없는 노인 집과 아이들 많은 집에 때맞춰 보내 뒤를 보아 주었다 한다."(207면)

이도흠은 『방자 왈왈』의 해설에서 이 작품을 가리켜 '풍자와 해학이 넘치는 성장담'이자 '트릭스터, 방자의 시선으로 엮은 전복의 서사'라 하였다. 『방자 왈왈』의 특징을 잘 잡아낸 말이다. 어린이용이나 청소년용으로 나온 『춘향전』은 '원전'을 그대로 읽기엔 어려운 독자들에게 그 나름대로 『춘향전』의 문학적 가치와 재미를 전해 준다. 『춘향전』 자체가 적층문학(積層文學)으로서 민중들이 설화에 자신들의 애환을 덧붙이고 상상력을 불어넣어 산출한 것이라면, 『방자 왈왈』은 그 맥을 이으며 현대 작가가 자신의 감수성으로 『춘향전』을 재해석해 산출한 또 하나의 『춘향전』 아니 『방자전』이다. 이몽룡이 어사가 되어 춘향을 위기에서 구하고 한양으로 가 벼슬을 함으로써 두 사람의 사랑이 완성된 것이 아니라, 과거에 낙방하고 집안이 망해서도 몽룡이 춘향을 찾아오고 춘향도 그런 몽룡을 신분으로서가 아니라 사람으로서 받아들임으로써 둘의 사랑이 완성된다. 이러한 『방자 왈왈』을 읽는 것은 『춘향전』을 더 깊이, 다양하게 읽는 길이기도 하다.

작품의 전체적인 균형을 위해서는 방자의 도움으로 몽룡이 춘향을 만나고 합방하여 사랑을 나누기까지의 이야기를 좀 더 속도감 있게 전개하고, 몽룡이 다시 남원 고을에 나타난 이후의 이야기에 더 많은 곡절과 풍성함을 부여하는 것이 좋지 않았을까 싶다. 그 가운데 몽룡의 수난과 정신적·정서적 성장의 모습이 더욱 뚜렷하게 드러났더라면 '성장담'의 의미가 한층 살아났을 것이다. 또한 방자와 향단의 사랑과 몽룡과 춘향의 사랑을 더한층 구체적으로 대비하여 보여 주면서 청춘기(청소년기)의 사랑의 의미를 캐 보고, 점차 합일점에 다다르도록 하였더라면 더욱더 멋진 연애소설이 되지 않았을까.

두 번의 연애, 또는 '나'를 찾아가는 청춘의 여정

미카엘 올리비에 『나는 사고 싶지 않을 권리가 있다』

마요트, 프랑스령 해외 공동체, 인구 16만 명 남짓, 면적 373km², 프티트 테르와 그랑드 테르라는 두 섬으로 구성, 세계 최대 규모의 산호초 군락으로 둘러싸여 있음. 내가 찾아낸 몇 안 되는 사이트에는 종려나무와 바오밥나무, 짙은 밤색 모래사장, 이국적인 꽃, 색색의 물고기 수백 종과 바다거북 사진들 뿐이었다. 지상낙원이었다. (13면)

마요트, 훌쩍 그리로 휴가를 떠나고 싶은 섬이다. 그러나 휴가를 보내는 것과 그곳에 짐을 풀고 눌러 사는 것은 다르다. 미카엘 올리비에 장편소설 『나는 사고 싶지 않을 권리가 있다』(윤예니 옮김, 바람의아이들 2012)의 주인공 소년 위고는 아프리카 대륙 동쪽 모잠비크 해협에 있는 마요트섬으로 떠난다. 작품의 서두에 서술된 위와 같은 마요트의 매혹적인 모습 다음에는 바로 이런 문장이 이어진다. "일곱 달 후 열네 시간 비행 끝에 파만지 공항에 도착해서 보게 된 것과는 전혀 다른 모습이었다."

즉 프랑스에서 전근 가는 부모를 따라 살러 간 마요트섬은 지상낙원과는 딴판이었다는 것이다.

아이와 어른, 그 사이에 성장이라는 단어가 있다. 성장이란 무얼까? 이 소설은 성장을 직접 말하지는 않지만 성장의 의미가 무엇인지, 위고가 어떤 경험을 통해 어떻게 성장하는지 보여 준다. 프랑스에서 안락한 생활을 하던 위고는 '세상의 끝'(1부의 제목) 마요트에서 지금까지 살아온 세상과는 아주 다른 세상을 만난다. 그곳은 '본토'와 자연환경부터가 다르고, 흑인인 마오레족이 있고, 프랑스식 교육을 하는 학교가 있고, 휴대폰과 메이커 옷을 사서 본토처럼 살려는 욕망도 있다. 그곳에서 열네 살 위고는 열여섯 살 마오레족 여자애 자이나바를 만난다. 자이나바의 '학습 도우미'를 하면서 가까워진 위고는 자이나바와 사랑을 나눈다. 자이나바와의 관계를 아는 프랑스와즈 선생님은 위고에게 "그 애를 사랑하니, 사랑을 나누는 걸 사랑하니?"라고 묻는다. 자이나바가 임신하자 뜨거웠던 두 청춘 남녀의 연애 사건은 뻔하디뻔한 결말로 치닫는다. 위고와 살고 싶어 하는 자이나바의 열망은 어른들의 조치로 좌절된다. 위고는 부모에게 아무런 의사 표시도 못 한 채 파만지 공항에서 프랑스로 가는 비행기에 오른다.

위고는 '세상의 반대편'(2부의 제목) 프랑스로 돌아온다. '세상의 끝'에서 한 경험들로 인해 위고는 "보통 청소년으로 돌아갈 수가 없"었고, "또래 애들처럼 살 수 없"었으며, "그런 생활로는 만족할 수가 없어서" 괴로워한다(91면). "특혜 받은 백인"에서 "말 없는 왕따 청소년"으로 위치가 바뀌었지만(92면), 마요트 학교의 프랑스와즈 선생님과는 늘 전자우편으로 자신의 속에 있는 이야기를 주고받는다. 이후 위고는 백화점 세일에 열광하는 가족들, 최신 유행 상품에 휩쓸리는 아이들을 보며, 광고에 현혹되고 상품 소비에 중독된 속물들을 비판하는 날카로운 의식을 갖게 된다. 그리고 위고의 두 번째 연애가 시작된다. 거리의 광고판을 스프레이로 지우는 '광고 청소부' 샤를리의 매력에 푹 빠져든 것이다. 그래서 몇 주 동안 샤를리와 함께 다니며 거리에 나붙은 광고와 포스터를 망가뜨린 위고는 광고 반대 블로그를 만들다가 샤를리에게 키스를 시도한다. 그러나 그 일로 위고는 샤를리와 소원해지고 후회와 번민 속에서 그녀를 그리워한다.

미카엘 올리비에의 이 소설은 1, 2부로 전개되는데, 분량이 절반씩으로 거의 똑같다. 1부의 말미에서 위고는 "당장 자리를 박차고 일어나서 비행기에서 내리겠다고 우기기만 하면, 인생이 완전히 바뀐다"고 생각하지만 "원래 주어진 삶과는 다르게 사"는 그 길을 선택하지 않는다 (85면). 자이나바의 '순수한' 유혹에 넘어가 뒤돌아보지 않고 사랑에 몰입했던 위고는 그 사랑의 진정한 주체가 아니었다. 위고는 어른 세계와 충돌하는 순간, 세상의 관습과 위력 앞에 무기력하기만 하였다. 그러나 마요트의 경험은 위고를 성찰적인 사람으로 바꾸어 놓았고, 상품경제에 중독된 '세상의 반대편'의 사람들과 할아버지의 죽음이라는 새로운 경험들을 맞닥뜨리며 위고는 가족과 사회라는 바깥 세계에 점차 자기 목소리를 내기 시작한다. 행동하기 시작한다. 아직 유치하거나 미숙해서 때로는 가족 친지에게 상처를 줄지라도 위고는 광고 중독에 자기 나름으로 힘껏 저항하고, 사랑을 향해서도 능동적인 행동을 취한다. 어른이 '자주성'의 다른 이름이라면, 위고는 아이에서 어른으로 성장하고 있는 것이다. 낡은 어른이 아닌 젊은 어른으로! 샤를리는 속삭인다. "양보는 안 돼, 위고. 항복도 안 돼. 절대로. 세상은 우리 거야. 우리 인생은 우리 거라구. 우린 변할 권리도 없고, 포기할 권리도 없고, 늙을 권리도

없어."(163면)

위고가 힘들 때에도 쓰러지지 않을 수 있었던 것은 언제든 고민을 담아 편지를 주고받을 수 있었던 프랑스와즈 선생님이 있었기 때문이다. '본토' 사람인 프랑스와즈 선생님이 마오레족 남자와 결혼해서 마요트에 정착한 사람이라는 것은 충분히 음미할 만하다.

'나는 사고 싶지 않을 권리가 있다'라는 제목을 염두에 두고 작품을 읽다 보면, 1부를 읽는 내내 왜 이런 제목이 붙은 것인지 의아하다. 이 제목은 2부에 걸맞다. 그리고 너무 직설적이다. 2부에서의 주인공의 각성과 자아 찾기는, 자이나바와의 연애 사건을 비롯한 마요트에서의 여러 경험이 없었더라면 뻔한 작가의 의도를 드러내고 있는 것으로 읽힐 수 있다. 그런 점에서 제목에 걸맞지 않은 1부가 더 의미 깊다. 색다른 세계를 보여 줄뿐더러 새로운 세상에 던져진 소년의 탐색과 자이나바와의 연애 등이 문학적으로도 더 매력적으로 다가온다.

견고한 세상과 학교, 자그마한 균열

구병모『피그말리온 아이들』

긴박한 추격전과 심리 게임이 독자를 사로잡는다

『피그말리온 아이들』(창비 2012)은 낙인도라는 섬에 있는 베일에 싸인 학교 로젠탈 스쿨에 대한, 프리랜서 피디 '마'의 취재기 또는 취재 실패기다. 낙인도라는 이름, 로젠탈 스쿨이라는 이름은 대상을 가리키는 기호이자 독자에게 모종의 암시와 예감을 주고자 의도하는 것 같다. 과연 이 학교에 흘러들어 와 있는 아이들은 버림받았거나 범죄자였으니 그들의 몸과 마음에는 낙인이 찍혀 있거나 그들을 보는 사회와 학교의 시선은 낙인을 찍고 있다고 할 것이다.

로젠탈 스쿨은 어떤가? 교사의 긍정적인 믿음과 기대가 학생을 긍정적인 방향으로 향상시킨다는 로젠탈 효과에서 따온 이 이름은 그러나 '마'의 취재가 계속될수록 심각한 문제들과 역설(逆說)이 버무려진 종합선물이 된다. 『피그말리온 아이들』의 초입에 놓인 '서장'은 쫓기는

'마'의 긴박한 상황과 그에게 은밀한 도움을 주는 은휘의 출현을 다룬 장면으로, 독자를 바짝 긴장시키며 다음 이야기를 기대하게 만든다. 하지만 이어지는 1장부터는 '마'가 로젠탈 스쿨을 취재하게 된 계기와 취재가 성사되기까지의 사연, 취재를 시작하면서 드러나는 학교의 모습과 교육 방식, 학생과 교사들이 들려주는 학교 이야기가 펼쳐지면서 처음의 긴장이 서서히 풀려 가게 된다. 길게 계속되는 대화와 단도직입적이지 않은 모호한 어법, 다소간 꼬인 말투와 몇 가닥으로 가지 치는 의심의 시선 들이 취재하는 '마'와 취재 대상인 학교의 인물들 모두에게 공통으로 적용되고 있어서 심지어는 독자가 상당히 지루해질 지경이다.

"동작 그만!"
결국 소리친 건 뒤따라 나온 마였고, 스패너 주인과 더불어 다른 모든 아이들은 움찔했다. 마도 웬만한 상황이라면 곽과 의견 일치를 보았을 테지만 지금 같아서는 아래에 깔린 아이가 스패너에 맞아 죽을 위험이 너무 컸다. 그도 그럴 것이 싸움의 주인공들은 눈동자가 광기에 번들거리고 있었고, 그 눈빛으로 봤을 때 이 아이들이 얼마나 오랫동안 감정을 분출하지 않고 지내 왔는지 짐작할 수 있었다. 이 아이들은 적당히 감정을 흘려서 연소시키거나 빈정거리는 요령을 몰라 안으로 담아 오기만 한 것 같았는데, 그 모습은 누수되기 전에는 금이 가거나 뒤틀렸음을 알아차리기 어려운 오래된 천장 같았다. (102~103면)

소설이 중반으로 접어들 무렵 '마'는 은휘를 인터뷰한 촬영 자료에서 "여-기-서-달-아-나-"라고 말하고 있는 은휘의 숨죽인 경고를 찾아내고(98면), 정비 실습반 아이들의 격렬한 싸움에 우연히 개입하게 되는

데 이즈음부터 학교의 비밀을 캐려는 '마'와 학교 측의 거부가 격돌하면서 사건은 점점 살벌하고 험악한 상황으로 치닫는다. 구병모 작가가 누구던가? 『위저드 베이커리』(창비 2009)에서 리얼과 판타지, 마법, 공포, 추리를 뒤섞어 쫀쫀한 서스펜스 드라마를 엮어서 인간성의 어두운 국면을 가차없이 집어낸 작가가 바로 그가 아니던가. 판타지와 마법이 개입하지는 않지만 쫓고 쫓기는 아슬아슬한 추격전과 그를 돕는 은휘를 비롯한 몇 학생들, 교장과 그의 하수인인 교사들 간에 벌어지는 미묘하고도 섬뜩한 심리 게임은 독자의 시선을 사로잡고 놓아주지 않는다.

학교에 대한 반성적 질문, 살아 있는 의식들

『피그말리온 아이들』이 전하는 의미는 여러 갈래로 읽힐 수 있지만 우선 주목되는 것이 학교 또는 교육에 대한 반성적 질문 혹은 격렬한 비판이다. 물론 뚜렷한 대안은 없고 희망을 말하지도 않는다. 그리스 신화에 나오는 키프로스의 왕 피그말리온은 자신이 조각한 여인상을 사랑하고 그 사랑은 마침내 조각상에 숨결을 불어넣게 된다. 자기가 원하는 모습으로 조각상을 만들었고 그것이 마침내 살아 있는 실체가 된다는 매력적인 이야기는 교육적 신념으로 전이될 수 있다. 범죄자의 자녀나 고아 같은 세상의 불우한 아이들을 데려와 교육하는 로젠탈 스쿨은 "사회 하층민으로 규정되는 이들을 모아 놓고 체계적인 교육과 훈련으로 자신감과 자존감을 향상시켜 부모와 같은 길로 이탈하지 않게 도우며 올바른 도덕관념을 장착시키고 이 사회에서 한몫할 수 있는 일꾼으로 키운다"(42면)는 목표를 갖고 있다. 그러나 한정적인 직업교육을 받고 사회로 나간 학생들은 비정규직 등 열악한 조건을 넘어설 수 없는 데다 학교가 요구하는 그동안의 수업료까지 지불하면서 더욱 인생이 망가진다. 아이들을 강압과 폭력으로, 심지어는 약물까지 투여하여 순치된 인간으로 주조하는 로젠탈 스쿨은 극단적으로 설정된 학교의 모습을 하고 있다. 하지만 옴짝달싹할 수 없는 대학 입시의 압력과 대학 졸업 이후에도 좋은 일자리를 구하지 못해서 신용불량자가 되는 10 대 90 사회의 살풍경한 학교와 속박된 학생들은 얼마나 그와 다른가 의문이다.

또 하나 중요한 지점은 취재 중에 알게 된 로젠탈 학교의 진실을 캐내려는 마 피디의 변화와 곤경에 처한 마 피디를 돕는 은휘를 비롯한 학생들의 의식이다. 예전에 학교를 취재하며 손을 내밀지 못했을 때 학생이 사망한 사건을 트라우마로 안고 있는 마 피디는 이번에는 학교의 실상을 점점 알아 가며 끝까지 타협하지 않는다. 은휘와 무경, 혼모 등 학생들은 학교의 추적을 받는 '마'를 탈출시키고자 서로 협력한다. 그들은 단합하여 그 체제를 집단적으로 무너뜨리거나 끝까지 고발하고 반항하지도 못하지만, 억압 속에서도 완전히 노예의식에 젖어들지는 않는다. 작가는 여기서 섣불리 희망이나 대안을 말하지 않는다. 세상은 견고하지만 "그게 누구든 간에 등 뒤에서 부르는 목소리에 귀를 기울이며 똑바로 돌아보"(245면)는 그런 사람들이 있어 견고한 세상에 균열을 내고 있음을 선연하게 알려 줄 뿐이다.

무뎌질 수 없는, 무뎌지지 않는

김이윤 외 『마음먹다』

마음의 상처와 응어리를 다스리는 방법

이시백의 단편 「장 지지러 가는 날」. '장 지지러 가다니, 무슨 소리
야?' 그런 궁금증으로 읽어 나갔다. 능청스러운 문장, 게다가 '장천'이
라는 인물도 그 행동거지가 어리숙해 보이다가 갈수록 의뭉스러워지는
게 더욱더 궁금증을 자아낸다. 스승의 날, 노는 날에 '족발 스승님'을 찾
아뵙겠다고 집을 나선 이 기특한 제자의 꿍꿍이는 무얼까.

"우짠 일이고?"
마뜩잖은 얼굴로 장천을 바라보던 족발 선생님은 그가 들고 있는 선물 상
자를 보고는 급히 얼굴에 웃음꽃을 피웠다.
"그래, 잘 다니제? 니, 억수로 의젓해졌데이."
그 덕분에 껑충이는 풀려나 교실로 돌아갈 수 있었다. 족발 선생님은 장천

에게 의자까지 내어 주었다.

"스승의 날이라꼬 찾아왔나? 감동이데이."

장천은 들고 있던 상자를 열고 주먹만 한 쑥뜸을 조심스럽게 꺼냈다.

(…)

"지금 뭐 하노?"

"뜸장 지져 드리려구요."

"뭐를 지져?"

"손바닥에 장을 지진다고 하셨잖아요?"

"내가 언제?"

"제가 인재고등학교에 들어가면 손바닥에 장을 지지신다고 네 번이나 말씀하셨잖아요?"(김이윤 외 『마음먹다』, 우리학교 2012, 156면)

선생님의 기대(?)를 보기 좋게 저버리고 인재고등학교에 들어간 장천, 그가 스승을 찾아가 굳이 손바닥에 뜸을 떠 드리겠다고 들이대는 비상식적 행동의 의미는 무엇일까? 그것은 마음의 상처와 응어리를 다스리는 그 나름의 독특한 대응 방식이고, 성적 지상주의 학교 현실에 대한 신랄한 풍자이다. 장천이 찾아간 학교에서 본 사육되는 아이들의 풍경, 아이들에게 가해지는 폭력은 그 디테일에서 요즘 학교와 많이 다를 수도 있지만, 또 얼마나 실질적으로 다를까 의심스럽기도 하다. 그렇다고 이 작품이 장천과 족발 선생님의 단순 대립 구도에 의지하고 있는 것은 아니다. 장천에게 꿀벙이 선생님은 "아픈 데를 낫게 하는 약"인 쑥뜸이 "네 마음도 낫게 해 주었으면 좋겠구나"라고 말하는데(158면), 장천은 이 말을 그 나름대로 음미해 보는 것이다.

6인 6색으로 접근한 청소년의 삶과 심리

6인 6색으로 쓴 청소년소설집 『마음먹다』는 '성취와 좌절'을 테마로 하였다지만, 6인 6색으로 다채롭다. 김이윤, 노경실, 이명랑, 이상권, 이시백, 정미, 이 여섯 작가가 나섰다.

이명랑의 「단 한 번의 기회」는 판타지 같기도 하고 우화 같기도 하다. 마치 텔레비전 연예 프로그램의 미션 대결처럼, 그러나 한층 더 살벌하게 펼쳐지는 순위 정하기 시합. 3차 테스트까지 끝나고 학생들의 순위가 정해지자 안내방송이 흘러나온다.

> "학부형들께는 이제 곧 100명의 학생들의 종합 순위표가 전해질 것입니다. 상위 1퍼센트의 부모님들께 먼저 자녀 선택의 권리가 주어집니다. (…)"
> (73면)

1등을 하지 못한 '나'는 아빠가 누구를 자식으로 선택할지, 자신을 선택하지 않을 것 같아 두려워한다. 자식들을 시합을 붙여 순위를 정하고 상위 1퍼센트 부모들에게 자식을 바꿀 기회를 먼저 준다는 이 작품의 설정은 충분히 엽기적이다. 그래서 판타지 같다. 장면은 매우 사실적인 방식으로 묘사되는데, 그것이 적절한 접근법이었는지는 잘 모르겠다. 하지만 입시 경쟁, 능력 경쟁으로 몰아 가는 사회를 담아내는 구도라는 점에서는 그럴듯한 우화이고, 부모들의 세속적인 욕망을 적나라하게 폭로한다는 점에서는 뼈아픈 풍자이다.

이상권의 「개 대신 남친」도 제목이 궁금증을 자아낸다. 고3 딸을 둔 사내. 다람쥐에 집착하는 아이와 갈등하는 이웃집 여자. 애완동물이나 기르는 동물에 집착하는 아이들의 이야기가 중심이다. 한번쯤 개나 고양이에게 애착을 두어 본 경험이 있는 사람은 많으리라. 죽은 다람쥐를 품위 있게 장례를 치러 주려는 아들 때문에 미칠 것만 같은 이웃집 찬수 엄마의 방문으로 고3 딸의 학부형인 '나'는 어렸을 적 토끼에 대한 자신의 집착 경험을 떠올리고, 찬수 엄마에게 그 이야기를 들려준다. 토끼를 자꾸 팔아 버리는 엄마와의 심각한 갈등과 자신의 마음을 알아주던 할머니에 대한 기억. 개에 애착을 보이던 고3 딸은 개를 키울 수 없게 되자 더욱 힘들어하고 있는데, 아빠와 문자로 대화를 나누다가 "강아지보다는 남친 있었으면 좋겠어"라고 자기 마음을 털어놓는다. 애착을 넘어 과도한 집착을 보이는 사례들을 다양하게 보여 주며 그것을 사회학적으로 풀어 버리지 않고 하나하나의 인물의 상태와 심리를 그 자체로 수용해 준 점이 이 작품의 강점이고 매력이다. 성장기에 통과의례처럼 토끼에 관심과 애정을 쏟아부었던 '나'와 고양이를 몰래 키우며 강한 애착을 보인 병수의 경우를 보면 누군가에게 마음을 주고 사랑을 쏟아붓고 싶은 청소년의 심리를 잘 들여다볼 수 있다.

작품을 통한 간접경험. 자기가 경험하지 못한 것을 경험하는 시간일 것이고, 자기의 경험을 비추어 보고 사유하는 시간일 것이다. 청소년 테마소설을 표방했지만, 이 책을 선택한 청소년 독자들은 6인 6색의 작품을 무방비하게 읽으면서 작품 속 인물들의 경험과 느낌을 따라가 보는 것도 좋겠다.

악동 삼총사의 시끌벅적한 성장기

조재도 『불량 아이들』

학원소설, 명랑소설, 악동소설을 이어 가기

『도서관이야기』2012년 12월호를 보니 국립어린이청소년도서관에 조흔파 개인문고가 설치되었다고 한다. 작가의 유족이 기증한 작품집, 육필 원고와 타자기 등의 유품이 전시되고 있다. 조흔파는『얄개전』의 작가다. 6·25전쟁 직후의 폐허에서 문화에 목마르던 시절, 『얄개전』은 인기 잡지『학원』에 1954~55년에 걸쳐 연재되었다. 사람으로 치면 탄생 60주년 회갑이 다가온다.

『얄개전』은 잘 알려졌다시피 명랑소설이고, 아울러 학원(學園)소설이고 악동소설이다. 청소년소설은 대부분 학원소설 즉 학교서사의 형태를 띤다. 요즘과 달리 가난한 가정 형편으로 상급학교 진학이 어렵던 시절에, 『얄개전』은 두 번이나 낙제한 중학 1년생 악동 나두수를 주인공으로 유쾌한 서사를 펼쳐 인기를 끌었다. 주요 등장인물은 주인공 나두수와 나두수의 못 말리는 장난질에 수난을 당하는 외국인 교장을 비롯한 교사들과 두수의 가족이다. 무대도 학교와 가정이 거의 전부다. 지금 시대엔 모든 청소년이 학생이라 해도 과언이 아닐 정도로 학교 밖 청소년은 극소수다. 청소년들이 부딪히는 실제적인 갈등도 학교와 가정의 울타리를 벗어나지 못한다. 청소년 현실에 주목하려는 작가들은 필연적으로 또는 어쩔 수 없이 학교서사를 줄기로 하거나 주요 모티프로 삼는다. 그러면서 명랑 코드를 입히고 추리, 환상, 심리, SF 코드를 입혀서 학교서사의 스테레오타입에 탈출구를 마련하거나 서사적 긴장감, 흥미를 조성한다.

김려령의 『완득이』(창비 2008)는 이를테면 2000년대의 『얄개전』이다. 학교서사에 명랑 코드를 입혔다. 악동 인물이 주인공이고, 괴짜 선생이 등장하는 것도 유사하다. 여기에 다문화 모티프가 접목된 것이 2000년대다운 새로움이다. 『얄개전』이 청소년소설의 숙명이라 할 성장 이야기의 포즈를 약간 가미하고 있다 하더라도 가볍고 유쾌한 읽을거리의 범주를 벗어나지 않은 것이 당대 인기의 비결이었다면, 『완득이』의 인기에는 완득이의 어머니를 결혼 이주 베트남 여성으로 설정해 사회문제를 다루었다는 '본격 문학'의 포즈가 작용하고 있다. 2000년대 이후의 청소년문학은 문제 현실을 진지하고도 성실하게 다루었다는 '당의(糖衣)'를 입혀야 평단이나 추천 권력을 행사하는 집단의 환영을 받아 청소년 독자층 또는 시장으로 진입하는 길이 순탄하게 열리는 것이다.

조재도의 청소년 장편소설 『불량 아이들』(작은숲 2013)도 2000년대 『얄개전』의 일종이다. 주인공들이 악동 청소년들이라는 점에서 학원소설이자 악동소설의 맥을 잇고 있지만, 이들은 나두수나 완득이만큼은 명랑서사의 주인공이 되지 못한다. 왜일까?

시끌벅적, 악동 삼총사가 나가신다

『불량 아이들』은 간결체의 명쾌한 문장과 빠른 이야기 전개로 순식간에 읽히는 작품이다. 평대('나'), 두배, 희남이 악동 삼총사는 극성스러운 교사에게는 시달림을 당해도 만만한 교사는 은근히 놀려 먹는, 공부 못하는 '지질이'들이지만 저희들끼리는 잘 어울리고 잘 논다. 수학 점수가 나빠 매타작을 당한 복수로 수학 선생을 몰래 해코지하려던 두배는 결국 전학을 가게 되고, 평대는 여학생 지수와 친해지지만 마음이 통하는 지수와 모범생인 김현숙 사이에서 갈팡질팡한다. 학교 복도에 나타난 앵무새의 다리에 '일제고사 폐지하라!'라는 구호가 적힌 종이가 묶여 있어 소동이 일어나는 등 크고 작은 사건이 끊이지 않는다. 그러던 중에 평대는 영재들만 다닌다는 국제중학교에서 전학 온 이문권이란 아이와 친해진다. 문권이는 평대에게 성적에 대한 압박감으로 우울증에 걸린 자기 사정을 털어놓는다.

"뭘 해도 자신감이 없고, 집중력도 떨어지고, 머리도 아프고 나중에는 진짜 자포자기, 죽고 싶은 생각밖에 안 드는 거야. 내가 그렇게 학교생활에 적응을 못 하니까 엄마가 학교에 불려 왔어. 엄마는 내가 학교생활에 힘들어하는 줄 알고는 있었지만, 상태가 그렇게까지 심각한 줄은 몰랐지. 난 학교를 자퇴하겠다고 했어. 그러지 않으면 죽어 버리겠다고 했지. 그러니까 엄마가 막 울더라. 그래도 어떡해? 나는 자퇴하고 검정고시 보겠다고 했지. 실제로 그런 애들이 있거든. 일 년에 몇 명씩 나와. 미치는 것보단 나으니까. 그래서 나도 자퇴하겠다니까 그럼 전학을 하래. 3학년이고 이제 얼마 안 있으면 졸업이니까 자퇴보다 전학이 낫겠다며." (…)

나는 문권의 말을 들으며 별 희한한 일이 다 있구나 생각했다. 우리 같은 아이들은 공부는 못해도 평생 우울증엔 걸리지 않을 것 같았다. 나는 일부러 우울해지고 싶어도 무식해서 그런지 우울해지지 않았다. (199~200면)

자신은 평생 우울증엔 안 걸릴 것 같다 하는 평대도 실은 성적과 경쟁, 입신출세를 지향하는 교육 현장의 압박에 심하게 짓눌려 있으며, 더구나 자식을 서울로 보내고 뼛골 빠지게 일하는 아버지 앞에서는 난감하고 괴롭기만 하다. 이십여 년을 중고등학교에서 교사로 근무하다 얼마 전 퇴직한 작가는, 몸에 배어 있는 우리 교육 현실의 무게로 인해서인지 악동 인물들이 연출하는 이야기판을 환한 명랑코드로 밀어붙이지는 못하였다. 이 작가가 내게 했던 말이 생각난다. "요즘 아이들은 마음이 너무 상해 있어." 그러나 그런 '불량 아이들'을 작가는 망가지고 황폐한 존재가 아니라, 아프면 아프다 소리치고 놀고 싶은 욕구도 한껏 분출할 줄 아는 보통의 아이들로 보듬어 안는다. 보통의 아이들이 보통의 아이들로 성장하며 행복할 수 있어야 한다는 것이 『불량 아이들』의 절실한 외침이 아닐까.

소외된 아이들의 진실과 희망이 깃든 공간

버지니아 해밀턴『주니어 브라운의 행성』

태양계에 하나의 행성이 더 있다. 주니어 브라운 행성이다. "강한 존재감으로 초록색 지구를 압도하는" 그 행성은 풀 아저씨와 버디 클라크가 주니어 브라운에게 만들어 준 것이다. 전직 교사로 학교 수위인 풀 아저씨와 집을 나온 흑인 소년 버디, 그리고 고도비만인 흑인 소년 주니어. 학교 지하실 안에 마련한 비밀 공간, 그곳에서 세 사람이 만난다. 거기엔 그들이 만들어 설치한 태양계가 천장에서 돌아가고 있다.

지하실의 비밀 공간, 또 다른 행성 주니어 브라운. 공간은 현실적이면서 상징적이다. 풀 아저씨가 두 소년을 위해 만든 그곳들은 두 소년의 삶을 보듬는 공간이자 그들의 삶의 모습을 상징하는 공간이다. 그와 더불어 풀 아저씨의 삶까지도.

주니어: "덩치는 산만 하고 재능이 넘치지만 혼자서는 아무 일도 못 하는 뚱보". 재능 있지만 "너무 뚱뚱해서 쳐다보기가 겁날 정도라" 학교에서 그냥 내버려 둔 아이. "4분음표들이 만들어 내는 가락을 느끼거나, 아

르페지오로 편곡한 선율을 제대로 연주할 때는 아주 행복한" 아이.

버디: "제멋대로 자라 거친 아이". "들고양이처럼 낮에는 은신처에 숨어 있다가, 밤이 되어 학교가 텅 비면 살금살금 기어 나와 가까운 교무실 자물쇠를 열고 들어가"는 아이. "대학생들도 풀기 어려운 [수학] 문제를 몇 개나 푼" 아이.

이러한 성격, 이러한 처지의 두 소년에게 조심스럽게 다가간 풀 아저씨는 지하실에 그들만의 공간을 마련했다.

소외된 아이들이 머물고 숨 쉬는 곳

풀 아저씨가 버디에게 관심을 가졌듯 버디는 주니어 브라운에게 관심을 갖고 챙겨 준다. 엄마와 함께 사는 주니어의 집에 가 보고 싶어 하고, 주니어에게 피아노를 가르치는 핍스 선생님에게도 가 보고 싶어 한다.

버디는 엄마와 헤어져 이모와 살았다. 엄마는 돈을 모으려고 애쓰고 있고, 이모는 버디에게 학교를 그만두라고 들볶는다. 그런 버디의 발길이 가 닿았던 곳이 '투마로(tomorrow) 빌리' 행성이다.

얼마나 많은 투마로 빌리가 얼마나 오랫동안 존재했을까? 버디가 투마로 빌리 행성에서 모든 걸 배우는 데는 3년이 걸렸다. 빌리는 매일 밤 아이들이 모여 사는 꼭대기 층을 찾아왔다. 아이들을 가르치고, 먹을 걸 주고, 필요한 옷을 건네면서 아이들을 떠나보낼 준비를 했다. 아이들은 빌리한테 늘 물었다.

"내일도 올 거지? 내일 밤에 또 만날 수 있는 거지?"

빌리는 늘 다시 만날 거라고 대답했다. 그러다가 3년쯤 뒤에 아이들이 깜박 잊고 그 질문을 하지 않았다. 그 뒤로 투마로 빌리는 오지 않았다. 그러자 아이들은 뿔뿔이 흩어졌다. 아이들이 각자 제 길을 찾아 떠나고 한참이 지난 뒤에야 버디는 빌리가 돌아오지 않은 이유를 깨달았다. "내일도 올 거지?"라고 물어보지 않은 탓이 아니다. 아이들한테 더 이상 빌리가 필요하지 않기 때문이었다. (『주니어 브라운의 행성』, 김민석 옮김, 돌베개 2013, 75~76면)

집이 없는 아이들, 집을 나온 아이들을 거리에서 돌봐 주는 십대 소년이 바로 '투마로 빌리'다. 투마로 빌리는 아이들을 훈계하거나 집으로 돌아가라고 종용하지 않는다. 그들을 잘 보살피고 교육할 집이나 학교가 있었더라면 그 아이들은 거리의 아이들이 되지 않았을 테니까. 버디 역시 투마로 빌리를 만나, 의지할 가족 없이도 스스로 살아갈 힘을 얻었다. 그리고 이제 버디가 거주하는, 헐릴 예정인 건물의 지하실에 투마로 빌리가 필요한 두 아이가 찾아든다. 자기 이름을 나이트맨 블랙이라고 하는, 거리에서 구걸하던 꼬마와 훔친 물건들을 잔뜩 갖고 있는 프랭클린. 버디는 그 아이들에게 따뜻한 음식을 만들어 주고 "혼자 지내는 법을 먼저 배워야 돼."라고 말한다. 이제 버디가 그들에게 투마로 빌리가 되어 그들을 떠나보낼 준비를 할 것이다.

투마로 빌리 행성에서 다시 찾는 삶

폴 아저씨는 더 이상 학교 지하실 공간에 머물 수 없게 되고, 주니어는 천식을 앓는 어머니에다 강박증으로 피아노를 가르쳐 주지 않는 핍스 선생님 때문에 스스로를 추스를 수 없을 정도로 몹시 힘들어한다. 이제 태양계 모형을 해체해서 떠나야만 한다. 지하실 비밀 공간, 주니어 브라운 행성이 궤도를 도는 그 아늑한 곳에서 세 사람은 버디가 머무는 건물로 이사를 가기로 한다.

> "실은 아저씨가 상자에 집어넣은 태양계만 있는 게 아니에요. 도시 전역에 행성들이 있어요. 저는 투마로 빌리예요. 투마로 빌리! 이 마을 여기저기에 투마로 빌리가 있어요." (195면)

해체된 가족, 보살펴 주지 못하는 학교, 환영받지 못하는 고도비만 등으로 망가져 가는 주니어를 지탱해 주는 것은 비슷한 처지의 씩씩한 소년 버디이다. 그리고 자세히 드러나 있지는 않지만 좌절했던 경험이 있는 전직 교사 풀 아저씨이다. 작가는 이들의 이야기를 통해서 희망을 그리고 싶었던 것일까, 진실을 그리고 싶었던 것일까? 아마 둘 다일 것이다. 안온하고 평화로운 집이 없는 아이들, 거리로 내몰린 아이들을 구원하는 것은 소외된 이들이 서로 자신들을 돕는 힘 그것뿐이라는 것. 그것이 진실이자 희망이다. 투마로 빌리 행성이 이제는 주니어 브라운의 행성인 것이다.

다문화 사회에서 함께 살기 위하여

최성수 『무지개 너머 1,230마일』

　몇 년 전 일산에 살 때 영어학원에 잠시 다닌 적이 있다. 그때 20대 젊은 미국 여성인 학원 강사가 초대를 해서 다른 수강생들과 함께 그가 사는 아파트에 가 저녁 식사를 하게 되었다. 학원 선생님은 함께 사는 남편을 소개하면서 영화배우 같은 미남이라고 자랑했는데, 과연 훤칠하고 서구적으로 잘생긴 미남이었다. 어떻게 만났는가 물으니, 이태원의 거리에서 처음 만나서 사귀게 되었다고 했다. 남편은 파키스탄 사람으로 고양 가구단지에서 일하는 노동자였다.

　그날 저녁 음식은 파키스탄식인 듯 넓은 접시에 파스타류와 감자, 호박, 당근 등 굽거나 익힌 채소를 담아 내왔다. 막연하게 큰 상에 여러 가지 음식 접시들이 가득 놓인 초대 상차림 풍경을 예상했던 나는 다소 실망스러웠지만, 그런 대로 적응해서 음식을 먹었다. 다른 수강생들도 말은 없었지만 나하고 비슷한 느낌이었을 듯하다. 한국과 미국과 파키스탄, 서로 다른 세 문화가 만나는 자리였고, 그때 음식은 파키스탄식이었다. 실제 파키스탄식인지는 잘 모르겠는데, 미국인 여성과 파키스탄 남성이 만나 한국에서 생활하며 그 나름대로 개발한 음식 차림이 아니었나 싶다. 어쨌든 지금 생각해 보니 다른 도와줄 가족도 한국에 없는 처지의 학원 선생님에게서 수강생들은 특별한 초대를 받았던 것 같다.

몽골에서 온 노동자 가족의 이야기

이주 노동자, 결혼 이민자, 귀화자 등 외국인 주민의 수가 150만 명을 넘어섰다. 1990년대 말 38만 명 수준에서 20여 년 사이에 100만 명 이상이 증가한 것이다. 그동안 우리 사회에는 불법체류 외국인 노동자로 인한 각종 사회문제와 외국인 차별로 인한 인권 문제가 많이 발생했고, 그런 과정을 거치며 '다문화 가족' '다문화 가정' '다문화 사회' 등 '다문화'라는 표현으로 함께 어울려 살아가는 사회를 만들어 가고자 하는 노력도 진전을 이루었다.

최성수의 청소년소설 『무지개 너머 1,230마일』(실천문학사 2013)은 몽골에서 우리나라에 온 노동자 가족의 이야기다.

"우리 반에 연주라고 있지."

"아, 몽골인지 어딘지 후진 나라에서 왔다는 애?"

주미가 비웃음 가득한 표정으로 말했다. 주미에게 보기만 해도 기분이 나빠지는 애가 연주였다. 외국인인 주제에 우리나라 사람과 똑같이 생긴 것도 기분 나빴고, 우리말을 우리나라 사람만큼 잘하는 것도 기분 나빴다. 무엇보다도 가장 기분 나쁜 것은, 자기가 제일 싫어하는 희정이와 친하다는 거였다.

아니, 선우하고까지 친하게 지내는 것 같아 더 기분이 나빴다.

"걔가 네가 잃어버린 MP3하고 똑같은 걸 가지고 있더라고."

"그으래? 걔가 비싼 MP3를 살 만큼 잘사나? 그거 인터넷까지 되는 건데."

(114면)

연주는 몽골 초원에서 가난하게 살다 돈을 벌러 한국으로 온 부모를 따라온 아이이다. 희정이와 선우는 연주와 스스럼없는 친구로 지내며, 연주가 패스트푸드 가게에서 아르바이트를 하고 시급에서 차별을 받았을 때 점장에게 따져서 돈을 제대로 받아 준다. 그러나 주미는 못사는 나라에서 왔다고 연주를 미워하고 무시하며, 잃어버린 MP3를 연주가 훔쳐 갔다고까지 의심한다.

연주가 겪는 시련은 그것뿐만이 아니다. 쇠고기 수입 반대 촛불 집회에 참가했다가 학생부장 선생님에게 조사를 받고 이 일로 다니던 고등학교를 그만두게 된다. 중학교까지는 마쳤지만 연주를 받아 주는 학교가 없어, 어머니가 사정사정한 끝에 정식 학생이 아닌 청강생으로 다니게 되었던 학교였다. 촛불 집회에는 선우와 희정이를 따라갔던 것인데, 선우와 희정이가 반성문을 쓰는 것으로 일단락된 반면 교장은 더 이상 연주를 받아 주지 못한다. "게르마가 이렇게 정부에서 금지하는 집회에 나가고, 엉뚱한 친구들과 어울려 행동한다면 더는 우리 학교 학생으로 둘 수가 없어요."(158면) 교장에게 연주는 선우와 희정이와는 다른 몽골인 게르마였던 것이다.

함께 어울려 살기 위하여

우리 사회가 '다문화(多文化)'라는 표현으로 한국이든 미국이든 몽골이든 동등한 자격으로 대우하는 방향으로 가고 있지만 아직도 차별은 여전하다. 그 가운데 이른바 약소국 또는 후진국에서 온 경우에는 더 어려움을 겪는다. 더구나 연주의 부모처럼 불법체류 상태이면 법의 보호를 받기도 어렵다. 『무지개 너머 1,230마일』은 그런 사정을 몽골에서 온 가구공장 노동자인 연주 아버지 아무라와 식당 일을 하는 연주 어머니, 학생인 연주의 이야기를 통해 청소년들에게 조곤조곤 들려주며, 함께 생각해 보자고 말을 건넨다. 희정이처럼 연주와 마음이 통하는 아이, 선우처럼 발 벗고 나서며 연주를 돕는 아이가 연주 둘레에 있고 주미처럼 미워하고 시기하는 아이도 있다. 가구공장에서 불이 났을 때 연주 아버지가 위험을 무릅쓰고 사장을 구해 낸 일로 사장인 주미 아버지는 물론 주미도 그동안 외국인에게 가졌던 편견을 씻어 내게 된다. 이렇게 주위 사람과는 관계 개선이 되지만, 불법체류자로 체포되어 연주의 부모는 몽골로 추방당한다. "한국에서 대학까지 공부한 뒤 몽골로 돌아가 의미 있는 일을 해 보겠다는"(162면) 연주, 아니 게르마의 꿈도 더 이상 실현될 수 없게 된다.

공항에서 희정이와 선우, 주미의 배웅을 받으며 몽골로 떠나는 게르마는 멀어져 가는 한국 땅을 보며 눈물을 흘린다. 150만 외국인 주민이 우리와 더불어 사는 시대, 그러나 '그들'과 '우리'가 구별이나 차별 없이 진짜 더불어 살기 위한 조건, 우리의 인식은 아직 갈 길이 멀다. 희정이와 선우가 보여 주는 연주와의 아름다운 우정, 사회 곳곳에서 일하는 외국인 노동자의 고단한 모습, 그리고 똑같은 인간으로서 갖가지 애환을 겪는 연주 가족의 삶은 청소년 독자의 시야를 넓혀 주며 많은 생각거리를 안겨 준다.

이색적인 경험, 목숨을 건 모험이 펼쳐지는 과학소설

한낙원 『금성 탐험대』

금성 탐험, 시시할 것도 대단할 것도 아닌

금성 탐험, 하면 어떤가? 뭐, 그다지 멀고 특별한 여행일 것 같지는 않다. 「스타워즈」나 「아바타」 같은 SF 영화를 보면 우주를 쑹쑹 잘도 날아다닌다. 외계 종족이 출현하는 것도 너무나 당연해 보인다. 외계 종족이나 지구인이나 다 우주의 한 존재일 뿐이다.

그런데 현실을 생각해 보자. 인간이 처음 달에 발을 디딘 게 1969년, 45년 전이다. 당시 흑백텔레비전으로 생중계되는 달 착륙 화면을 보면서 전 세계는 환호했다. 나만의 착각인지 모르지만, 나는 얼마 안 있어 인간이 지구 곳곳을 누비듯 저 먼 우주의 별들을 신나게 여행하리라 기대했다. 그 뒤 달에는 몇 번 더 가는 데 성공했지만, 인간은 아직 지구에서 가장 가까운 행성인 금성에도 가지 못했고 화성에도 가지 못했다. 더군다나 앞으로도 가기가 쉽지 않을 것 같다.

"그렇지만 저는 달에는 가 봤지만 금성엔 못 가 본걸요."

"누군 가 봤나, 모두 처음이지."

홉킨스 소장은 지금까지 진행해 온 금성 탐험을 위한 유인 우주선 발사 계획을 대충 설명하였다.

그의 말에 의하면 이 계획은 1962년부터 시작된 것이다.

그동안에 50, 60회에 걸쳐 무인 우주선을 발사하여 금성에 관한 자료를 수집했고, 드디어는 유인 우주선을 발사하게 된 것이었다.

그러나 금성에 관한 자료가 충분해짐에 따라, 미소 간에는 달을 정복할 때와 같이 날카로운 경쟁이 붙었다. (『금성 탐험대』, 창비 2013, 12~13면)

수많은 과학소설과 SF 영화가 우리를 현혹하고 있지만, 지금도 우리는 겨우 이 지점에 와 있는 것 아닌가. 『금성 탐험대』는 1962년 12월부터 1964년 9월까지 월간 『학원』지에 연재되었다. 인간이 달에 미처 도달하기 전이다. 소설 속의 정황은 인간이 달에는 갔지만 아직 금성엔 못 간 상태다. 21세기인 지금이 바로 그렇다. 그 상황에서 미국과 소련 간의 금성 탐험 경쟁이 벌어지고, 한국의 우주인들이 각기 미국과 소련의 우주선에 탑승해서 우주여행이라는 이색적인 경험과 목숨을 건 모험을 펼친다.

상상 속에서 우리는 종횡무진으로 우주를 날고 외계인을 만나고 별들 간의 전쟁을 목도하지만, 발 딛고 선 자리를 보면 나로호를 수차례 시도 끝에 겨우 궤도에 올려놓고 한국인을 우주에 보내기 위해서는 러시아의 우주선에 태워야만 하는 게 객관적인 현실이다.

과학소설의 세계는 과학의 이름으로 낭만적 상상을 수행하거나 과학반 환상 반의 허구를 창조하는 것이라 해도 과히 빗나간 말이 되지 않을 것이다. 한국 과학소설의 개척자인 한낙원의 작품 세계도 낭만적 상상과 과학적 환상을 수행한 것이라 할 만하다. 그래서 그의 작품들은 잡지나 신문 등에 연재될 때 대개 '과학모험소설' '공상과학소설' 등으로 장르가 표시되었다. 이러한 '모험' '공상'을 바탕으로 한 과학소설의 창작 방향은 하나는 독자의 흥미를 끌기 위해, 또 하나는 과학이 약속하는 미래에 대한 기대로 추구되었던 것이다.

『금성 탐험대』에 앞서 1959~60년에 발표된『잃어버린 소년』을 보면 한라산 우주과학연구소에서 우주선이 뜨고 한국의 우주인 소년 소녀가 우주 괴물들과 우주에서 요란한 전투를 벌인다. 여기에 비할 때『금성 탐험대』는 좀 더 현실주의적인 접근을 시도했달까. 한국의 젊은이들이 치열한 우주개발 경쟁을 벌이고 있는 미국과 소련이 만든 우주선을 타는 것으로 설정하고 있다. 물론 과학소설이 허용하는 허구 세계에서 1960년대 초반의 미소 간의 우주개발 경쟁이 작품의 배경 설정에 반영돼야 할 필연적인 이유는 없다. 그렇지만 한낙원은 인간이 아직 달에 도착하기 이전인 1960년대 초반의 시점에, 이 작품의 배경으로서 인간이 달에 도달하고 나서 금성에 가기 위해 강대국 간에 경쟁을 하는 것으로 당대 현실의 맥락을 적극적으로 수용하였다.

따라서 금성 탐험, 하면 기분대로 시시하게 볼 것도 그렇다고 대단하게 볼 것도 아니다. 작품 속의 한국의 세 젊은이 ― 고진과 박철, 최미옥은 하와이의 우주 항공 학교에 다니는 학생으로서 미국의 우주선 V.P.호와 소련의 우주선 C.C.C.P.(에쎄쎄르-에스에스에스에르)호에 탑승해 두 강대국이 우주에서 벌이는 싸움에 휘말려 들어가고, 외계인 알파성인과도 조우하는 모험의 주인공이 된다. 우리는『금성 탐험대』를 읽으며 시선을 저 머나먼 우주, 안드로메다 은하나 삼각형자리 은하에 둘 필요가 없으며, 나로호나 우주인 이소연을 보던 시선을 그대로 이동하여 읽어 나가면 된다. 우주여행이라는 것 자체가 미지의 세계를 탐험하는 이색적인 경험인 데다 시작부터 의문의 납치 사건이 일어나 미스터리를 기조로 서사가 진행되는지라 시종 긴장과 흥미를 느끼며 책장을 넘길 수 있다.

과학방송극 등 다방면으로 활동한 한낙원 작가

나는 『한낙원 과학소설 선집』(현대문학 2013)의 해설을 쓰면서 '한국 과학소설의 개척자 한낙원'이라고 제목을 붙였다. 이 제목의 의의는 두 가지다. 한낙원이 쓴 작품을 '공상과학소설'이나 '과학모험소설'이라 하지 않고 '과학소설'로 일러야 한다는 것, 그리고 한낙원이 한국 과학소설의 '개척자'라는 것. 개척자는 대개가 선구자이듯 그도 과학소설의 개척자이자 선구자이다.

한낙원은 어린이와 청소년 독자가 읽을 과학소설을 주로 썼기 때문에 최근까지도 한국 과학소설 연구(연구랄 것도 거의 없지만)에서 그의 작품 활동은 거의 주목을 받지 못했다. 그러나 내가 『한낙원 과학소설 선집』에서 얼마간 밝힌 것처럼 한낙원은 1950년대 말부터 과학소설을 발표하기 시작해 전 생애에 걸쳐 '과학소설가'의 이름에 걸맞은 창작 활동과 저술 활동을 지속하였다. 시기마다 과학소설이나 과학 소재 작품을 발표한 작가들을 찾아볼 수 있지만 1950년대 말 60년대 초에 일찍이 뚜렷한 작품을 남긴 작가로는 한낙원 외에 확인된 연구 결과가 없을뿐더러, 꾸준히 과학소설을 창작하는 작가는 1990년대에 이르기까지 더 이상 나오지 않았다.

한낙원은 주로 신문, 잡지 연재를 통해 작품을 발표했는데, 중단편 작품은 25편 내외, 장편은 38편 정도 발표한 것으로 집계된다. 동화도 있고 동극도 있지만 주 장르는 어린이와 청소년용 과학소설이다. 그의 작품은 단행본으로 출간되지 않은 것도 많아서 작가의 유품인 신문, 잡지 스크랩으로 존재를 확인할 수 있을 뿐이고, 상당수 작품이 발표 지면과 발표 일자가 아직 확인되지 않은 상태다. 또한 그가 집필한 과학방송극도 35편 이상 존재하는데, 유품으로 확인되는 작품 목록은 내가 최대한 조사해서 『한낙원 과학소설 선집』에 수록하였다.

한낙원은 해방 직후 평양방송국에서 아나운서로 근무한 적이 있다. 그런 경험 때문인지 일찍이 방송극에 관심을 가져 1953년부터 해외 방송극을 각색해 소개하기 시작했다. 또한 과학 지식을 알려 주는 대화극 형식의 과학방송극을 상당수 집필하였고, 「100년 후의 월세계」「화성에서 온 사나이」 등 창작 방송극도 집필하였다. 1957년 루이스 캐럴의 『이상한 나라의 앨리스』를 『새벗』지에 번역해 소개하기 시작한 이후 『바다 밑 20만 리』(쥘 베른), 『우주 전쟁』(허버트 조지 웰슨) 같은 과학소설의 고전 작품도 번역하였다. 과학 정보 소개 글, 과학자 이야기, 과학 칼럼 등도 각종 지면에 기고하였다. 따라서 그는 과학소설가로만 한정할 수 없고, 극작가이자 번역가, 과학저술가이기도 하다. 그가 1983년에 직접 작성한 이력서를 보면 1961년 1월부터 12월까지의 시기에 "런던신문대학원 방송극작과 이수(통신강좌)/(The Radio Play Course, London School of Journalism)"라고 적혀 있는데, 그가 방송극에 대해 선구적인 관심을 갖고 열정적으로 공부하였다는 것을 짐작할 수 있다. 그의 극작 활동은 앞으로 드라마 연구 쪽에서도 유의해서 연구해야 할 미답의 영역이고, 과학소설도 아직 많은 작품이 제대로 검토되지 못한 상황이다.

한낙원은 경제성장이 지상 목표였던 시대에 과학 발달이 가져올 미래의 삶에 대한 기대가 컸던 분위기에서 어린이와 청소년들이 과학에 흥미를 갖고 미래 사회의 주역으로 자라기를 바라는 희망을 강렬하게 품고 있었다. 따라서 그는 과학소설 창작에 열의와 사명감을 갖게 되었고, 어린이 청소년 독자에게 다가가는 과학소설의 장르적 특징을 그 나름대로 개척해 작품으로 구현했기에 지속적으로 창작 활동을 일궈 나갈 수 있었다. 그의 작품들은 한국의 어린이와 청소년을 주인공으로 설정해서 그들이 모험과 새로운 경험을 통해 사회의 주역으로 성장하는 것을 그리는 특징을 보여 준다. 『금성 탐험대』는 그런 성격을 전형적으로 드러낸 작품이다. 오늘날 과학소설을 쓰는 작가들의 작품 경향은 상당히 다양하지만 지금 이곳의 사람들, 곧 우리 자신을 직접적으로 과학적 상상의 그물 속에 주인공으로 밀어 넣는 힘은 상당히 미약한 듯하다. 그런 점에서 과학소설을 쓰는 작가들도 선구적인 과학소설가인 한낙원의 작품을 새롭게 읽고 음미해 볼 필요가 있다.

3부

어린이문학 장르 용어를 새롭게 짚어 본다

들어가며

세월이 흐르면 강산이 변하듯이 우리가 쓰는 말도 변한다. 어떤 말은 빨리 변하고 어떤 말은 잘 변하지 않는다.

집단이라고 할까, 판이라고 할까, 계라고 할까. 어쨌든 복수의 개인이 소통하는 맥락에서 '아동문학'이라는 용어는 '어린이문학'이라는 용어로 대치되었다. '아동'은 '어린이'로 한자어에서 비한자어로 교체되었지만, '문학'은 그대로 사용되고 있다.

'어린이문학' 용어를 공식 용어로 사용하는 것은 이 판 전체로 보면 일각에서의 동향에 불과할지도 모르겠다. 그러나 이 용어가 어떤 그룹에서는 우세하게 일반적으로 쓰이고 있는 것만은 분명한 사실이다.

내가 알고 있는 범위에서 '어린이문학'이라는 용어가 공식적으로 사용되기 시작한 것은 1989년 '한국어린이문학협의회'라는 단체의 명칭으로 쓰이면서부터이다. 그리고『어린이문학』이라는 월간지가 1998년 창간되어 꾸준히 발간되면서 '어린이문학'이라는 용어가 '아동문학'을 대체해 널리 사용되게 되었다.

여기서 잠시 전통적으로 사용해 온 어린이문학 장르 용어들을 떠올려 보자. 서정 장르로는 동시와 동요, 서사 장르로는 동화와 소년소설 (아동소설)을 구분하는 것이 대표적인 장르 설정이다.* 지금도 대부분의 장르 이론들이 토대로 삼고 있는 이러한 분류는 어린이문학의 역사성과 실체를 반영한 것일 터이다. 그러나 가장 중심적인 서정 장르와 서사 장르를 각기 두 가지 범주로 갈라놓은 결과 여러 가지 불편과 문제가 따르게 되었다. 첫째, 서정 장르를 통칭하거나 서사 장르를 통칭해야 할 때 적절한 용어가 없어서 발생하는 문제다. 둘째, 어린이문학의 현장이 많이 달라진 현시점에서도 이런 분류가 유효한가 하는 문제다.

어린이문학 용어를 계열화하자

동시, 동요, 동화, 소년소설(아동소설)을 보면 '동' '소년'과 같은 어린이를 가리키는 말과 '시' '요' '화' '소설'과 같은 장르를 가리키는 말로 구성되어 있다. 즉 장르 명칭의 앞에 독자인 어린이를 가리키는 말을 붙이고 있는 것이다. '아동소설'을 '동소설'이라고 부르자고 한 사례도 있거니와, 일정하게 계열성을 띠고 있으면 그 명칭을 우리는 쉽게 이해할 수 있게 된다.

----

* 이원수『아동문학 입문』(1965) 및 이재철『아동문학개론』(1967; 1983).

‘어린이문학’이라는 용어를 사용하는 것은 ‘아동’보다 친근하면서 한자어가 아닌 ‘어린이’라는 말을 사용하고자 하는 뜻에서일 것이다. 이러한 경향은 여러 곳에서 확인된다. 1980년대까지만 해도 ‘아동도서’라는 말이 주로 쓰였지 ‘어린이책’이라는 말은 거의 찾아볼 수 없었다. 그러나 지금은 ‘아동도서’라는 말은 어린이책을 직접 쓰고 만들고 파는 판에서는 잘 쓰지 않는다. 고답적인 매스컴이나 학문의 영역에서만 줄곧 쓰고 있다. 단체의 명칭이나 단행본, 잡지 이름에서도 새로 생기는 것들은 ‘어린이책’ ‘어린이문학’을 붙이는 것이 일반적이고 자연스럽게 받아들여진다. 물론 언어의 경제성과 다른 말과의 결합 면에서 ‘아동문학’이 유리하고 익숙하게 다가오는 면은 관습상 여전히 남아 있다.

‘어린이문학’이 ‘아동문학’을 자연스럽게 대체하고 있듯이 장르 용어도 ‘어린이문학’에 걸맞게 계열화할 수 있을 것이다.

문학 → 어린이문학
시 → 어린이시
소설 → 어린이소설
희곡 → 어린이희곡
극, 연극 → 어린이극, 어린이연극
평론, 문학평론 → 어린이평론, 어린이문학평론

이렇게 용어를 계열화할 경우 용어 사용의 체계성이 갖춰진다. 용어에 대한 인식이 쉬울 뿐 아니라, 혼란스럽게 사용될 가능성도 줄어든다. 여기서 문제 되는 것은 어린이시와 어린이소설이다. 왜냐하면 앞에서 이야기했듯, 그동안의 아동문학 이론에서 하나의 장르가 동시와 동요,

동화와 소년소설로 양분되어 있기 때문이다.

동시와 동요는 어린이시다

동시와 동요를 구분하는 관점은 논자마다 조금씩 다르지만, 가장 일반적이고 강력한 구분법은 동시는 자유율·내재율이요, 동요는 외재율·정형률이라는 것이다. 이러한 관점은 동요의 역사성을 반영한 것으로 충분히 의미 있는 설명을 제공하지만, 지금 시점에서 동요에 대한 이러한 규정은 수정될 필요가 있다.

우선 이론적으로 동요를 정형시로 규정할 때 문제점은 크게 두 가지이다. 하나는 '요(謠)'를 노래로 파악할 때, 정형성이 곧 노래성을 의미하지 않는다는 점이다. 과거의 동요가 7·5조나 3·4조 또는 이를 기반으로 한 정형률에 의지해 가락을 산출했다 하더라도, 정형성이 곧 노랫가락을 의미한다고 할 수는 없다. 가령 오늘날 정형시인 시조는 노래에 합당한 가락을 창출하는가? 이런 의문을 던질 수 있다. 즉 정형성이 산출하는 가락이 노래와 직결된다고 할 수는 없다. 그렇다면 정형동시는 '동요'나 다른 이름으로 부를 것이 아니라 그냥 정형동시로 부르는 것이 합당하다.

과거의 동요가 노래로서의 동요와 분리되지 않았던 데 비해 요즘의 정형동시로서의 동요는 노래와 분리되어 있다. 이런 사정을 반영하여 '동요'를 '동요시'로 부르자고 하는 제안들이 있다. '동요시'라는 용어의 유용성은 짐작이 가나, 동요와 동시 사이에서 또 다른 혼란을 일으킬 수 있는 용어이다.

두 번째로, 정형동시를 동요라 할 때 어떤 정형동시인지 특정되지 않는 문제점이다. 정형시란 항시 어떤 고정된 기준이 되는 형식을 갖고 있다. 가령 한시에서의 5언 율시라든가 7언 고시라든가 하는 형식, 우리의 시조, 일본의 하이쿠 등이 모두 정형시의 형식이다. 동요가 정형동시라면 그 정형률의 구체적인 형식이 성립해야 한다. 7·5조 4행 2연이라든가, 3음보 3행 복수 연이라든가 하는 식의 형식이 성립하지 않고 정형이면 두루 동요라 하고 있으니, 동요는 단지 정형동시의 다른 이름일 뿐이다. 동요의 요건으로 정형성을 들 수 있겠지만, 동요＝정형동시의 등식은 폐기해야 한다. 이렇게 볼 때 동요는 어린이시의 범주에 들어 있는 역사적 장르로 자리매김된다.

동요의 재인식이 필요하다

전통적으로 동요의 특질을 정형성으로 여기고 노래로서의 특질이 정형으로부터 나오는 것으로 간주돼 왔지만, 이러한 기준은 오늘의 어린이시의 상황에 걸맞지 않는다. 즉 어린이시가 노래로 만들어지기 위해서는 정형성이 필수적이지 않다. 가사의 정형성은 현대의 대중가요에서도 이미 오래전에 파괴되었다. 정형적인 언어 형식은 오히려 시의 재미를 떨어뜨린다. 노래운동가 백창우가 이룬 많은 업적은 자유분방하게 쓰인 많은 어린이시가 훌륭하게 노래로 탄생될 수 있음을 보여 주었다.

물론 그가 노래로 만든 어린이시를 다 동요라고 할 수는 없다. 노래가 될 법하지 않은 어린이시를 노래로 완전히 재해석 재창조하기도 했고,

어린이시 자체에 담긴 숨겨진 가락을 잘 끄집어낸 경우도 있다. 어쨌든 기존의 동요 개념이 더 이상 유효하지 않음을 보여 준 것만은 분명하다. 이런 맥락을 잘 살피면, 어린이시의 음악성과 문학성에 대한 재인식이 가능할 것 같다. 어떤 어린이시를 보면 분명 노래를 지향하는 가락이 전편에 흐르고 있다.

> 호호호호 호박꽃
> 호박꽃을 따 버리면
> 애애애애 애호박
> 애호박이 안 열려
> 호호호호 호박전
> 호박전을 못 먹어
>
> ── 안도현 「호박꽃」 전문

나는 이 작품을 동요로 본다. 그것은 이 작품이 2음보의 반복이나, 2행씩 일정한 자수율로 반복되는 정형성 때문이 아니다. 물론 그렇게 분석될 수 있는 형식적인 특징이 이 작품의 운율과 밀접한 관계가 있는 것은 분명하다. 그러나 더 중요한 것은 정형적이든 아니든 작품 전편에 매우 역동적인 운율이 흐르고 있다는 것이다. 그러한 역동적인 운율은 꽃을 따면 호박이 안 열리고, 호박이 안 열리면 호박전을 못 먹으리라는 연쇄적인 상상 속에 담긴 유희성으로부터 나온다. 이 작품이 어떤 형식적 규칙성을 보이는 것은 그런 역동적 운율 충동이 만들어 낸 부산물이다.

깨비깨비 방아깨비

디딜방아를 찧어라

보리방아를 찧어라

쿵더쿵 쿵더쿵

요 보리 찧어서는

꽁보리밥 해 먹고

요 보리 찧어서는

보리개떡 해 먹고

배 둥둥 부르면

보리방귀나 뀌어라

뿌웅 뿌웅 뿌웅——

——권오삼「방아깨비」전문

이 작품도 전편에 역동적인 운율이 흐르고 있다. 그 운율은 통념적인 노래와 꼭 일치하지는 않는, 언어를 들썩이게 해서 그 언어에 젖어 드는 사람을 흥겹게 만드는 그런 운율이다.

개개의 작품들에서 그 작품이 갖고 있는 정형성을 찾아내거나 그런 정형성을 몇 가지 규칙으로 정리하여 이를 기준으로 '동요'를 규정하려 한다면 그것 역시 일면적일 뿐이다. 안도현 동시집 『나무 잎사귀 뒤쪽 마을』(실천문학사 2007)에는 「눈 위의 발자국」같은 2음보 2행의 반복 형식, 「백담사 물소리」같은 7·5조 형식의 전통적인 운율을 따른 동요들이 있지만, 「호박꽃」이나 「눈사람」처럼 그 자체의 가락이 발랄한 작품이 오히려 더 동요다운 흥겨움을 준다. '문학동네 동시집' 시리즈로 나온 권오삼의 『똥 찾아가세요』(2009)에도 동요로 분류할 수 있는 작품이

여럿 들어 있다. 「누가 누가 사나」 「은행나무」 같은 작품은 전통적으로 쓰여 온 동요와 비슷한 가락이고, 「보리」나 「아아」 같은 작품은 랩을 연상시킨다. 정형으로 쓰인 작품들을 따로 묶은 '동요집'은 이제 잘 나오지 않고 그런 동요집에 재미를 느낄 사람도 없다. 동시와 동요를 분리할 것이 아니라, 어린이시로 쓰이는 작품들 속에 섞여 있는 동요를 알아보고 그것의 시문학으로서의 특질을 새롭게 인식하는 일이 오늘의 창작 현실에 걸맞은 일일 것이다.

동시와 어린이시를 구별할 것인가

일찍이 이오덕이 동시인이 쓰는 동시와 어린이가 쓴 시를 구별하여, 어린이가 쓴 시를 '아동시' '어린이시'라는 명칭으로 구별해 낸 이래로 동시/어린이시(아동시)의 대립적 용어 사용이 어린이문학 동네에서는 상당히 일반화되었다. 이러한 대립적 용어 사용은 상당히 편리한 면이 있다. 그러나 용어 구성으로만 보면 이 두 용어가 대립적이어야 할 근거는 없다. '동' '아동' '어린이'는 모두 같은 뜻을 가진 말인데, 어떤 경우엔 글을 쓰는 주체가 되고 어떤 경우엔 주체가 될 수 없다면 비합리적이다.

더구나 '어린이문학'이라는 용어를 '어린이가 쓴 문학'이라는 용어로 쓰지 않으면서 '어린이시'만 유달리 '어린이가 쓴 시'를 가리키는 용어로 쓰고자 한다면, 이는 몇몇 소수의 약속으로는 유지될지 몰라도 일반적인 약속으로 지켜지고 유지되기 어렵다. 동시/어린이시의 대립이나, 어린이가 쓴 시는 동시가 아니라는 인식은 어린이문학 동네를 한발 벗어나면 쉽게 이해되지 않는다.

어린이시는 어린이가 쓴 시도 될 수 있고, 어린이가 읽도록 전문 작가가 쓴 시도 될 수 있다. 청소년문학이 어떤 맥락에서는 청소년을 독자로 창작된 문학을 뜻하고, 어떤 맥락에서는 청소년이 창작한 문학을 뜻하는 것과 마찬가지다. 물론 가장 바람직한 것은 한 가지 의미에는 한 가지 용어만이 대응되는 것이다. 그러나 사정이 그렇지 못하고, 용어를 형성하는 방식에 문제가 없을 때 우리는 그 용어를 쓸 수밖에 없다. 두 개념이 혼동될 우려가 있을 경우엔 혼동을 피할 수 있는 장치를 적절하게 마련하면서 사용하면 된다.

동시/어린이시의 의미 대립을 유지하지 않는다고 해서 동시와 어린이가 쓴 어린이시를 구별해 온 문제의식이 사라지는 것은 아니다. 동시=어린이시로 용어를 사용하더라도, 글쓰기 교육의 현장에서는 어린이가 쓴 시와 어린이문학 장르로서의 어린이시를 구별할 필요가 있을 때는 이를 명확히 구별하고, 필요하면 적절하게 새로운 용어를 개발해 사용해야 할 것이다.

동화와 소년소설은 어린이소설이다

동화와 소년소설(아동소설)의 구분 역시 동시와 동요처럼 오랜 전통을 가진 것이고, 우리 어린이문학의 발생과 변모 과정을 반영하고 있는 것이다. 그러나 하나의 서사 장르를 이처럼 양분함으로써 생겨나는 문제점이 매우 심각하고, 특히 용어 사용에서 발생하는 혼란이 극심하다.

이렇게 두 가지 장르로 구분하는 근본적인 원인은 두 개의 장르가 뚜렷하게 존재한다는 인식 때문이다. 그런데 전문적인 또는 학문적인 영역에서의 구별은 분명할지 몰라도 일반 대중에게는 그 구별이 쉽지 않고, 더구나 외견상 유사한 서사문학을 통칭할 필요가 오히려 더 많은 상황에서 이런 양분법은 점점 지켜지지 않았다. 그래서 대략 1990년대 후반부터는 '동화'라는 용어가 두루 서사 장르를 통칭하는 용어로 사용되어 왔다. 권정생의 동화 「강아지똥」과 『몽실 언니』라고 하게 되지, 권정생의 동화 「강아지똥」과 소년소설 『몽실 언니』라고 일일이 장르를 세분하기는 쉽지 않다.

이처럼 동화와 소년소설을 구별하지 않아 발생하는 문제점으로 장르에 대한 오해와 창작 경향의 왜곡 등이 지적된 바 있다. 즉 소년소설을 동화라고 부르면서 소년소설을 동화 장르를 보는 기준으로 보고 평가하는 문제점이 생기고, 동화가 아닌 것을 두루 동화로 부르게 되면서 동화의 공상성, 초현실성에 대한 인식이 흐려진다는 것이다. 이러한 문제점은 창작 경향에도 그대로 나타나, 장르적 특질을 꿰뚫지 못한 채 소년소설과 동화를 넘나들며 정체성을 찾지 못하는 작품들이 적지 않게 산출된 것 또한 사실이다. 이는 용어 사용만이 원인일 수는 없겠지만 분명 용어 사용의 혼선이 촉발한 측면이 있음을 부정할 수 없을 것이다.

그러나 지금의 창작 현실을 보건대 동화와 소년소설의 구분이 얼마나 요긴한지는 의문이다. 독자 연령과 창작 방법에서 매우 폭넓은 스펙트럼을 형성하고 있는 요즘의 작품 경향을 동화와 소년소설로 양분하는 것이 가능할지 모르겠다. 또 설혹 오랜 전통의 압력으로 두 가지 경향이 여전히 뚜렷이 존재한다 하더라도 이를 근거로 서사 장르를 양분하는 것이 바람직한지는 의문이다. 어린이소설이라는 단일 서사 장르 속에 존재하는 좀 더 우세한 세부 장르로 두는 것이 오히려 현실에도 맞고 적절하지 않은가 싶다.

　생활동화와 소년소설이 다른 것이라고 구별해 낼 의미가 있을까? 동화의 상상력 속에서 펼쳐지는 공상동화와 사실동화를 구별할 수 있을까? 물론 명확하게 구별되는 작품이 없지 않다. 그러나 현대의 창작 경향은 사실 속에 환상이 스며들고 환상이 사실처럼 전개되는 혼융을 추구하고 있으니, 전통적인 분류에 걸맞은 유형이 점점 줄어든다. 설사 구별할 수 있고 구별의 유용성이 있다 할지라도 그것은 좀 더 세부적인 작품의 특징이거나 다양한 개별 종으로 자리매김하는 것이 좋겠다.

어린이문학은 특별하지 않다

　어린이문학이 무엇인가 또는 어떠해야 하는가 이야기할 때, '어린이'에 방점을 찍느냐 '문학'에 방점을 찍느냐 하는 문제로 고민하는 경우가 있다. 맥락에 따라 강조점을 달리할 필요가 없지 않지만, 어린이문학은 두 마리 토끼를 모두 쫓아야 하는 운명이다. 성인 독자가 아닌 어린이 독자를 염두에 두고 써야 하니, 그에 따른 여러 가지 제약 요소가 부각되기도 한다. 주제와 표현상의 제약뿐 아니라, 교육성을 띠어야 한다는 압력마저 느낀다. 이러한 점들은 대개 어린이문학의 특수한 성격으로 이해되어 왔고, 설사 외적인 제약이 가해지지 않는다 하더라도 창작자나 수용자 모두에게 내적인 압력으로 작용하고 있는 것 또한 사실이다.

　그러나 이러한 내용들을 가지고 어린이문학의 특수성을 강조한다면 나는 적절하지 않은 태도라고 본다. 물론 어린이문학에는 어린이문학의 특질이 있고 그것을 잘 이해할 필요가 있다. 나 자신도 어린이문학의 특수성을 강조한 적이 없지 않지만, 어린이문학을 특별하게 보기보다 특별하지 않게 보는 관점이 유용한 것 또한 사실이다. 배구 선수는 배구의 규칙 안에서 경기를 뛰고, 스키 선수는 스키의 규칙 안에서 경기를 뛴다. 배구 선수에게 배구의 규칙은 제약인 동시에 경기를 가능하게 하는 원리이다. 배구 규칙이 없다면 배구 경기는 이루어질 수 없다. 배구 선수가 배구 경기의 규칙을 특별하게 생각할 필요가 없는 것처럼 어린이문학 경기를 뛰는 사람이 어린이문학의 여러 조건을 특수하다고 여길 필요는 없을 것이다.

그런 점에서 어린이문학의 장르 용어도 특수할 필요가 없다. 어린이문학을 다른 문학과 구별할 필요가 있을 때는 '어린이'를 붙여 사용하면 되고 그렇지 않을 때는 굳이 '어린이'를 붙이지 않아도 된다. 용어는 일차적으로 소통의 수단이기 때문이다. 큰 장르 개념을 벗어나, 어린이문학 작품의 구체적인 양태를 가리키는 용어는 얼마든지 그 특질을 나타내는 용어를 개발해 사용해도 좋을 것이다. 가령 '동화시'나 '이야기 동시' '어린이 탐정소설' 같은 용어가 그런 예이다. 그런 용어는 풍성할수록 좋고, 창작자는 장르의 경계를 넘어서는 모험을 할 필요도 있다.

한국아동청소년문학학회에서는 어린이문학의 장르 구분과 장르 용어 문제가 정리돼야 한다는 문제의식에서 학술 세미나를 연속적으로 개최하고 있는데, 박영기, 김제곤, 조은숙, 원종찬 등의 연구에 드러난 역사적으로 사용돼 온 장르 용어들을 보면 독자 연령이나 창작 방법 등을 중심으로 다양한 명칭을 만들어 써 왔던 것을 흥미롭게 확인할 수 있다. 장르 관련 용어를 남발하는 것은 바람직하지 않지만, 작품의 특징을 이런 용어들로 명료하게 집약하는 데 인색할 필요는 없다고 생각한다.

어린이시를 가리키는 별칭으로는 동시를, 어린이소설을 가리키는 별칭으로는 동화를 쓸 수 있다. 사실 동시와 동화는 요즘 어린이문학의 서정 장르와 서사 장르를 각기 통칭하는 용어로서 널리 쓰이고 있다. 이를 되돌릴 수는 없을 것이다. 어린이시＝동시 작품들 중에는 동요로 분류할 수 있는 작품들이 있다. 어린이소설＝동화를 다시 동화와 소년소설(아동소설)로 분류하는 것은 적절하지 않다. 어린이소설＝동화 작품들 중에 '어린이 역사소설'이나 '역사동화'가 있을 것이고, '환상동화'나 '유년동화'가 있을 수 있을 것이다. '역사동화'보다는 '어린이 역사소설'이, '유년동화'보다는 '유년소설'이 더 정확한 용어가 된다. 어린이문학 안에서는 굳이 '어린이'를 붙이지 않고 간결하게 '역사소설'이라고 해도 충분히 통할 자리가 많을 것이다.

창작 현실에 걸맞게 '어린이소설'이라고 쓰자

우리 어린이문학 장르론의 근간이 되어 온 이원수와 이재철의 구분을 보면, 서사 장르를 '동화'와 '아동소설(소년소설)'로 이분하였다. 이러한 구분법은 출판과 저널리즘, 비평 등의 실제에서도 두루 적용되어 왔으나, 요즘의 용어 사용은 이와는 상당히 다른 양상이다.

최근 받아 본 어린이문학 잡지와 출판사 홈페이지를 통해 몇몇 어린이문학상 공모 요강을 찾아보았다. 그 모집 부문에 나타난 장르 용어는 다음과 같다.

─초등학생 대상의 창작동화 1. 장편동화 2. 중편동화(웅진주니어 문학상)
─동화 부문, 동시 부문, 청소년소설 부문, 아동청소년문학 평론 부문
　　(『창비어린이』 신인문학상)
─단편동화, 장편동화(문학동네 어린이문학상)
─장편동화 및 단편집(마해송문학상)

한결같이 '동화'라는 용어를 쓰고 있고, '동화'와 '아동소설'을 공모한다고 표현한 곳은 없다. '아동소설' 장르를 따로 공모하는가 하면 그렇지 않다. 월간 『어린이와 문학』의 차례에서는 '응모 동화' '초대 동화'라는 용어를 쓰고 있고, 여기서의 '동화'는 '아동소설'을 포함해 어린이문학 서사 장르를 총칭하는 개념이다. 계간 『창비어린이』에 연재되는 위기철의 창작 강의 「동화를 쓰려는 분들께」에서도 '동화'는 어린이문학 서사 장르를 총칭하는 용어로 사용되고 있다.

그렇다고 이제 '동화'라는 용어로 어린이문학 서사 장르 용어가 통일된 것은 아니다. 계간 『아동문학평론』의 '아동문학평론 신인문학상' 공모에서는 응모 부문에 '동화·소년소설·동극'으로 '동화'와 '소년소설'을 구분하고 있고, 계간 『어린이책이야기』 2010년 여름호 서평란에서는 유은실의 『마지막 이벤트』(바람의아이들 2010)를 '아동소설'로 구분해 다루었다. 그러나 『아동문학평론』의 계간평란을 보면 '동화' '청소년소설'로 분류하고 있고, 『어린이책이야기』의 창작란에서도 '동화'로만 제시하고 있어 '아동소설'이 구분되어 있지 않다. 즉 '동화'와 '아동소설(소년소설)'을 구별하려는 의도가 반영되어 있긴 하지만, 개별 필자의 글은 차치하더라도 편집 형식에서도 일관성을 지키지 못하였다. '아동소설'의 특징이 뚜렷한 특정 작품은 때때로 '아동소설'로 다루기도 하지만, 대부분 '동화'로 통칭하고 있거나 용어 사용이 혼란스러운 양상을 보인다.

'동화'로 어린이문학 서사 장르를 총칭하는 경향 외에 구체적인 장르 지시 용어를 기피하는 현상도 나타나고 있다. '문학동네 어린이문학상' 수상작으로 나온 『거짓말 학교』(2009)는 표지에 '전성희 글'이라 표시되어 있다. '글'이라는 막연한 표현으로는 동화인지 소설인지, 아니면 수

필이나 이름 붙이기 어려운 새로운 형식의 작품인지 알 도리가 없다. 뒷날개에 있는『책과 노니는 집』(2009) 등의 지난 수상작 소개에도 모두 '이영서 글' 식으로 적어 놓았다. 소개 내용을 읽어 본 나의 판단으로는 모두 소설(어린이소설)에 해당하는 작품이다. 이와 같이 '글' '지음'이라는 광범한 표현을 쓴 사례는 '마해송문학상' '웅진주니어 문학상' 등의 수상작 출간에서도 눈에 띄고, '높새바람' '반올림' 등 '바람의아이들' 출판사에서 내는 어린이청소년문학 시리즈들, '사계절 1318문고'로 나온 '이현 글'『영두의 우연한 현실』(2009) 등 청소년문학 출판에서도 확인된다. 이처럼 구체적인 장르 규정을 기피하는 것은, 발화 맥락에 따라 의미 중복을 피하려는 이유도 있지만, 구체적이고 정확한 장르 판단에 어려움을 느끼거나 장르의 명시적 규정이 독자층을 제한할까 우려하기 때문인 듯하다.

　나는 "지금의 창작 현실을 보건대 동화와 소년소설의 구분이 얼마나 요긴한지는 의문"이라는 판단에서 어린이문학의 서사 장르를 통칭하는 용어로 '어린이소설'을 사용하자고 제안한 바 있다.[1] '어린이문학'이라는 용어의 쓰임이 점점 보편화하는 상황에서 '어린이문학－어린이시－어린이소설' 등으로 용어를 계열화해 체계성을 갖추자는 것이었다. '어린이소설'이라는 용어를 적극적으로 사용할 경우

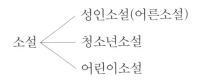

소설 ── 성인소설(어른소설)
　　 ── 청소년소설
　　 ── 어린이소설

---

1 김이구 「어린이문학 장르 용어를 새롭게 짚어 본다」, 『창비어린이』 2009년 겨울호 235면 참조.

의 계열성도 갖추어진다.

요 몇 년 사이 '청소년소설'이란 용어는 완전히 정착하였으며, 청소년소설이나 어린이소설(동화)과 비교 대조하여 말해야 할 때는 '성인소설(일반소설)'이라는 용어도 자주 쓰이고 있다. 이처럼 '소설' 앞에 성격을 구분해 주는 수식어를 붙이기도 하지만, 가령 청소년 대상 작품을 말하는 것으로 전제된 자리에서는 굳이 **청소년소설**'이라고 일컫지 않아도 된다. '창비청소년문학' 시리즈로 나온 『싱커』(2010)의 경우 표지에 '배미주 **장편소설**'로 표시되어 있다. '창비아동문고'로 나온 『귀신 잡는 방구 탐정』(2009)은 '고재현 장편동화'라고 되어 있는데, '청소년소설'처럼 '어린이소설'이란 용어를 사용한다면 '고재현 장편소설' 또는 '고재현 탐정소설'로 표시할 수 있다. '아동문고'로 발간된 작품이니 굳이 '어린이' 개념이 중복되게 용어를 쓸 필요가 없다.

동화를 "현실에서 경험할 수 없는 인물·사건·배경을 지닌 비현실적인 스토리를 특징으로 하는" 장르라거나, "현실논리를 초월하는 풍부한 공상의 세계가 동화의 근간"이라는 기존의 인식[2]이 지금의 창작 현실에도 들어맞을까? "최소한 동화의 개연성과 소설의 개연성은 구별할 필요가 있"으며, "동화의 개연성은 물활론적 사고가 자연스러운 10세 이하 어린이의 인식론적 특성과 맞물린 것"이란 주장[3]은 얼마나 타당할까? 내가 보기에는 '공상의 세계'나 '비현실적인 스토리'는 현대소설의 특징이기도 하며, 작품의 개연성은 여러 요소를 고려하여 종합적으로 판단할 사안이지 '동화의 개연성'과 '소설의 개연성'으로 양분해 적용

2 원종찬 「해방 이후 아동문학 서사 장르 용어에 대한 고찰」, 『아동청소년문학연구』 제 5호, 한국아동청소년문학학회 2009, 24면 참조.
3 같은 글 25면 참조.

하기에는 난점이 많다. 또한 동화의 개연성은 '물활론적 사고와 인식'을 근거로 한다고도 볼 수 있지만, 창작 관습이나 기법의 차원에서 성립되는 측면이 강화되고 있는 추세다.

어린이문학 역시 개인 창작을 특징으로 하는 근대문학의 범주에 속해 있으며, 따라서 어린이문학 서사 장르의 창작 원리도 소설과 별반 다르지 않게 되었다. 근대적 이성을 기반으로 하는 현실 파악(리얼리티)이 그것이다. 판타지의 경우도 리얼리티의 대척점에 있는 것이 아니라, 제2세계의 리얼리티 또는 제1세계와 제2세계를 아우르는 리얼리티의 다른 이름일 뿐이다. '동화'의 상상력이 설령 설화나 기타 민간신앙, 옛 종교의 세계관을 이어받고 있다고 하더라도 그것은 유산으로 남아 있는 일부이거나, 근대적 이성 아래 수용된 형식으로 발현된다고 생각된다.

이러한 점은 '동화'와 '소년소설'을 구분하여 그 특징을 상세히 탐구한 이원수의 장르론에 이미 기본적인 전제로 깔려 있었다고 할 수 있는바, 이원수는 "크게 분류하면 현대 동화는 소설에 속한다"고 하였으며 "동화는 필연적으로 소설 속에 넣는 것이 당연할 것이요, 동화는 곧 소설의 한 종류로 보아야 할 것"이라고 하였다.[4] 즉 소설(어린이소설)의 갈래 속에 '동화'가 세부 장르로 존재한다고 본 것이고, '동화'와 '소년소설' 논의는 곧 어린이소설에 대한 탐구였다고 할 수 있다.

'동화'로 표시되어 출간되었고 통념상 '의인동화'로 간주되는 권영품의 『꼬리 잘린 생쥐』(창비 2010)도 나로서는 '공상의 세계' '물활론적 상상력'이 핵심인 작품이라기보다 제1세계(동물)와 제2세계(인간)를

---

4 이원수 「아동문학 입문」, 『교육자료』 1965; 『이원수 아동문학전집 28』, 웅진출판 1984, 30면, 32면 참조.

아우르는 리얼리티를 기반으로 한 소설(어린이소설)이라고 본다. 이를 기존의 판타지론이나 '동화'론으로 다루어서는 작품의 한 면만을 확대 해석하기 쉽다. 어린이소설로서 특징적인 또는 한 유형을 보여 주는 작품으로 그 성격을 파악해 가는 가운데, 1990년대 이후 창작의 변화한 지형을 읽어 내면서 갈래를 더 구체적으로 분화시켜 나가는 것이 바람직할 것이다.

이태준과 현덕의 "짤막한 작품"들에 대해서 원종찬은 "초월적 경험"을 담은 '동화'와 달리 "현실적으로 경험 가능한 이야기"이지만, "'시적'인 특성이 고도로 발휘된" 작품이기 때문에 '동화'라는 인식을 표출하였는데,[5] 이는 결국 '동화' 개념에 이중 기준을 두는 셈이 된다. 이태준의 「엄마 마중」 「불쌍한 삼형제」, 현덕의 「포도와 구슬」 「고양이」 등의 짧은 작품도 '어린이소설'로 보면 무리가 없다. '동화'라는 용어는 '어린이소설'의 별칭으로 자리를 매기고, 좀 더 경제적인 용어 사용이 필요할 때 위주로 사용하면 된다. 또 어린이 독자가 전제된 맥락에서는 '어린이'가 늘 따라붙을 것 없이 '소설' '역사소설' '추리소설' '과학소설' '의인소설' '공포소설' '단편(소설)' '중편(소설)' '장편(소설)'처럼 '소설' 용어를 사용하는 것이 간편하다. 기존의 '동화/아동소설' 이분법으로 보아 '동화'의 특징이 두드러진 작품을 구별해 내고자 할 때는, 그 특징을 나타내는 수식어를 '어린이소설=동화' 앞에 붙여 주면 되겠다.

앞에서 어린이문학 서사 장르의 총칭으로 '동화'를 사용하는 경향과 구체적인 장르 지시 용어를 기피하는 경향을 살펴 말한 바 있다. 이에

---

5 원종찬, 앞의 글 24면 각주 참조.

따른 갖가지 개념의 혼돈과 소통의 난점을 해소하기 위해서 '어린이소설' 용어를 정립해 사용하도록 하자. '어린이소설' 용어를 사용하더라도, 저학년 이하 어린 연령 독자를 대상으로 한 작품을 가리키는 맥락에서는 '동화'라는 별칭이 친숙하고 효과적인 용어로 사용될 수 있다.

'동화'를 총칭 용어가 아닌 '아동소설' 또는 '어린이소설'과 구별되는 개념으로 사용할 경우에는 자신이 사용하는 '동화' 용어의 개념에 대해 명확히 제시하고 사용해야만 한다. 그러지 않은 채 '동화의 소설화 경향'과 같은 문제를 다룰 경우 독자와의 소통에 혼선이 생길 것이 뻔하며, 논자 스스로가 혼란에 빠질 가능성도 많다.

오늘의 우리 동시를 말한다

난해함, 일상성, 동심주의의 문제

난해한 동시, 이대로 괜찮은가

이번 전국 동시인 대회 프로그램 예고를 보니 제가 맡은 주제가 '오늘의 우리 동시를 말한다'네요. 너무 포괄적인 주제인데, 이는 제가 새로 이야기하기보다 이전에 발표한 글 「오늘의 동시, 어디까지 왔나」(2012)와 「동시의 생태계, 동시의 희망」(2014)을 보시는 것이 더 충실할 것 같습니다. 그 사이에 약간의 변화는 있지만, 전반적인 동향은 그 글들에서 세세히 짚었고 저 나름으로 중점을 두어 강조한 것도 있으니까요.

그러면 오늘 무엇을 이야기해야 하나, 고민을 하다가 평론가 김제곤 선생이 쓴 글에 기대어 여러분과 생각할 거리를 나누어 보자고 방향을

---

* '제1회 전국 동시인 대회'가 2015년 10월 24~25일 충북 충주에서 열렸다. 이 글은 제2부 '우리 동시의 어제와 오늘' 프로그램으로 24일 충주시립도서관 시청각실에서 진행된 주제 발표 시간에 발표한 내용을 약간 보완한 것이다.

잡았습니다. 방향만 잡았지 사실 정리가 안 되어, 전제한 대로 생각할 거리를 나누는 것으로 갈음해야 할 것 같습니다. 말씀을 드리는 도중에라도 뭔가 가닥이 잡히고 제 주장도 생기게 된다면 무척 행운이고요.

김제곤 선생은 『창비어린이』 2015년 여름호에 「황금시대는 도래했는가: 최근 동시 흐름에 대한 진단」을 발표했습니다. 이어서 월간 『어린이와 문학』 주최 '2015년 여름 대토론회'에서 「시의 자리, 동시의 자리」를 발표했고 그 발표문과 토론이 『어린이와 문학』 10월호에 실렸습니다. 이 발표문은 앞 글을 보완하고 보충하는 내용입니다.

김제곤 선생은 이 두 글에서 지난 10년간 우리 동시가 새로운 흐름을 형성했고 귀중한 성과를 이뤄 냈다고 보면서 지금 짚어 보아야 할 문제점으로 크게 세 가지를 들고 있습니다. 첫째 어린이 독자가 동시를 해독하기 어려운 '난해함'의 문제, 둘째 어른인 시인이 어린이를 순수한 존재로 사랑스럽게 바라보는 위치에 서는 '동심주의 시선'의 문제, 셋째 소재가 단조롭고 비슷비슷한 소시민 가족의 일상에 갇혀 있는 '일상에 갇힌 어린이'의 문제입니다. 간단히 말하면 동시가 어렵다, 어린이를 순수하다고 내려다본다, 뻔한 어린이의 일상을 그린다 이렇게 요약할 수 있겠습니다.

예로 든 작품은 난해함의 문제로는 김륭의 「코끼리가 사는 아파트」와 송진권의 「강아지풀 수염 아저씨랑 바랭이풀 우산 아줌마랑」, 동심주의 문제로는 송찬호의 「저녁별」과 송진권의 「올챙이도 아니고 개구리도 아닌」, 일상성의 문제로는 김륭의 「고추잠자리」와 「나는, 나비」입니다(「황금시대는 도래했는가」). 김륭의 「파란 대문 신발 가게」와 이안의 「뱀」 연작도 난해함의 문제를 지닌 작품으로 다루어졌습니다(「시의 자리, 동시의 자리」).

지난 10년간 우리 동시가 새로운 흐름을 일구어 냈다 할 때, 여러 요인이 있지만 신인 동시인들의 활약과 어른시단 시인들의 동시 창작 유입이 가장 중요한 요인이라고 할 수 있습니다. 앞에 거론된 시인과 작품의 면면이 어른시단의 시인들로서 동시 창작에 들어온 사람들과 그 시인들의 작품이라는 점은 시인들의 동시 창작이 동시의 새로운 흐름을 이끈 주요한 축이었음을 방증합니다. 시인들의 동시 창작은 최근의 활발한 동시집 간행으로 이어지며 이미 많은 주목을 받고 사랑받고 있는 만큼 이를 비평적으로 다시 읽어 내는 일이 필요한 시점이 되었습니다.

　상상력의 확장과 표현력의 증대를 획기적으로 보여 준, 시인들의 동시가 거둔 성과가 빛나는 것이라 해도 그 모든 국면을 다 긍정하기는 어렵습니다. 김제곤이 제기한 세 가지 문제는 핵심을 잘 짚어 얘기한 것으로 특히 난해함의 문제는 동시를 계속 쓰려고 할 때 시인들이 일차적으로 극복해야 할 사항이라고 생각합니다.

　그런데 김륭의 「파란 대문 신발 가게」와 「코끼리가 사는 아파트」의 경우 저는 좀 다른 관점으로 보고 있습니다. 저 자신이 이 시들을 독해하기가 쉽지 않음을 이야기하면서 '동시 독자로서의 어린이'를 상정한 바 있습니다. 이 시들의 새로운 표현법은 저에게 정서적 공감을 일으키는 데는 취약했습니다. 하지만 낡고 관습적인 비유를 타파한 상상력이 주는 즐거움만으로도 충분히 의미 있었고, '동시 독자 어린이'가 나의 감상 수준에 항상 못 미칠 것이라고 생각할 수도 없다고 봅니다. 또한 어린이 독자가 이 시들의 표현에 상당 부분 의문을 갖는다 해도 크게 문제 될 것은 아닙니다. 그 의문을 풀어 가는 것이 시 감상의 즐거움의 한 부분일 것이며, 일부 의문을 해소하지 못했다 해서 시 자체가 잘못됐다고 할 수는 없습니다. 어른시에서는 좋은 시, 잘 쓴 시로 평가받는데도 일부 구절이 해독하기 매우 어려운 사례가 드물지 않습니다. 물론 이를 비판적으로 바라봐야겠지만, 동시는 다 쉽게 해독이 돼야 한다, 직관적으로 수용돼야 한다고 보는 관점은 낡은 것이라 생각합니다. 그렇지만 김륭의 동시 중에 난해함이 그저 난해함에 머문 듯한 시들도 있는 것은 분명합니다.

김륭의 다른 시들에서는 일상의 틀에 갇힌 어린이가 문제 되었는데, 이는 정곡을 찌른 지적이라고 봅니다. 그런 사례들은 정말 새로운 상상력과 표현에 도달했다기보다는 거기에 못 미친 데 따른 결과가 아닌가 생각합니다. 일상의 어린이를 더 깊이 있게 파고든 경지를 보여 주었더라면 하는 아쉬움이 있고, 이는 다른 동시인들의 작품에서도 종종 느끼는 것입니다. "좀 더 넓은 세계, 혹은 우리가 전혀 경험하지 못한 다른 세계와 새로운 접면을 이루"(「황금시대는 도래했는가」 145면)는 것은 '지금 여기를 살아가는 아이들의 일상'을 버릴 때 얻어지는 것이 아니지요. 새로운 언어에의 열망은 더 큰 세계와의 연관을 보면서 짭짜름한 삶의 소금기를 잡아내는 방법으로서 실현되어야 할 것입니다.

송진권 시인의 「강아지풀 수염 아저씨랑 바랭이풀 우산 아줌마랑」을 같이 읽어 보겠습니다.

명개흙 동글동글 뭉쳐 경단 빚고
풀꽃 따다 얹어 칡 잎에 싸서 가자
너는 강아지풀 수염 아저씨
나는 바랭이풀 우산 아줌마
누운 허수아비 일으키고
잠든 꾸구리 깨워 같이 가자

너는 강아지풀 수염을 달고

나는 바랭이풀 우산을 쓰고

질경이 민들레 따라 까치발 뛰며 가자

풀잎 이슬 받아 세수하고

오동잎 징검다리 건너가자

잠든 시냇물 깨우고

소낙비 삼형제랑 같이 노래하며 가자

풀잎을 잡고 올라와

무지개다리 기어오르는 달팽이를 타고 가자

너는 강아지풀 수염 아저씨

나는 바랭이풀 우산 아줌마

—「강아지풀 수염 아저씨랑 바랭이풀 우산 아줌마랑」 전문

리듬감이 있고 말이 예쁘고 등장하는 사물이 싱그러워서 좋은 시라는 느낌이 팍팍 옵니다. 그런 점을 인정하면서 김제곤 선생은 동시로서의 난해함을 이렇게 지적합니다.

시인은 그러한 사물들에 자신만의 감각으로 새로운 인격을 부여하고 그것들을 정밀하게 배치함으로써 시 안에 현실과 환상이 서로 조화롭게 연결된 새로운 공간을 창조해 낸다. (…) 그러나 그러한 자질로 말미암아 역시 동시로서는 난해한 느낌을 준다. 이 시의 정치한 시적 진술들은 하나같이 단단하고 세련된 느낌을 주는 만큼 그것을 온전히 독해하며 읽어 나가기란 사실상 어른 독자에게도 여간 벅찬 일이 아니다. (「황금시대는 도래했는가」 137면)

현실과 환상, 정밀한 배치, 정치한 시적 진술들로 인해 이 시가 난해하다고 합니다. 그렇기도 하지만 저는 시상의 전개 자체가 얽혀 있어서 난해하다고 생각합니다. 그렇지 않았다면 현실과 환상, 정밀한 배치, 정치한 시적 진술은 난해하게도 하지만 난해함을 해소하기도 했을 것이라 여겨집니다. 제목이 「강아지풀 수염 아저씨랑 바랭이풀 우산 아줌마랑」이어서 제목을 먼저 읽으면 강아지풀 수염 아저씨와 바랭이풀 우산 아줌마 둘이 어울려서 무엇을 하거나 혹은 ‘나’가 그 아저씨와 아줌마랑 어울릴 것이라는 것을 짐작하게 합니다. 그런데 시를 읽어 나가면 3, 4행에서 ‘바랭이풀 우산 아줌마’가 ‘나’이고 ‘강아지풀 수염 아저씨’는 ‘너’라고 합니다. 제목에서 연상한 것이 어긋납니다. 그런데 7, 8행에 가면 “너는 강아지풀 수염을 달고/나는 바랭이풀 우산을 쓰고”라 합니다. 강아지풀 수염 아저씨가 강아지풀 수염을 다는 것으로 읽히고, 바랭이풀 우산 아줌마가 바랭이풀 우산을 쓰는 것으로 읽힙니다. 맥락상으로 진짜 그러는 것인지, ‘너’가 강아지풀 수염을 다니까 강아지풀 수염 아저씨라 부르고 ‘나’가 바랭이풀 우산을 쓰니까 바랭이풀 우산 아줌마라고 부른다는 것인지 혼란스럽습니다. 차라리 3, 4행을 생략했으면 이런 혼란은 없을 것입니다. 물론 시인의 선택은 구조적 안정감과 리듬감을 형성하는 효과를 얻고 있습니다. 처음부터 ‘가자’고 하면서 끝까지 ‘가자’가 반복되는데 어떤 목적지를 말하거나 암시하는 구절이 없는 것도 어디로 가자는 걸까 하는 의문을 자아냅니다. 조금 읽어 나가면 ‘소꿉장난 하고 있는 장면 같기도 한데’ 하는 생각이 들었다가 청유형을 반복하는 형식의 노래인가 하는 생각이 듭니다.

이처럼 이 작품은 기본적으로 시상 전개가 난해함을 유발합니다. 이 시를 비롯해 『새 그리는 방법』(문학동네 2014)의 많은 시들은 그냥 시로

읽으면 좋을 작품들입니다. 동시집으로 나왔지만 이대로 시집으로 냈
거나 몇몇 작품들만을 제외하고 시집으로 내는 것이 좋았을 것이라고
생각합니다. 아이와 관련된 소재를 주로 다루었다 해서 시에서 꼭 동시
로 밀어낼 것은 아니라고 봅니다. 다만 우리 시단의 관습이 시집으로도
낼 수 있고 동시집으로도 낼 수 있는 시들을 시집으로는 잘 수용을 하지
않을 뿐입니다.

　그러나 '미래파' 이후 우리 시의 현재를 볼 때 이런 난해함은 난해함
의 수준에 들 만한 것도 아니지요. 또 세세한 독해를 하려면 쉽지 않은
복잡함이 있지만 언어의 리듬감과 아름다움, 소재의 감각 등이 독자를
사로잡고 읽게 만드는 힘이 있고, 이런 점만으로도 어린이를 끌어당기
며 어린이가 충분히 친숙하게 수용할 만한 작품이라고 볼 수도 있습니
다. 그렇지만 송진권 시인이 그려 내는 일종의 동화적인 공간, 신화적인
공간은 아이들의 것이라기보다는 아이들과 '공유할' 만한 세계라고 생
각합니다. 이런 세계를 그린 아름다운 시를 동시의 영역으로 적극적으
로 받아들일 수도 있겠지요.

　동심주의와 일상성의 문제는 여기서 충분히 다룰 여유가 없습니다.
다만 어른의 자리에서 어린이를 바라보는 것은 동시의 장르 속성이고
동시의 숙명이라고 생각합니다. 이는 어른 독자에게든 어린이 독자에
게든 동시 감상의 중층성을 유발합니다. 즉 대개는 동시의 화자와 화자
이면의 주체, 대상(어린이 또는 어린이 세계)을 함께 의식하며 동시를 감상
할 수밖에 없습니다. 그렇지만 이것도 동시를 읽는 재미의 한 요소이며,
어린이의 의식과 정서 발달에 관여할 것입니다. 또한 송찬호와 송진권
의 경우 과거 우리 동시의 동심주의, 착하고 천진한 아이의 관념을 넘어
서서 수준 높은 미학적 공간을 이뤄 냈음을 평가하고 싶습니다.

김제곤 선생은 결론적으로 임길택과 류선열, 가네코 미스즈(金子みず)를 들어 '시대정신'의 구현을 요청하고 있습니다. "우리 동시는 다시금 무엇으로 이 시대와 맞설 것인가를 깊이 고민할 시점이 되었다"(「황금시대는 도래했는가」 146면)라고 합니다. 이러한 큰 틀의 고민도 필요하고 큰 시인의 탄생을 고대하는 것도 의미 있을 것입니다. 그러나 한편으로는 '시대와 맞서기' '시대정신을 담기' 같은 숙제를 의식하지 말아야 한다고 생각합니다. 임길택의 경우 『탄광마을 아이들』(1990)은 처음에는 '실천문학의 시집' 시리즈로 간행되었습니다. 시와 동시의 경계가 무의미하며 그의 '인품'이 그의 문학을 결정했다고 생각합니다. 류선열의 동시는 사실 어른들이 좋아할 시입니다. 동심주의와는 다르게 어른의 어린 시절의 회고와 복원, 보존이 주제입니다. 이는 리얼리즘이면서 유사-신화적 세계로 그려집니다. 가네코 미스즈의 경우는 그의 시를 좀 읽기는 했어도 얼마나 탁월한 시인인지 잘 판단을 못 하겠습니다. 이들이 시대정신을 보여 주었다고 할 수 있지만 당대의 다른 시인들도 시대정신을 나누어서 또는 자기 방식으로 갖고 있었다고 생각합니다.

제가 이전 글들에서 주목했듯 '삶의 동시를 복원하는 시인들' '다큐 동시를 쓰는 남호섭 시인' 같은 경향들을 북돋고 새겨 보아야 할 것입니다. 오늘의 상황에서는 '한뼘작가들'이 공동 작업한 『세월호 이야기』(별숲 2014) 같은 것이 시대정신을 담고 있습니다. 여러 시인이 시대정신을 나누어 갖고 있다고 볼 수도 있고, 남호섭 시인처럼 시대정신을 담아내는 시인으로 보아 부족함이 없는 사례도 있습니다.

『솔로 강아지』파문, 어떻게 읽고 무엇을 얻어야 할까

이제 화제를 바꿔서 어린이가 쓴 '동시'를 엮은 『솔로 강아지』(이순영, 가문비어린이 2015)를 살펴볼까요. 잘 아시다시피 이 시집에 실린 「학원 가기 싫은 날」이 5월 어린이날에 '잔혹 동시'로 보도되면서 엄청난 파문이 일었습니다. 아직도 그 파장이 완전히 마무리된 것은 아니지요. 아마 인터넷에서 관련 기사나 다양한 반응들을 보셨을 텐데, 인용된 한두 편외에 그 시집에 실린 작품을 다 읽을 기회는 없었을 것입니다. 첫 기사가 나간 날 오후 곧바로 출판사에서 회수 조치를 공표한 터라 책을 구해 읽으려 했어도 구하기가 쉽지 않았을 겁니다.

'잔혹 동시 파문'은 문학적인 차원에서 접근하기보다 사회학적 연구, 문화 연구, 미디어 영향 연구의 대상이 되어야 할 사회적 사건이자 현상이었습니다.* 그렇지만 동시를 읽고 쓰는 사람들도 일차적으로 자신의 자리에서 이를 어떻게 받아들이고 어떻게 대응해야 하는가를 고민해야 할 지점이 중요하게 있다고 생각합니다. 우선 작품집을 전체적으로 읽고 이야기해야겠지요.

> 우리 강아지는 솔로다
> 약혼 신청을 해 온 수캐들은 많은데
> 엄마가 허락을 안 한다

---

* '잔혹 동시'와 관련된 방송 보도, 신문 기사, 전문가 기고 등을 모은 자료집 『코리아타운: 비정한 엄마 발칙한 딸』(반경환 엮음, 지혜)이 2015년 9월에 나왔고, 「학원 가기 싫은 날」을 빼고 9편의 작품을 추가한 개정판 『솔로 강아지』(가문비)가 '어른을 위한 동시'라는 이름을 달고 같은 해 11월에 나왔다.

솔로의 슬픔을 모르는 여자

인형을 사랑하게 되어 버린 우리 강아지

할아버지는 침이 묻은 인형을 버리려 한다

정든다는 것을 모른다

강아지가 바닥에 납작하게 엎드려 있다

외로움이 납작하다

——「솔로 강아지」 전문(원문은 가운데 맞추기로 배열되어 있음)

1부 첫 시로 표제작입니다. 어린이문학판에서는 어린이가 쓴 '어린이 시'와 전문 동시인이 쓴 '동시'를 뚜렷이 구별해 용어를 쓰는데, 이시는 초등 5학년 어린이가 썼다는 사실을 염두에 두지 않는다면 '동시'로 수용하는 게 자연스러워 보입니다. 어린이 시를 쓴 어린이 개인의 체험과 느낌과 생각이라는 것을 늘 전제하고 읽게 되는데,「솔로 강아지」는 그런 개인적인 맥락을 굳이 주요하게 여길 필요가 없는 작품이라 생각됩니다. 이 작품이 시를 잘 쓰는 동시인의 작품처럼 아주 매끄럽다고 할 수는 없지만, 내용의 알맹이가 뚜렷하고 이를 언어로 표현하는 표현력도 뛰어나서 평범한 동시보다 훨씬 진한 인상을 남깁니다.

이 시에서 강아지, 사랑, 정듦과 엄마·할아버지, 금지, 몰이해가 강하게 대립하고 그 결과가 외로움입니다. 강아지가 납작하게 엎드려 있고 그 외로움은 '납작함'으로 형상화됩니다. '납작한 외로움'이라는 표현이 어떻게 얻어졌는지는 모르지만 상투적이 아니라 새롭고 또 적확해서 무릎을 치게 됩니다.

「학원 가기 싫은 날」은 학원 가기 싫을 땐 최대한 고통을 주며 엄마를 잡아먹겠다는 진술을 반복한 시입니다. 2연에서 "엄마를 씹어 먹어/삶아 먹고 구워 먹어/눈깔을 파먹어 (…)"와 같이 8행에 걸쳐 섬뜩한 표현을 씁니다. 아무리 현실의 살해가 아니라 하더라도 이런 집요한 표현을 한다는 것은 글 쓴 아이가 엄마의 강요 때문에 엄청난 고통을 당하지 않았을까 하는 짐작을 하게 합니다. 더구나 기사에 인용된 발행인의 말을 보면 "출간 전 이 시에 대해 '독자들이 오해할 소지가 있다'고 말했지만 작가인 이 양이 이를 매우 섭섭하게 생각했다"(『세계일보』 2015. 5. 5.)고 했으니, 아이가 이 표현을 장난삼아 가볍게 쓴 것이 아닌 것이 드러납니다. 그래서 저는 당연히 얼마나 학원에 가기 싫었나에 관심이 갔는데, 이에 대해서는 아이가 딱 한 번 그랬다, 시인인 엄마는 이 시를 보고 충격을 받고 학원을 끊게 했다, 엄마는 아이와의 사이에 아무 문제가 없다고 말한다는 내용으로 보도가 이어졌습니다.

그런데 이 시집에는 엄마가 등장하는 시가 여러 편입니다. 「죄와 벌」「어느 여름날의 식욕」「똥의 공부 1」은 여느 어린이라도 썼을 법하게 밥을 안 먹으면 엄마가 용돈을 깎는다는 등의 불평을 담고 있습니다. 「세상에서 가장 무서운 것」은 친구들과 "세상에서 가장 무서운 것 말하기" 내기를 했는데, 내가 '엄마'라고 말하자 "그러자 모두들 다 같이/우리 엄마 우리 엄마"라고 환호하며 동의했다는 내용입니다. 그리고 바로 이어서 "엄마라는 말이 왜 이렇게 되었을까?"라는 화자의 의문을 붙여 마무리했습니다. 이런 작품들이야 색다르다고 할 수 없겠지요.

그런데 엄마에게 살해당하기/엄마 살해 모티프가 분명한 작품도 있습니다. 「엄마」에는 "엄마가 화를 낼 때면/(…)/머리칼은 내 목을 칭칭

감아/질식시킬 수도 있겠다"라는 구절이 들어 있습니다. 엄마에게 '나'
가 살해당하는 것이지요. 질식 가능성이지만 살해로 연결될 수 있는 상
황입니다. 엄마 살해 모티프는 「식인 인형」 「불독」 「학원 가기 싫은 날」
에 또렷합니다. 「식인 인형」은 인형과 숨바꼭질을 하는데 "인형이 나를
찾았어/칼을 들고/무서워, 엄마를 불러//그런데, 어쩌지?/인형이 엄마
를 먼저 먹어 버렸어"로 전개되는 내용입니다. 인형이 엄마를 살해하지
만 아이의 엄마 살해 욕망이 투영된 것입니다. 「불독」은 장난감 불독의
입 속에 엄마가 손가락을 넣을 차례다, "복수를 하고 싶"은 불독이 입
을 닫으면 살아나지 못한다는 내용입니다. 엄마에게 복수를 하고 싶은
아이의 욕망이 투영된 것으로 읽을 수 있습니다. 「학원 가기 싫은 날」은
이미 보았던 작품이고요.

이 어린이가 어쨌든 화제의 인물이 되면서 7월 15일 방영된 SBS 텔
레비전의 '영재발굴단' 프로그램에 출연했죠. 이 소식을 전하는 기사에
이런 대목이 있습니다.

    이 양은 '엄마가 어떤 엄마가 돼 주길 바라냐'는 질문에 "엄마가 그냥 나
    만 바라보면 좋겠다. 다른 생각 아무것도 안 하고 내 생각만 해 줬으면 좋겠
    다"고 말했다.
    어머니 김 씨도 "순영이가 쓴 시를 보고 엄마의 관심을 받고 싶어서 그런
    게 아닌가 하는 생각이 들었다"고 토로했다. (『연합뉴스』 2015. 7. 16.)

방송 내용을 보면 실제로 이 아이가 엄마와의 관계에서 오빠와 애정
경쟁을 하는 것으로 해석될 만한 발언을 하는 장면이 나옵니다. 최근
『한겨레』 신문에 실린 「'잔혹 동시' 모녀의 대화」에서는 어머니와 아이

의 대화의 주된 내용이 이를 중심으로 전개됩니다.

　　순영　아니, 엄마는 오빠랑 나를 차별한 적이 없다고 말하지. 하지만 오랫동안 밤에도 오빠만 재워 주고 오빠랑 같이 자고, 오빠가 예전에 남산에 있는 학교 다닐 때 운동회 날이 겹치면 오빠 운동회만 아빠까지 데려가 버리고. 맛있는 것도 내가 먼저 달라고 했을 때도 오빠에게 먼저 주었지. 예전엔 80점 이상만 받으면 된다고 하고는 이번에 수학을 90점을 받아 왔는데도 칭찬도 안 해 주고, 더 열심히 하라고만 하고.

　　나　그래, 네 말이 맞아. 오빠가 섬세한 에이(A)형이고 너는 씩씩한 비(B)형이었기에 엄마는 늘 네 염려는 해 본 적이 없지. 오빠가 13개월 때 크게 다쳐서 병원에서 수술을 받은 이후로 엄마는 오빠를 생각하면 늘 미안하고 마음이 많이 아팠단다. 물론 지금은 오빠가 쑥 커 버려서 엄마가 더 이상 그런 염려를 하지 않아도 되지만, 너보다 오빠를 먼저 더 많이 챙기는 것이 습관이 되고 말았네. 외갓집에서 잠시 너를 키워 주었는데 네가 아기 때도 얼마나 밝고 씩씩하고 순한지…… 난 네 걱정을 해 본 적이 단 한번도 없었어. 숙제도 준비물도 혼자 다 알아서 했지.

　　순영　오빠가 크면 나랑 같이 자겠다고 약속해 놓고 이제 오빠가 육학년이 되었는데 엄마는 아직도 나랑 같이 자지 않잖아. 다리를 붙잡고 애원해도 맨날 피곤하다고 '다음에, 다음에'라고 하고. (『한겨레』 2015. 10. 3. 필자는 '순영이 엄마 김바다 시인')

여기서 제가 구구이 설명하지 않더라도 아이가 엄마의 애정에 부족함을 느끼고 있고 그 사이에 오빠가 개입해 있는 것을 알 수 있습니다. 이를 감추는 것이 아니고 아이와 어머니가 솔직하게 노출해서 이야기를 하고 있고요. 아이의 창작 동기나 심층심리에 이러한 콤플렉스(의식적·무의식적 감정·심리 복합체)가 있다는 것을 확인할 수 있습니다. 이러한 사실들을 고려하면 『솔로 강아지』 텍스트는 정신분석적 연구로 접근할 필요가 있는 것이지요. 또한 엄마의 존재가 표면적·심층적으로 매우 억압적인 역할을 수행하는 것은 개개인의 특성을 넘어 가족과 사회의 모순이 집약된 발현일 것입니다.

여기서 동시를 읽고 쓰는 사람들이 우선 생각할 것은 아이들의 심리를 관습적·피상적으로 쉽게 판단하지 말고 자신의 경험과 기대에 매몰되어 바라보지 말아야 한다는 점일 것 같습니다. 엄마 살해 모티프는 표면에 나타난, 학원 가기가 지독히 싫은 것과는 단순한 인과관계로 풀 수가 없음을 보았으니까요. 자신의 동시 세계야 물론 자신이 그리고 싶은 것을 만들어 가면 되겠지만 적어도 어린이에 대한 이해와 파악에서는 더 심층적인 파고듦이 있어야겠다는 것입니다.

제가 쓴 평론 「해묵은 동시를 던져 버리자」(2007)에서 '동시단의 4무(無)'를 이야기했고 이에 대한 공감이 많았지만, 거기에서 말한 내용들 중에서 낡은 어린이 인식을 갱신하자는 과제가 더 근본적인 핵심이라고 생각합니다. '어린이는 어린이가 아니다'라는 명제로 "어린이 존재를 제한된 인격으로 인식하"는 것을 탈피하고 디지털시대의 변화 등 "탈근대에 걸맞은 아동관"이 필요함을 말했습니다. 김제곤 선생이 "자기 바깥에 살고 있는 '인간으로서의 아이'를 자기 시 안으로 불러들이는 작업이 시급히 요청된"(「시의 자리, 동시의 자리」 19면)다고 한 것도 이와 같은 맥락에서 제기했다고 생각됩니다. 그러나 오늘의 어린이의 존재 양상에 대한 철학적·사회학적 연구 등 어린이문학에 자양분을 공급할 연구는 이뤄지지 않는 것 같고 어린이청소년문학 학계에서도 이러한 분야는 거의 다루지 못하고 있는 실정입니다. 그런 여건에서 우리 동시인들은 여전히 어린이에 대한 자신의 판타지를 쓰고 있다고 할 수 있습니다.

아기 살갗처럼
조금만 잡아당겨도
바로 찢어지는

하얀 솜에서
눈물이 솟구친다

순수한 것의 심장을 열면
솜이 있다

상처받은 개가 있다

—「솜」 전문

벤치에 앉아 있는 소녀
뒷모습이 예쁜 소녀

갑자기 나를 돌아보는 얼굴
뭉개진 코
타들어간 귀
곰팡이가 핀 입

우리는 서로를 보고 싶지 않은

소녀이다

　　　　　　　—「소녀」 부분(원문은 가운데 맞추기로 배열되어 있음)

　존재의 외양과 내면의 관계, 내면의 일그러진 상태와 아픔을 드러낸
시입니다. 이러한 내면과 내면 표현을 어린이의 것이 아니거나 극히 예
외적인 것으로 치부할 수는 없을 것입니다. 동시인들의 작품에 이에 근
접하거나 이를 넘어선 것이 얼마나 있을까요? "아이는 빛에서 나와 계
단으로 내려간다//한 칸마다 하나의 발자국//어둠 속으로 내려간다//얼
굴도 손도 다리도 점점 어두워진다"(「사춘기」 전문)와 같은 작품은 관념
적으로 다루었으면서도 '사춘기'가 무엇인지 놀랍게 생생하게 전해 줍
니다. 이 아이는 "모든 시에서는 피 냄새가 난다"(「내가 시를 잘 쓰는 이유」)
고 했는데, 주제넘은 말 같지만 자신의 내면화된 시의식을 드러낸 것입
니다.
　제가 전에 하타나카 게이이치(畑中圭一)의 「비행기구름」(한국아동문학
연구센터 엮음 『별이 반짝 꿈도 활짝』, 아평 2014)이라는 작품을 소개하면서 "이
제 동시의 폭을 넓히는 것, 그것도 좋지만은 깊어질 필요가 있겠다"는
점을 강조한 적이 있습니다.(「김이구 평론가에게 듣는다」, 『동시마중』 2015년 1·
2월호 134면) 그렇습니다. 일상성, 동심주의 시선의 문제도 이렇게 동시
가 '깊어질' 때 극복할 수 있지 않을까요. 그것이 유일한 길은 아니겠지
만요. 『솔로 강아지』가 동시단, 동시인들에게 주는 메시지는 이것이 아
닐까요.

어린이문학이 무엇인지,
먼저 닦아 놓은 길을 가며

이원수 「아동문학 입문」과의 만남

　이원수 선생과 나의 인연은 내가 대학 1학년생이던 때로 거슬러 올라간다. 중고등학교 때부터 작가를 꿈꾸며 신춘문예에 응모하던 나는 당시 조선일보에 동화를 투고했었는데, 그때 내 작품이 마지막으로 남은 3편에 들었다. 그래서 심사위원인 이원수 선생의 심사평에 몇 줄 언급되었지만 다행인지 불행인지 당선은 하지 못했다. 그 뒤에 이오덕 선생의 평론을 통해 이원수 문학에 대해 조금씩 알게 되었고, 창작과비평사에서 나온 동화집 『꼬마 옥이』(1977)와 동시 전집 『너를 부른다』(1979)도 읽게 되었다. 허황하고 도피적인 공상 또는 현실순응적인 교훈의 시각을 탈피하여 삶의 본질을 깊이 들여다보면서, 사회 환경 속의 존재로 주체적이고 자주적인 어린이를 그리는 선생의 문학 세계는 무게가 있고 감동적이었다.

　선생이 본격적으로 집필한 아동문학론인 「아동문학 입문」을 만나게 된 것은 1990년대 어느 여름이었다. 무슨 일이 있어 서대문독립공원에

갔던 것인지 아니면 그냥 독립문을 보러 갔던 것인지 기억나지 않는데, 하여튼 해가 뉘엿뉘엿 기우는 시각에 독립문 부근에서 서대문 쪽으로 천천히 걸어오던 참이었다. 인도에까지 산만하게 책들을 쌓아 놓은 헌책방을 발견하고 나는 자신도 모르게 발길을 멈추었다. 출퇴근길이나 저녁의 술자리 동선에서는 좀처럼 헌책방을 만나기 어려웠던 터라, 조금씩 색이 바래고 반생 너머 살고 온 듯한 다양한 표정을 짓는 묵은 책들을 호기심 가득해서 천천히 탐사하였다. 그러던 중에 발견한 것이 웅진출판에서 나온 '이원수 아동문학 전집'이었다. 샛노란 하드커버의 이 방대한 전집이 빠짐없이 갖추어져 있지는 않았지만 꽤 많은 권수가 꽂혀 있거나 쌓여 있었다. 그중에서 서너 권을 골라 샀던 듯한데, 그때 건진 『아동문학 입문』(이원수 아동문학전집 28)은 지금도 내 서가의 눈에 잘 띄는 자리에 꽂혀 있다.

『아동문학 입문』에는 1965년부터 『교육자료』지에 연재했던 「아동문학 입문」이 1부에 실려 있고, 2부와 3부에도 선생이 1960년대와 70년대에 발표한 아동문학에 대한 다양한 글들이 실려 있다. 이 책의 글들은 내가 아동문학의 개념, 장르, 현실 대응 등의 주제에 대해 생각하는 데 바탕이 되어 주었고 그로부터 내 생각을 더 가다듬어 나갈 수 있었다. 숭의여대와 명지전문대 문예창작과에서 강의할 기회가 생겨 '아동문학' 과목 강의를 할 때는 이오덕, 이재철 선생의 글과 더불어 이원수 선생의 「아동문학 입문」을 요긴하게 활용하였다. '동시' '동화' '소년소설'의 장르 개념을 설명할 때, 특히 '동화'와 비교해 '소년소설'의 장르 개념과 특성을 설명할 때는 「아동문학 입문」의 내용을 주로 활용했고 이원수 선생의 『해와 같이 달과 같이』 『오월의 노래』 등을 예로 들었다. 소년소설은 "현실적·구상적인 문학 형식"이고 "사회인으로서의 아동의 생활 (…)을 그리는 문학", "크게 분류하면 현대 동화는 소설에 속한다"라는 관점은 내가 내 나름으로 장르론을 정립하는 데에도 영향을 끼쳤다.

동요를 기본적으로 정형률(정형동시)로 보면서도, 정형률이 아니어도 작곡에 의해 노래로 불리는 작품의 예를 들며 "옛날부터 써 온 기존 격조에 얽매일 필요는 없다. 리듬의 발견은 그 시 자체가 해야 한다"고 본 것은 탁견이다. 요즘 이른바 '자유동시'가 동요로 많이 작곡되고 있는 것도 이런 맥락에서 바라볼 수 있을 것이다.

> 앞으로 동시는 성인이 감상할 시와 같은 문학적 무게와 높이를 가지는 것이 되어야 하며, 아동의 세계·아동의 감정·아동의 이상을 바로 이해하는 시인, 옳게 해석하는 시인이 이 일을 능히 해낼 수 있을 것이다. (『아동문학 입문』, 웅진출판 1984, 77면)

최근의 동시단을 보면 동시가 이러한 '문학적 무게와 높이'에는 근접해 간다고 생각된다. 그러나 그것은 주로 표현과 수사의 측면에서이고, '아동의 세계' '아동의 감정' '아동의 이상'을 바로 이해하고 옳게 해석하는 차원에서는 여전히 갈 길이 멀어 보인다.

「아동문학 입문」은 학자의 본격적인 이론서가 아니라 뛰어난 작가가 자신의 창작 경험과 그 나름의 공부를 토대로 해서 집필한 에세이다. 그렇지만 매우 체계적인 목차로 짜여 있고, '동요론' '자유시론' '동화론' '소년소설론' '동극론'으로 각 장르의 발생과 개념, 특징을 다루는 데 주력하고 있다. 집필에 참고한 자료도 많을 터인데, 김영순은 주로 일본의 아동문학론이 원용된 측면을 밝힌 바 있다(「이원수 비평이론 속에 투영된 일본 아동문학 이론」, 이원수 탄생 백주년 기념논문집 준비위원회 엮음 『이원수와 한국 아동문학』, 창비 2011). 오늘날의 연구서 기준으로는 주석과 참고문헌이 많이 붙어 있어야 할 글이지만, 발표 지면의 성격과 입문서를 표방한 집필 의도로 볼 때 자연스럽게 생략하게 되었을 것이다. 이론이 빈틈없이 정교하고 사례가 항상 적절한 것 같지는 않으나, 어린이문학의 형성기부터 중심에서 활동한 경험과 현실주의 문학정신이 짙게 배어 있다. 그때그때 쓰인 현장 비평과 작품평, 동시론 등을 읽어 보면 이원수 선생은 항시 당대 현실과 작품을 정면으로 마주하고 뜨거운 애정과 날카로운 비판정신을 쏟아부었다. 그래서 어느 글이든 문학 현장이 생생하게 그려지고 선생의 진심이 팽팽하게 다가온다. 요즘 이만한 문학적 태도와 기개로 치열한 전투를 마다 않는 글쟁이를 찾아볼 수 있나, 문득 자문해 본다.

인터뷰

김이구 평론가에게 듣는다

때: 2013년 7월 16일

곳: 서울 마포구 가톨릭청년회관

이안(시인, 『동시마중』편집위원) 선생님, 반갑습니다. 지난 5월 30일 연희목요낭독극장에서 뵙고 한 달 보름 만에 다시 뵙는데요. 선생님을 오래 알고 지냈긴 했지만 이렇게 단둘이 마주 앉은 적은 거의 없었던 것 같아요. 한 번 있었나요?(웃음) 선생님이랑 삼겹살 먹었던 생각이 나는데. 『동시마중』독자들을 위해 잠깐 선생님 약력을 읽어 드리겠습니다. 김이구 선생님은 1958년 충남 예산에서 태어나셨고, 서울대학교 국어국문학과와 서강대 대학원 국어국문학과를 졸업하셨습니다. 1988년 『문학의 시대』에 단편소설 「성금」을 발표하며 소설가로 데뷔한 뒤, 1993년 경향신문 신춘문예에 문학평론(「진정성의 세계: 방현석의 소설」)이 당선되어 소설가와 평론가의 길을 걸어오셨습니다. 지금까지 펴낸 책으로 소설집 『사랑으로 만든 집』(솔 1997), 『첫날밤의 고백』(현대문학북스 2002), 평론집 『어린이문학을 보는 시각』(창비 2005), 유년동화 『궁금해서 못 참아』(꿈소담이 2009)를 내셨습니다. 소설, 평론, 동화를 같이 하시는

데, 아무래도 이 가운데 평론에 시간을 가장 많이 들이실 것 같아요.

김이구 예, 듣고 보니까 이것저것 많이 손을 댔는데, 지금은 아동문학 평론을 주업으로 한다고 할 수 있겠죠. 그렇게 된 게 뭐 어린이문학 관련 글을 쓰게 되면 반응이 좀 있고요, 누가 읽었다든가 또 원고 써 달라고 하는 경우도 다른 장르보다 더 많고. 말하자면 소설이나 동화는 인기가 없으니까,(웃음) 그래서 자연히 그렇게 된 측면이 있죠. 소설 좋다, 좀 써 달라, 내고 싶다, 이렇게 주위에서 많이 그랬으면 단연 소설 쪽으로 더 갔을 것 같고요. 언제부터 문학에 빠졌는지 시초를 잡는다면 초등학교 때부터 작가가 되겠다, 이렇게 가정환경 조사서의 장래 희망란에 작가가 뭔지도 잘 모르고 작가라고 썼어요. 어려서 동화책이나 세계 명작이나 재미있게 읽었으니까 아무래도 그런 글을 쓰는 사람이 됐으면 좋겠다 그런 생각을 하게 됐고. 그때부터 어린이문학, 동화 같은 걸 쓰고 싶었고, 그러다 보니까 왔다 갔다 하게 되었네요. 어떤 장르고 아주 뚜렷하게 잘나간 건 없는데, 자연스럽게 근래에는 평론에 치중을 하고 있습니다.

이안 『궁금해서 못 참아』 같은 경우에는 저학년 동화죠? 반응이 어땠습니까?

김이구 반응은 지금 확실히 모르겠고.(웃음)

이안 『궁금해서 못 참아』 내신 뒤 세계일보와 한 인터뷰(2009. 4. 4.)를 보니까 "권정생의 『하느님의 눈물』, 아스트리드 린드그렌의 『엄지 소년 닐스』, 필리파 피어스의 『학교에 간 사자』와 같이 아이들의 생활과 내면을 동시에 파고들면서 간결함의 묘미를 지닌 동화를 쓰고 싶다"는 말씀도 하셨고, 그런 묘미를 살린 게 지금 현재 우리나라 유년동화에 많지 않고 그걸 선생님이 좀 감당해 보시겠다, 그런 말씀도 하셨던데요.

김이구 그거야 책 내고서 하는 얘기니까.(웃음) 좀 쓰고 싶다, 얘기를 한 측면이 하나 있고요.『하느님의 눈물』이나 린드그렌 단편집『난 뭐든지 할 수 있어』, 단편집 가운데서『엄지 소년 닐스』는 좀 더 저학년용이죠. 유년동화를 냈으니까 저학년 동화 중에서 좋은 작품을 예로 들어서 좀 얘기를 했고. 뭐 동화를 쓰고 싶은데 사실은 습작을 한다거나 전념을 해서 하고 있을 상황이 안 되죠. 다른 것을 좀 접고 해야 될 텐데 형편이 그렇지 못하니까.

이안 동화, 소설, 평론 다 하시는데, 동시는 왜 안 쓰실까, 궁금해하는 분들도 있을 것 같아요. 동시는, 가끔 몰래 습작이라도 하시지 않습니까?(웃음)

김이구 동시까지 쓰면 또 뭐.(웃음) 젊은 신인들이 좋은 동시를 쓰고 있고『동시마중』에도 많이 나오고 또 다른 지면에도 꾸준히 신인들이 나오고 있는데. 동시, 잘 쓸 것 같지 않아요. 올해 1월 말인가 2월 초인가 집에서 좀 쉰 적이 있는데, 그때 좀 수첩에다가, 다른 걸 골몰하기엔 머리가 복잡해질 것 같고, 그래서 몇 편 써 보긴 했어요.(웃음) 그 뒤에 뭐, 도저히 쓸 여유가 없네요. 아마 환경이 바뀌어야 가능할 것 같아요. 어디 몇 개월 문학관 같은 데 들어가 있는다든가 이러면 혹시 모르겠는데. 그리고 써도 잘 쓰리라는 자신은 없어요, 마음 한편에 두고 있는 것이지. 그런 상황입니다. 이거 뭐 별로 하고 싶지 않은 얘긴데.(웃음)

이안 평론가의 눈으로 봤을 때 쓰신 동시가 마음에 드세요?

김이구 언급을 안 하겠습니다. 묵비권을 행사하겠습니다.(웃음)

관심

이안 첫 평론집『어린이문학을 보는 시각』을 내신 지 벌써 8년이 지났더라고요. 그간 발표하신 평론이『동시마중』에도 있고,『창비어린이』에도 있고, 여러 잡지에 골고루 발표하셨죠. 학술지 같은 데도 많이 하신 걸로 알고 있는데, 두 번째 평론집은 언제쯤 내실 생각이신지?

김이구 근래에 동시 쪽으로 많이 써서 최근에 동시와 관련된 평론들만 묶어 볼까 하는 생각을 했어요. 내 줄 만한 데가 있으면 내년쯤에 내고 싶은 생각이 있습니다.『창비어린이』엔 숙제하듯이 주제를 맡아 가지고 편집위원일 때, 기획위원일 때 쓴 면이 있고. 그러다 보니까 다른 지면에도 써야 됐고요.『동시마중』에 연재한 '시 한 편 생각 한 뼘'은 마음 편하게 쓰면서 기존의 긴 글하고는 다르게 하고 싶은 얘기를 편안하게 짤막하게 한 것인데 오히려 요즘에는 그런 스타일이 괜찮았다, 우연한 계기로 쓰게 됐지만 그게 여러 편이 쌓여서 함께 묶어서 읽어 보는 것도 괜찮겠다, 그런 생각을 했습니다. 그래서 일단 목록을 모아 보기는 했어요.

이안 '시 한 편 생각 한 뼘' 같은 경우에는 일반 독자들, 그러니까 평론 글을 접해 보지 못한 독자들도 편하게, 동시에 대한 이해의 폭을 넓힐 수 있는 글이고, 재미도 있고요. 독자들 반응도 좋았거든요. 그런 것만 따로 묶으실 건가요?

김이구 양이 얼마 안 되니까 동시에 대해 쓴 글은 대부분 모아야 할 것 같고요. 글들이 또 서로 보완하는 측면이 있으니까.『창비어린이』에 발표했던 글,『어린이와 문학』에 썼던,「해묵은 동시를 던져 버리자」에 이어지는 글(「껍데기를 벗고 벌판으로 가자」)들 묶고, 짧은 글들 묶고, 동시집 해설로 쓴 몇 편의 글, 대강 그런 정도인 것 같아요. 많이 써서 두껍게 내는 것보다 두껍지 않으면서 짧은 글들, 『동시마중』에 연재한 것처럼, 그런 글들이 있으면 독자들에게 좀 더 편안한 읽을거리가 되지 않을까.[*]

이안 연재 글을 쉬지 말고 계속 써 주십시오. 제가 계속 채근을 해야 선생님 책이 빨리 나올 거 같은데.(웃음)

김이구 처음엔 편안하게, 그때는 뭐 한 달에 한두 건씩 아이디어가 떠올랐는데, 막상 연재가 시작되니까 새로운 얘기, 안 짚은 것, 이거를 해야겠다는 약간은 강박관념 같은 게 생겨서…… 뒤에 어린이 시(어린이가 쓴 시)에 관한 걸 두 번 썼죠? 블로그에 쓰다가 이안 씨한테 제안해서 시작했던 건데 연재라 하니까 불편하기도 합니다.(웃음)

이안 어쨌든 '시 한 편 생각 한 뼘'은 고정 독자들이 있는 꼭지입니다. 일반문학 평론도 많이 하신 걸로 알고 있는데 일반문학 평론집도 따로 내실 생각이세요?

김이구 1993년 소설 평론으로 등단했는데, 시하고 소설 평론을 거의 반반 정도로 썼더라고요. 오히려 소설에 집중해서 썼으면 평론집을 좀 더 적극적으로 묶으려고 했을 텐데. 전에 글을 다 모아가지고 목차를 만들어 보고 몇 번 내려고 고민을 했었는데, 그러다가 좀 접어 두고. 다시 소설 쪽만 묶어서 마침 책을 내 준다는 데가 있어서 교정까지 보다가 또 보류를 하게 됐죠. 현재 새 글을 한 편 더 써서 내자, 최근 인기 작가의 화제작에 대한 글이 들어가야 되지 않냐, 지극히 당연한 생각인데,(웃음) 실천을 못 하고 있어요. 어린이문학과 청소년문학 글에 계속 밀려 가지

---

[*] 인터뷰에서 언급된 '시 한 편 생각 한 뼘'을 비롯해 동시와 관련된 글들을 묶은 김이구의 평론집은 인터뷰 이듬해 『해묵은 동시를 던져 버리자』(창비 2014)로 출간되었다. — 편집자

고, 계속 그러고 있습니다. 희망은 올해 안이나 내년 상반기에는 내야 되겠다,* 속으로 그런 욕심을 갖고 있습니다.

이안 동시랑 시를 같이 하는 시인들 중에서도 동시 청탁에 응하느라 시 펑크 내는(웃음), 그래서 시는 자꾸 펑크 나고 동시 쪽으로 점점 더 깊이 들어오고, 이런 분들도 계시더라고요.

김이구 좋은 현상이죠.(웃음)

이안 『어린이문학을 보는 시각』을 읽으면서 '이바구'와 관련해서 흥미롭게 다가온 것 중의 하나가 박상률 선생의 추천글이었거든요. 거기에 이런 대목이 나옵니다. "김이구는 애당초 어린이문학에 늘 문학이 부족하다고 느껴 비평을 시작했다." 소설 비평부터 시작하셨는데 어린이문학 비평으로 넘어온다고 할까요? 그렇게 하신 어떤 계기가 있을 것 같은데요.

김이구 두 가지 정도 얘기를 할 수 있을 것 같아요. 제가 어려서부터 동화작가가 돼야 되겠다, 해서 어릴 때 동화도 써 보고, 이후 어린이문학 쪽에 계속 관심을 갖게 되면서 쭉 그 연장선에서, 소설 쪽으로 데뷔를 했지만, 대학생 때 이오덕 선생님 평론이나 저서들을 읽었어요. 또 어린이도서연구회 활동이라든가 어린이문학 동향에, 1980년대에 쭉 관심을 두고 보고 있었죠. 그런 맥락에서 좀 자연스러운 측면이 있고요. 또 하나는 「아동문학을 보는 시각」이라는 글을 1998년 『아침햇살』에 발표를 하고서 그 여파로.(웃음) 몇 년 뒤 이오덕 선생님이 그 글을 심하게 비판을 하시는 글을 단행본 제일 앞에 실어서 내셨죠. 그렇게 의도한 건 아닌데, 결과적으로 선배 작가를, 대가를 비판해서 이름을 내고 문단 진

---

* 인터뷰에서 언급된 그의 소설 평론집은 그해 11월에 『우리 소설의 세상 읽기』(작가 2013)로 출간되었다. ─ 편집자

입을 하는, 그런 식의 '인정투쟁' 비슷하게 된 측면이 있습니다. 그 뒤에 이런저런 논란이 이어지고, 제 글의 시각에 상당히 동감을 하는 어린이문학에 관심이 있는 분들이 많이 있기도 했고, 그러면서 자연히 어린이문학 쪽에 발언을 할 기회가 생기게 된 거죠. 박상률 선생의 추천글을 봤을 때 그렇게 말하니까 아 그런가 보다, 그런 생각이 들더라고요. 내 글 중에 「어린이문학, '문학'이 모자란다」란 글도 있고 평론집 3부의 제목이 '어린이문학에 '문학'을 채워라'니까, 그런 흐름이 있죠. 좀 더 짜임새 있고 완성된 문학을 어린이문학에 요구했던 그런 제 평론의 흐름을 박상률 선생이 그 나름대로 잘 짚은 말이었다고 생각됩니다.

이안 또 하나는 제일 마지막 부록에 실린 글(「소외와 부재 현상의 극복」, 『대학신문』 1979년 5월 28일자, 『어린이문학을 보는 시각』 346~53면)인데요, 발표 날짜를 보고 제가 나이 계산을 해 보다가 '이건 뭐지?' 그랬는데.(웃음) 1958년생이시니까 79년이면 우리 나이로 스물한 살? 스물두 살인가요? 대학교 2학년 때인가요? 이렇게 이른 나이에, 아까도 좀 말씀하셨지만 어린이문학에 관심을 갖는 것도 참 희귀한 일이 아닌가 싶고요, 또 이 글에 담겨 있는 어린이문학에 대한 문제의식은 여전히 유효한 것 같아요. 이런 대목이 있더라고요. "작가들이 안일한 매너리즘에 젖어들도록 더욱 조장한 것은 평론 활동의 부재 현상이다. 제대로 비평적 안목을 갖춘 평론가도 없고, 단평 같은 것은 객관적 시각에서 씌어지지 않고 있다. 몇 사람의 원로급 작가들에 의해 신인 등단이 이뤄지는 까닭으로 새 바람을 몰고 올 정말 신인은 나타나지 않는다." 어린이문학에 제대로 된 평론이 없고, 이런 이유로 안일한 매너리즘의 작품이 양산되는 문제, 그리고 등단 제도의 인적 한계로 인한 신인 발굴의 문제를 짚은 것 같아요. 아까 어린 시절 말씀도 하셨는데, 초등학교 아주 어릴 때부터 동화를 읽을 수 있는 여건이 되셨나 봐요? 충남 예산이라고 하지 않으셨나요?

김이구 초등학교 3학년 때 학교 도서관에서 책을 많이 빌려 읽었고, 그러면서 어린이 잡지,『새소년』을 한 오학년, 육학년? 그때 쭉 구독을 했고요.

이안 도서관에서요?

김이구 아니, 오일장이 서면 책장수 부부가 오셨어요. 고향 고덕의 오일장. 거기서 그런 재미있는 잡지가 있다는 걸 알게 되고서『새소년』 잡지를 구독했고, 또 친구들이 보는 다른 잡지,『소년중앙』 이런 거 바꿔 보기도 하고 그랬었고.『대학신문』 발표 글을 얘기하니까 낯이 좀 뜨거운데, 개인적으로는 평론집에 남겨 놓고 싶어서. 사실은 꼭 넣어야 될 글은 아닌데 개인적으로 나중에 찾아보기 어렵고 하니까 평론집에 집어넣은 거예요.(웃음)

이안 저는 그 글을 읽으면서 되게 좋았어요.

김이구 그때는 말하자면 패기가 있었죠.『대학신문』에 창비에서 나온 '13인 신작시집'『우리들의 그리움은』(1981)인가? 거기에 대해 삼십 매 정도 써서 투고를 해서 실리기도 하고, 그런 글들을 써서 내 보려는.

이안 '13인 신작시집'에 대한 서평을『대학신문』에 투고하셨단 거죠?

김이구 투고를 해서 실린 것으로 기억이 되고. 열심히 투고해서 상을 받기도 했지요. 3학년 때는 콩트 현상공모에「전염병」으로 당선했고, 4학년 때는 '대학문학상'에 소설「낯선 땅」으로 당선했어요. 기억을 더듬어 보면, 그때 내가 어린이문학판을 전체적으로 조망할 수 있는 깊이가 있었던 건 아닌데, 도서관 가서 관련 잡지들도 읽어 보고. 제일 큰 영향은 아마 이오덕 선생님이 『창작과비평』에 쓰신 평론 「열등의식의 극복」이라든가, 『이 아이들을 어찌할 것인가』(청년사 1977), 『일하는 아이들』(청년사 1978) 그런 책들을 읽은 것, 그런 데서 자극받고 깨쳤던 것이죠. 1978년인지 79년인지는 확실히 모르겠는데 이오덕 선생님이 서울대에 와서 강연을 하셨어요. 어느 학회에서 초청을 했던가 그랬을 텐데, 그때 내가 가서 들었죠. 강연 내용은 지금 기억나는 게 거의 없고, 그때 시골 학교 교장 선생님이셨던가 그랬는데, 얼굴이 아주 새까맣게 타셨더라고요. 그것이 굉장히 인상적이었어요. 대학에 와서 강연하고 이런 분들, 대개 교수나 작가나 뭐 그런 분들인데, 얼굴 모습이 그렇지가 않죠. 그렇게 얼굴이 까맣게, 여름에 들에 매일 나가서 농사짓는 농부같이 새까맣게 탄 얼굴로 오셔서 말씀하시는 거, 그게 굉장히 인상 깊었어요. 『창작과비평』 『문학과지성』, 그런 문예지들을 보면서 『시정신과 유희정신』(창작과비평사 1977) 평론집을 비롯한 이오덕 선생님 글을 유심히 읽었죠. 그런 관심사의 바탕에서 내 나름대로 발언을 해 본 겁니다. 투고를 한 건지, 한번 써 보라고 신문사에 있는 선배가 얘기를 했던 건지 정확히 기억은 안 나네요.

성장

이안 청소년기, 중학교 고등학교도 다 예산에서 다니셨나요?

김이구 고등학교는 대전에서 다니고 초등학교, 중학교는 고덕면에 있는 고덕초등학교와 고덕중학교를 다녔죠.

이안 그럼 고등학교를 가면서 유학을 하신 거네요?

김이구 그렇죠. 고등학교는 삼 년간 대전에서 다녔고요.

이안 중고등학교 땐 주로 어떤 책들을 읽으셨나요?

김이구 그때는 책이 요즘같이 다양하지 않고 외국 명작 같은 것도 다양하게 번역되어 있지 않았는데, 헤르만 헤세 전집을 샀어요. 어떻게 사게 됐는지 기억은 잘 안 나는데, 시장에 오일장 설 때마다 오시는 서점 하시는 분이 권했던 것도 같고, 뭐 읽을거리 없나, 찾을 때. 다섯 권짜리로 완전한 전집은 아니지만 많이들 그랬듯이 『데미안』을 읽었고, 『나르치스와 골드문트』를 읽었고, 다섯 권 다는 안 읽었던 것 같아요. 『새소년』을 쭉 보다가 중학교 들어가서 관성처럼 『새소년』 없나요? 하니까 책장수 아주머니가 없다고 하면서 중학생도 됐으니 『학원』을 보라고 권하시더라고요. 사실 중1 때 『학원』을 보기에는 격차가 있죠. 한 중 2, 3학년 이상 돼야…… 그런데 아마 중1 때부터 보게 됐던 것 같아요. 『학원』은 고등학교 마칠 때까지 빠짐없이 봤죠. 그때는 분위기가 헤세, 앙드레 지드, 톨스토이, 도스토옙스키, 그런 유의 세계 명작들이 주로 읽을거리였고. 자유교양대회라고 있었지요? 학교에서 고전 읽기 해서 자유교양대회에 나가는데, 그 대회용으로 나온 책들이 있어요. 『논어』 『맹자』, 이런 것부터 『해동명장전』 이런 것들도 있고. 학교에서 자체적으로 공부 좀 하는 학생들을 선발해서 읽게 하고, 말하자면 독서 평가 같은 걸 해서 학교에서 대표를 뽑아서 나가고.

이안 전국 단위의?

김이구 중학교에서 대회 준비로 『해동명장전』인가 읽은 기억이 나요.

이안 유명한 장군들 이야긴가요?

김이구 해동(海東) 명장이니까 우리나라 장수들 전기죠. 그리고 또 『그리스 로마 신화』 『플루타르크 영웅전』. 예전에 그런 것들이 자유교양대회 책 목록이었어요. 우리 세대엔 이런 얘기를 하면 아 그런 것들이 있었다, 나도 그런 팀에서 읽었다, 그런 경험을 상당히 공유하고 있어요. 그런데 나는 학교 대표로 나가서 1차에서 떨어졌어요.(웃음) 문제도 풀고 글쓰기도 하고 그랬던 것 같은데 1차에서 떨어져서 도 대회라든가 그 이상 올라가진 않았고요.

이안 그게 중학교 때?

김이구 네.

이안 문학동아리 활동도 하셨겠어요?

김이구 이거 뭐 완전히 신상 털기 하는 것 같은데.(웃음) 고등학교 때는 한모문학동인회라고, 한모, 한자로 하면 대능(大陵)인데, 큰 동산이죠. 한모문학동인회라고 학교 문예반이 있었어요. 학교 들어가자마자 자원을 해서 서클 활동을 했고, 그 문예반에서 동인지를 냈죠. 돌 석(石)자, 난초 난(蘭)자, 해서 『석란』이란 이름의 동인지가 나왔는데, 문예반 활동이 꽤 재미있었지요. 선배들하고 만나고 여름 같은 때 개울가로 엠티 가서 뭐 술을 진탕 마시며 노래도 하고.(웃음) 또 가끔 합평회 같은 거하면 중국집 가서 고량주를 선배들이 따라 주면 한두 잔씩 마시기도 하고.『석란』이란 동인지가 예쁘게 나왔고, 거기에 죽 작품을 냈죠.

이안 주로 어떤 글을?

김이구 소설이었죠.

이안 동아리 선후배들 중에서 나중에 문인이 된 사람도 있나요?

김이구 선배들 중에 꽤 있어요.

이안 선생님 글이나 이런 거 보면 내성적이고 모범적이었을 것 같다는 생각이 들거든요. 어렸을 때 어떠셨어요?

김이구 글을 보면 그렇지 않을 것 같지 않나요?(웃음)

이안 개구쟁이 같기도 합니다.(웃음)

김이구 예전에 어떤 독자분이 저를 만나고서 굉장히 무섭게 생기셨을 걸로 예상을 했는데 안 그렇다고 말씀하셔서, 아 내가 글을 험하게 썼나 보다, 그런 생각을 했었는데. 초등학교 땐가 중학교 땐가 선생님이 학생생활기록부에 기록한 거에, 성적표였던가? 거기에 "성격은 내성적이고" 이렇게 쓰인 대목이 있었어요. 그땐 어리니까 '내성적'이란 말이 무슨 말인가, 한참 갸우뚱한 적이 있어요. 나중에 좀 더 나이가 들고 나서, 아 좀 그렇게 보였겠구나 하는 생각을 했죠. 숫기가 상당히 없었어요. 친한 친구하고는 얘기를 잘했는데 낯선 사람에게는 말을 못 붙인다거나, 발표하고 싶어도 손을 들 숫기가 없었죠. 초등학교 때 중학교 때는 정도가 심한 축에 들었고, 고등학교 가서는 동아리 활동도 하면서 앞에 나와서 발표하고 그런 건 긴장은 많이 돼도 그런 경험들을 꽤 많이 했죠. 고등학교 축제, 문학제 같은 거 할 때 친구들과 준비도 하고 낭송도 하고.

이안 문학 공부는 주로 어떤 식으로 하셨는지요?

김이구 국문과를 다녔고, 창작을 하려고 했으니까 문예지나 평론집들을 대학 1, 2학년 때 내 나름대로 열심히 찾아 읽었어요. 선배들 공부 모임에 합류해서 에른스트 피셔의 예술론 저술과 사회주의 문학이론들을 원서로 학습하기도 했고요. 요즘은 많이 개설돼 있지만, 문예 창작 전문 강좌라든가 이런 것들은 전혀 들은 게 없고요. 학교에 그런 커리큘럼이 있었던 것도 아니고. 제일 영향을 받고 평론 공부에 도움이 되었던 게 무얼까 생각해 보니 그때 선배들이 좋은 평론집이다, 이렇게 언급했던 책들이 있어요. 김흥규 평론집 『문학과 역사적 인간』(창작과비평사 1980), 지금은『녹색평론』을 하시는 김종철 선생님 평론집 『시와 역사적 상상력』(문학과지성사 1978), 백낙청 평론집『민족문학과 세계문학』(창작과비평사 1978), 염무웅 평론집『민중시대의 문학』(창작과비평사 1979), 그리고 김현 선생님 평론집하고 잡지 같은 데 발표하신 글들, 그런 글들을 읽으면서 평론 공부를 했다고 할 수 있죠. 평론 공부뿐만 아니라 문학 공부, 문학과 현실의 관계, 그런 것들을 보는 시각을 배우고 또 조정하고 하면서 평론도 좀 써 봐야겠다, 하는 생각을 대학 졸업 무렵에 하게 됐죠.

현장

이안 어린이문학 평론 가운데 특히 동시 평론은 아까 선생님이 대학교 1학년 때 쓰신 상황, "제대로 비평적 안목을 갖춘 평론가도 없고, 단평 같은 것은 객관적 시각에서 씌어지지 않고 있다."는 지적이 30년이 지난 지금까지도 속 시원히 해소되지 않고 있다는 생각이 드는데, 선생님 보시기에는 어떤지요? 지금 동시 평론과 관련해서.

김이구 동시 평론가가 얼마나 많이 있어야 되는지, 동시 평론이 많이 나와야 되는지, 이따 후반부에 조금 더 이야기를 해야 될 것 같은데. 일단은 심정적으로는 그래요, 2007년에「해묵은 동시를 던져 버리자」라는 글을 쓸 때는 비평 부재라든가 동시인들의 어린이에 대한 인식, 그런 것들을 날카롭게 지적을 했는데, 지금 그런 걸 또 내가 나서서 하나하나 꼬집고 비판을 하고 그래야 하나 싶어요. 또 어느 정도 인식면에서는 문단 풍조라든가 동시단의 분위기가 많이 나아진 면이 있다고 봐요. 지금도 볼 만한 평론이 별로 없고, 서로 추어 주기만 하고 주례사 비평 내지는 책을 홍보하기 위해 써 주는 스타일의 글이 많아요. 책 소개 지면은 비평 지면보다 많은 편이죠? 지면의 성격상 그렇게 흘러갈 수밖에 없다 해도 불만스럽기는 하지요. 이안 시인의 지적을 듣고 보니까 아직도 크게 안 달라졌다고 볼 수도 있겠구나 싶기도 한데, 심정상으로는 지금 조목조목 '이래선 안 돼' 말하고 싶지는 않아요.

이안　일반문학 평론을 하는 분들 중에서 동시 평론에 들어오려는 이들이 있어요. 요즘 시인들이 동시로 많이 와서 활동을 하니까 이건 도대체 뭔가 하고 동시 평론에 관심을 갖는 것 같아요. 시단의 시인들 중에서도 한번 동시 평론을 써 보고 싶다, 이런 분들도 있고요. 동시 평론에 입문하려는 이들을 위해서, 이들에게 기본적으로 요구되는 공부 내용이나 평론가에게 요구되는 자질, 태도 같은 것을 말씀해 주시면 좋겠는데요.

김이구　평론은 문학 연구하고는 다르게 현장성이 중요하지요. 현장에 개입하려는 욕망 같은 거, 그런 것이 있어야 하고, 자기 시각으로 문학판, 현장을 읽어 내고 자기 발언을 하는 글이어야 평론이 평론다울 거 같고요. 그다음에 작품을 보는 눈이 기본적으로 갖추어져야죠. 작품 해석이 엉뚱하거나 작품을 제대로 못 읽어 내면 아무리 의욕이 있고 하고 싶은 말이 있다고 해도 엇박자가 될 수밖에 없겠고요. 기본적인 덕목으로는 기존의 평가들, 권오삼 시인의 작품을 다룬다, 김용택 시인의 작품을 다룬다, 그럴 때 기존의 평론가나 연구자들이 얘기한 골자들이 무언가 공부하고 이해한 바탕에서 해야 되겠죠.『창비어린이』신인평론상 심사를 여러 번 했는데, 동시 평론이 좀 많이 들어왔으면 하는데 희귀해요. 잘 쓰는 사람이 없고, 어쩌다 좀 괜찮은 글도 들어오긴 하는데 조금 모자라다, 이래서 동시 평론가들이 잘 배출이 안 되었어요. 동시 평론뿐만이 아니라 평론이 유통되는 지면과 장이 워낙 협소하다 보니까 아직도 절대적으로 저변이 취약한 상태죠. 동시 평론 하면 그 나름대로 좋은 점이 있는 것 같아요. 아무래도 다른 장르보단 험한 얘기를 덜 읽게 되고. 아주 좋은 동시, 맑으면서도 정곡을 찌르는 그런 동시들을 만나서 읽고 감상하고 분석하고 이러는 것이 본인의 정신 수양과 정신을 맑게 하는 데 도움이 되지 않을까.(웃음)

이안   일정한 원칙을 갖고 글을 쓰신다는 인상을 받았는데, 선생님은 비평 활동에서 어떤 원칙을 견지하고 계시는지요?

김이구   무슨 원칙을 갖고 쓰는 건 없고. 편집자 생활을 오래 하다 보니까 그렇기도 한데 글을 완결되게 써야 되겠다, 그런 점은 의식을 많이 하지요. 그러니까 다른 사람이 내 글을 읽고서 아 이거 신통치 않아, 여기 고쳐야 되지 않습니까? 이런 일이 되도록 발생되지 않게 쓰려는 자의식이 상당히 강하고요. 초기에 평론 쓸 때는 굉장히 철저하게, 어떤 작가의 서평을 하나 쓴다 해도 그 사람 작품을 전부 다 찾아서 읽고, 이삼십 매짜리 서평을 써도 그렇게 접근을 했는데, 지금은 그러기가 상당히 어려워진 것 같아요. 워낙 활동하는 작가분들이 많고 예전 1970년대, 80년대 작가들보다 요즘 작가들은 책을 내는 속도도 빠르고 다 수준작이라 할 만하고 그러니까. 지금은 어디서 서평 하나 써 달라, 그러면 그 사람 쓴 걸 다 읽고 쓰진 못할 것 같아요. 규모가 큰 평론은 좀 다르게 접근해야 되겠지만. 그리고 개인적인 여건상 외국 이론 공부나 그런 것을 많이 하지 않은 측면도 있고, 외국 이론을 이것저것 끌어올 능력도 안 되지만, 그런 방향으로는 별로 접근하고 싶지 않고요.

물론 공부를 하다 보면 배운 것을 활용하고 그러는 건 얼마든지 좋은 접근이라고 보는데, 일반문학 비평, 그쪽은 외국 문예이론을 수입해 적용하는 편향이 여전히 심한 것 같아요. 예전에는 문학사회학 방면에 하우저, 루카치, 골드만 그런 저술들을 한쪽에서 열심히 읽고 그 뒤엔 라캉이나 들뢰즈 등 정신분석 계열의 이론이 한참 유행하고, 최근에 와서는 랑시에르, 아감벤 이런 외국 이론가들을 많이 써먹더라고요. 이름을 노출하지 않았어도 새로 유행하는 외국 이론 틀을 가져와서 거기에 대부분 기대고. 이미 1970년대, 80년대 민족문학론이라든가 학문의 주체성을 추구할 때 그런 외국 이론 수입 의존 풍조에 대해서 많이 비판했는데, 그런 경향은 어른문학 쪽에선 여전한 것 같아요. 그렇게 써야 멋있어 보이고. 작품을 보는 자기 시각이 있어야 하는데 자기 스스로 작품을 보는 이론이나 관점을 만들어 내어 평하는 게 지난한 일이죠? 지난한 일이지만 작품을 보면서 어떤 이론을 뒤집어씌우지 말고 작품 자체로부터 자기가 독특한 관점을 세우고 평가해야죠. 충분히 자기 식으로 소화해서 좋은 글을 쓰는 평론가들도 많이 있다고 생각이 됩니다만, 유행은 또 상당히 있는 것 같아요. 어린이문학 비평 쪽에서는 오히려 그런 경향조차 보이지 않는 게 아쉬울 정도지요. 그런 공부들을 하고서 생각을 좀 빌려 오기도 하고 적용도 해 보고 그런 게 오히려 더 필요하다고 보입니다만, 워낙 비평가 층도 얇고 그러다 보니까 아쉬움이 있습니다.

이안 동시 분야에는 이론 쪽으로 좀 더 정립해야 될 것이 많다는 생각이에요. 일단 동시란 무엇인가에서부터, 동심을 어떻게 바라볼 것인가, 시와 동시의 경계, 어린이 화자의 문제, 동시와 시 사이에 청소년시가 따로 존재할 필요가 있는가, 동시 독자인 어린이를 어떻게 볼 것인가. 최근 한 5년 동안 이런 것이 동시를 둘러싼 쟁점이 되었던 것 같아요. 선생님이 보시기에, 동시 평론이 이런 주제에 대해서는 좀 더 천착할 필요가 있다. 이런 비평적 주제가 있을 것 같은데요?

김이구 근래 『동시마중』에서 '발언 대 발언'이라든가 '이바구'라든 가 이런 꼭지에서 문제 제기 내지는 창작자로서의 고민 같은 것들이 나왔는데요, 지금 얘기한 그런 논점들이 대개 포함이 되지요? 내가 '시 한 편 생각 한 뼘'에서도 짚어 보거나 새로 제기한 것들이 있고요. 김제곤 선생이나 원종찬 선생, 이안 선생 같은 분들이 이런 쟁점들을 좀 더 철저하게 짚어 볼 필요가 있다, 이런 데에는 다들 공감을 하실 텐데요. 지난번에는 『동시마중』과 『창비어린이』를 중심으로 동시의 화자, 어린이 화자 문제에 대해 몇 번 이야기가 오고 갔지요? 열기가 어떤 주제로 확 모여 가지고 한번 화끈하게 다뤄 보고, 이렇게 돼야 거기에 대해서 여러 의견들이 다 표출이 되고 진전이 있을 것 같고요. 창작자나 평론하는 사람이나 동시를 좋아하는 사람이나 이 문제에 대해서 좀 관심이 많다, 이렇게 집중이 되면 그 계기를 잡아서 이야기를 조직하면 좋을 것 같아요. 집중적으로 몇 사람한테 글을 써 달라고 한다든가, 토론회를 연다든가 하면 어떤 고민이든 더 노출이 될 거고. 물론 거기서 딱 답을 산출해 내진 못하겠지만 문제가 좀 더 분명해지고 그걸 통해서 각자 모색을 할 수가 있을 것 같습니다.

이안 2007년에 발표하신 글, 「해묵은 동시를 던져 버리자」(『창비어린이』 여름호)에서 동시단의 문제점으로 '4무(無)' 현상을 드셨어요. 그러니까 동시단에 '시적 모험이 없다' '자기 작품을 보는 눈이 없다' '비평다운 비평이 없다' '타자와의 소통이 없다'고 보고, 이런 정체(停滯)를 해소할 가능성으로 '외부세력' '제3세력'(시단을 포함한 동시단 밖의 세력)의 도전을 주목하셨는데요. 이후 지난해까지의 전개과정과 창작에서의 성취를 「오늘의 동시, 어디까지 왔나」(『창비어린이』 2012년 가을호)라는 글로 중간 점검 하셨잖아요? 실제로 이 5년 동안 동시단에 많은 변화가 불어닥

쳤는데, 선생님 글에서도 말씀하셨다시피 문학동네를 비롯해서 비룡소, 문학과지성사 등이 동시집 출간을 시작했고, 동시 전문지『동시마중』이 창간되고, 이를 통해 많은 신인들이 나왔습니다. 선생님께서 말씀하신 '외부세력', 즉 시단의 시인들이 꾸준히 유입되었고,『동시마중』의 '동시와 나'라는 산문 꼭지를 통해 시인의 내면 풍경, 자의식 같은 것을 만날 수 있었는데요. 질문으로 돌아가면, '4무' 현상 가운데 첫 번째와 두 번째, '시적 모험이 없다'와 '자기 작품을 보는 눈이 없다'는 것은 선구적인 시인들의 작업을 통해 조금씩, 일부에서나마 해소되는 과정에 와 있는 것 같아요. 그런데 여전히 말씀대로, "그렇다고 해묵은 동시가 대부분 사라진 것은 아니"고, "'해묵은 동시'는 해묵은 만큼이나 단단하게 뿌리를 내리고 있으니 몇 년 사이에 근본적인 전환이 이루어질 수는 없고 오랜 기간 새로운 경향들과 공존해 나갈 것"(「오늘의 동시, 어디까지 왔나」)이다, 저도 그렇게 생각합니다. 그래서 이 시점에 세 번째와 네 번째, '비평다운 비평이 없다'와 '타자와의 소통이 없다'는 문제의식이 다시금 새롭게 환기될 필요가 있다는 생각이 들어요. 비평다운 비평이라고 하는 게 꼭 첫째, 둘째, 셋째 이런 방식이 아니라, 변화되는 현실 동시라고 할까요? 현실 동시의 가능성과 새로운 모색을 읽어 주고, 그것에 의미를 부여해 주고, 이런 실험이 어떤 곳으로 나아갈 수 있는지, 동시에 향하는 평론의 촉수라는 부분에선 여전히 많이 부족하단 생각이 들거든요.「오늘의 동시, 어디까지 왔나」에서는 이 셋째, 넷째에 대해 따로 언급하지 않으신 것 같은데요.

김이구 「오늘의 동시, 어디까지 왔나」에서 내 생각을 피력을 했는데, 최근에 새로운 작품집도 여러 권 나오고 몇 가지 동향들이 있어서 그런 것들을 조만간 짚어 봐야 되겠단 생각을 하고 있고요. 매체가 역시 중요하지요, 문학에선. 그래서 한 이야기인데 특히 문학동네 동시집 시리즈, 또 『동시마중』 잡지가 최근 매체로서 동시단에 활기를 일으키는 데 상당히 기여를 했고, 기존의 창비라든가 비룡소 이런 데서는 동시집이 간간이 나와서 좀 아쉽죠. 비룡소에서 초창기 '동시야 놀자' 시리즈가 나올 때 상당히 신선했는데 그 뒤에는 초기만큼 좋은 작품들을 못 이어 주고 있고. '시적 모험'이란 면에서는 남호섭 시인, 내가 다큐 동시라고 주목을 했는데 남호섭 시인의 다큐멘터리식, 짧은 길이에 인물의 전기라든가 현실의 실제 국면을 압축해 담아내는 방식, 그런 것이 일종의 시적 모험이죠. 편한 동시를 거부하고 나아가는. 이런 시도들이 좀 더 많이 있었으면 좋겠어요. 올해 소천아동문학상을 받은 전병호 시인의 『아, 명량대첩!』(아평 2012)은 서사 동시집이더라고요. 그것도 한번 읽어 봐야 되겠다, 생각이 되는데.

이안 저도 아직 안 읽어 봤는데.

김이구 길게 쓰면 사람들이 안 봐요.(웃음)

이안 그게 장시인가요? 저도 한번 봐야겠는데요.(웃음)

김이구 그런 시도들은 필요하다고 생각이 되고요. 한동안 말놀이나 파자 시, 한자라든가 글자 활용, 그런 것들. 재미난 시도들인데, 실패를 각오하고 모험을 하는 그런 모습들이 좀 더 많이 있었으면 좋겠어요. 창비나 문학동네에서 나온 동시집들을 보면 단단해요, 90퍼센트 정도는. 열 권이 나오면 그중에 거의 대부분이 짜임새 있게 잘돼 있는데, 거기엔 출판사의 편집 감각이 작용했다고 볼 수도 있겠죠? 그런데 타사의 동시집들을 보면 여건의 문제도 있는 것 같은데, 뭘까 안전한 동시, 편안한 동시 위주로 작품들이 엮인 경우가 많아요. 어떤 작품을 보면 참 괜찮은데, 동시집을 딱 보고 나면 그 작품에서 받았던 느낌보다는 전체적으로 무난하고 편안하게 갔어요. 동시집을 낼 때는 일반적으로 한 권 분량보다 훨씬 많은 데서 골라 엮을 텐데, 고르는 데 문제가 좀 있었나 싶기도 하고. 추측이죠. 동시단의 분위기 때문에 그런 건지, 작가가 좀 더 객관적으로 자기 작품을 보는 눈이 부족해서 그런 건지, 아니면 작품집 엮을 때 편집자하고 협업이 잘되어야 하는데 편집자의 역할이 약해서 그런 건지, 이런 추측을 해 봅니다. 시인의 몇몇 좋은 작품을 봤을 때의 인상하고 시집 전체를 읽었을 때의 인상이 달라요. 시집 전체를 읽으면 너무 맹숭맹숭한 경우가,(웃음) 그런 경우를 좀 많이 보게 되죠.

이안 편집자의 안목도 많이 작용하는 것 같더라고요, 묶이는 과정에서.

김이구 말하자면 비평적 안목이라는 점에서 예각화돼 있지 않은 측면이지 않은가, 약간 긴장도가 떨어져 있기 때문에. 또 하나는 동시 장르가 상업적인 출판이 되기 어려우니까 그것 자체가 긴장도를 약하게 하는 요인이 될 수도 있겠다, 그런 추정을 해 봅니다.

논쟁

이안 「아동문학을 보는 시각: '일하는 아이들' 이후의 길」(『아침햇살』 1998년 여름호, 『어린이문학을 보는 시각』 수록)은 발표 이후에 이오덕, 이지호, 원종찬, 이성인, 이주영 선생 등으로 이어지며 논쟁점을 형성했고, 또 최근에는 이지호, 정유경, 김권호, 이지호로 이어지는 어린이 화자 논쟁이 있었는데요. '4무'에서 네 번째, '타자와의 소통이 없다'는 문제가 이러한 논쟁을 통해 발전적으로 해소되는 측면도 있지만, 격렬한 논쟁 과정을 통해서 논점에서 이탈하는 감정 소모가 적지 않았던 것 같고요. 이런 점은 논쟁 참여자들뿐만 아니라 이를 지켜보는 독자를 곤혹하게 만드는 원인이 되기도 했던 것 같아요. 타자와의 생산적인 소통을 위해서, 논쟁에 앞으로 누가 참여하게 될지는 모르겠지만 요구되는 덕목, 이런 거는 생각이 다르다고 해도 좀 지켜야 된다, 이런 게 있을 것 같은데요.

김이구 논쟁을 하면 각각의 성품이 드러나는 것 같아요.(웃음) 나도 크게 두세 차례 정도 논쟁에 참여했는데, 경험상으로 상대방이 내 글을 잘못 읽었다, 이런 의식을 갖게 되더라고요. 상대방이 뭐라고 반론을 하면, 내 글을 잘못 읽었어, 이런 느낌이 팍 와요. 인지상정 같고요. 그랬을 때 논쟁에 참여하면서 그 감정을 넘어서서 객관화하고, 자기 시각은 뭔가를 점검해서 핵심적인 논지를 붙들고, 어떤 말초적인 표현이나 그런 문제를 넘어서서 자기주장을 펼쳐야지요. 그런 논쟁 상황을 좀 해석을 하자면 논쟁 참가자의 배후의 배경이나 이데올로기나 자기 문학관이나 이런 게 기본적으로 작용을 하는 것 같아요. 내 입장에서 내 글을 이렇게 읽었어? 이렇게 읽을 수가 없는 건데? 납득이 잘 안 되지만, 좀 멀리서 보면, 상대방 입장에서 보면 그렇게 오독할 수도 있고, 또 같은 문장이라도 해석의 편차가 있을 수 있으니까. 차이가 발생하게 되는 몇 가지 계기들이 있는데 그것이 드러나는 거죠. 아 저 사람이 저렇게 얘기를 했어, 내가 쓴 글에 대해서. 기획 동시들 좋지 않은데 뭐 그렇게 칭찬을 하냐 그러네. 내 얘기는 그런 게 아닌데, 기획은 또 좋을 수도 있고. 그런데 또 한편에서는 동시단에서 동시에 전념해 열심히 써 온 사람들 시각에서는 기획 동시로 보이는 측면, 부정적으로 보이는 측면이 더 중요하게 다가온 게 아닌가. 이와 같이 문장 대 문장으로 해석하는 것하고는 또 다른 국면이 있다, 이제 논쟁을 관람하는 분들은 그런 국면을 읽으면서 보면 좀 더 재미있겠죠.(웃음) 기본적으로 논쟁은 좀 필요한 것 같고요. 필요한데 조금 더 성숙된 논쟁을 하면 좋겠고 표현이나 이런 것들은 부분적으로 엇나가거나 과도하게 표현되어 있더라도 핵심적인 의도가 뭔가, 갈라지는 지점이 어딘가, 그 부분으로 돌아가면서 논쟁을 해야 되겠지요. 아 나는 이렇게 얘기했는데 너는 이쪽은 빼먹고 봤어. 이지호 선생 같은 경우 그런 지적을 많이 했어요.(웃음) 그것을 읽어 보면 맞아, 그러면 정확하게 못 읽은 것 같네 공감이 돼요. 공감이 되지만, 서로의 초점들이 다를 수 있으니까 그걸 수용을 하면서, 그러면 그다음 단계로 어떻게 나가야 할까, 어떻게 발전시켜야 될까, 그것이 관건이 되겠고요. 그리고 논쟁이 한없이 지속될 수는 없지요. 두세 차례 주고받는 과정에서 초점이 분명해지고 서로 간 생각이 다른 점, 무엇을 위해서 문제를 제기했나, 나는 어떤 점을 반박했나, 이 부분들이 조금 더 명료하게 표출되는 논쟁으로 가면 덜 소모적인 논쟁이 되겠죠.

이안　이오덕 선생의 비평에서 현재에도 유효하게 이어받아야 할 지점이 있다면 어떤 것이 있을까요? 덧붙여서 이런 건 좀 넘어서야 될 부분이다, 이런 것도 없지 않아 있을 것 같은데요.

김이구　이오덕 선생님 비평 이야기를 지금 여기서 다루기는 좀 어렵겠고요. 예전에 『문학의 길 교육의 길』(소년한길 2002) 등 저서 두 권이 나왔을 때와 작고하시고 난 무렵에, 몇몇 사람들이 이오덕 선생님의 위치와 비평에 대해 얘기를 했던 내용이 있어요. 다시 선생님 비평 세계를 돌아본다면 그때 짚었던 부분들, 원종찬 선생이 얘기한 부분이 있고, 나는 선생님 동시를 중심으로 글을 한 편 썼고 다른 사람 글에 대해서 논평하면서 언급을 한 적이 있는데, 그 무렵 이오덕 선생님 비평 세계를 조명했던 내용들을 다시 짚어 보면서 나아가야 될 것 같고요. 그리고 세대론으로 얘기할 수 있을지 어떨지 모르겠는데, 이오덕 선생님 활동하실 때는 그 후배들이 선생님 글을 읽으면서 학습하고, 선생님의 뜻이 상당히 훌륭하니 그런 뜻에 동참해서 나도 뭔가 기여를 해야 되겠다며 뒤따르는, 선생님이 그런 위치에 계셨죠. 지금 시대에는 그런 평론가나 실천가가 나오기 어렵겠다는 생각이 들어요. 누가 하겠다고 해서 리더가 될 수 있는 것도 아닌 것 같고. 그런 면에서 한편으로는 이오덕 선생님 같은 분의 공백이 굉장히 아쉽기도 하죠. 어떤 조건이란 게, 설명을 잘해낼 만한 무슨 용어가 있을지 모르겠는데 우선은 시대 자체가, 또 어떤 문화적인 변화의 추세가 그런 상황을 만들어 낸 것 아닌가.

이안 지난호(7·8월호)에 알린 대로 『동시마중』에서 '제1회 동시마중 동시평론상'을 제정해서 평론가를 한번 발굴, 양성해 보려고 하는데, 선생님은 이 소식 듣고 어떤 생각이 드셨어요?(웃음)

김이구 제일 먼저는 걱정스러웠고요.(웃음) 조금 지나서는 6 대 4 정도로, 기대 6, 걱정 4 정도로 변화됐는데(웃음) 시도해 볼 만하죠. 시도해 볼 만하고, 재정적인 문제라든가 이런 건 또 희생이 따르는 게 아닌가 해서 몇몇 분들이(웃음) 우려도 되는데, 『동시마중』에서는 한번 또 그런 모험을 해 보는 것도 좋겠다 싶고요. 동시 비평을, 글쓰기 방식을 좀 넓혔으면 좋겠어요. 지금 '동시와 나'라든가 '독자가 시인에게' '시인이 시인에게', 이런 여러 꼭지가 있잖아요? 물론 평론의 기본은 있어야 되겠지만 그게 기존의 어떤, 가령 김이구가 쓰는 평론, 김제곤이 쓰는 평론, 뭐 이런 것을 꼭 모델로 삼을 필요는 없지 않겠나. 좀 더 자유스러운 글쓰기를 통해서 동시단의 문제를 짚기, 좋은 작품 있으면 좋은 작품에 대한 탁월한 해석, 못 보고 있던 작품들을 찾아서 조명하는 것, 뭐 이런 것들을 젊은 신인급에서 도전을 해야죠. 그래서 새로운 글이 나왔으면 좋겠다, 동시평론상을 계기로 기대를 가져 봅니다.

청소년시

이안 지금 시점에서 '우리 동시의 현재'라고 할까요? 성취와 과제로
는 무엇을 들 수 있을까요? 지금까지의 우리 동시에서 부족한, 그래서
앞으로 새롭게 일구어 갔으면 하는 지점이랄까요?

김이구 앞에서 얘기한 것하고 많이 중복이 될 것 같네요. 어쨌든 출
판 시장 내지 자본주의적인 상품 유통 구조에서 동시가 비인기 품목이
잖아요? 과거부터 현재까지 그리고 미래에도.(웃음) 그때그때 신선한 작
품 발굴 내지는 출판 기획 쪽의 시도들이 있었던 건 좋은 측면 같고요.
그래도 재능 있는 사람들이 들어오고, 명망이나 금전적인 보상 같은 것
이 별로 없어도 진정으로 동시를 쓰려고 하는 사람들이 많은 상황에서
여건들이 조금씩이라도 나아졌으면 좋겠다, 그런 생각을 합니다.

이안 아까 좋은 동시에 대한 언급을 잠깐 하셨는데요, 선생님께서
생각하시는 좋은 동시, 또 이런 건 나쁜 동시다 하는 건 어떤 것인지요?

김이구 그건 이안 씨가 잘 얘길 해 놨던데,(웃음) 좋은 동시는 '안 잊
히는 마음' '안 잊히는 그림' '안 잊히는 소리' '안 잊히는 아이'를 포함
하는 거라며. 나는 그 이상 더 짚어서 얘기를 못 할 것 같고요. 뚜렷하게
좋은 동시는 이거고 나쁜 동시는 저거다라고 구체적으로 정의를 내린
다든가 말로 정리를 한다든가 하는 게 나로서는 불가능할 것 같아요.

이안 『동시마중』 지난호 '발언 대 발언'에서 김륭 시인이 청소년시
가 필요한가란 문제 제기를 했는데요, 선생님께서는 「오늘의 동시, 어

디까지 왔나」에서 박성우와 이장근 시인의 예를 들어 이를 수락하는 모습을 보이셨어요. 김륭의 글을 어떻게 읽으셨는지요?

김이구 잘 읽었죠.(웃음)

이안 필요합니까? 청소년시.(웃음)

김이구 김륭 씨가 좀 거친 면이 있으면서도, 전에 어느 토론 자리에서도 시인으로서 날카롭게 포착한 것을 툭툭 던져 놓는데 거기에 또 심오한 점이 있었어요. 이번 문제 제기도 중요한 생각거리를 던져 주었죠. 지금 청소년문학이 거의 청소년소설로 등치되는 상황인데, 나는 청소년시도 필요하다, 그런 입장이고요. 학생들이 제도적으로 분화가 돼 있잖아요? 초등학생 중학생 고등학생, 또 중학교도 1학년 2학년 3학년, 이렇게 분화가 돼 있는데, 제도적인 분화가 성장하는 조건의 일부가 돼 있어요. 거기에 맞춰서 출판 상품이 대응을 해서 나오는 측면이 있죠. 청소년 시장이 청소년소설 쪽부터 열렸고, 청소년시에서도 최근에 김미희 시인의 작품집이 나왔어요. 박성우의 『난 빨강』(창비 2010)이 나오고 나서 별로 없었는데, 나는 반갑게 읽어 보았고요. 이러한 분화는 청소년문학 분화의 일부분이기도 하고 출판 시장이나 사회적 여건 속에서 세분화된 장르가 요구되는 측면이 있는 거죠. 그것에 대해서 누가 이걸 '하지 말자', 이렇게 주장을 해서 멈춰질 것으로 보지 않아요. 그런 차원에서, 쓰면 일차적으로 제대로 썼으면 좋겠고요. 그 점에서는 『난 빨강』이 굉장히 탁월해요. 그래서 뒤에 쓰는 사람이 그걸 넘어서기가 쉽지 않아요. 나로서는 이장근 시인 작품이 아이들과 좀 더 물리적으로 가깝게 있고 소통하는 모습들이 반영돼 있는 점도 보이는데요, 긍정적으로 보거든요. 꼭 아주 정제된 형태로, 청소년시 장르로서 완전히 정리된 모습으로 작품이 나와야만 되는 건 아니라고 생각해요. 비평하는 입장에서 각각의 평가는 좀 더 냉정하게 할 수 있겠지만 기본적으론 더 활발하게 쓰고 발표되면 좋겠고요. 김륭 씨 글의 시각을 적용하자면 사실 청소년시에만 해당되는 건 아니고, 동시에도 해당되는 거죠. 다만 청소년시를 쓸 바에는 시를 쓰면 되지, 그런 것이 더 강하게 다가올 수가 있겠죠. 김륭 씨 글의 요지는 왜 청소년시를 쓰냐 그냥 시로 표현하면 되지, 맞나요?(웃음) 시인의 심상이 어떤 장르에 걸맞게 기울 때가 있는데, 김륭 씨가 동시를 쓰잖아요? 청소년시를 쓰는 계기도 그와 유사하다고 볼 수 있겠다, 그런 거죠.

이안 제대로 작품이 나오면 그 자체가 문제일 순 없을 것 같아요. 『난 빨강』이 출판 시장에서도 그렇고 실제 청소년들에게도 많이 어필이 됐거든요. 다만 박성우 시인이 청소년시집을 내겠다고 생각하면서 가졌던 문제의식이나 준비 기간에 비해 그 이후에 나오는 청소년시집들이 출판 시장의 논리에 편승해서 단기간에 제작되듯이 써지는 것은 문제이지 않나 싶어요. 그런데 김륭 시인이 얘기한 건 그런 게 아니라 청소년시가 과연 있어야 되는가 하는, 좀 더 근원적인 문제 제기였어요. 물론 그것과 상관없이 청소년시가 일정 기간 동안 지속될 것 같기는 해요. 청소년시에 관심을 갖는 시인들도 속속 드러나는 추세고요.

김이구 김륭 씨 글이 청소년시를 쓰려는, 또 의욕을 갖고 있는 사람들한테 좀 더 긴장을 불어넣는 계기가 됐으면 좋겠어요. 무시하거나 그러지 말고. 김륭 씨가 그렇게 얘기했다고 해서 포기할 것 같진 않고.(웃음)

해설

이안 얼마 전에 2007년 이후에 나온 동시집 100여 권을 한꺼번에 몰아서 읽었는데, 한 110여 권 정도 되더라고요. 이 기간 동안 선생님하고 김제곤 선생, 이 두 분이 동시집 해설을 정말 많이 쓰셨더라고요. 또, 가장 최근에는 정유경 시인의 『까만 밤』(창비 2013) 해설을 쓰셨는데, 동시집 해설을 쓰실 때 기준이라고 할까요? 해설은 보통 일반 평론하고는 다르게 접근을 하게 되는 것 같은데, 어떤 점에 초점을 두시는지요?

김이구 동시집 해설을 가장 많이 썼다는 건 사실이 아닐 것 같고요.(웃음)

이안 아니에요, 2007년 이후, 그러니까 최근 5년 동안 나온 동시집에서는 거의 수위였어요.(웃음)

김이구 내가 쓴 게 몇 편 안 돼요. 김명수 선생 동시집하고, 권오삼 선생, 유강희, 정유경, 그렇게밖에 안 쓴 것 같네요. 해설 써 달라고 하면 빼지 못하고 쓴 경우가 대부분이고요. 물론 쓰면서 즐거웠습니다만. 다만 해설 쓸 때 곤혹스러운 점이 있어요. 비평이 존재하는 자리들이 있잖아요? 책 뒤에 해설로 들어간다, 그런 자리는 이슈를 가지고 쓸 때하고는 상당히 다르지요. 그러다 보니까 좀 불편하달까 부담스러운 느낌이 있더라고요. 처음엔 상당히 곤혹스러웠어요. 시를 해설해 주기보다는, 즉 어떤 시가 어떻고 어떤 시는 또 어떻고 결을 따라가면서 분류도 하고 소개도 하고 장점도 얘기하고 이런 것보다는 비판하고 따져 보는 글을 위주로 썼던 터라.

이안 선생님은 은근히 비판도 하시잖아요.(웃음)

김이구 나는 비판의 말을 좀 더 넣고 싶은데 해설 지면에 적절한가

하는 생각이 들어요. 그건 또 아닌 것 같더라고요. 해설은 해설로서 읽어 줄 측면이 있는 거죠. 대체로 독자들한테 시에 대한 자상한 안내랄까 좀 더 풍성하게 볼 수 있는 독법을 환기하는 부분이 있겠고. 해설의 독자에 시인도 포함이 되죠. 그런 측면에서는 한두 마디라도 정곡을 짚은 비판이나 더 발전했으면 하는 지점을 언급하면 좋은데, 막상 쓰다 보면 쉽지가 않더라고요.(웃음) 상당 부분은 좀 누그러뜨려서 쓰지 않았나 그런 생각이 듭니다. 해설도 비평의 중요한 영역이죠. 작품의 좋은 점을 짚어서 분간을 좀 해 주고, 전체적으로 다 좋다고 소개하고 끝나는 것보다는 독자에게 감상의 시각과 함께 성찰의 시각도 열어 주어야겠죠.

이안 말씀을 안 해 주실 것 같지만,(웃음) 여태까지 해설을 쓰신 가운데 가장 감동적인 동시집을 꼽는다면 무엇일까요?

김이구 해설을 여러 편 쓰지도 않았고, 비교할 수 있는 건 아닌 것 같습니다.

이안 이번에 정유경 동시집 해설을 보니까 선생님이 정말 좋게 읽으셨구나, 이런 느낌이 들던데요.

김이구 쓰다 보니까 그런 톤으로 흘렀고요.(웃음) 정유경 씨 작품이 좋기도 했고요. 이안 씨가 정유경 시집에 대해 쓴 것을 동시마중 카페에 올린 게 있어서 봤는데, 좀 과감하게 몇 가지 새로워진 면들을 딱딱 짚었던데. 나는 그렇게 더 나아가서 딱딱 짚지는 않았고 약간 조심스럽게 기존 시에서 변화하는 과정을 보았죠. 앞 시집 『까불고 싶은 날』(창비 2010)에서 아이들 화자의 자연스러움, 상투적으로 드러난 아이들 모습이나 정서가 아니고 생생한 아이들 목소리를 낼 수 있었던 장점을 계속 살려 가면서 새로운 시도를 해야 되겠다고 보았어요. 동시집이 아닌 데다 놓으면 그냥 시로 읽을 시들이 몇 편 되지요? 그런 부분에 대해선 성공적이라고 생각은 되는데 본인이 약간 경계를 하면서 그런 방향의 창작을 해야 되지 않나 그렇게 보고 있습니다.

이안 『어린이문학을 보는 시각』 '머리말'에서, "어린이문학이야말로 삶의 모든 문제를 다루면서 성인문학이 가질 수 없는 매력과 마력(魔力)까지 발휘할 수 있는 장르다. 어린이문학의 1차 독자가 어린이라고 해서 어린이문학이 심오한 깊이에 이를 수 없다고 본다면 그것은 큰 착각이다. 오히려, 맑고 간결한 어린이문학의 언어에 도달하기가 지난하기 때문에 심오한 어린이문학이 쉬이 나오지 않는다고 하여야 할 것이다."라고 하셨어요. 어린이문학만의 매력, 좀 간단하게라도 말씀해 주실 수 있을까요? 동시만의 매력, 이것도 좋고요. 시하고는 좀 다른. 시만 쓰던 시인이 동시를 쓰기 시작하면 잘 벗어나질 못한다고 그러더라고요.(웃음) 동시는 시인에게 웅덩이다, 이런 얘기도 요새 하던데.

김이구 글쎄, 그런 분들한테 한번 들어 보면 좋을 것 같고.

이안 아뇨. 저는 어린이문학에 대한 선생님의 사랑이 되게 크다고 생각하거든요.『동시마중』도 선생님이 많이 울타리가 돼 주시는 측면이 있고, 또 일반문학이 거의 독점했던 자리 같은 것, 예를 들면 목요낭독극장 같은 경우. 그런 데서 선생님이 어린이문학의 자리를 많이 마련해 주신다고 생각하거든요.

김이구 평론집 머리말에 어린이문학이 그렇게 시시한 게 아니고 얼마든지 더 심오할 수 있고 그런 면에서 어른문학에서 고민하지 않는 그런 부분들을 더 고민을 해서 거기서 빛나는 작품을 빚어낼 수 있다는 면을 좀 강조했던 거고요, 매력은 다 있는 거지요.(웃음) 그런데 일단 어린이문학을 하는 분들이 조금 더 마음이 편안한 것 같아요. 너무 편안하면 또 곤란하지만.(웃음) 매력이라는 것하고 약간은 어긋날 수 있는 부분인데, 어린이문학은 창작을 하고 고민을 하고 할 때 생각하는 영역들이, 다 마찬가지로 세상에 대해서 고민을 하고 아이들의 힘든 현실이나 억압받는 그런 것들을 짚기도 하지만, 뭐랄까 마음을 좀 더 가다듬어 주고 맑게 해 주고 그런 역할이 있는 것 같아요. 가령 김환영 동시 어떤 걸 보면 아주 좋잖아요? 단순하고 몇 마디밖에 없는 말인데 인생에 대한 통찰에 화두를 던져 주고, 삶에 대해서 찌들리고 눌리고 했던 것들을 해소해 주고, 도피한다든가 왜곡해서 해석한다든가 이런 게 아니고. 그런 경지에 도달할 수 있다. 그런 면에서 매력이 있는 거죠. 이 정도로 얘기하면 되지 않을까요?

몽상

이안 '겨레아동문학선집'(보리 1999) 9권과 10권, 『엄마야 누나야』 『귀뚜라미와 나와』를 꼼꼼하게 분석하셨던데요. 「시의 길, 노래의 길」(『어린이문학』 2001년 3월호, 『어린이문학을 보는 시각』 수록)에서, "특히, 뛰어난 작품을 많이 남긴 다음 시인들의 작품 세계에 대한 깊이 있는 이해는 창작자의 자기발견을 위해서나 아동문학계의 수준 향상을 위해서 매우 긴요한 일"이라면서 가장 많은 작품이 수록된 시인들로 정지용, 윤동주, 윤복진, 권태응, 윤석중, 이원수를 꼽은 다음, "오늘의 동시는 어떤 모습이어야 하는가?" 묻습니다. 말하자면 이들 근대동시라는 "전통의 섭수"에 더해 "현대의 감각" "발랄한 상상력" "70년대 이후 민족문학운동이 재건한 현실주의적 시정신에, 존재를 무한히 개방해 주는 공상과 몽상이 결합되어야 동시의 새로운 경지가 개척될 수 있다"면서, 그에 해당하는 작품으로 권정생의 「기차」("휴전선에서 끊겼던/철길이 다시 놓여지고//칙칙폭폭 뿡뿡//아이들이/남쪽 애들/북쪽 애들/함께 빼곡이 빼곡이/올라타고//달님 꼭대기까지/해님 꼭대기까지/기차 타고//칙칙폭폭 뿡뿡/칙칙폭폭 뿡뿡/와글와글 달린다.")를 드셨는데요. 지금으로부터 12년 전의 관점이고, 그때랑 지금이랑은 현실도 현실이지만, 우리 동시도 많이 달라졌다는 생각이에요. 앞으로 열어 가야 할 "동시의 새로운 경지"와 관련해서, 크게 봤을 땐 전통의 섭수, 그리고 현대의 감각, 발랄한 상상력, 공상, 이런 게 필요하다, 이렇게 말씀하신 건데, 지금도 여전히 유효하다고 보시는지요?

김이구 예전 글을 거론해서 나도 다시 한번 생각을 해 보게 됐는데, 그때 '겨레아동문학선집' 평을 꽤 열심히 썼죠. 그걸 통해서 나도 작품들을 꼼꼼히 읽고 내 나름대로 평가를 해 보자 이런 생각이 있었고, 내 나름대로 동시의 계통을 좀 분류해 보기도 했어요. 그러면서 여섯 동시인, 그분들을 특히 중요하게 정리해서 언급을 했는데 일단은 동시를 읽고 쓰려면 그분들, 여섯 작가의 동시를 제대로 봤으면 좋겠고요. 그 뒤에도 중요한 시인들이 또 얼마든지 있죠. 1970, 80년대 이후에 김은영이라든가 남호섭이라든가 많이 나왔는데 그런 중요한 동시인들의 전통, 성과, 이런 것들은 동시 쓰는 사람이나 동시에 관심 있는 사람이 기본적인 교양으로 알아야겠어요. 근대성과 관련해서 근대성이 반영된 작품이 너무 약하다, 이런 얘기를 한 적이 있는데, 지금도 농촌 체험적인 부분들이 여전히 생동감이 있는 것 같아요. 수십 년 근대화 이후에, 1960년대 이후부터 쭉 근대화 과정을 지나오면서 벌써 한 사오십 년 됐는데, 그럼에도 여전히 현대적인 동시, 즉 근대의 성취와 문제점, 이런 것들이 날카롭게 반영된 동시는 찾아보기가 어렵지 않나 그런 생각이 들고요. 송찬호 시인이나 성명진 시인이나 이런 분들 동시집 보면 개별적인 개성들은 많이 분화가 되어 있는데 여전히 전통적인 정서, 그런 것에 기반이 되어 있고. 오히려 몇십 년 지나오면서 익숙해져 가지고 문제성으로 안 다가오는 측면이 있지 않나 싶기도 해요.

근대가 일으키는 갈등이나 변화나 이런 것들에 어린이문학이나 동시 쪽에서 잘 대응을 하지 않았고, 자연이나 전통 같은 데 많이 의지를 했고 선배 세대들은 세계관 자체가 그런 바탕을 갖고 있었죠. 그런데 김수영 같은 경우는 굉장히 현대적이잖아요? 가령 그런 어법이나 감각이나 문제의식이나 이런 것, 즉 좀 더 현대적인 추구는 동시에서는 여전히 부족하다고 보고요. 김륭 시인이나 최근의 새로운 개성들이 앞으로 감당해야 할 몫이라고 볼 수 있겠어요. 신민규 시인 같은 경우 앞으로 새로운 작품들을 내놓을 수 있을 것 같고. 예전 글에 썼던 공상과 몽상을 결합하자, 하는 얘기를 꺼내니까 좀 생각이 나는데, 공상이나 몽상이 아이들한테 상당히 필요하다고 봐요. 불행히도 지금 아이들은 몽상을 할 여유가 없어요, 시간이나 공간이나 생활 습관이나. 계속 학업에 열중해야 되고 학원, 방과후 교실, 예체능 과외, 계속 뺑뺑이 돌아야 하니까 몽상을 할 시간이 없지요. 또 스마트폰, 물론 스마트폰으로 보는 세계가 재미난 게임 같은 것들도 있고, 그런 것들이 일종의 지금 시대의 몽상이나 그런 것들의 대치물이 아니냐 볼 수도 있겠습니다. 하지만 나는 조금 더 이렇게 약간 멍한 상태에서의 활발한 몽상, 공상, 그런 것들이 있어야 되겠다 생각해요. 그리고 시인들의 경우나, 아이들 나이에는 그게 가능하죠. 통일과 관련해서 그런 시들이 있잖아요, '통일, 벌써 되었다.' 뻥이죠, 뻥. 뻥인데, 그런 뻥을 확 쳐 본다든가. 권정생 시처럼 북쪽만이 아니고 해 있는 데까지 남쪽 북쪽 아이들이 타고 날아간다든가, 이런 상상들. 문학이 허용하는 게 그런 상상의 영역이잖아요. 생활을 잘 관찰하고 묘사한 것들은 여전히 많은데, 지금 상투적인 걸 상당히 벗어났어요. 실감 있게 잘 쓰죠. 그런데 몽상이나 그런 건 부족한 것 같아요. 그런 걸 표출을 하면 실감이 안 난다, 작위적이다, 뭐 이렇게 스스로 판단하는 건지, 아니면 시단 분위기 자체가 그런 것들이 많이 안 나오니까 그렇게 가는 건지는 모르겠습니다만, 몽상이 더 많았으면 좋겠어요. 동화 같은 경우는 기법상으로 판타지, 가상 세계도 많이 만들어 내고 좀 더 활발한데 동시 쪽은 개성은 다각화된 측면이 있지만 몽상을 펼치는 면에선 부진하죠. 아이의 특징이 몽상, 이런 건데 요즘 아이들 자체가 몽상의 시간을 거의 허여받지 못하죠. 그럴지라도 또 다 그런 건 아니지 않을까, 시인 자신도 몽상을 펼쳐 봐야겠다 그런 생각을 했어요.

이안 내년에는 몽상 동시가 좀 나올 것 같네요.(웃음)

김이구 그랬으면 좋겠어요.

리듬

이안 근대 아동문학 형성기에 동요의 역할이 아주 컸다고 생각되는데요, 지금 시점에서 그것을 어떻게 볼 수 있을까요? 또, 지금 입장에서 백창우의 노래운동이 갖는 의미라고 할까요? 이것에 대해서는 크게 정리된 적이 없는 것 같아요. 또 이 시대에 동요가 가진 가능성이나 의미에 대해서도 생각해 볼 수 있을 것 같은데요.

김이구 지금은 보통 동시로 동요와 동시를 통칭하는 경우가 많지요. 전통적으로 동요에 대한 개념 규정이 '정형률로 쓰인 어린이가 읽을 시'라고 되어 있는데, 지금은 동요들을 안 쓰지요. 정형률로 쓰는 경우는 희귀하죠. 그렇게 쓰면 재미없다고 하고. 그래서 도태되었죠. 노래하고도 멀어지게 되었고요. 의식적으로 시로서의 동시를 강조하면서 동요를 버린 측면도 있고요. 과거 일제강점기 때는 동요 운동이 활발했는데, 실제 전국적으로 많이 불리고 신문 잡지에 독자 투고로 창작도 활기를 띤 시기가 있지요. 그런 데 적합한 양식으로서의 자수율, 정형률적인 방식은 생산 측면에서 훨씬 기동성이 있고 일반인들도 수월하게 창작을 할 수 있었던 특성이 있는 거였죠. 그 부분에 대해서는 김제곤 선생이나 동시 동요 연구하시는 분들이 잘 아시겠죠. 현재는 동요가 소멸된 상황인데 백창우 씨 역할이 정말 중요하다고 생각해요. 예전의 동요 개념은 정형률이 돼야, 즉 1연 2연이 있고 자수를 맞춰 써야 됐는데, 백창우 씨가 노래를 만드는 데는 그런 게 아무 상관이 없거든요. 그냥 동시로 쓰인 걸 얼마든지 노래로 만들고 일부 가사를 변형하기도 해요. 그런 작업을 보면 동시란 것과 동요란 것이 구별될 필요가 없는 거죠. 동시가 나오면 얼마든지 동요로, 노래로 불릴 수 있는 가능성을 증명해 보인 거고요. 좋은 작품을 고르는 안목과 상상력이 대단하잖아요? 그렇게 노래를 꾸준히 만들어 스스로 즐기면서 보급을 하는데 저는 그 역할이 국보급이라고 보입니다. 과거같이 자수를 맞추고 일정하게 써야만 동요가 성립하는 것이 아니다, 라는 것을 증명해 보였어요.

이런 상황을 짚어 보면 동시가 근본적으로 리듬감을 많이 잃어버렸어요. 어른시와는 다르게 동시에서는 리듬감 측면을 조금 더 고민을 해 보고, 과거의 전통, 특히 윤석중 선생이 보여 준 것뿐 아니라 윤복진, 권태응 등의 작품이 다 리듬이 살아 있잖아요? 그런 전통을 살려 나가야 하는데, 지금의 현대인의 호흡 속에서는 계속 마모될 뿐, 다가오질 않는 거죠. 그러다 보니까 리듬감 있는 시를 쓰는 분이 적어요. 장동이 시인이 좀 특이하게 긴 산문시에서 필요한 가락을 시도해 보기도 하고, 몇몇 시인들이 자기 나름대로 리듬을 작품에 보여 준 경우도 있는데 전반적으로는 리듬에 대한 의식이 약화돼 있죠. 이는 동요를 살리자는 차원의 문제라기보다 동시의 리듬감이란 것을 새롭게 궁구할 필요가 있겠다, 그렇게 말할 수 있겠습니다.

제도

이안 신인, 또는 새로운 동시는 두 번의 제도적 승인을 거쳐 세상에 나온다고 하겠는데요. 일테면 등단 관문과 동시집 출간 관문이죠. 그래도 전보다는 등단 심사위원이 다양해졌고 지면도 늘고 해서 여러 빛깔의 신인이 태어날 수 있는 환경은 좋아진 것 같아요. 그렇지만 동시집 출간은 오히려 더 어려워지고 있지 않나 하는 생각도 들거든요. 일단 시인이 많이 늘었고, 아까 출판 편집자의 시각 이야기도 잠깐 나왔었는데, 출판사별로 기존의 동시 관념에 매여 있는 경우도 있어서, 새롭거나 낯선 작품 세계가 수용되지 못하는 측면도 있는 것 같아요. 제가 봤을 때 이옥용의 철학우화 동시 같은 것은 우리 동시에 아주 드물고, 그래서 이런 시인 한 명쯤은 있어야 된다고 생각하는데, 실제 동시집 출판 현실에서는, 좋긴 한데 우리 출판사랑은 맞지 않는다, 이렇게 되는 것 같거든요. 이렇게 독특한 지점을 짚어 가는 시인의 작품을 읽어 주고, 그것의 가치를 평가해 주고 이런 것도 비평의 역할이라고 생각합니다. 그래서 비평다운 비평이 없다고 할 때는, 현장 비평이 여전히 취약하다는 뜻도 크다고 하겠고요. 특히 지금은 우리 동시의 일대 전환기거나 도약기라고 볼 수 있는데, 새로운 경향이나 움직임 같은 것에 비평적인 촉수를 예민하게 발휘해 가치를 부여해 주지 못한단 말이죠.

김이구 그렇죠. 비평 지면도 없고 비평가, 비평글을 쓰는 사람도 드문 실정인데, 한 일고여덟 명 정도? 내가 잘 모르는 쪽에서 열심히 쓰시는 분도 있습니다만, 아주 제한적으로 몇몇 분들이 동시 비평을 쓰는 상황이고, 그때그때 작품집에 대해서 기동성 있게 비평이 나오질 못하죠. 비평가가 역할을 제대로 못 해서 그렇다고 봐야 될지…… 전반적인 여건이 안 돼 있는 사정도 맞물려 있는 거겠지요. 아울러 매체들이 동시 비평 자리를 좀 더 많이 마련해 준다면 평론가들이 더 역할을 할 수 있겠고요.

이안 『창비어린이』 같은 경우, 동화 계간평만 있고 동시 계간평은 생략돼 있는 상태인데요.

김이구 그렇죠. 형식을 딱 맞춰야 되냐, 그렇게도 말할 수 있지만 어쨌든 좀 균형 면에서는 아쉬운 상황이죠. 동시 분야에서도 계간평으로 짚을 만큼 잡지 발표작과 읽을 만한 작품집들이 나오고 있거든요. 서평 꼭지에서 주요 동시집을 짚어 보고 있기는 하죠. 다른 어린이문학 잡지들에서는 대개 동시, 동화를 계간평으로 함께 다루고 있어요. 『아동문학평론』이라든가 『열린아동문학』. 그리고 동시 전문지로 『오늘의 동시문학』이 있지요. 문단 구조가 기성 문인이 신인을 뽑는 그런 구조로 되어 있잖아요? 문학만이 아니고 다른 예술 장르에서도 정도의 차이는 있겠습니다만 기존 예술가들이 신인을 뽑는 심사를 맡죠. 이런 구조로만 본다면 기존의 입맛에 맞는 작품이 아니면 통과를 못 한다, 이렇게 얘기할 수가 있는 거지요. 그래서 1980년대 같은 경우 문학동인 운동이 활발했어요. 기존의 제도를 꼭 통과하기보다 뜻이 같은, 그러면서 작품은 각각 개성적인 예비 작가들이 모여서 동인지를 만들고 그를 통해 다른 목소리를 내고 자기 세계를 보여 주었죠. 그런 움직임은 기성 제도권의 승인을 받는 게 아니었고 문학판에 충격을 주면서 기성 문단의 인정도 받고 새로운 흐름으로 자리 잡고 그랬는데, 1990년대 어느 여름부턴가 그런 움직임들이 사라졌어요. 전부 다 제도권의 문학상이라든가 공모라든가 신춘문예에 매달리는 풍조가 됐죠. 제도권의 승인과 상관없이 지면을 만들어 글 쓰고 작품집 묶어 내고 그런 활동들이 아주 없지는 않죠. 그런데 대개 주목을 못 받지요. 문학의 게릴라성이라고 해야 할까요, 1980년대를 경험한 나로서는 그런 부분들이 좀 아쉽고요. 이옥용 시인 사례를 잘 얘기했는데요, 독특하죠? 그래서 나도 관심 있게 읽었는데 잘 해석을 못 해내겠어요. 나도 좀 쓰고 싶은 의욕은 있는데 그런 세계를 더 잘 보는 사람이 다뤄 줬으면 좋겠어요. 이런 개성적인 세계를 잘 읽어 내서 독자와의 접점을 만들어 주는 것도 비평이 맡아야 할 영역이라고 봅니다. 이런 작가들이 의욕 있게 열심히 하다가 좀 지쳐서, 스스로 맥이 빠져서 후퇴하지 않도록 비평이 제 몫을 해 줬으면 좋겠습니다.

인상

이안 동시의 활로를 모색하는 데 좋은 참고가 될 만한 것, 저는 텍스트로서의 가능성이라고 보는데요, 그것에 해당되는 동시집이 2000년 이후에 속속 선보이고 있다고 생각이 돼요. 비평적 주목을 요할 뿐 아니라 창작자가 주목해 보아야 할 대표적인 동시집을 들어 주신다면 어떤 것이 있을까요?

김이구　김륭의 두 권의 동시집*이 대단히 도전적이고 새로운 감수성을 보여 줬고요. 내가 그런 얘기를 했었죠? 동시 독자로서의 어린이, 즉 어린이를 그냥 다 똑같이 독자라고 보지 말고 동시를 전문적으로 읽을 수 있는 독자, 이런 카테고리를 생각해 보자, 이런 과제를 던져 준 것이 김륭 동시다라는 얘기였지요. 가장 문제적인 동시집이 김륭 것이었고요. 그 외에 여러 좋은 작품집들이 있습니다만 한두 권을 딱 드는 건 어려울 것 같네요. 오히려 뭐 열 권을 들어라, 그러면 나을 것 같은데.(웃음) 안학수 시인의 『낙지네 개흙 잔치』(창비 2004)가 좋았고, 『부슬비 내리던 장날』(문학동네 2010)은 그 연장선상에 있는데 의도나 형식은 유지되지만 긴장이나 새로움 면에서 좀 부족하지 않나, 그렇게 보고요. 송찬호 시인의 『저녁별』(문학동네 2011)에도 빼어난 시들이 있는데 나는 좀 유보적이에요, 전체적인 수준에서는. 지난번 목요낭독극장 행사에서「수박씨를 뱉을 땐」, 그걸 시인이 직접 낭송하는 걸 들으니까, 낭송을 워낙 잘하셔서(웃음) 느낌이 새롭더라고요. 어느 때는, 아 이 동시 참 심심해, 무슨 소리야? 이렇더라도 또 다른 순간에는 공감이 올 수도 있다, 그런 경험을 간혹 하게 되고요. 묵혀 뒀다 읽거나 낭송을 들어 보니 새로운 감흥이 오기도 하고, 잘 쓴 비평을 통해서 의미와 가치를 재발견하게 되기도 하고. 김용택 시인의 『할머니의 힘』(문학동네 2012)은 좋은 동시집인데, 『콩, 너는 죽었다』(실천문학사 1998; 개정판 문학동네 2018) 이후 나온 그의 동시집 중에선 제일 좋은 것 같은데 워낙 김용택 시인의 시풍의 맥락에서 나온 것이어서 그런지 많이 얘기는 안 됐고요. 서정홍 시인이 최근

---

*『프라이팬을 타고 가는 도둑고양이』(문학동네 2009)와 『삐뽀삐뽀 눈물이 달려온다』(문학동네 2012)를 말하는 것으로 보인다. — 편집자

『나는 못난이』(보리 2013)라는 새 시집을 냈어요. 서정홍 시인이 꾸준하게 농촌에 뿌리내리고 살면서 보고 겪는 살림살이 모습, 이런 것을 담았는데, 어떻게 보면 우직하죠? 시로서 좀 더 변화도 보이고 긴장도 있었으면 하는 아쉬움이 있는데, 그런다고 하면 그건 또 서정홍 시가 아니겠죠?(웃음)

이안 저는 전에 나왔던 『우리 집 밥상』(창작과비평사 2003)보다 못하다고 생각해요. 시적 긴장이 없고, 이런 걸 굳이 작품으로 써야 하나, 그런 작품이 많았거든요.

김이구 긴장이 풀어졌다고 볼 수도 있겠고, 그럴 필요성을 못 느끼는 것 같아요. 본인이 느끼고 발견하고 한 것을 풀어내면 되지, 거기에 비평적으로 보기에 긴장이 떨어졌어, 예전 작품에 비해 다양하지 않고 자기가 보는 세계만 보고 말아, 그렇게 얘기할 수 있는 걸 의식할 필요가 있나. 시인으로서는 그럴 필요성 자체가 없어져 버렸다고 볼 수도 있겠지요. 나는 일단은 본인이 꾸준히 자기 방향으로 가는 태도, 시 잘 써가지고 눈에 띄어야 되겠어 하는 식으로 뭘 더 만들어 내려고 하지 않는 자세는 상당히 좋다고 보고요. 이번에 『동시마중』(20호. 2013년 7·8월호)에 시가 세 편 나왔죠? 황금녀라는 분인데, 최근 『고른베기』(각 2013)라는 동시집을 내셨더라고요. '팔순 할머니가 손자에게 들려주는 제주어 동시집'이라고 되어 있어요. 제주도에 있는 출판사에서 냈는데, 시 자체는 교훈적이고, 그런데 제주어로 시를 썼어요. 영한 대역처럼 왼쪽 페이지에 제주어 시가 있고 오른쪽 페이지에 표준어로 풀어 쓴 시를 실었는데, CD도 들어 봤어요. 시인이 조용히 낭송을 하시는데, 맑은 목소리로 또박또박 잘하세요. 지역어를 살리는 측면, 문학이라는 게 그런 측면이 있잖아요? 그런데 어린이문학의 경우 표준어 지향이 굉장히 강해요. 더구나 상업적 출판, 광범위한 독자를 대상으로 할 때에는 사투리가 들어 있는 동화를 쓰는 작가가 거의 없어요. 인물이 사투리를 써야 할 인물인데 책 파는 데 지장이 있다, 이런 압박 때문에 스스로 사투리 쓰기를 포기하는 경향이 많아지고 쓰더라도 줄이자, 아마 또 이런 타협도 있고요. 그러다 보니 아예 사투리를 구사할 능력 자체가 부실해요. 그런데 문학의 기능으로서 중요한 게 언어를 보존하고 되살리고 언어의 미감들, 각각의 지역어라든가 집단어 같은 것들을 생생하게 담아내는 그릇으로서의 역할이에요. 그런 맥락에서 이 동시집을 재미있게 보고 있습니다. 한편 읽어 볼까요? 「우리 선성님」이란 작품이에요.

이안 발음이 되세요? 아래아 발음.(웃음)

김이구 "우리 선성님. 양복에/구둠 털명/출령 나사는//저자락/한량이//누겐고/춧춧이 보난/우리 선성님". 지역어가 특이하고 사투리의 색다른 맛이 나지요. 이걸 읊는 것을 들으니 표준어가 주는 어감하고 다른 부분들이 감성의 새로운 부분을 건드려요. 연세가 많은 분이 쓰셨는데 목소리가 아주 젊으시더라고요.(웃음) 아래아 발음을 잘하시고 점 두 개짜리 모음, '요' 비슷한데, 그것도 발음이 좀 다르죠? 이렇게 표준어하고 확 차이가 나는 말들이 꽤 있는데, 옆 페이지에 해석을 붙여 놔서 그런지 같이 보면 이해가 쉽게 되더라고요.

이안 맛이 진짜 다르죠? 제주어랑 번역해 놓은 거랑. 외국어를 한글로 번역해 놓은 것 같은.

김이구 동시의 새로운 영역이라기보다 오히려 고전적인, 좀 더 기본적인 영역이라고 생각되는데 그런 것을 보여 준 것이죠. 시 내용에 대해서는 좀 더 착하고(웃음) 갈등이 없는, 갈등이 해소되는 풍경을 그리고 있는데, 내용의 성격 때문에 가치가 부여되지 않을 순 없을 것 같고요.

다만 제주 풍습 같은 것을 제주어로 썼더라면 더 좋았겠다 싶은데, 학교 주변으로 선생님 얘기, 친구들 얘기, 이런 것들이 많더라고요. 아직 읽는 중이니 제주도의 여러 가지 고유한 민속이나 풍습, 자연의 특색, 이런 것들이 더 많이 나오길 기대해 봅니다.

이안 신인 가운데, 첫 동시집을 낸 시인을 포함해서요, 더 주목해서 보는 시인들이 있으신지요?

김이구 지난번 글(「오늘의 동시 어디까지 왔나」)에서 『동시마중』에 시 발표한, '100인 100편'의 시인들 가운데서 내 나름대로 신인급 이름을 한 열대여섯 뽑았죠. 박억규, 김개미, 장동이, 강삼영, 주미경 등. 그때 거명한 신인들 가운데서 안진영 동시집이 처음 나왔어요. 시집이 깔끔한데 뭔가 툭 쳐 주는 부분이 약해요. 그 부분이 좀 아쉽고요. 군더더기가 없고 좋은데, '맨날맨날 착하기는 힘들어', 이런 식의 제목이 요즘엔 좀 상투화돼 있는 건 아닌가 좀 그런 생각도 들고요. 작품들의 편차도 크지 않고 좋은 동시집인데 조금 더 시인으로서 뭔가 자기가 밀고 나가는 세계를 보여 주는 작품들이 부족했다, 그런 생각이 들어요. 다른 신인들도 『동시마중』 등 여러 지면에 꾸준히 쓰고 그러다가 작품이 쌓이면 동시집들이 나올 텐데 거기에 기대를 좀 하고 있습니다.

열정

이안 2003년 여름에 『창비어린이』가 창간됐고 창간호부터 2007년 가을호까지, 4년 넘게 편집위원을 지내셨어요. 또 그때부터 2011년 봄호까지 3년 조금 넘게 기획위원을 하셨고요. 그다음에 선생님이 교과서

개발 부서로 옮겨 가시면서 기획위원을 놓으신 건가요?

김이구　정확한 시점이나 이런 거는 기억이 안 나고 편집위원은 한 오 년 한 것 같고요. 능력 있는 후배들이 결합을 하는 것이 잡지의 새로움에 도움이 되니까 그런 변화가 있었고, 지금 잘 만들고 있는 것 같습니다.

이안　잡지를 만들 때, 저희는 편집위원 회의에서 전체적인 방향이나 필진 같은 게 다 결정이 되는데, 잡지 편집위원이 유념해야 할 점이 있을까요? 좋은 잡지를 계속 만들기 위해서.

김이구　열정이 중요하겠죠. 편집위원들 역량 차이가 얼마나 크겠어요? 저는 열정이 중요하다고 생각하고요. 수시로 아이디어를 내고, 평상시에 잡지에 뭘 실을까 늘 생각하고, 계기가 있으면 야 그것 한번 다뤄 보자, 글 써 줘라, 그렇게 대화 중에라도 어떤 것이 걸리면 놓지 않는 그런 자세가 필요하죠. 잡지 기획에 대한 것이 머리 한편에 늘 있어야 되겠죠? 기획거리를 찾아서 글 쓸 필자하고 대면을 해야 되고 구체적으로 주문을 해야 하니까 그런 일들을 꾸준히 준비를 하는 게 중요하죠. 열정과 관심, 그게 없으면 잡지가 잘 안 돌아가죠.

이안　비평과 창작의 관계는 어떠해야 할까요? 어찌 보면, 그동안 비평의 부재는 언급할 만한 창작물의 부재와도 연결될 수 있을 것 같아요. 이오덕 비평은 창작의 부재를 비평으로 선도한 측면이 있는 것 같고요. 그런데 지금은 언급할 만한 창작물이 적지 않음에도 불구하고 비평이 부족한 것 같아요. 이오덕 비평 당시와 비교해서 창작과 비평의 관계가 역전되지 않았나. 빨리 동시마중 동시평론상에서 훌륭한 평론가를 발굴해야겠다는.(웃음) 끝으로, 『동시마중』이 앞으로 채워 갔으면 좋겠다 싶은 것 듣고 싶습니다.

김이구 잘하고 있어서, 계속 그대로 해라.(웃음) 그렇게 말하고 싶고요. 정형화된 잡지 개념을 가지고 시작하지 않았다, 그것이 좋다고 보고요, 그것을 계속 유지해 갔으면 합니다. 그때그때 아이디어들을 모아서 새롭게 기획안을 마련해야 되고 너무 많은 욕심을 내서 독자한테 부담을 줄 필요는 없지 않나, 그런 생각이 들고요. 근래에 좋았던 것은 어린이 시들 있죠? 동시를 쓰는 사람들이 다 그런지는 모르겠습니다만, 어린이 시를 읽거나 아이들하고 직접 소통하거나 이런 게 얼마나 많은지 모르겠어요. 나 자신이 맨날 동시 얘기하고 그러지만 아이들하고 동시에 대해서 얘기해 보질 못했어요. 동시 쓰려는 사람들, 시인들한테 어린이 시를 『동시마중』 지면에서라도 읽게 하는 게 의미가 있고요. 그런 어린이 글들이 뭐 가장 보편적인 거고 귀중한 거고 그런 것은 아니라고 봐요. 또 그래야 할 필요도 없고. 그렇지만 그런 시도들은 상당히 좋고요. 아이들하고 같이 뒹굴면서 아이들한테 시를 쓰게 하는 그런 분들하고 연결이 되고 또 그런 분들의 작업이 지면에 생생하게 소개되어 많이 깨칠 수 있다는 점은 상당히 좋아요.

그리고 김제곤 선생의 장기 연재 '자료로 읽는 동시사'. 과거의 문제의식, 글쓰기 방식 같은 것들을 보면서 공부도 되고 흥미도 있어요. 지금은 엉뚱한 얘기인 경우도 있고 정돈 안 된 글, 그런 것도 보이고.(웃음) 그건 또 그런 것대로 재미난 읽을거리가 되더라고요. 김제곤 선생이 요령 있게 해설을 써 주고 있고요. 비평 부분에 대해서는 조금 아쉬움을 느끼고 있는데, 비평 꼭지를 짤막하게나마 상설화하는 것도 방법이지 않을까요? 동시인들이 쓴 동시집 평에 간혹 그런 글이 있더라고요. 해설하면서 좋았다, 하는 걸 넘어서서 한가지 꼬옥 짚어 주는. 약간 좀 공감이 안 갈 수도 있는데, 나는 동시집 평 쓰는 시인들이 마구마구 자유

롭게 얘길 해 줬으면 좋겠어요.(웃음) 읽다 보니까 이런 것은 좋았는데
아 요거는 정말 신통치 않았다든가. 비평가나 평론가보단 조금 더 자유
롭게 발언권을 행사할 수 있지 않나. 그런 풍토를 만들고 거기에 익숙해
야죠. 그런데 지금 대체로는 공감의 비평 방식으로 많이 써서.(웃음) 동
시 창작자가 쓰니까 비평가가 쓰는 것하곤 또 다르게 잘 보는 측면이 있
어요. 그런데 너무 공감적으로 가지 않았나. 틀려도 좋으니까, 정답이
있는 건 아니니까 읽다가 턱 걸렸어, 뭐 이런 것을 솔직하게 얘기해 주
면 좋겠어요. 그래서 소통을 더 했으면 싶고요. 마지막으로『동시마중』
이 삼 년을 넘어서니까 이제 실리는 작품들이 자리가 잡힌 점은 좋은데,
은연중 '동시마중 스타일'이 생겨난 것 같아요. 이는 편집위원들의 안
목으로 인한 긍정적인 측면일 수도 있는데, 잘 보면 내면적으로는 자기
만족적이거나 자족적인 작품들이 상당히 많거든요. 이제부터는 경계를
해야 할 시점이기도 한 것 같습니다.

이안 선생님, 긴 시간 좋은 말씀 잘 들었습니다.

수록글 출처

1부

껴안는다는 것: 정유경 「까만 밤」 『한국일보』 2015년 10월 3일

대단한 꿈: 김개미 「나의 꿈」 『한국일보』 2015년 10월 17일

마음이 무거운 날엔: 임복순 「몸무게는 설탕 두 숟갈」 『한국일보』 2015년 10월 31일

잔칫날처럼 풍성한 시간: 최종득 「꼬막 터는 날 1」 『한국일보』 2015년 11월 14일

된서리 맞기 전에: 이수경 「서리 내린 아침」 『한국일보』 2015년 11월 28일

놀이로서의 동시: 신민규 「숨은글씨찾기」 『한국일보』 2015년 12월 12일

진짜 이웃 사이: 민경정 「엄마 계시냐」 『한국일보』 2015년 12월 26일

둥지에서 넓은 세상으로: 송진권 「이소」 『한국일보』 2016년 1월 9일

가면 아닌 진면: 김희정 「고양이 가면 벗어 놓고 사자 가면 벗어 놓고」 『한국일보』
    2016년 1월 23일

벌과 나비 친구들에게: 이안 「봉숭아 편지」 『한국일보』 2016년 2월 6일

새초롬! 매끄럼! 말끄럼!: 이상교 「아름다운 국수」 『한국일보』 2016년 2월 20일

아이가 요에 오줌을 싸면: 윤동주 「오줌싸개 지도」 『한국일보』 2016년 3월 5일

2부

창비 2015

가족의 일상, 도시의 정취가 깃든 동시: 박혜선『백수 삼촌을 부탁해요』『백수 삼촌을
　부탁해요』, 문학동네 2016

이 세상에 있는/없는 마을의 동화: 장동이『엄마 몰래』『엄마 몰래』, 문학동네 2016

발명가와 같은 호기심으로: 김성민『브이를 찾습니다』『브이를 찾습니다』, 창비 2017

날개 단 동시, 함께 듣고 부르는 노래: 가객 백창우와 '동시노래상자'『내 머리에 뿔이
　돋은 날: 동시노래상자 1』, 왈왈 2017

'솔아 푸른 솔아'와 박영근 시인: 박영근『솔아 푸른 솔아』『솔아 푸른 솔아』, 강 2009

삐딱한 아이, 반듯한 동시: 김은영『삐딱삐딱 5교시 삐뚤빼뚤 내 글씨』『창비어린이』
　2015년 봄호

세대를 건너 유년 독자들이 즐길 수 있는 노래: 근대 유년동시 선집『밤 한 톨이 땍때굴』
　『창비어린이』 2017년 봄호

과학소설의 재미와 우주 개척의 꿈: 한낙원『금성 탐험대』『금성 탐험대』, 창비 2013

미래 상상과 현실 탐구가 만나는 이야기 세상: 제1회 한낙원과학소설상 작품집『안녕, 베
　타』『안녕, 베타』, 사계절 2015

어린이 청소년 과학모험소설을 개척한 작가 한낙원　국립어린이청소년도서관 웹진
　e-partner 2016년 11월호

로봇들이여, 자유를 찾아라: 이현『로봇의 별』『창비어린이』 2010년 여름호

방자가 왈왈 짖어 대는 새로운 '춘향전': 박상률『방자 왈왈』『도서관이야기』 2012년
　3월호

두 번의 연애, 또는 '나'를 찾아가는 청춘의 여정: 미카엘 올리비에『나는 사고 싶지 않을
　권리가 있다』『도서관이야기』 2012년 5월호

견고한 세상과 학교, 자그마한 균열: 구병모『피그말리온 아이들』『도서관이야기』
　2012년 10월호

무뎌질 수 없는, 무뎌지지 않는: 김이윤 외『마음먹다』『도서관이야기』 2012년 12월호

악동 삼총사의 시끌벅적한 성장기: 조재도『불량 아이들』『도서관이야기』 2013년 3월호

428

소외된 아이들의 진실과 희망이 깃든 공간: 버지니아 해밀턴 『주니어 브라운의 행성』 『도
　　서관이야기』 2013년 10월호

다문화 사회에서 함께 살기 위하여: 최성수 『무지개 너머 1,230마일』 『도서관이야기』
　　2013년 12월호

이색적인 경험, 목숨을 건 모험이 펼쳐지는 과학소설: 한낙원 『금성 탐험대』　프레시안
　　2014년 2월 28일자(https://www.pressian.com/pages/articles/114888)

3부

어린이문학 장르 용어를 새롭게 짚어 본다　『창비어린이』 2009년 겨울호

창작 현실에 걸맞게 '어린이소설'이라고 쓰자　『창비어린이』 2010년 가을호

오늘의 우리 동시를 말한다: 난해함, 일상성, 동심주의의 문제　『창비어린이』 2015년 겨
　　울호

어린이문학이 무엇인지, 먼저 닦아 놓은 길을 가며: 이원수 「아동문학 입문」과의 만남
　　『꽃대궐』 2016년 8월호(이원수문학관 발행)

인터뷰: 김이구 평론가에게 듣는다　『동시마중』 2013년 9·10월호

동심이 발견한 세상

초판 1쇄 발행 • 2023년 10월 27일

지은이 • 김이구
펴낸이 • 염종선
책임편집 • 정편집실·정은경
조판 • 신혜원
펴낸곳 • (주)창비
등록 • 1986년 8월 5일 제85호
주소 • 10881 경기도 파주시 회동길 184
전화 • 031-955-3333
팩스 • 영업 031-955-3399 편집 031-955-3400
홈페이지 • www.changbikids.com
전자우편 • enfant@changbi.com